# 齐马马蓝

ZIMA BLUE

ALASTAIR REYNOLDS

[英]
阿拉斯泰尔·雷诺兹
著

陈楸帆　刘慧颖
译

湖南文艺出版社
HUNAN LITERATURE AND ART PUBLISHING HOUSE

博集天卷
CS-BOOKY

# Zima Blue

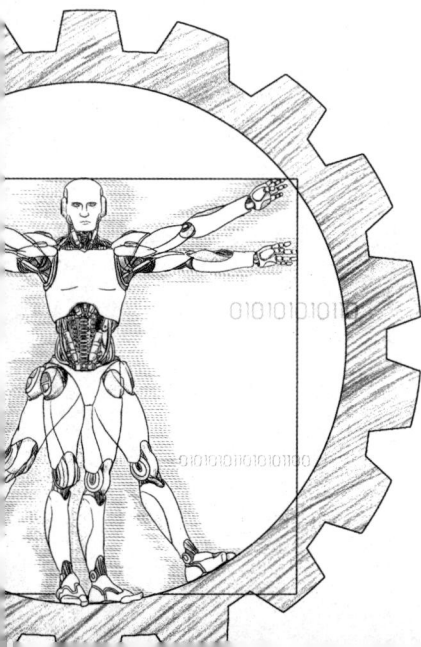

## 目 录
—— C o n t e n t s ——

# 前　言

我可以确定，我第一次见到阿拉斯泰尔·雷诺兹是在一个风雨交加的夜晚。这不是什么赋予自然感情的写作手法，你要知道，我们在苏格兰东海岸的一个可以望向北海和挪威的山脊上，这是冬夜很常见的天气——虽然我生活在离海岸大约三千米的内陆，早上也经常发现窗户上有盐雾①结的霜。那是在1990年，我是圣安德鲁斯大学的植物学讲师，阿拉斯泰尔正在天文学系攻读博士学位。他看了我发表在 Interzone（《中间地带》，亦译为《界中界》或《间区》）上的一个故事，在结尾处的作者小传中得知我住在圣安德鲁斯，他给我打了个电话。他爬上山，跟我一起在乡村酒吧度过了一个愉快的夜晚，我们谈论科学、科幻小说和写作与出版业务，后来又有了很多这样的夜晚，我不想给人留下我是阿拉斯泰尔的斯文加利②的那种印象。远非如此，阿拉斯泰尔是个科幻迷，但他同时也是一名作家，这一点毋庸置疑。他从十几岁就开始写科幻小说，曾在 Interzone 发表过几个短篇，可他的路还长着呢。

但在我讲述阿拉斯泰尔·雷诺兹和这本合集里的故事之前，我需要先讲一讲新太空歌剧。这并不意味着我要试图分析阿拉斯泰尔在太空歌剧复兴中的作用，或者定义他在与太空歌剧相关的英国科幻作家群体中的地位。一方面，如果你问像伊恩·M.班克斯、史蒂芬·巴克斯特、彼得·F.汉密尔顿、M.约翰·哈里森、伊恩·麦克唐纳、肯·麦克劳德、贾斯蒂娜·罗布森和查尔斯·斯特罗

---

① 盐雾是指大气中由含盐的微小液滴所构成的弥散系统，在海岸附近多见。如无特殊说明，后文脚注均为编者注。

② 斯文加利（Svengali）是英国小说家乔治·杜·莫里耶（George du Maurier）于1894年出版的经典小说《特丽尔比》（*Trilby*）中的音乐家，他使用催眠术控制女主人公特丽尔比，使其唯命是从，成为他牟利的工具。

斯这群人为什么要写这种东西，每个人都会给你不同的答案。另一方面，有许多美国作家，像英国作家一样，一直致力于翻新太空歌剧里珍贵但几乎无比黯淡且锈迹斑斑的修辞。简而言之，新太空歌剧与其说是一场运动，不如说是一场集合：在没有提倡者，也没有宣言的情况下，大批作家用同一种极具包容性的主题写作。

虽然每个作家都有自己的兴趣和理由来翻新太空歌剧，但他们都是在一个共同的基础上构建自己的故事。像 E. E. 史密斯博士、埃德蒙·汉密尔顿和许多鲜为人知的通俗作家的旧太空歌剧一样，新太空歌剧的故事以广阔的时空为背景，其角色经常做出超人的努力去拯救命悬一线的人类社会，但它也与硬科学（从量子物理学和宇宙学到进化生物学、生物工程和控制论）密切相关。它提出关于人类在恐怖宇宙中位置的棘手问题（我们是谁？为什么我们会在这里？我们要去哪里？），这些故事以一种漫长的时间感和未被完全理解的秘密历史为背景，与宇宙奥秘紧密联系在一起，拥有与政府、经济、同盟和外星物种相关的丰富文化内涵，而不是仅仅着眼于庞大的古老帝国。

阿拉斯泰尔·雷诺兹最出名的是一系列深深融入了新太空歌剧优点的作品。他的前四部长篇小说《启示空间》《深渊之城》《救赎方舟》和《绝对差异》，第七部小说《完美》和收录在《钻石狗》《绿松石色的日子》和《银河之北》中的短篇小说，搭建了一个跨越约四万年未来历史的总体框架，描述了一个散落着古代文明遗迹、外星杀人机器到处巡逻的银河系中，人类的两个敌对分支为了生存而展开的冲突和斗争的故事。它最常被称为"启示空间"系列，其引人注目的地方在于其阴暗的道德灰色地带，巨大机器和宇宙背景的哥特洛可可式的细节设计，以及始于不同时间和地点，逐渐自然融合在一起的多条故事线。

不过，这个合集里的故事都不属于"启示空间"系列，但是很明显，它们都拥有相似的主题、关注点和修辞，最亮眼的是在原始野蛮的时空深处，去刻画普通人类生命的脆弱性以及坚持不懈的人类精神。就像在"启示空间"系列中一样，他们的主角通常都是些被卷入重大事件中的普通的工作人员。他们无法预见事情的走向，但为了生存必须解开谜团。他们愤世嫉俗的态度和嘴里的讽刺给故事增添了黑暗色彩。例如，在《斯派瑞和女王》中，斯派瑞忍不住说刻薄话，尽管这可能是她拼命夺取一艘飞船时呼出的最后一口气。在一场争夺原行星盘①资源的战争中，那艘飞船是她逃离小冰球的唯一方法，而这个小天体的秘密内舱正被斯派瑞过去的同盟用动能武器攻击。故事充满了吸引眼球、匆忙混乱的行为，以及关于人类、未来和智能生命本质的宏大设想，它可以轻松地成为新太空歌剧的分类典范，也可以是所有人追求的黄金法则。如果你认为这令人印象非常深刻，请记住阿拉斯泰尔·雷诺兹在写它之前只发表了五篇故事，我们在这里谈论的是某种天才作家。

尽管正如布里安·阿尔迪斯曾经说的那样，写科幻小说的人不必成为科学家，就像写鬼故事不需要成为鬼一样，但阿拉斯泰尔在思考宏观问题方面却具有专业资质。就在不久之前，他还是一名为欧洲航天局工作的天体物理学家，拥有天文学学士和博士学位。就像在"启示空间"系列中一样，他在这个合集里的故事也具备科学的严谨性，这同样也奠定着他对当前世界的理论和想法的推测的基础。他有许多故事都以其他行星或遥远的恒星为背景，而且故事的时空跨度极大，情节之间往往会出现一些空白——因为坚决拒绝违反爱因斯坦的定理，人物会从历史中消失几十或几百年。即使在一些故事里超光速旅行是可能的——比如《隐藏》《明拉的花》和《梅林的枪》这三个相关的故事就有类似设定——那么实施起来也是极其困难、极其危险的。具有典型讽刺意味的是，故事里的主角寻找的圣杯并非他所期待的超级武器。这种宇宙级宏大的感觉（以及对某个喜欢大靴子和超大眼镜的歌手的戏谑）揭示了阿拉斯泰尔在《洞察时空》中讲"最后一个活着的人"的故事的救赎弧光；在《灰烬天使》中，人类的生存只是个量子概率问题，而不是老式太空歌剧里老生常谈的命运或诡辩。和所有优秀的新太空歌剧作家一样，阿拉斯泰尔也深深爱着旧式作品中人类和宇宙之间不同尺度的比喻和巨大的反差，但这是一种毫不留情的严厉之爱。

其他的故事在尺度上更贴近人类生活，但同样毫不妥协。书中探索了时间如何影响人格，以及人格和意识如何由记忆定义：《真正的故事》讲了关于人类第一次登陆火星的真实历史的罗生门；《伊诺拉》讲了杀戮机器的缓慢转变以及它与一个年轻女孩的羁绊所隐含的希望（这个名字在与广岛的联系中隐含了救赎）；《齐马蓝》用一个动态而斑斓的故事解开了一位艺术家钟爱的色彩的重要含义。两个故事以一种新奇的方式讲述了两个平行世界之间的交流：《从信号到噪音》是感人至深的爱情故事，讲述了一个漫长的告别；《卡迪夫的消亡》

①　这是在新形成的年轻恒星外围绕的浓密气体。

使用反恐战争情节来探索从相似的平行宇宙中获取信息的道德困境。另一个关于平行世界比喻的故事——《永生不灭》，是埃弗雷特世界假说与个人好运的对手戏，故事中有一个巧妙的转折。

最后，但绝不是最次要的，我们来到《从数字到模拟》。故事设定在九十年代初期的俱乐部场景中，详细讲述了一种会同化人类意识的模因病毒阴谋论，用了对蜂巢思想的生动推测。这可能是这本合集中最不典型的阿拉斯泰尔·雷诺兹故事（如果你将"典型的"阿拉斯泰尔·雷诺兹故事定义为巴洛克式宽屏太空歌剧，主人公的命运与某种宇宙灾难交织在一起）。但对我来说，这是合集里对我最有个人意义的故事，因为它最初发表在我和金·纽曼编辑的文集《在梦中》里。金和我发出了一个征集令，网罗了克里夫·伯恩斯、彼得·F.汉密尔顿、史蒂夫·拉斯尼克·特姆、乔纳森·莱特姆和卢卡斯·耶格等新作家的精彩故事。但就像所有的编辑一样，我们也会对熟知和信任的作家穷追不舍，希望他们写出优秀的作品。阿拉斯泰尔·雷诺兹在我的名单上，因为这从一开始就很清楚，他谦虚腼腆的态度是克拉克·肯特[①]式的伪装，他对科幻小说和犯罪流派有着无限的热情，渴望超越极限，尝试新的讲故事的方式。

和我一样，阿拉斯泰尔在十几岁的时候也有过一段写小说的学徒生涯。与我不同的是，他在为获得博士学位而艰苦奋斗的同时，仍然坚持写作。在反复阅读了这里收录的故事之后，我再次意识到他在他的故事中投入了多少精力和技巧。他文章里点子的多样性和密度令人印象深刻，其叙事的框架结构和发展优雅而扎实，丝毫感觉不到故事在为实现情节的曲折和完整而费劲——这既展现了他本人的天才头脑，又体现了他的辛勤工作，掩饰了创作优异的故事的艰辛。在这些故事中，处在非常情景中的人物有血有肉，让人共情。

与他的独立长篇小说《世纪雨》《推冰》和《太阳之家》一样，这里收录的作品也表明他绝不是一个只会一种风格的作家。简而言之，它们确切地说明了为什么我要指定他为《在梦中》供稿，为什么出色的《从数字到模拟》通过了金·纽曼的严格审查，以及为什么在我们初次见面约十八年后，他仍站在科幻小说的最前沿。

保罗·麦考利

伦敦，2008 年 10 月

---

① DC 超级英雄中的超人在人类社会的名字。

# 齐马蓝

# Zima
# Blue

　　第一个星期后，人们开始驶离小岛。泳池周围的观景台一天比一天空旷。大型游船向星际太空返航。艺术狂人、解说员和评论家们在威尼斯收拾行囊。他们的失望如瘴气笼罩在潟湖之上。

　　我是少数几个留在穆尔耶克（Murjek）的人之一，每天都会回到观景台上。我会看好几个小时，水面反射的颤动的蓝光让我眯起眼睛。齐马脸朝下，苍白的身影悠悠地从池子一端游到另一端，或许会被误认为是一具浮尸。当他游动时，我在想该如何讲述他的故事，谁会为此买单。我试图记起工作过的第一家报社的名字，那还是在火星上。他们不像一些大买家出手那么豪爽，但我打心底喜欢这个主意，故地重游。已经过了太久了。我询问 AM，希望它能唤起我对那家报社的记忆。从那之后有这么多……我估计有几百家，但什么信息也没有出现。我又打了个哈欠，才想起前一天就把 AM 解除了。

　　"嘉莉，你要靠自己了，"我大声对自己说，"开始习惯吧。"

　　池子里，那个身影游完了整条赛道，开始转身游向我。

　　两个星期前，我坐在午间的圣马可广场上，看着白色小雕像在白色大理石钟楼上滑行。威尼斯上空塞满了船只，船舷挨着船舷。它们的船腹缝合成巨大的发光板，调成与真实天空相匹配的颜色。这景象让我想起了前扩张时期的一位艺术家的作品，他擅长玩弄令人眼花缭乱的透视和构图把戏。无尽的瀑布，交错的蜥蜴。我在脑中构想出一个形象，向飘忽不定的 AM 查询，但它无法检索到这个名字。

　　我喝完咖啡，强打起精神准备买单。

　　我来到这座白色大理石般的威尼斯，是为了见证齐马封山之作的揭幕。我对这位艺术家感兴趣多年，希望能安排一次采访。不幸的是，人群中的其他数千名成员也有同样的想法。反正什么竞争对我来说也不重要了：齐马从来都没有回应过。

服务员把一张折叠的卡片放在我的桌子上。

我们被告知要去穆尔耶克，一个大多数人从未听说过的水世界。穆尔耶克唯一的名声，是它拥有第一百七十一个已知的威尼斯的复制品，也是仅有的三个完全用白色大理石渲染的威尼斯复制品之一。齐马选择在穆尔耶克展示他最后一件艺术品，也是他离开公共生活的隐退之地。

怀着沉重的心情，我打开卡片准备结账。那并不是预想中的账单，而是一张蓝色的小卡片，上面印着细金斜体字。那种蓝色调正是齐马精确自制的粉海蓝。卡片是写给我的，嘉莉·克莱，上面说齐马想和我谈谈揭幕式的事。如果我有兴趣的话，两小时后到里亚尔托桥报到。

如果我有兴趣的话。

卡片上规定，不能带任何记录设备，甚至连纸笔都不能带。像是捎带提起，卡片说账已经付过了。我差点就想再点一杯咖啡，记在同一张账单上。差一点，但并没有。


当我提前到达桥头时，齐马的仆人就在那里。机制复杂的霓虹灯在机器人人形身体的曲面玻璃后跳动。它弓着腰，说话非常温柔："克莱小姐，既然您到了，我们便出发吧。"

机器人送我到一条通往水边的空中楼梯。我的 AM 跟在身后，在肩上飞舞。一台传送机悬浮在水面上一米高的地方等待着，机器人把我扶进了后舱。AM 正准备跟着我进去，机器人举起警告手势。

"恐怕您得把它留下了，不能带记录设备，记得吗？"

我看着那只金属绿的蜂鸟，努力回忆上一次离开它无微不至的照看是什么时候。

"让它留下来吗？"

"它在这里很安全，等天黑后您回来再把它领走。"

"如果我说不呢？"

"那恐怕就不能和齐马见面了。"

我感觉那个机器人不会在这里待一下午等我的答复。可一想到要离开 AM，我的血液就开始凝固。但我太想得到这次采访，以至于可以接受任何事情。

我告诉 AM 在那里待着，直到我回来。

顺从的机器闪着金属绿光从我身边掉转离去，那就像看着自己的一部分飘走一样。玻璃船体包裹着我，一股脱缰般的加速度前进着。

威尼斯在船只下方倾斜，向地平线飞驰远去。

我发起一个测试查询，要 AM 说出我在哪颗星球庆祝的七百岁生日。什么信息也没有返回。我已经超出了查询距离，只能靠自己饱经风霜的记忆力。

我向前倾了倾身子。"你可以告诉我这是怎么回事吗？"

"恐怕他没有告诉我，"机器人说，在后脑勺上做了一个表情，"但如果您觉得不舒服，我们随时可以返回威尼斯。"

"暂时没事。还有谁得到了蓝卡待遇？"

"据我所知，只有您。"

"如果我拒绝了呢？你是不是会去问别人？"

"不会，"机器人说，"但让我们面对现实吧，克莱小姐。您拒绝的可能性很小。"

我们继续飞行，传送机的冲击波在船身后的海面挖出一条发泡的通道。我想到了用一支画笔在大理石上划过湿漆，露出底下的白色表面。我拿出齐马的邀请函，对着前方地平线，试图判断那种蓝究竟更接近天空还是大海。在这两种可能性中，卡片闪烁不定。

齐马蓝。那是一种精确的色彩，是由科学上的角度和强度来定义的。如果你是一名艺术家，可以根据这种规格混合出一批齐马蓝。但从来没有人用过齐马蓝，除非他们正在对齐马本人致敬或置评。

当齐马出现在公众视野中时，他已经是独一无二的了。他经历了激进的改造程序，使能够在没有防护服保护的情况下忍受极端环境。齐马外表是一位身材匀称、穿着紧身衣的男子，直到你走近了，才会发现那衣服其实是他的皮肤。这种合成材料覆盖了他整个身形，可以根据心情和周围环境调制出不同颜色和质感。如果社会环境需要，它可以近似于衣物。当他希望体验真空时，皮肤可以承受压力，并使其硬化以保护他免受气体巨大的挤压。除了这些改进，皮肤还向大脑传达全方位的感官印象。他不需要呼吸，整个心血管系统已经被闭合循环的生命维持机制所取代。他不需要吃喝，不需要处理身体的废物。微小的修复机器在他身体里群集，让他可以忍受能在几分钟内杀死一个普通人的辐射剂量。

有了能够抵御极端环境的强化身体，齐马可以自由地去他想去的地方寻找灵感。他可以在太空中自由漂流，凝视恒星的面孔，也可以在灼热峡谷中游荡，在那颗星球上，金属像熔岩般流淌。他的双眼被摄像头取代，对宽幅的电磁频谱敏感，通过复杂的处理模块连接到他的脑中。一个通感桥使他能够听到视觉数据，就像欣赏某种音乐，能看到声音就像一首惊心动魄的色彩交响乐。他的皮肤能如天线般工作，让他对电场变化敏感。当这些还不够的时候，他可以接入任何数量的伴生机器数据源。

鉴于这一切，齐马的艺术毫无疑问充满独创性且抓人眼球。他的风景画和星场有一种高度狂喜的品质，充斥着流光溢彩又令人震惊的色彩和眼花缭乱的透视技巧。这些作品以传统材料绘制，但规模巨大，很快就吸引了一批重要的买家。有些作品被私人收藏，但齐马壁画也开始出现在银河系各地的公共场所。这些壁画宽达几十米，但细节却直达视线的极限。大部分壁画都是一次性画完的。齐马不需要睡觉，所以他不间断地工作，直到一幅作品完成。

这些壁画无疑令人印象深刻。从构图和技巧的角度来看，它们极其辉煌。但也有一些凄凉和令人不寒而栗之处，它们是没有人类存在的风景画，除了艺术家本人的隐含视点。

这么说吧：它们虽然很好看，但我不会挂在家里。

显然，并不是每个人都同意，否则齐马也不会卖出那么多作品。但我不禁想知道，有多少人买这些画是因为他们对艺术家的了解，而不是因为作品本身的内在价值。

这就是我第一次关注齐马时的背景。我把他归为很有趣但俗气的艺术家之类里，如果他或他的艺术发生了其他事情，也许值得一说。

有些事情确实发生了，但过了一段时间才有人注意到——包括我在内。

有一天，在经历了比往常更长的酝酿期之后，齐马推出了一幅与众不同的壁画。画上是一团旋涡状的、星星点点的星云，从一块无空气的岩石视角瞭望开去。一个蓝色的小方块栖息在画面中远处一个火山口的边缘，挡住了星云的一部分。乍一看，好像画布被刷成了蓝色，齐马只是留了一小块地方没有画。正方形没有实体感，没有任何细节暗示它与景观或背景的关系。它没有投射出阴影，也没有对周围的色彩产生影响。但是，这个方块是有意义的：仔细观察表明，它确实是在火山口的岩唇上画的。它意味着什么？

方块只是一个开始。此后，齐马对外发布的每一幅壁画都包含了类似的几何形状：正方形、三角形、矩形或一些类似的形状嵌在构图的某个位置。很久以后，才有人注意到，每幅画中的蓝色的深浅都是一样的。

那就是齐马蓝——和金字卡片上的蓝色是同款。

在接下来的十几年里，抽象形状变得更加主导，挤压了每幅作品构图中的其他元素。宇宙远景最终变成了狭窄边界，框住了空白的圆形、三角形、矩形。他早期作品中标志性的繁复笔触和厚涂颜料层，被如镜面般光滑渲染的蓝色所取代。

散客买家被抽象的蓝色形式吓倒，对齐马敬而远之。不久之后，齐马推出他的第一幅全蓝壁画。这幅壁画大到足以覆盖一栋千层楼房的立面，许多人认为这是齐马能做到的极限。

他们错得不能再错了。

我感觉传送机的速度慢了下来，我们正在接近一座小岛，这是所有方向上唯一可见之物。

"您是第一个看到这个的人，"机器人说，"有一块失真的屏幕挡住了来自太空的视线。"

这座小岛大约有一千米宽。低矮呈龟形，被一圈窄窄的淡色沙子环抱着。在靠近中间的地方，它上升为一座稍稍突出的高地，上面的植被已经被清理成一块大致呈长方形的区域。我看清了一小块平放在地面上的蓝色反光板，周围似乎是一组层层叠叠的观景台。

传送机舍弃了高度和速度，晃晃悠悠地往下飞，停在观景台所围成的区域外。它停在一座低矮的白色卵石道的小屋旁，降落时我并没有留意。

机器人走出机舱，把我从传送机上扶下来。

"齐马马上就到了。"它说完，回到传送机上，消失在空中。

突然间，我感到非常孤独，非常脆弱。一阵微风从海上吹来，把沙子吹进我的眼里。太阳正向地平线爬去，很快就会变冷。就在我开始感到心慌手痒的时候，一个人从小屋里走了出来，急促地搓着手。他顺着一条铺满石子的小路向我走来。

"嘉莉，很高兴你能来。"

当然是齐马，那一瞬间我觉得自己很傻，还怀疑他是否会露面。

"嘿。"我蹩脚地打招呼。

齐马伸出了手。我握了握,感受到人造皮肤略带塑料的质感。今天它是一种黯淡的锡灰色。

"我们去阳台上坐坐吧,看看夕阳不是很好吗?"

"很好。"我同意。

他背对着我,向小屋的方向出发。他走路的时候,肌肉在锡质肉体下弯曲、鼓胀。背上皮肤有鳞片般的光泽,仿佛镶上了反光的马赛克片。他美得像一尊雕像,健壮得像一只豹子。他是一个英俊的男人,即使在变形之后,但我从来没听说过他有情人,或者有任何形式的私生活,他的艺术就是一切。

我跟在他身后,感觉尴尬,口舌笨拙。齐马领着我进了小屋,穿过旧式厨房和休闲室,里面摆满了上千年历史的家具和饰品。

"旅途怎么样?"

"还好。"

他突然停下,转身面对我:"我忘了确认……机器人坚持要你留下你的AM——记忆助手吗?"

"是的。"

"很好,我想要交谈的人是你,嘉莉,而不是什么代理记录设备。"

"我?"

他脸上的锡色面具形成了一个疑惑的表情:"你会多音节单词吗,还是说你还在努力?"

"呃……"

"别紧张。"他说,"我不是来考验你,或羞辱你,或类似的事情。这不是一个陷阱,你也没有任何危险,你会在午夜前回到威尼斯的。"

"我没事。"我控制住自己,"只是有点头晕。"

"好吧,你不该会这样。我绝对不是你见过的第一个名人,不是吗?"

"嗯,不是,但……"

"人们觉得我很吓人,"他说,"他们终究会克服,然后觉得自己大惊小怪。"

"为什么选我?"

"因为你一直在很友善地请求采访。"齐马说。

"认真点。"

"好吧。虽然你确实在友善地请求采访,但有些事情不止于此。这些年来,我很喜欢你的很多作品。人们常常相信自己能开诚布公,尤其是在临近生命的尽头时。"

"你说的是退休，不是死亡。"

"无论哪种方式，都是要退出公共生活。你的文章在我看来一直是真实的，嘉莉。我不知道有谁宣称你的文字有失实之处。"

"这种情况时有发生。"我说，"这就是为什么我总是确保有一个 AM 在手，这样就没有人可以对说过的话提出异议。"

"这对我的故事不会有影响。"齐马说。

我精明地看着他："还有别的原因，不是吗？一些其他原因让你把我的名字从帽子里拉出来。"

"我想帮你。"他说。

大多数人谈到他的蓝色时期，指的是那些无比巨大的壁画时代。我说的巨大是真正的巨大。很快，那些壁画已经大得足以使建筑物和民用空间相形见绌，大到从外太空的轨道上都肉眼可见。在整个银河系中，二十千米高的蓝色薄片耸立在私人岛屿上，或从风暴肆虐的海面升起。费用从来都不是问题，齐马有许多彼此竞争的赞助商，他们争相支持他最新最大的创作。这些板块一直在增长，直到它们需要采用懒人技术的复杂机械装置来支撑它们抵御重力和天气。它们穿透了行星大气层顶部，刺入太空。它们柔光发亮，弯曲成弧形和扇形，观众的整个视野都被蓝色浸透了。

此时齐马已经声名显赫，即便对于那些对艺术兴趣寥寥之人也是如此。他是制造巨大蓝色结构的怪异赛博格（半机械人）名流，他从不接受采访，也不暗示艺术中的私人含义。

但那是一百年前的事了，齐马甚至还没有远程完工过。

最后，这些结构变得过于笨重，无法在行星上得到空间支撑。齐马轻率地进入星际空间里，锻造出宽达一万千米的巨大的、自由飘浮的蓝色薄片。

现在他不再用画笔和颜料进行工作，而是用采矿机器人舰队撕开小行星，为他的创作提供原料。整个恒星经济体相互竞争，以接纳齐马的作品。

也就是在那个时候，我重新对齐马产生了兴趣。我参加了他的一次"包装月球"的表演：把整个天体围在一个有盖的蓝色容器里，就像把一顶帽子放进盒子里。两个月后，他把一颗气态巨星的整条赤道带都染成蓝色，我当时也在场。六个月后，他改变了一颗掠日彗星表面的化学反应，使它在穿越整个太阳系的过程中拖上一条蓝色彗尾。但我并没有接近我想要的故事。我不断地请求采访，又不断地被拒绝。我只知道齐马对蓝色的痴迷一定有更多的原因，而不是单纯的艺术奇思。如果不了解这种痴迷，就没有故事，只有逸事。

我不写逸事。

所以我一直等了又等。然后——像其他数百万人一样——我听说了齐马的最后一件艺术品，于是来到了穆尔耶克的假威尼斯。我并不期待采访，或者任何新的见解，我只是必须到场。


我们穿过滑动玻璃门，踏上阳台。两把简单的白椅摆在一张白色桌子两侧。桌子上摆放着饮料和一盆水果。在没有围栏的阳台之外，干旱的土地陡然倾斜开来，可以看到一望无际的大海。水面平静而诱人，低垂的太阳像一枚银币倒映在水面上。

齐马示意我坐在其中一张椅子上，他的手在两瓶酒上犹豫不决。

"红的还是白的，嘉莉？"

我张了张嘴，似乎想回答他，但什么也没说出来。一般来说，在提问和回答之间的那一瞬，AM 会默默地引导我选择两个选项中的一个。没有了 AM 的提示，我的思绪就像是陷入了心理停滞。

"红的，我想。"齐马说，"除非你强烈反对。"

"我并不是自己不能决定这些事情。"我说。

齐马给我倒了一杯红酒，然后举起杯对着天空检查纯净度。"当然不是。"他说。

"只是这对我来说有些奇怪。"他说，"不应该这么奇怪，这是你几百年来的生活方式。"

"你是说，相对于自然的方式？"

齐马给自己倒了一杯红酒，但他没有喝，只是嗅了嗅酒花。"是的。"

"但对出生一千年后还活着的人来说，并没有什么自然之道，"我说，"我的有机记忆在七百年前就达到了饱和点。我的脑袋就像一间家具太多的房子，想把东西搬进去，就得先把东西搬出来。"

"我们先回到酒的问题。"齐马说，"通常情况下，你会依靠 AM 的建议，不是吗？"

我耸了耸肩："是的。"

"AM 会不会总是建议两种可能性中的一种？比如说，总是红葡萄酒，或总是白葡萄酒？"

"没那么简单。"我说，"如果我对其中一种有强烈的偏好，那么，AM 总是会推荐一种酒而不是另一种。但我不喜欢那样，我有时喜欢喝红酒，有时喜欢喝白酒。有时我不想喝任何一种酒。"我希望自己的沮丧没那么明显。但在精心设计的蓝卡、机器人和传送机的戏法之后，我最不想和齐马讨论的就是我自己不完美的回忆。

"那么是随机的？"他问道，"AM 会认为红的和白的一样吗？"

"不，也不是这样的。AM 跟了我几百年了。它见过我在几十万种不同的情况下，喝过几十万次酒。它很可靠，知道在不同参数下，我对酒的最佳选择是什么。"

"而你毫不怀疑地遵循它的建议？"

我喝了一口红酒："当然。如果为了证明自由意志而违背它，是不是有点幼稚？毕竟，我可能对它的建议感到更加满意。"

"但是，除非你时不时地忽略这个建议，否则整个生活岂不是变成了一套可预测的反应？"

"也许吧。"我说，"但这有那么糟糕吗？如果我很快乐的话，还在乎些什么呢？"

"我不是在批评你。"齐马说。他笑了笑，靠在座位上，化解了一些因质疑而引发的剑拔弩张。

"现在用 AM 的人不多了吧？"

"那我就不知道了。"我说。

"不到整个银河系人口的百分之一。"齐马闻了闻酒，透过酒杯看着天空，"几乎其他所有人都接受了无法回避的事实，我们需要机器来管理千年的记忆。"

"然后呢？"

"不过是不同类型的机器。"齐马说，"神经植入，完全融入主体的自我意识。与生物记忆无法区分。你不需要询问 AM 该选择什么酒，不需要等待那个确认的耳语，你立刻就知道了答案。"

"这有什么不同呢？允许一台机器记录下我的经历，无论去哪里它都陪着我。机器不会遗漏任何东西，它对我的查询预测效率很高，我几乎不用提出问题。"

"这台机器很脆弱。"

"它每隔一段时间就会做备份。而且它不比我脑袋里的一簇植入物更脆弱。对不起，但这并不是说得通的反对意见。"

"你说得当然没错。但反对 AM 还有更深层的理由。它太完美了，它不知道如何扭曲或遗忘。"

"这不正是使用 AM 的原因吗？"

"不完全是。当你回忆一件事——比如这次谈话，也许，一百年后会有一些你记错的事情。然而那些记错的细节本身会成为你记忆的一部分，随着每一次回忆变得坚实而富有质感。一千年后，你对这次谈话的记忆可能与现实几乎没有相似之处，然而你会发誓回忆是准确的。"

"但如果 AM 陪着我，我就会对事情的真实情况有一个完美无缺的记录。"

"是的。"齐马说，"但那不是活的记忆。那是摄影，是一个机械的记录过程。它冻结了想象力，不让细节有被选择性误记的余地。"他停了很久，给我杯里加酒。

"想象一下，在这样的下午，几乎每一次当你有理由坐在外面的时候，你都选择了红葡萄酒而不是白葡萄酒，而且一般来说，你没有理由后悔这个选择。但有那么一次，由于这样或那样的原因，你被说服了，选择白葡萄酒——这违背了 AM 的判断，却很美妙。一切都神奇地结合在一起：陪伴、谈话、午后的氛围、灿烂的景色、微醺的兴奋感。一个完美的下午变成了一个完美的夜晚。"

"这可能和我选择什么酒没有关系。"我说。

"是，"齐马同意，"而 AM 肯定不会将任何意义附加在那一个快乐的环境组合上。一个单一的偏差在任何显著程度上都不会影响它的预测模型。你下次问它时，它还是会说'红酒'。"

我感到一种不适的刺痛感，它来自某种领悟。"但人类的记忆不会这样工作。"

"不会，它会抓住那一个例外，并赋予它不应有的意义。它会放大那个下午记忆中具有吸引力的部分，而压制不那么令人愉快的部分：一直在你脸上嗡嗡作响的苍蝇，你对赶船回家的焦虑，以及你知道必须在早上买的生日礼物，你只记得那幸福的金色光芒。下一次，之后的每一次，你会偏向于选择白葡萄酒。一个完整的行为模式会因为一次偏差而被改变，AM 绝不会容忍这种情况，在它勉强更新它的模式并开始建议选择白酒而不是红酒之前，你必须违背它的建议很多很多次。"

"好吧。"我说，还是希望我们能谈论齐马而不是我，"但是，人工记忆是在我的脑袋里还是在外面，有什么实际区别呢？"

"世上万事万物都区别于此。"齐马说，"AM 里储存的记忆是恒久固定的。你可以随意查询它，但它绝不会增强或遗漏任何一个细节。但植入物的工作方式不同，它们被设计成与生物记忆无缝结合，以至于接受者无法分辨出其中的区别。正因如此，它们必然是可塑的，可塑性强就容易出错和失真。"

"易变性。"我说，"但没有易变性就没有艺术，而没有艺术就没有真理。"

"易变性导致真理？很好的说法。"

"我是指更高层面的，隐喻意义上的真理。金色的下午？那是事实。记住那只苍蝇不会给那个下午增加任何物质意义上的东西。"

"它会减损意义。"

"没有什么下午，也没有什么苍蝇。"我说。终于，我的耐心达到了极限。"听着，我很感激能被邀请到这里来，但我原本以为，这会比一场关于我如何选择自己记忆方式的说教更有趣一些。"

"事实上，"齐马说，"这里面有一个关键点，是关于我的，但也是关于你的。"他放下杯子。"我们出去走走吧，我想带你看看游泳池。"

"可太阳还没有落山。"我说。

齐马笑了："总会有下一次的。"

他带我穿过房子，走了一条不同的路线，从一扇与我们来时不同的门离开。一条蜿蜒的小路在白色石墙之间逐渐攀升，沐浴在低垂太阳的金光之中。现在，我们到达了从传送机上看到的平坦高原。那些我以为是观景台的东西正如其所是：高约三十米的梯田式建筑，后面有楼梯通往不同的楼层。齐马带我走进最近一座看台下的黑影，穿过一道隐秘的门，进入封闭区域。降落时我看到的蓝色面板，原来是一个不大的长方形游泳池，水已经被抽干了。

齐马带着我走到边缘。

"一个游泳池。"我说，"你不是在开玩笑吧，这就是建造这些观景台的目的？"

齐马说："这就是仪式将要进行的地方。我最后一件艺术作品的揭幕仪式，也是我从公共生活隐退的时刻。"

游泳池还没有完工。远处的角落里，一台小型黄色机器人正在粘贴瓷砖。靠近我们的部分，瓷砖已经完全铺好了，但我不禁注意到，有的地方出现了缺口和裂缝。午后的光线让人很难确定——我们现在处于深深的阴影中，但它们的颜色看起来非常接近齐马蓝。

"在粉刷了整个星球之后，这是不是有点让人失望了？"我问道。

"对我来说不是。"齐马说，"对我来说，这就是探索的终点，是所有一切的指向之处。"

"一个看起来很破旧的游泳池？"

"这不是普通的旧游泳池。"他说。

他陪我在岛上转了一圈，太阳从海面上溜走了，万物的颜色变得灰暗。

"古老的壁画来自内心。"齐马说，"我作画的规模很大，因为那似乎是题材必需的。"

"那些真是好作品。"我说。

"那是黑客作品。巨大、响亮、苛刻、流行，但终究没有灵魂。只是因为它发自内心，并不代表它就是好的。"

我什么也没说。那也正是一直以来我对他作品的感觉：和它的灵感一样庞大、非人，只有齐马的赛博格改造给他的艺术带来了独特性。这就像赞美一幅画是由某个人用牙咬着画笔画出来的一样。

"我的作品没有说出任何宇宙尚未自我言说之事。更重要的是，它没有说出任何与我相关之事。如果我在真空中行走，或在液氮海洋中游泳呢？如果我能看到紫外线光子，或者尝到电场的味道呢？我对自己的改造是可怕的，是极端的。但它们给我的东西，任何艺术家都能从一架高级遥距无人机那里得到。"

"我觉得你对自己有点苛刻。"我说。

"一点也不。我现在可以这么说，是因为我知道，我的确创造了一些有价值的东西。但当它发生时，完全是意料之外。"

"你是说那些蓝色的玩意？"

"蓝色的玩意。"他说，点点头，"一开始完全是偶然：在一块即将完成的画布上误涂了颜色。近黑的底色上衬出一抹淡淡的水蓝，效果犹如电光石火。就好像我脑中短路，触及某种强烈而原始的记忆，抵达体验之境，在那里，颜色是我整个世界中最重要的东西。"

"那是什么记忆？"

"我不知道，我只知道那颜色跟我说话的方式，好像我一生都在等待着找到它，还它自由。"他想了一会儿，"总有那么一些东西是关于蓝色的。一千年前，伊夫·克莱因就说过：蓝色是色彩的本质，代表其他所有颜色的颜色。有一个人，曾经用一生的时间，去寻找一种记忆中曾在童年接触过的特殊的蓝。他开始对找到这种颜色感到绝望，认为一定是自己想象出那种精确的色调，它不可能存在于自然界中。然而有一天，他偶然遇到了它，那是自然历史博物馆里一只甲虫的颜色，他喜极而泣。"

"那是齐马蓝吗？"我问道，"一种甲虫的颜色？"

"不，"他说，"不是甲虫。但我必须知道答案，无论它把我带到何处。我必须知道为什么这种颜色意义如此重大，为什么它要接管我的艺术。"

"是你允许它接管。"我说。

"我别无选择。当蓝色变得更强烈、更主导，我觉得自己更接近答案。我觉得只要沉浸在这种蓝色中，就能知道想知道的一切，我就会像一个艺术家那样理解自己。"

"然后呢？你理解了吗？"

"我理解了自己。"齐马说，"但那并不是我原本期待的。"

"你理解了什么？"

齐马过了很久才回答我。我们慢慢地走着，我稍稍落后于他那自如的强健形态。气温越来越低了，我希望自己能有先见之明，带上一件外套。我想问齐马能不能借我一件，但我担心会把他的思路岔开。保持沉默一直是我工作中最艰难的部分。

"我们谈到了记忆的易变性。"他说。

"是的。"

"我自己的记忆是不完整的。自从安装了植入物后，我记住了一切，但那只是我生命中过去的三百年。我知道自己比这要老得多，但对于植入之前的生活，我只记得一些碎片；一些我不太知道如何去拼凑的碎片。"他放慢脚步，回过头，地平线上黯淡的橘色光线勾勒出他的侧脸。"我知道我必须挖掘那段过去，如果我想理解齐马蓝的意义。"

"回溯到多久以前？"

"那就像考古学一样。"他说，"我顺着记忆线索回到最早的可靠事件，那是在安装植入物后不久发生的。这把我带到了哈尔科夫八号，一个位于加林港的世界，离这里大约一万九千光年。我只记得在那里认识的一个人的名字，科巴戈。"

"科巴戈对我毫无意义，但即使没有 AM，我也对加林港有所了解。那是银河系的一个区域，包含了六百个可居住的系统，被挤在三股主要经济势力之间。在加林港，正常的星际法律并不适用，它是逃亡之地。"

"哈尔科夫八号专门生产某种产品。"齐马说，"整个星球都整装待发，提供其他地方无法提供的医疗服务。非法的控制论改造，诸如此类的东西。"

"难道那里就是……"我的话没有说完。

"那里让我成为如今这个样子，"齐马说，"当然，在哈尔科夫八号之后，我对自己做了进一步改造——提高了对极端环境的耐受力，扩大了感官能力，但本质上，我是在科巴戈的诊所里，躺在手术刀下才变成这样的。"

"所以在你来到哈尔科夫八号之前是一个正常人？"我问道。

"这到了最艰难的地方了，"齐马说着，沿着小径小心翼翼地挑选路线，"回去之后，我自然想找到科巴戈。在他的帮助下，我以为自己能够理清脑海中携带的记忆碎片。但科巴戈已经离开，消失在港湾别处，诊所还在，现在是他的孙子在经营。"

"我敢打赌，他一定不爱说话。"

"是的，要说服他很费劲。幸好，我有一些办法。一点威逼加上一点利诱。"他微微一笑，"最后他终于同意打开诊所的记录，查看他祖父对我到访的日志。"

我们拐了一个弯，现在海天一色，不可分割的灰，没有留下任何蓝色的痕迹。

"发生了什么？"

"记录上说，我从来就不是一个人。"齐马说。他停顿了一会儿才继续，确认我对他的话没有误解。"在我来到诊所之前，齐马从未存在过。"

如果有一架记录无人机，或者，再不济，一个普通的旧笔记本和笔也行，我就不会像现在这样狼狈。我皱了皱眉头，仿佛这样会让记忆力变得更强些。

"那你到底是谁？"

"一台机器，"他说，"一个复杂的机器人，一个自主的人工智能。到达哈尔科夫八号时，我已经活了几个世纪了，具有完全的法律独立性。"

"不，"我说，摇摇头，"你是一个带有机器部件的人类，不是一部机器。"

"诊所的记录非常清楚。我是作为一个机器人去的诊所。当然是一个雄性人形机器人——但毫无疑问还是一部机器。我被拆解了，核心认知功能被整合到一个缸中养殖的生物宿主体内。"他用一根手指敲了敲头骨的锡制侧面，"这里有很多有机材料，还有很多控制论机械。很难分辨出两者从哪里开始，到哪里结束。更难分清哪个是主人，哪个是奴隶。"

我看着站在身边的那具身体，尝试着跨过心理障碍，将他看成一部机器——尽管是一部带有柔性细胞组件的机器——而不是一个人类。我不能，还不能。

我停下了脚步，说："诊所可能骗了你。"

"我不这么认为。如果我不知道真相，他们会开心得多。"

"好吧。"我说，"只是为了辩论的话——"

"这些都是事实。它们很容易被核实。我检查了哈尔科夫八号的海关记录，发现在医疗程序执行的前几个月，有一个自主机器人实体进入了这颗星球的领空。"

"那不一定是你。"

"几十年来，没有其他机器人实体靠近过这个世界，那一定是我。不仅如此，记录还显示了机器人的出发港口。"

"哪一个？"

"加林港之外的一个世界。林坦三号，在穆阿拉群岛。"

我没有了 AM 就像缺了一颗牙齿："我不知道我是否知道那个地方。"

"你大概不知道，这不是那种你会选择访问的世界，日程周密的破光者不会去那里。在我看来，造访这个地方的唯一目的——"

"你去过那里？"

"两次。一次是在哈尔科夫八号的程序之前，另一次是最近，是为了确定我在林坦三号之前去过的地方。至少可以说，证据链已经开始变得混浊不清了……但我问了一些正确的问题，在正确的数据库里查询，最终找到了我从哪里来的答案，但这仍然不是最终的答案。有很多个世界，我每到一个世界，链条就会变得越来越模糊，但我有自己的坚持。"

"还有钱。"

"还有钱，"齐马说，礼貌地点点头，认可我的评点，"金钱的帮助难以估量。"

"那你最后找到了什么？"

"我顺着线索回到了起点。在哈尔科夫八号上，我是一台思维敏捷的机器，具有人类水平的智慧。但我并不是一开始就那么聪明而复杂，在时间和环境允许的情况下，我被一步步地增强。"

"靠你自己？"

"归根究底，是的。那是当我有了自主权之后，法律意义上的独立。但在允许我获得这种自由之前，我必须达到一定的智力水平。在那之前，我是一个更为简单的机器，就像一个传家宝或宠物，由一个主人传给下一个主人，代代相传。他们给我添加了一些东西，让我变得更聪明。"

"这一切是怎么开始的？"

"一个项目。"他说。

齐马带我回到游泳池。赤道的夜晚很快降临，游泳池此刻沐浴在人工光照下，这些光照来自观景台上方洪流般的灯阵。自从上次看完游泳池后，机器人已经完成了最后一块瓷砖的粘贴工作。

"现在已经准备好了。"齐马说，"明天游泳池就会被封住，后天就会被水淹没。我会循环用水，直到达到必要的透明度。"

"然后呢？"

"我要为自己的表演做好准备。"

在去游泳池的路上，他已经把自己所知道的来历告诉了我。齐马是在地球上开始他的存在的，早在我出生之前。他是由一个业余爱好者组装起来的，那是一个对实用机器人感兴趣的有天赋的年轻人。在那个年代，这个年轻人是探索人工智能难题的众多团体与个人中的一员。

感知、导航和自主解决问题是这个年轻人最感兴趣的三件事。他用工具包、破玩具和零件创造了许多机器人。它们的心智——如果可以用这个词来形容的话——由废旧电脑的内脏拼凑而成，在内存和处理器速度的限制下，运行的简单程序不断膨胀。

年轻人用这些简单的机器装满他的房子，每一部都为特定任务而设计。一个机器人是肢体具有黏性的蜘蛛，它在墙壁上爬来爬去，为画框除尘。另一个机器人则是等待苍蝇和蟑螂的到来，捕捉并消化它们，利用化学分解生物质所产生的能量，将自己移动到房子的另一个角落。另一个机器人忙着一遍又一遍地粉刷房子的墙壁，使颜色与季节变化相匹配。

还有一个机器人住在他的游泳池里。

它没完没了地在游泳池的瓷砖边上下劳作，把它们擦得干干净净。年轻人本可以从邮购公司买一个廉价的游泳池清洁器，但他却按照自己古怪的设计原则，从头开始设计机器人，这让他感到很有趣。他给机器人配备了全彩视觉系

统和一个足够大的脑子，将视觉数据处理成周围环境的模型。他让机器人自己
决定清洁泳池的最佳策略，他让它选择何时清洁，何时浮出水面，通过背部的
太阳能电池板为电池充电，他给它灌输了一种原始的奖励观念。

小小的泳池清洁工让这个年轻人学到了很多机器人设计的基础知识。这些
经验被灌输到其他家用机器人上，直到其中一个简单的家用清洁器变得足够强
大和自动化，年轻人开始通过邮购将其作为套件出售。这套机器人卖得很好，
一年后，年轻人把它作为预装的家用机器人出售。这款机器人获得了巨大的成功，
这个年轻人的公司很快就成为家用机器人市场的领导者。

十年内，全世界挤满了他那些聪明热心的机器。

他从来没有忘记那台小小的泳池清洁器。他一次又一次地将它作为新硬件
和新软件的试验台。渐渐地，它成了他所有作品中最聪明的一个，也是唯一一
个他拒绝拆开分解的作品。

当他去世后，这台清洁器传给了他的女儿。她继承了家族传统，为这台小
机器增添了不少聪明才智。当她死后，她把它传给了年轻人的孙子，他恰好住
在火星上。

"这就是最初的水池，"齐马说，"如果你还没有猜到的话。"

"在过了这么久之后？"我问道。

"它非常古老，但陶瓷经久不坏，最困难的部分是找到它。我不得不挖开
两米深的表土。这是在一个他们过去称之为硅谷的地方。"

我说："这些瓷砖是用齐马蓝上色的。"

他轻轻地纠正道："齐马蓝正是瓷砖的颜色，这恰好是那个年轻人用在游
泳池瓷砖上的色调。"

"然后你的某个部分就记住了。"

"这就是我的起点，一台粗糙的小机器，几乎没有足够的智能来引导自己
在游泳池里游动。但它是我的全世界，它是我所知道的一切，我需要知道的一切。"

"那现在呢？"我问道，却害怕得到答案。

"现在我要回家了。"

他表演的时候我就在那里。那时，看台上挤满了前来观看表演的人，小岛
上方的天空像是由悬浮船紧密贴成的马赛克。失真屏已被关闭，太空船的观景
台上涌动着数十万的来自远方的见证者。他们能看到当时的游泳池，池水如镜

面般平滑，金酒般清冽。他们能看到齐马站在泳池边缘，背上的太阳光斑如蛇鳞闪亮。没有一个观众知道将要发生什么，也不知道它的意义所在。他们都在期待着什么——一件胜过齐马此前所有作品的公开亮相，但他们只能疑惑地盯着水池，不知道它怎么可能比得上那些穿透大气层的油画，或者那些被蓝色笼罩的世界。他们在想，游泳池一定是个障眼法。真正的艺术品——作为退隐声明的作品———定是在其他地方，还没有被看到，一切浩瀚之处还在等待被揭示。

那是他们的想法。

但我知道真相。当我看到齐马站在池边，向那片蓝色交出自己时，我就知道了。他告诉了我具体的过程：缓慢地、有条不紊地关闭上层大脑的功能。一切都是不可逆转的，这并不重要，对于失去之物，他已无从后悔。

但有些东西会被保留下来——一枚小小的内核，足以让他的心灵意识到自己的存在。它有足够的心智去欣赏周遭环境，并从执行任务中获取涓涓细流般的快乐和满足，一切目的已不重要。他永远不需要离开游泳池，太阳能电池片将为他提供所需要的能量。他永不衰老，永不生病，其他机器会照顾他的岛屿，保护游泳池及其沉默、缓慢的游泳者不受天气和时间的摧残。

数个世纪将过去。

数千年，然后是数百万年。

在那之后，谁也不知道会发生什么。但有一件事我能确定，齐马永远不会对他的任务心生厌倦。他的心智中没有留下无聊的能力，他已经成为纯粹的体验。如果说他在游泳中能体验到某种快乐，那正如一只授粉昆虫近乎无意识的欣喜。对他来说这已经足够了，就像在加利福尼亚的那个池子里，对他来说已经足够了。无论现在还是一千年后，在同一个池子或在同一个银河系的遥远之处，围绕着另一个太阳的另一个世界，对他来说已经足够了。

至于我……

原来，对于在岛上的会面，我记住的比原本应该记得的要多得多。随你怎么理解，但似乎我并不像长久以来想象的那样，需要 AM 这根精神拐杖。齐马说得没错，我把生活变成了剧本，像蓝图一样铺开。总是红酒配日落，从不尝试白酒。乘坐出航的破光船，一家诊所为我安装了一套神经记忆扩展装置，它应该能在未来四五百年里为我周到服务。总有一天我会需要另一种解决方案，但到那时候，我会跨过那座特别的记忆之桥。解除 AM 之前，我最后的动作是把它的观察数据移入我增大的记忆空隙中。

这些事件仍然不像是曾经发生在我身上的，但伴随着每一次回忆，它们会一点一点地融合得更好。它们变得柔和，重点也变得更明亮。

我猜它们随着每一次的回忆变得不那么准确了，但就像齐马说的，也许这才是重点。

我现在知道他为什么选择我了。不仅仅因为我写传记故事的方式，他希望帮助别人继续前行，在他完成同样的事情之前。

最终我找到了一种方式写下他的故事，并把它卖给我的老报社——《火星纪事》。再次造访这颗古老的星球是件好事，尤其是现在他们把它移到了一条更温暖的轨道上。

那是很久以前的事了。但我还是对齐马念念不忘，虽然这有点奇怪。

每隔几十年，我还是会跳上前往穆尔耶克的破光船，来到闪闪发光的威尼斯白色化身的街道上，乘坐传送机上岛，加入散落在看台上那少数执着的见证者。那些来的人，像我一样，觉得艺术家一定还有别的……最后的一次惊喜。他们大都读过我的文章，所以知道那个缓慢游动的身影意味着什么。但他们没有一窝蜂地前来，看台上总是有点回声和悲伤，即使是个好天气。但我从未见过它们完全空旷，我想这就是某种证明。有些人领悟了，大多数人永远不会明白。

但这就是艺术。


有时候，你对一个故事有半个想法，它会在你的脑海里憋上好几年，你才知道该怎么对待它。通常情况下，你必须等待那个半成形的想法与另一个想法相交的刹那，精神烟花就会爆炸。

本书中出现的嘉莉·克莱的故事《齐马蓝》就是这样。我早就想写一个故事，讲述一个机器人成为了一种家族传家宝，在几代人和几个世纪的时间里由主人传给了别人，随着时间的推移，机器人变得越来越聪明，越来越复杂。我很清楚，这个想法已经被艾萨克·阿西莫夫在他的长篇小说《二百年的人》中"写过"了。但科幻小说真正令人兴奋之处在于，它远远不仅关于新的想法，而是关于寻找新的方式来思考旧的想法。你所要做的就是找到一种新的旋转，一种新的讲述方式，一种需要被阐明的新真理。这一点，不用说，就是最难的地方。"齐马蓝"被搁置了好几年，直到我找到故事的另一半，新的攻击角度。我是在游泳的时候想到的，目的是为了理清故事创意遇到的问题。

游泳池真是个好东西。

　　既然《齐马蓝》讲的是记忆的易变性，那么我就应该记录下自己对故事中一则逸事的不确定。故事中提到一个人绝望地寻找童年时瞥见的一种特殊的蓝色，后来他在自然历史博物馆里找到了甲虫的颜色。我想类似的事情发生在神经学家奥利弗·萨克斯身上：至少，我记得他在一个电视节目中说过很类似的事情。如果我记错了细节，我表示歉意，但我只能重申我对萨克斯著作的热情，以及我在阅读他的病历史时经历的许多令人瞠目结舌的敬畏时刻。如果这个宇宙中不存在科幻小说，萨克斯的著作会很有效地填补这片空白。

真正的故事　　Zima

Blue

　　我捧着一杯咖啡，琢磨着回家后该做点什么。一个词忽然把我的思绪从地球带了回来，这是我一直期待听到的词，尽管十七年后我几乎已经淡忘了它的存在。

　　这个词是"狗屎"——我多多少少就是这个状态。

　　格鲁萨特答应跟我在去斯特拉塔特城半路上的一家叫树懒的咖啡馆见面。我不得不奋力挤到一张靠窗的双人桌前，心中好奇，为何这张视野极好的桌子偏偏空着？很快，我就找到了答案：树懒咖啡馆刚好坐落在跳渊者出发点的正下方，时不时就会有人砰一声从窗口摔过去，坐在这里就像坐在股市崩盘后的摩天大楼里一样。

　　"女士，再来一杯吗？"穿过盘根错节的天花板管道，一个毛茸茸的机器人侍者来到了我的桌子上方。

　　我果断地站了起来："不，谢谢。我要走了，如果有人找我——找嘉莉·克莱，你就叫他在沙尘暴里撒尿去吧。"

　　"好的，这话不太客气呀，对不对？"

　　那个人像鬼魂一样出现在桌子旁，坐到另一张椅子上，我看着他，叹了口气，摇摇头。

　　"老天，就算非要迟到，你至少可以努努力，装得更像格鲁萨特一点。"

　　"很抱歉，你知道我们火星人是怎么守时的，或者我猜你以前应该知道。"

　　我的火气一下子就上来了："你这是什么意思？"

　　"嗯，你在地球上待过一段时间，是不是？"他对着侍者打了个响指，后者已经开始从天花板上往这儿走了，"我们就像日本人一样，真的——我们从来不会真正信任那些去而复返的人。两杯咖啡，谢谢。"

一个跳渊者飞快滑过，我吓了一跳。"来一个……"我刚开了个头，但侍者已经走了。

"看，你现在已经承认了。"

面对眼前这个秃顶的老中年男人，我再次指出："你不是吉姆·格鲁萨特，你还差得远呢。我见过更有说服力的——"

"埃尔维斯模仿者吗？"

"什么？"

"埃尔维斯从藏身处出来时，他们就是这么说的。他看上去不像他们期待的那样。"

"我完全不知道你在说谁以及在说什么。"

"你当然不知道，"他急忙道歉，"你也不该知道，这是我的错——我总是忘记，不是每个人都能像我这样记得很久以前的事。"他指了指我身边的空椅子，"现在为什么不坐下来，让我们好好谈谈呢？"

"谢谢，不用了。"

"我想我在这个时候说声'狗屎'也没用吧？"

"对不起。"我摇着头说，"你得做得更好些。"

当然是这个词——但他知道这点并不令人吃惊。要不是有人联系了我的机构，我是不会来火星的，问题是眼前的男人似乎不是我一直在寻找的那个人。

这一切都要从很久以前说起。

我在地球上以报道重大事件闻名——教皇重启期间，我是梵蒂冈城唯一的记者，但在那之前，我在火星上是一名颇受尊敬的记者。我报道过很多故事，但最让我感到自豪的是第一次登陆那件事。随着时间的推移，这个事件变得越来越模糊，越来越神秘。人们普遍认为吉姆·格鲁萨特和其他人都死于骚乱，但我证明了事实并非如此，毕竟没有找到任何尸体。在成名的压力变得太大之前，这场动荡也许是一个从公众视线中消失的好机会。值得记住的是，最初引发混乱的医学突破可是能让那个时代的人活到现在的技术，尽管九头蛇在一个世纪前就登陆了。

我当时就知道这不一定能成功，但是——通过故意省略我在调查中发现的事实——我留下了一个联系方式。

"好吧。"他说，"让我给你介绍一些背景。人类在火星上说出的第一个词是'狗屎'——我们都同意这一点，但不是每个人都知道，我说这个词是因为我在梯子的倒数第二级上摔了一跤。"

我的眉毛微微扬起，表示出一点点惊讶，仅此而已。他接着说："他们神不知鬼不觉地把这段删掉了。信息传回地球时已经延迟了二十分钟，所以没有人注意到审查软件删掉的那几秒钟。还记得尼尔·阿姆斯特朗是怎么在月球上念错台词的吗？没有人会让这种事再次发生。"

侍者带来了我们的咖啡。它四条后腿吊在天花板上，用两条长长的前足把热气腾腾的杯子放在桌上。侍者身上廉价的棕色皮毛并不能完全掩盖它的机器人骨架。

"其实我觉得是路易斯把台词念错了。"我说。

"路易斯？"

"阿姆斯特朗。"我喝了一口咖啡。它是浓浓的奶油糖果色，正像火星真正的天空一样。"第一个登上月球的人，不过我还是不提这件事了。"

他挥挥手，否认了自己的错误："无所谓，问题是——或者说曾经是——人们在火星上所说的一切都是通过九头蛇传给地球的。但她不仅是送信人，她还保留了一份拷贝文件，刻录在存储芯片上，芯片上的内容都没有被审查过。"

我又小心地从杯子里喝了一口咖啡。我已经忘记了我们火星人是多么喜欢我们的饮料：用维京风格的杯子喝啤酒，还有成吉思汗大开杀戒一整天后用的碗装咖啡。

"告诉我去哪儿能找到芯片，我可能会留下来完成采访。"

"这个我也说不准。"

"啊！"我笑了，"原来是个圈套。"

"不，只是我不知道埃迪可能把芯片卖给了谁。但埃迪绝对是我的买家，他是拉斯特法里教徒，买卖火星早期历史上的小玩意。但我最后一次见到埃迪是几十年前的事了。"

突然间，这趟旅行看起来不会完全白费了。

"埃迪差不多还在做生意。"我说，想起了在阿瑞斯山谷缓坡上他那辆拾荒大篷车里飘来的大麻味，"他从来没有卖过那个芯片，最后卖给了我。当时我在调查九头蛇的碎片。"

他往椅背上一靠："所以，你准备好接受我就是我说的那个人了吗？"

"我暂时不确定。"

"但你不像几分钟前那么怀疑了是吗？"

"可能吧。"我说，当时就打算承认这一切。

"听着，长相不是我的错。在你调查中的格鲁萨特是个孩子，一个三十岁的男孩。"

"但你肯定在某个时候接受过长寿治疗，否则我们就不会有这样的谈话了。"

"没错，但这并不是在火星刚有疗法的时候就做了。记住，如果人人轻而易举就能接受治疗，就不会有任何骚乱了。我忙着消失，没工夫想着延长寿命。"他用手抚摸着头顶——饱经风霜的红皮肤旁生着一圈硬白短发。"我的生理年龄大约是七十岁，尽管我出生在一百三十二年前。"

现在我更仔细地看着他，回想多年前我熟悉的吉姆·格鲁萨特。他的脸是那么缺乏个性——就像一张空白的画布，所以很难去想象他老年的样子。然而，坐在我对面的男人并没有与我的想象相悖。

"如果你是吉姆·格鲁萨特——"现在我的声音放低了。

"这件事没有'如果'这个词，嘉莉。"

"那你为什么等了十七年才跟我说话？"

他笑了："喝完咖啡再说？"

我们离开了树懒咖啡馆，乘电梯爬了十六层楼，来到跳渊者们跳下的地方。他们从一条伸出城市三十米高的走道尽头开始往下跳，那里有一个环形平台。衣着鲜艳的跳渊者在环形平台上等待着——只有外面一圈有栏杆，时不时地会有一个人跨进环的中间，然后掉下去。有时三三两两一组，有时很多人一起跳。他们只穿呼吸器和飞鼠服，没有人带着降落伞或火箭背包。

看起来很像自杀，有时候就是自杀。

"那一定很有趣。"格鲁萨特说，我们俩还在密封的观景廊里舒适地待着。

"是的，如果你精神有问题的话。"

我想立刻收回自己刚说出口的话，但格鲁萨特似乎并没有感到冒犯。

"哦，悬崖跳没那么可怕——如果你对纳维-斯托克斯方程和一些基本的空气动力学原理有一定了解的话，你甚至可以去那里租个双人飞鼠服。"

"想都别想。"

"高度不是你的兴趣？"他说着，从窗口走开了——这让我松了一口气。"你一点都不像火星人。"

他是对的，尽管我不愿意承认。火星上的重力只是略低于地球重力的五分之二——如果你从好几米的高度从上往下跳，该摔还得摔，但这足以确保火星人在成长的过程中不会像地球人一样经历那么多骨头和地面之间的激烈碰撞。火星人看待高度就像其他人类看待电一样：在理智上认为是危险的，但恐惧感不会在胃里翻涌。

我离开得太久了。

"来吧。"我说，"让我们去看看垃圾旅游纪念品。如果我不送去一些非常俗气的东西，我的曾曾祖母是永远不会原谅我的。"

这些商店排列在观景廊峡谷一侧的墙壁上，格鲁萨特和我走进其中一家，推开门侧的明信片摊位。商店里的人很忙，没有人会多看我们一眼。

"天哪，看看这个。"格鲁萨特说着，举起了一个镇纸。那是一个白雪覆盖的半球，红色的塑料底座上停着一个九头蛇的模型。甚至还有一个格鲁萨特的复制品，一个穿着太空服的小人，比着陆器本身小不了多少。

"有品位。"我说，"或者，至少跟这个比起来。"我拿起一个钥匙圈，勉强可以看出树懒的形状。

"不，这绝对是商品质量的天花板，看。"格鲁萨特拿起一块琥珀石，读着标签上的字。

"树懒治疗晶体。这个宝石可以改善并集中身体的自然色动力场，确保精神饱满和身体健康。"

"你不能证明它做不到，对吧？"

"没有，但我想布拉德·特莱切勒可能有几句有趣的话要对店主讲。"

他提到九头蛇的地质学家，我立刻兴奋起来："我也想见见特莱切勒，既然我们都在这儿了，还有曼努埃尔·德奥利维拉，有可能吗？"

"当然可以。"

"我是说今天，在这里。"

"我明白你的意思，而且——是的——这是可能的，毕竟他们都在这里。"

"你不介意提起他们？"

"一点也不。"他放下石头，"那些家伙让我活了下来，嘉莉。我永远也不会忘记欠他们的人情。"

"那样的话，我想我们都欠他们一个人情。"我一边说，一边摆弄一块据说是树懒音乐的东西，其中夹杂着鲸鱼的声音和因纽特人的喉乐。"话虽如此，但看到这些肯定令人非常沮丧。"

"为什么？就因为我是第一个登上火星的人吗？"他摇了摇头，"我知道你怎么想我的感受，就像猫王在雅园纪念品商店里，审视着自己的精美的塑料小雕像——当然是白色连体裤和汉堡的时代了。"

我茫然地看着他。

"但我没有被吓到，嘉莉。事实上，这逗乐我了。"

我仔细看了看架子上的一件显眼的衣服。上面写着：我最好的朋友去了火星的斯特拉塔城，而我得到的只有这件糟糕的 T 恤。

"我可不太相信，吉姆。"

"这么说，你并没有真正了解我。你认为我想要什么？尊敬吗？不。我来到火星是为了开启人类的殖民时代。这就是其他人追随我的原因，因为我迈出了艰难的第一步。啊，千辛万苦，相信我——不过我还是做到了。"

我点了点头。尽管离我撰写登陆报道已过去十七年了，我还记得一清二楚：吉姆·格鲁萨特如何离开地球，靠私人资助的探险来到火星，花费少得让人惊掉下巴，而且也不怎么清楚如何从火星回来。他的赞助者会送去补给，然后是更多的定居者到达此处，直到建成一个自给自足的殖民地。最终，他们会派一艘更大的船去接想要回来的人，但预期是很少有人打算永远离开。而这或多或少就是事实——但格鲁萨特的探险和预期的一样困难，一路上危机重重，把他推到理智的边缘，也许稍微有些精神失常。

我想，这一切都取决于你如何定义"理智"。

格鲁萨特继续说道："你知道什么会让我更担心吗？对一颗行星的过去太过严肃，因为那就意味着我们没有带来的一些人类的特质。"

"什么，是那种不可言传的癖好，疯狂制造和消费无聊的旅游垃圾吗？"

"差不多是的。"然后他把一个粗糙的塑料面具举到脸上，突然间我看到了我希望在树懒里见到的那个人——年轻的吉姆·格鲁萨特。

"我认为你用不着担心。"我说。

格鲁萨特把面具放回到一个托盘里，那里还有一百多个面具。就在这时，商店经理开始用赶客的眼神打量我们。"不，我想我不担心。现在……"他微笑着搓搓手，"你知道我要提出什么建议，是不是？"

他望着商店外，那是个起跳点。

我想正确的术语应该是"敲诈"。我想要一个故事（至少是格鲁萨特这么多年后联系我的原因），而他却想要跳崖。更重要的是，他想拉个人一起跳。

"听着，"我说，"如果这很重要，你就不能自己下去，然后我们在下面见吗？

回到这里见也行啊。"

"如果我决定再次消失呢？你一定会后悔让我离开视线，是不是？"

"很有可能，但至少我知道自己没有被劝动去做非常愚蠢的事，这让我感到欣慰。"

我们已经在排队买飞鼠服了。"是的，"他说，"但你肯定也会后悔，当你写这篇文章的时候——我知道你肯定会写，你没法把自己和吉姆·格鲁萨特船长一起跳渊的情节写进去。"

我冷冷地看着他。"混蛋。"

但他是对的：个人的恐惧是一回事，为故事妥协是另一回事。

"现在没有必要这么做了。"

"告诉我你知道自己在干什么，好吗？"

"嗯，我当然知道。"

我们买到了飞鼠服。接下来需要做的第一件事就是装上呼吸和通信装置，每件飞鼠服只能供几分钟的空气，但你也就需要这么多。套装本身是艳俗的紧身衣，上面全是闪闪发光的商标和广告。它们之所以叫作飞鼠服，是因为胳膊和腿之间缝有可折叠的弹性材料，就像飞鼠的皮肤一样——足够让你在下落时的表面积增加一倍。我的前胸和腹部的衣服只是稍微做了硬化，但格鲁萨特多了一层十五厘米厚的胸甲。我们戴上头盔，锁上面罩，确保相互之间可以交流。

"我真的不想逼你这么做。"格鲁萨特说。

"不，你只是在利用我这个唯利是图的人，为了报道什么事都干得出来。让我们把这事了结，好吗？"

我们穿过通向跳板的气闸。斯特拉塔城的两侧都延伸了数百米，在墙的拓扑结构允许的范围内，建筑拥挤在一起。密封的人行道在较大的建筑之间蜿蜒，电梯和楼梯连接着城市的各个阶层。不远处，在峡谷的边缘，一排大型酒店——希尔顿、假日酒店、最佳火星人酒店——的霓虹灯映衬着黄昏时分的天空。

然后，我意识到这可能是个坏主意，我向下看了看。这座城市在我们下面继续延伸了好几千米，最后变成了一大片陡峭而光滑的峡谷壁，让人看了更恶心。水手谷是火星最深的峡谷，现在它最深的部分处于阴影中，我在谷底所能看到的只有零星、微弱而遥远的光。

"上帝保佑，我希望你知道自己在做什么，吉姆。"

在站台的尽头，一个侍者把我们结合在一起，我骑在格鲁萨特的背上。我双腿被捆在一起，两臂不舒服地安置在身体两侧，我在他背上就像一个沉重的负担。

另一个侍者拔掉了我们与平台出风口上相连的气管，我们就可以用飞鼠服里的空气呼吸了，然后我们拖着脚向前走，排队等候。

我不知道自己在做什么。我在酒吧遇到一个男人，他给了我一些关于第一次着陆的可信答案，但我没有一点证据证明我真的在和吉姆·格鲁萨特打交道。也许等他们将我的尸块在峡谷底部找到的时候，他们会发现那个人只是当地一个做过吉姆·格鲁萨特的功课的疯子。

"小姐？"我们拖着脚走近边缘时，他说。

"怎么了？"

"这是你现在应该知道的，我不是吉姆·格鲁萨特。"

"不是？"

"对，我是曼努埃尔·德奥利维拉指挥官，还有没有别的人是你想要一起跳渊的呢？"

我想了想接下来会发生什么——我胃里的蝴蝶正在做特技飞行表演，然后我想他可能是对的。德奥利维拉是九头蛇的飞行员，正是他使这个微型着陆器平安降落。尽管在飞行途中的一次爆炸中，它的航空刹车护罩已经脱落了一半。这不是一次教科书式的着陆，但考虑到另一种选择是成为阿尔及尔平原上一个有趣的新污点，德奥利维拉的表现不算太差。

"你会干得很漂亮的，指挥官。"

"请叫我曼努埃尔。"他说着近乎完美的美式英语，但带着一点拉丁口音，"告诉我，你和吉姆相处得怎么样？"

"噢，挺好。我挺喜欢他的。当然，除了他一直在讲一个叫埃尔维斯的死人，一切都好。"

"是的，在那方面你得迁就他。但总的来说，他还不算太坏。我想，我们可能会遇到一个更糟糕的船长，他让我们团结在一起，就是这样。好像轮到我们了，你准备好了吗，小姐……贵姓？"

"嘉莉·克莱。"再一次进行自我介绍有点奇怪，但不介绍似乎很不礼貌，"是的，我准备好了。"

我们拖着脚向前，在环形平台中间一跃而下。我抬起头——虽然已经和德奥利维拉绑在一起了，但我的头还能移动——看到环形平台在垂直距离上逐渐缩小。心跳几下之后，我们飞快地越过了树懒餐厅那一层，然后我们下降得更快了。当然，失重的感觉对我来说并不完全陌生，但不断加快的速度以及接近这座奔腾的城墙的感觉抵消了这些。

"这当然是有诀窍的。"德奥利维拉说。他调整姿势，我们把肚子朝下，四肢伸开。"很多人没有勇气贴着城市飞行。"

"当然没有。"

"但是不这样做可是犯了大错。"德奥利维拉说，"如果你对这个城市很了解，你就可以像这样靠得很近，移动太远是致命的错误。"

"真的？"

"哦，是的。这是大错。"他停顿了一下，"嗯。注意到什么了吗？我们没有加速。你的体重又回来了。"

"愚蠢的我，没有……注意。"

"四十五秒后到达自由沉降的速度，已经下降四千米了——但是你猜不到，对吗？"

现在我们正从一个狭窄垂直的峡谷里掉落，两边都是建筑物，第三面是岩石。德奥利维拉开始给我上一节关于自由降落速度的课，这在其他时候可能会很有趣。火星上的炼油厂如何增加空气压力，让气压达到地球正常水平的百分之五，对呼吸来说，密度和温度都不够——足以阻止人类在穿着飞鼠服下降时像一块石头一样坠落，即使最终速度仍然是令人毛骨悚然的每秒六分之一千米。

这就像给断头台上的人上一堂人体颈部解剖学讲座一样有趣。

我再次往下看，发现我们开始到达城市低处的边缘。但峡谷壁本身似乎和以前一样高，底部的灯光也同样遥远。

"你知道这座城市是怎么来的，是不是？"德奥利维拉说。

"不，但……你肯定……要……告诉我。"

"这一切都始于几个地质学家，在大骚乱后不久。"他翻动身体，改变了我们的前进角度，头稍微向下，"他们在寻找埋藏在岩层中的古代化石生命的痕迹。八千米的垂直距离对他们来说还不够，所以又在峡谷底部挖了两到三千米，然后用脚手架覆盖了整个垂直地带。他们在脚手架上建造了实验室和生活区，这样就不用一直爬回顶层。"一大块建筑从我们身边呼啸而过，仿佛伸手就能抓到——不管怎么说，看上去就那么近，然后我们从粗糙的岩石表面掠过，岩架上只有极少数的建筑。

"但后来在火星的其他地方，他们发现了第一批树懒遗迹。地质学家们不想错过这次活动，所以他们把所有的东西都抛在了身后，像清理轮子上的脏东西一样干脆地离开了。"德奥利维拉引导我们绕过一个手指状的突出岩石，这原本可能会刺穿我们，"等他们回来时，脚手架已经被占领了。占领这里的人大部分是孩子，还有寻找新刺激的登山者和定点跳伞者。然后有人开了一家酒吧，他们还没缓过神来，这个地方已经成了主流。"他极其厌恶地说出了最后一句话："但我想这对游客来说并没有那么糟糕。"

"吉姆不介意，是吗？"

"不，但他不是我。我不介意我们来到这里，也不介意人们追着我们来了，但有必要这么多吗？"

"你不能给一颗行星定量配给人口。"

"我不想，但过去很难到达这里，人们要在拥挤的环境中旅行几个月。你花了多长时间来这儿的，克莱小姐？"

"在海华沙花了五天。"现在说话容易多了，几秒前还恐怖的东西，现在几乎变得很愉快，"确切地说，我用拥挤形容它的环境。你可以争论说长廊休息室的装潢不怎么样，但除此之外……"

"我知道。我见过那些停在火星周围的旅游班机，照亮了夜空。"

"但如果你没有来过火星，我们可能就不会发现树懒的遗迹，曼努埃尔。正是这些遗迹告诉我们如何在五天内从地球到达火星，你不能两者兼得。"

"我知道，没有人比我对树懒更着迷了。只是——我们非得学这么多，学这么快吗？"

"好吧，你最好习惯一下。他们正在讨论建造一艘星际飞船，你知道——比我们想象中要快得多。"

岩石表面现在光滑多了——事实上，很难判断速度，峡谷底部的灯光似乎也不再那么遥远了。

"是的，我听说过，有时我几乎想要……"

"什么，曼努埃尔？"

"坚持下去。我觉得，是时候开始放慢速度了。"

只有两种传统的方法在大跳渊中减速，其中一种不太需要技巧，那就是猛摔在地面上。另一种更需要技巧的方法是利用峡谷岩壁较低部分开始偏离垂直角度，也就是一直下降，直到你开始以一个微小的角度擦着墙壁飞行，然后使用摩擦来降低你的速度。再往下走，岩壁弯曲起来，与峡谷底部融为一体，如果你做得好，就可以完美地滑到停止，也不会受到重大伤害。听起来很容易，但是——就像德奥利维拉告诉我的那样——其实不然。主要的问题是，当墙壁很陡峭的时候，人们通常不敢靠近飞速掠过的墙壁。你不能为此责怪他们，因为这是相当伤脑筋的，而且你必须确切地知道哪里是安全的下降地点。但如果离得太远，就会推迟与峡谷壁接触的时间，落地时便不会是一个温柔的亲吻，而是大角度的高速碰撞。

不过，就像德奥利维拉向我保证的那样，在这段时间里，他们可能会看到最好的风景。

他带我们飞到墙边，小心翼翼地低头，然后用身前十五厘米厚的铠甲作为摩擦刹车，就好像我们是在一个近乎垂直的斜坡上滑行。墙的下部本身已经很光滑了，但是成千上万的悬崖跳渊者先驱已经把它打磨得像玻璃一样完美了。

当一切都结束时——当我们有失尊严但没有受伤地停下时，侍者护送我们离开了危险区。他们做的第一件事就是松开紧固件，这样我们就能分开站立了。我的腿软得像果冻。

"怎么样？"德奥利维拉说。

"好吧，我承认。这还算有趣，我甚至可以考虑——"

"太好了，有一部电梯可以直接把我们送回去——"

"或者，再一想，你可以带我去最近的烈酒酒吧。"

我没有必要担心，德奥利维拉很乐意推迟他的下一次跳渊，我也确信在峡谷底部有一个储备充足的酒吧。不过，我们又逗留了一会儿，回头望着那不可思议的石墙，望着斯特拉塔城的灯光在我们头顶上闪烁。在峡谷里面的时候，这座城市看起来很大。我们从上面滑过时，它也没有比现在小多少——但现在它看起来很小，在巨大峡谷的映衬下，只有一串人影的大小。

德奥利维拉把手放在我的前臂上，问："怎么了？"

"只是想想，仅此而已。"

"坏习惯。"他拍了拍我的背，"我们现在去拿饮料。"

大约一个小时后，我和德奥利维拉在一辆驶离斯特拉塔城的火车上共坐一节车厢。

"我们可以去别的地方。"我说，"毕竟时间还早，我的生物钟仍然认为现在是下午三点左右。"

"已经厌倦了斯特拉塔城？"

"不完全是，不——不过到别的地方去可以有个不错的对照。"我喝完了一杯伏特加，感觉脸颊泛红，"我要把这次见面写下来，你明白的。"

"为什么不呢？"他耸耸肩，"吉姆已经告诉了你他对火星的看法，所以我不妨说几句。"

"你已经告诉过我一些了。"

他点了点头："但是如果你允许的话，我可以讲一整夜。听着——坐火车去戈隆贝克怎么样？"

"不远。"我想了一会儿说，"但你知道那里有什么，是不是？"

"这对我来说不是问题，克莱小姐。而且这也不是我推荐戈隆贝克的原因。他们最近为公众开放了一个树懒洞穴，说实话，我还没有机会去看，不过我很想去看看。"

我耸了耸肩："好吧，如果不拿来用的话，旅费是干什么的呢？"

于是我们乘电梯回到峡谷的顶端，搭上了前往戈隆贝克的第一列火车。这列快车穿过了火星上起伏平缓的沙漠，在优雅的白色桥梁上跨越了峡谷。天很黑，除了远处定居点的灯光和矮胖的巨型炼油厂，周围的大部分景色都是黑色的。

"我想我现在明白了。"我说，"你联系我的原因。"

坐在我对面的男人耸了耸肩："真的不是我，吉姆才是联系你的那个人。"

"嗯，也许吧。但问题依然存在，是时候倾听了，不是吗？是时候澄清了。这就是消失带来的问题——人们把你不一定赞同的东西放进你的嘴里。"

他点了点头："你能想到的每一个派别都曾使用我们给他们支持，无论是彻底撤离火星的那一派，还是用数千米深的海洋把火星覆盖的那帮人，都是扯淡，所有都是谎言。"

"但你们的意见并不一致。"

"不一致，但是……"他停顿了一下，"我们可能不同意，但至少这是事实——我们真正的想法——而不是为了迎合别人的议程而发明的东西，至少这是真实的故事。"

"如果真实的故事并不那么干净呢？"

"它仍然是真的。"

当然，他长得很像吉姆·格鲁萨特。我不会说他们完全一样，因为德奥利维拉似乎以不同的方式出现在同一张脸上，把脸上的肌肉拉成完全属于自己的形状。他的举止也有所不同，坐着的时候更有军人的风度。

即使在我写完这篇文章的时候——在着陆八十多年后，也没有人真正明白吉姆·格鲁萨特船长身上到底发生了什么事。所有人都同意的是：作为火星探险队中唯一的成员，吉姆·格鲁萨特离开地球时是正常的。

也许是事故造成的，太空深处的爆炸损坏了九头蛇的空气制动护盾。爆炸还造成了几星期的通信中断，只有天线重新开始工作时，人们才能确定格鲁萨特还活着。在接下来的几天里，随着他开始给地球发送信息，真相才慢慢浮出水面。格鲁萨特崩溃了，分裂成了三个人。格鲁萨特本人只占三分之一，脑袋里还有两个全新的、完全虚构的自我。每个人都承担了格鲁萨特全部技能的一部分：德奥利维拉继承了格鲁萨特的驾驶能力，而特莱切勒成了火星物理学和地质学的专家。而且，由于担心会给一个快要崩溃的人造成不必要的伤害，地球上的任务控制员们和他一起玩。他们一定希望他能在危机一结束，或者是九头蛇安全着陆时就重新变回一个人。

但他再也没有恢复。

"你还记得之前是什么样了吗？"我说，同时意识到自己处境危险。

"什么之前？具体一点。"

"登陆之前。"

他摇了摇头："我恐怕我不是一个沉湎于过去的人。"

戈隆贝克是一个闪闪发光的华丽集合体，拥有华丽的穹顶、塔楼和连接管道，还有一棵缀满金箔的圣诞树。火车开进隧道，然后驶进令人眼花缭乱的地下购物中心。我们下了车，在购物廊闲逛了一个小时，然后在一家名为旅居者的主题酒吧喝了一杯。地板上满是假灰尘，价格高得吓人的饮料装在小小的平顶六轮漫游车上运送，不停地出故障。最后我付了钱，就像我付了火车票一样，但我并不介意。德奥利维拉，或者格鲁萨特，或者任何一个最适合描述他的人——显然没有多少钱可以挥霍。就火星经济而言，他几乎一个子都没贡献过。

"你刚才说的是真的，是不是？"坐有轨电车向树懒洞穴驶去时，我说，"没有人比你对外星人更着迷。"

"是的，即使别人有时叫我神秘主义呆瓜。对吉姆来说，他们只是死去的外星人，能带来有用的新技术，但也仅此而已。我认为有更深层次的东西，我们注定要找到它们，注定要走这么远，然后继续探索，即使这意味着我们中的一些人要离开火星……"他微笑着说，"也许我在这次跳渊时听了太多他们的音乐了。"

"布拉德·特莱切勒怎么看他们？"

他沉默了一会儿："特莱切勒和我的感觉不一样。"

"不一样到什么程度？"

"从怀疑这些遗迹是不是一只下了毒的圣杯到怀疑我们是否应该来火星。"

"对一个冒着生命危险来到这里的人来说，这是一种蛮极端的观点。"

"我知道，我得赶紧补充一句，我一个观点也不赞同。"

我努力使气氛轻松起来："我很高兴，如果你没有来过火星，就不会有什么大跳渊，我就不得不另找办法把自己吓一跳。"

"是的，第一次就会这样，不是吗？"

"第二次呢？"

"一般更糟，不过，第三次——"

"我想不会再有第三次了，曼努埃尔。"

"为了伏特加也不去？"

"不去。"

这时我们已经到达了洞穴，这是一个真正的洞穴，从火星上的其他地方费力迁移过来的。很明显原来的地点就在一条引水渠的下面，几年后，它们一接触到极地冰层就会被淹没。

在我的内心深处，这一切都让我感觉异常熟悉。我不停地提醒自己，这些是真正的树懒房间，真正的树懒艺术品和真正的壁画，树懒确实曾在这个洞穴里居住过。尽管如此，我大脑的一部分仍然坚持认为这地方只是略高于平均水平的博物馆模型，或是一个高阶但仍难免媚俗的主题餐厅——树懒会拥有更好的装潢。

但它们真的住在这里。不像我之前进过的任何模拟洞穴，比如，它真的没有地板。树懒毛茸茸的脑袋里从来没有地板这个概念——墙壁在下面接合，就像一个倒置的洞穴顶。据推测，它们是在一个森林密布的星球上进化而来的，那里曾经有可怕的掠食者生活在地面上。树懒一定是在某个时候下来的——它们没有通过整天用树叶擦屁股而进化出先进文明，但它们对地面的厌恶肯定一直深深留在脑海里。就像我们人类仍然喜欢把黑暗拒之门外一样，树懒也喜欢离开地面，在空中荡来荡去。

这一切都很有趣。如果能在那里待上几个小时，我会很高兴的，但一次全灌进来可受不了。在两个小时内，在每一件展品展示了自己的魅力之后，我在两星期内都不想再见到毛茸茸的六肢外星人了。

我们在石窟边的纪念品店碰面。我买了一件 T 恤，上面有一个雅致的树懒图案。如果你不是外星语方面的专家，你会发现这些"树懒文"写得非常严谨，像是"树懒的洞穴""戈隆贝克""火星"之类的内容。

"好吧。"我说，开始感到有一点累了，"很有趣，然后干什么呢？"

"着陆器离这里不远。"他说，"如果你愿意，我们可以去看看。"

我本该说服他离开这一切。德奥利维拉和其他人说话的样子就好像他们都是截然不同的个体，但这个小小的单座着陆器却是一个极其矛盾的玩意。一定会有事情发生……但如果不处理着陆器的问题，我几乎无法写出我的故事。

不仅如此，德奥利维拉似乎还很愿意配合。

这是另一趟前往戈隆贝克郊区的有轨电车。这座城市是人类降落火星的第一个停靠港，所以每时每刻都挤满了红眼的新来者。大多数商店、酒吧和餐馆都是全天营业的，主要的旅游景点也是如此。其中，九头蛇无疑是最有年头的一个。有一段时间——在我出生之前很久，人们实际上需要从戈隆贝克出发，再走一段路才能到着陆点，但现在不是这样了。着陆点就在城市旁边，这座城市的郊区像钳子一样把飞船团团围住。

德奥利维拉和我花了一段时间从观景廊往下看。在我们的两侧，这座城市呈马蹄形向外延伸，在火星表面包围了半平方千米的土地。着陆器在中间——一个小小的银圆锥体歪在一边，看上去还不如吉姆给我看的镇纸里的小圆锥。我看了看其他客人，他们也不怎么掩饰失望的神情。我不能怪他们——我记得我第一次看到九头蛇时的感觉。

这就是全部了吗？

但我现在长大了一些，感觉不一样了。是的，它很小。是的，它看起来几乎不能在下一场沙尘暴中幸存下来——但这就是问题所在。如果着陆器长得宏伟壮观，吉姆·格鲁萨特的成就也不会有现在的一半大。

"想仔细看看吗？"我终于说。

"看在过去的分上……为什么不呢？"

当然，我当时就应该意识到，他的声音变了。

我们从观景廊走到地面。人们正等着登上机器人巴士，它会沿着一条预先设定好的轨道绕着陆点行驶，就像我小时候做的那样。

"我们用不着这样做。"他说，"如果你愿意，可以租一件太空服走出去。"

"一路到着陆器？"

"不，他们不允许这样做，但你仍然可以走到比坐公交车更近的地方。"

我向着陆点望去，看到有三个穿沙色衣服的人在周围徘徊。一个人在给另外两个站在着陆器前的人拍照，显然是在想方设法拍张没有城市背景的照片。我的同伴说得对，穿太空服的人可以比乘公交车的人靠得更近，但他们离着陆器还有四五十米，似乎不想再靠近了。

大多数游客都懒得租用太空服，所以我们没过多久就准备好了。

"我想他们只有两种型号。"在气闸等待的时候，我说，"超大号和超小号。"

他望着我，没有一丝笑意："两种就足够了。"

硬币翻到了另一面："当然，特莱切勒。"

我们走了出去。头顶上一片漆黑，但是着陆点亮如白昼，几乎没有影子。着陆器离我们两百米远，周围是一系列设备模块、火星车、科学仪器和救生包。它看起来就像一个久经风霜的凯尔特方尖碑被一群神圣感稍差的石头环绕着。

"好吧，特莱切勒。"我说，"我听说过很多关于你的事。"

"我知道你听到了什么。"

"是吗？"

我们走上锈色的地面。

"我知道格鲁萨特和德奥利维拉是怎么说我的，别担心。"

"什么，你不像他们那样相信来火星是个好主意？没有批评的意思，每个人都有权发表意见。"

我想，即使是同一个脑袋里的三个人。

"当然，他们是对的——我认为我们不应该到这里来，但如果他们只是这么说的话……"他停顿了一下，让一辆玻璃车身的巴士从我们面前驶过，宽大的气轮轧过松散的尘土。游客们都挤在里面，但与九头蛇相比，一些人似乎对自己的零食更感兴趣。

"他们还说了什么，特莱切勒？"

"你当然知道，所以为什么要假装不知道呢？"

"我真的不确定——"

"那该死的爆炸，发生在路上时，差点阻止我们着陆。他们说是我干的，企图破坏任务。"

"事实上，他们几乎没有提起过这件事。"

"哦，你真好，我想是的。"

"我知道，但那不是重点。不管怎么说，你不可能试图破坏任务——"但我停了下来，因为这个争论只指向一个方向：因为你当时不存在，就像你现在不存在一样。因为当时只有吉姆·格鲁萨特一个人……

我磕磕巴巴地说："就算你重新考虑一下，也不会干这种事的。"

"不会。"现在他的声音更柔和——几乎是信任了，"但也许我本该这样做。"

"我不同意。特莱切勒，火星在我们来之前可不是什么原始荒野，这里什么都没有，只是一张极度寒冷、贫瘠的空白画布。我们没有破坏它，没有破坏任何东西。"

他停下脚步，环顾四周，欣赏着这座城市层层叠叠的走廊，像冰冻的波浪一样涌向我们。"你说这是进步吗？"

"与什么都没有相比，是的。"

"我称之为恶心。"

"天啊，我们到这儿才一个世纪，这只是我们火星生活的初稿，所以如果这不是我们能力的极限呢？我们会有时间做得更好。"

他有几秒钟没有回答："听起来你同意吉姆·格鲁萨特的观点。"

"不，相信我，没有一些吉姆似乎很珍惜的东西，我也能活下去。也许等一切都结束了，我会更接近曼努埃尔·德奥利维拉。"

我们继续前进，接近着陆器的包围区。

"那神神道道的傻瓜吗？"

"他可能是个神神道道的傻瓜，但他肯定能做一次大跳渊。"我停了一下，想知道自己为什么要在一个人格面前为另一个人格辩护。但当时对我来说，德奥利维拉和我遇到的所有人一样真实，同样值得我的真诚。"那他也是对的——不来火星将是人类可能犯下的最大错误。我也不只是在说树懒的遗迹，它们会为我们打开几扇门，但即使我们在这儿除了灰尘什么也没有发现，这仍然是正确的。火星带给我们最重要的东西是空间，是犯错的余地。"

"不，"他说，"我们已经犯了最大的错误，我本可以阻止它的。"

我们现在离着陆器很近了——我猜不到四十米，但我注意到其他人不再靠近了。我们肩并肩走着，向中心又走了几步，但我们的太空服开始提醒我们不要靠近了——面板周围闪烁着灯光，耳机里传来一个轻柔而坚决的声音。我觉得我的太空服也有点僵硬——突然间，迈出下一步变得困难了。

"那就说出来吧。"我用力地说，"别藏了，把你的想法告诉每一个人。我保证他们会听的，你的看法是天下独一份儿。"

"这就是问题所在，太多的看法了。"

我们离着陆器已经够近了，他一定觉得很难维持曾有三个人坐着陆器下来的幻觉了。我害怕这一刻，同时对将要发生的事情有一种可怕的预感。

"我会确保他们倾听的，特莱切勒。这就是吉姆联系我的原因，不是吗？为了让人们听到他的故事，知道他对火星的看法？他的意思不是让你们大家都有发言权吗？"

"不。"他开始拨弄头盔的锁扣，"因为联系你的不是吉姆，是我。吉姆·格鲁萨特不是真的，你不明白吗？只有我一个人。"尽管他在努力地解头盔，他还是朝着陆器点了点头。"你不会认为我傻吧？"

我试图把他的手从颈环上拉开。"你在干什么？"我喊道。

"这是我一直以来的计划，我花了十七年才鼓起勇气这么做。"

"我不明白。"

"现在说什么都没用了，火星需要更强的东西，它需要一位殉道者。"

"不！"

我试图阻止，但他比我强壮得多。他推开我的方式并没有多粗暴——在环境允许的情况下尽可能温和，但最后我仰面躺在了尘土中，看着他脱下头盔，长吸一口稀薄寒冷的火星空气。

他向着陆器走了几步，皮肤变蓝了，眼睛结了霜，然后踉跄了一下，伸出一只胳膊，手指指向九头蛇。太空服一定是锁定了，让他动弹不得。

他看上去就像一尊久久伫立在那里的雕像。

这是不可能的，我一直告诉自己。应该有保护措施阻止你在任何不适宜呼吸的环境中做这种事，严格遵守规定，确保对租用的设备进行多次合规检查，要有双重或三重冗余的保护系统。

但我猜我们租来的太空服不怎么会应对这些崇高的理想。

他死了，但死亡没过去那么可怕了。他们很快就把他带回了室内。虽然暴露在火星大气中造成了很多伤害，有大面积的神经损伤，但只要有时间和金钱——钱是最重要的，所有这些都可以修复。

"这个老人到底是谁？"医生们问我，那时我刚安排好公司为他支付医疗费，不管治疗要花多长时间。顺便说一句，这引起了一些争论，尤其是在我告诉他们暂时还不会有报道之后。

"我不知道。"我说，"他从来没有告诉过我他的名字，但是和他在一起就够有趣的了。"

医生笑了："我们进行了基因分析，但这个老傻瓜没有出现在记录中。当然，这没什么大不了的。"

"是的，很多有犯罪前科的人都在大骚乱中消失了。"

"是的。"医生说，他已经失去了兴趣。

他们一直把他作为一个老人谈论，直到看到他昏迷不醒的身体，我才明白为什么。他看上去比他三种伪装中的任何一个人都要老得多，就连他的中年模样也是一种幻觉。

他昏迷得很深，脑部恢复手术进行得缓慢而艰难。我一开始密切关注他的进展，每个星期都看他的状况，后来频率变成了每月一次。但什么也没发生，他从未表现出任何清醒的迹象，所有常用的重启意识的技术都失败了。医护人员一直建议放弃治疗，但只要我的公司能提供资金，他们不介意浪费时间。

我每六个月看一次他的状况，然后之后大概是一年一次。

当然，生活还在继续。我看不出有什么体面的方式来完成这个故事——在主角处于昏迷状态的时候不行，所以当我报道其他事件时，这件事就搁置了，有些故事还算轰动。我终于把吉姆·格鲁萨特的整个故事交给了最底层的抽屉——一场没有结果的徒劳追逐。我甚至怀疑自己究竟有没有见过他，在那之后，只要把他忘得一干二净就行了。

在过去的两三年里，我一刻都没有想起过他。

直到今天。

我仍然不时地拜访树懒咖啡馆。它现在恰好是媒体最爱去的地方，可以抢先听到最耸动的谣言。

他在那里，坐在和十年前吉姆·格鲁萨特坐的差不多的靠窗座位上，看着窗外的跳渊者。我从窗口看到了他的表情，一种冷静、挑剔、超然的表情，就像一个重大体育赛事的裁判。

我认出了这张年轻的面孔，但我只在照片上见过他。

我盯着他看了很长时间。也许这只是基因上的巧合，造就了这个长得像年轻时的吉姆·格鲁萨特的人，但我对此表示怀疑。他坐着的方式，僵硬而略带拘谨的举止，这表明他不是吉姆，对吗？

曼努埃尔·德奥利维拉。

我盯着他看了太久，不知怎的，我们的目光相遇了，发现彼此隔着房间对视。他没有从窗口转过身来，但几秒后，他微笑着点点头。

那天晚上酒吧里挤满了人，一群喝酒的人冲到我面前阻挡了我的视线。

等他们走过去，桌子空了。

第二天我向医院问情况——我已经至少两年没有联系了，我被告知老人终于苏醒了。他们说，他没有什么不寻常的地方，他的心理没什么奇怪的。

"然后呢？"我说。

"这些资金可以用于通过一些相当简单的方法来恢复青春。"医生说，似乎恢复青春和用夹板固定骨折一样，简单而有趣。

不过，他没有给我留下任何联系方式。

可能不是他，我知道。我遇到的可能永远都不是吉姆·格鲁萨特，那个树懒咖啡馆里的年轻人可能是任何一个拥有同一套温和英俊的面部基因的人。

但还有一件事。

在那次酒吧偶遇前的十八个月，老人已经从昏迷中苏醒过来，不久之后，他又恢复了青春。这本来可能毫无意义，但那晚我注意到了一些不同。那天的他是曼努埃尔·德奥利维拉。那是星际飞船离开火星轨道的那个晚上——过去五年里他们一直在火星上建造的飞船，即将进入银河系寻找树懒。

那艘飞船被命名为詹姆斯·格鲁萨特船长。

我觉得他是在去找它的路上。当然，我检查了船员名单，没有叫格鲁萨特的人，也没有叫德奥利维拉的人，甚至也没有叫特莱切勒的人——但这并不意味着那就不是他。他现在会用一个新名字旅行，一个我猜都猜不到的名字。没有人会知道他是谁，他只是一个自愿加入星际飞船的年轻人，一个对外星人如此感兴趣的青年，甚至有点神神道道。

然后，在升空之前，他忍不住最后看了跳渊者一眼。

也许我错了，也许这只是我的潜意识认错了一个陌生人的脸孔，满足了我作为记者的本能，但是，在我看来，这几乎无关紧要。因为我一直在寻找结束他们故事的方法。

现在，我可以讲述这个故事了。

　　当你进入长篇小说领域时，事情变得容易，同时也变得困难。变容易的原因是人们突然开始找你为他们写故事，曾经看似倒闭的市场现在出现了——即使没有打开，至少有理论上突破的可能。但同样，写长篇小说的合同通常都有截止日期。然后突然间你会发现，如果你的写作时间是有限的，长篇小说的写作就必须优先于短篇小说。九十年代后期我非常多产，现在新世纪来临，我的产量下降了。《真实的故事》是我在2000年完成的少数原创作品之一，这是为彼得·克劳瑟的《火星探测原创选集》而写的。这个故事在我脑海中萦绕了好几年，因为我看了一部关于多重人格障碍患者的电视纪录片。故事的女主人公，王牌记者嘉莉·克莱，在将近一千年后的《齐马蓝》中也出现了。在嘉莉的世界里，超光速旅行不仅是可能的，而且非常容易。而且——我会建议——住在那个宇宙里也不错，尤其是与我其他故事的背景相比。我希望有一天能有足够的故事来出一本嘉莉·克莱的故事选集。然而，按照目前每四年一出的速度，大家先不用太期待。

# 伊诺拉

# Zima
# Blue

拉克·柯达拉在凤头鹦鹉冠的货摊和市场上工作了好几天。她在那里出售过冬时收集的小饰品，当时柯达拉一家正在前往北方空地大沙漠的路上。

这些饰品都是些小玩意，几百年前生活在大钟头前银光时代的人们的遗物。一些小装饰品用尖厉的声音说话，常常是用北方群岛的语言，其他的则仅仅因为它们古老的魅力而有价值。其中一些展示了死者的图像，比如一个脖子上挂着一根链子的全息面孔。有一些鸣管盒，从来不会唱重复的歌谣。其他的只是古玩——一块断桥形状的镇纸，还算完整。在玩具弹球板上闪烁的玻璃迷宫中流淌的液态金属，像镀铬的弹塞。一个小小的地球仪，显示着从太空中看见的世界，用深褐色的羊皮纸做着标记。拉克·柯达拉非常喜欢，把它藏在了托盘的后面。

她肩膀上的一块布一直绑着那个木托盘。拉克连一个摊位都买不起，到了中午，受够了没完没了的讨价还价之后，拉克会离开凤头鹦鹉冠市场一个小时，走进断桥网格状的阴影。她会坐在那里吃水果和肉干糕点。她听着来自凤头鹦鹉冠鼓手的音乐。她把脚趾伸进水里，让项链里的全息图像对准天空。她喜欢凝视死者的脸，那是极其微妙的彩虹色。鼓声暂歇时，拉克用不成调的旋律填满安静的空隙。她想象自己在不远的另一个世界里创造出了真正的音乐，旋律就是从音乐中截取来的。

日落时分，她会离开市场，包里装满钱，穿过新桥的浮桶向南走，在那里的汽车修理店里找到叔叔，然后乘公交车回家。那是她一天中最喜欢的时间，夕阳照亮了系在摩天大楼上的防空气球，把它们变成了金色的圣诞装饰物。

气球一年比一年少。有时缆绳啪一声断了，有时气球一夜之间掉下来，落在梧桐树的树干上。在过去，当天空中还有伊诺拉的时候，光是维持这些堡垒就需要不断地努力。但由于多年来没人见过伊诺拉，防空气球就这样无声无息地荒废了。现在只有老人还在维护气球。他们在楼顶上安营扎寨，拼命地缝制、修补聚酯薄膜，批评通宵狂欢的年轻人。

她的叔叔说，在过去，这些气球在城市周围形成了一道屏障。她不喜欢这个说法，因为这总会挡住阳光。但是过去的日子似乎哪里都不好——如果牧场主讲的故事有一半是真的。

但正如拉克的叔叔常说的：谁能完全真实地说出来？

他们住在名为"僧侣旅社"的红色建筑中的一间房里，四周是凉爽的树木。这里夏天是游牧家庭的家。别的贸易商拉克的叔叔也大都认识，他们在空地上见面，中途停下来为交通工具更换发动机部件或上油。空地足够大，城市本身也足够大，没有人会侵犯到别人的潜在财富。大钟头前时代已经制造了如此多的东西，你只需要在空地刮掉几厘米的泥土，就能找到一些闪闪发亮的陌生新玩意，一些城市居民愿意花大价钱买走它们。

每天晚上，在僧侣旅社的中庭，家人们会聚在长凳前进餐，然后总是一起喝酒唱歌。要讲故事，要重燃回忆。如果获许熬夜到很晚，拉克会陶醉在气氛中，欢乐的眼睛睁得大大的。

一个女商人递给老柯达拉一大壶啤酒，告诉他自己在沙漠里看到一个制造商，还在沿着平原爬行，搜寻金属和塑料。有人以一种严厉的警告口吻说，如果制造商还在的话，那么可能也会有伊诺拉。但是他被反驳了，制造商是大钟头时代的人们制造的，而伊诺拉则来自天上的星星。伊诺拉全都消失了，有十年或二十年没有人见过它了，可能几十年来只剩下一个了，一个流浪者，狡猾地避免了被制造者的防御工事击落。一个流浪的制造者——毫无疑问，这很有趣，但没有人会因此而失眠。

拉克的叔叔笑了。"空地里疯狂的东西比我们想象中还要多。"他说，"我见过的东西……远处的影子在地平线上……"他喝了一大口啤酒，接着说："我的想法是，如果外面还有机器，它们不会想管我们，就像我们不想管它们一样。只有聪明的机器才能活下来，聪明的机器可不想惹麻烦。"

"可是叔叔，还有伊诺拉吗？"拉克问。

"没了。"商人温柔地说，"以前，伊诺拉是很可怕的东西，但现在都消失了。就像我在博物馆里给你看过的恐龙一样，记得吗？"

她想起了散落在碎大理石上的骨头，上面布满了灰尘。但她不记得博物馆在哪里，在哪个城镇上。

她点了点头："可老人们说伊诺拉会回来的，是不是？他们可没说恐龙会回来。"

商人跪了下来，和他的侄女面对面。"亲爱的，"他说，"你认为他们为什么要这么说？"

她耸耸肩："不知道，也许这样他们就不会觉得整天缝缝补补是在浪费时间了。"

他笑了。"当然，这只是一部分。剩下的原因在于，这样我们年轻人会一直相信他们在帮我们的忙。"他抚摸着她的下巴，"因为，亲爱的，我们让他们吃饱穿暖。如果我们不再认为这是值得的，我们将不得不跑到摩天大楼的顶端，把他们都扔出窗外。这样他就不会呻吟了，是不是？"

有那么一瞬间，她以为他是认真的，然后她注意到他嘴角的曲线以及他嘲弄的笑容。她想，如果他能这么轻易地笑话他们，不把老人当回事，也许他们终究还是错了。也许他们只是太喜欢缝纫，所以一定要有个理由。

老柯达拉擦去下巴上的啤酒沫，然后放下酒杯，把她从地板上拖了起来。

"知道我在想什么吗，小公主？"

她看着他的眼睛，担心他会说什么。"不知道。"她说。

"我想你睡觉的时间已经过了。"

她摇了摇头："我知道我又要做噩梦了。"可她知道自己的话根本不起作用，谁又能责怪她叔叔呢？她在白天永远也记不起晚上做的梦是什么。

她闭上眼睛，不再看旅社的墙壁，不再看被烟熏黑了的受难图。相反，她看到的是战场上空的飞机纵横交错的痕迹，地面上的机器残骸冒出的浓烟直冲云霄。

她搜索着地平线，注意到已经持续了很久的寂静。她是最后一个还在空中的机器，其余的都坠毁了，被埋在地下，或被半球状网格摧毁。

她稍微动了动，在枕头上找到了一块更凉爽的地方，依稀想起了凤头鹦鹉冠市场附近叫卖的地球仪。她看见它上面有一层网状的红线，从两块她说不出名字的地块上向外辐射，但她知道自己效忠于其中一块土地，她看到一缕缕金色的光散布在大陆上，红色的线永久地暗了下去。

然后，她完全进入了梦境，沉浸在记忆中，不再徘徊于半梦半醒的状态。

她进入了战争的梦境。

这场战争，就算对发动它的人有任何意义，现在也已经结束了。网格消失了，交战双方都无法与它进行交流。大多数人口密集的地方都遭受了袭击，许多城市只剩下了弹坑。战区一片混乱，军队弃战而逃，集结成反叛部队，寻找食物、水和医疗救助。在前五十分钟幸存下来的机器都在待命，等待下一步指示。

她瞄准工厂模块时，像她一样的机器在敌对设施附近徘徊，轰隆隆地驶过沙丘的"海洋"。

她曾多次梦见与这家工厂相遇，现在已经足以把它视为她转世的开始。她起初几乎没有意识到，但进化已经开始了，让她……走了这么远，跨越这么长的时间和距离。虽然这只是一台坏掉的机器，并且早就毁了，她却对它产生了一种奇怪的感情，就像喜爱一个被虫蛀了的旧玩具。她曾计划用一连串的磁盘摧毁它，可惜它太小，不足以做弹头的目标。就像蜜蜂一样，她只有一根刺，用过之后，她也没法活太久。

她弯起翅膀，超音速掠地而下。

目标建筑瞄准了她，激光差点要了她的命。

那道激光并不是要把她击落，而是传入了一条她的电子大脑的智能软件可以解读的信息。乍一看很安全，尽管如此，她还是花了几微秒过滤病毒，才让它进入大脑。

她又思考了一小会儿。

她明白这是一种自卫，它向她的大脑中输入了成千上万的模拟数据。它们展示了她的攻击模式：释放磁盘，扩散成旋转的小片，但每一个小片在有机会破坏工厂之前都会被它的反制武器拦截。

又过了一会儿，她明白了工厂要表达的含义：走开，不要在我这里浪费时间——把你的武器留给一个你有机会摧毁的目标。你在这里只能伤到我的皮毛——破坏一点装甲，带来一些系统故障……这都微不足道。

她想，是的，但是那些你没有考虑过的攻击模式呢？她研究了其他接近的角度和释放点。她用收到的模拟模型自己进行模拟，研究工厂是否也能抵挡这些攻击。

结果让她很高兴。根据她自己的预测，工厂无法幸免于这些特殊的袭击。

但如果她错了呢？

她没有攻击，而是决定送去她的一个模拟模型，她想看看工厂对此会如何反应。她还有时间，使用特定模式攻击用不着再花零点二秒。

世界上有的是时间。

她等待回应，无所事事地进行自我诊断和武器检查。过了一段时间，工厂做出了回应，发出了另一束激光。她打开它，从各个角度仔细检查。

她意识到，这太复杂了。工厂已经开始运行这些模拟模型了，它在跟她玩游戏，愚弄她。现在它告诉她，是的，她可以攻击。但问题是，这也会毁了她。

"试试这个把戏吧，我会带你一起走。"它好像在说。

它甚至不会费心去减少自己的损害。

"所以想想看吧……"

是的，她需要时间思考，超过零点二秒。

这种情况超出了她的智力范围，她的设计师们没有预料到这样的意外事件，尽管他们把她设计得很聪明。

她停止了攻击，收起翅膀，落在地上，深深地钻进沙子里。安全后，她部署了一个远程遥控装置与工厂通话，发出一个带爪的小诱饵，从离她实际位置一千米远的沙子里蹦出来。

她努力克服自己程序中固有的局限性，思考工厂的性质。

它是一个建筑单元，净化垃圾和残骸，制造记忆中的任何东西。它制造设备和武器。例如，它为对手制造跟她一样的东西。

她想了想，让这个想法慢吞吞地又转了一会儿。

她的大脑像一块弹球板一样亮了起来，她有了一个主意。

她拿着自己的详细蓝图给了工厂，上面有部件故障、疲劳点、战斗损伤。很多都是真的，也有一些被巧妙地夸大了。她小心地强调弹头的功能，同时使她的其余部分看起来很糟糕。她希望自己要表达的意思足够清楚："再想一想，反正我也活不了多久了。我还不如坐地爆炸，把你带走。"

她得到答复的速度比她预料中要快。一连串的图表，一波又一波的蓝图和性能数字。

"不要着急，我相信我们会达成……一致。我可以给你安装一个新的涡轮子系统，或者一个新的机身组件……我们为什么不讨论讨论细节呢？"

她考虑了一下，然后拿出了一些她急需的电机部件的数据。工厂做出了回应，投射出一个文件，显示她飞进它的前着陆门，机械手臂给她替换部分马达。她飞向日落，两台机器仍然完好无损。

"很好……"

她召回了遥控装置，然后在一场由噪音、火焰和沙子组成的小型龙卷风中从地面升起。

她把工厂完好无损地留在了地上，从此再也没见过它。也许它后来被一些不会交易的、更迟钝的机器杀死了。又或者，它只是陷入了永久的隐居状态。

不管怎样，她已经对它的游戏上瘾了。

她在旅途中遇到了其他机器，但不是所有的都是敌人制造的。最终她不再区分朋友和敌人，重要的是他们是否有她需要的东西。如果他们有，她也会用同样的策略，威胁对方不给的话就引爆自己。如果没有，她就不管他们了。进化的压力在起作用：在战争中存活这么久的机器必须比其他机器更聪明。和她一样，他们必须懂得公平交易的技巧，他们必须学会谈判。

她的建造者仍然在潜意识里引导她，因此她迅速将自己装备成一个具有可怕破坏潜力的空中堡垒，但这不是一个可以无限持续下去的过程。有一天，在一段时间之后，她意识到她已经厌倦了无休止地升级自己。现在到处都没有什么机器，而且根本没有能飞起来的东西，这样的训练就毫无意义了。

她已经拥有了她所需要的一切。只要她有弹头，只要她有通信工具，只要她避开那些最愚蠢的机器，她就能无限期地继续活下去。

相反，她开始想办法购买软件和额外的智能模块来插入自己的大脑。安装这些装置有点棘手，因为她通常不得不放弃一些对弹头的控制。但是，其余的工厂都非常谨慎，不敢做任何冒险的尝试，比如在她的大脑还在扩展的时候试图拆除她的弹头。无论如何，如果他们以前做过生意，那么通常都有信任的成分在里面。

每多一个插件，她就变得更聪明几分。一些工厂已经开始在战争残骸中翻找，获取藏在城市废墟中的脆弱的数据记忆。有些是真人的电子模拟——战前世界的领袖和艺术家。

起初，她把这些人格储存起来以增强自己的谈判技巧。但随着时间的推移，她开始完全为了他们自己而同化他们。她把死者装进自己的心里，让他们互动，像盆景里的花朵一样盛开。她把自己的一部分分配给他们。随着他们越来越多地融入她的思想，她和他们的关系变得越来越紧密。几百个人的部分意识与她的意志融合了。

几十年过去了。随着时间的推移，工厂发现的可读数据越来越少。有一年，他们发现什么也没的读了，因此也就没有新的人格思想可以提供给她。

相反，工厂提供给她一些死者的全息图像。现在她看到了他们的脸，她的心因为储物的重量而变得沉重起来。她还能飞，但已经不像以前那么轻盈了。在她遇到这家工厂之前，她的生活就像是一场古老而残酷的梦。

时间一秒一秒地过去了。

一个世纪后，就连工厂和其他地面机器都变得稀少了。她得巡游很久才能找到一台能和她说话的机器。找到一台机器时她总是感到高兴，因为现在几乎没有什么危险（并且因此愚蠢）的机器了，她只需要远离那些笨蛋。她把其他机器当作朋友，但不完全确定他们对她的感觉如何。

他们知道她会保护他们不受捕食者的攻击，但是——由于留下的敌对机器很少了——保护只剩下了理论上的作用。时间在淘汰杀手，淘汰那些无法适应战后世界的机器。因此，随着见面的次数越来越少，他们便采取了一些礼节性的手段，打破了惯常的姿态，她接受了其他机器送来的那些对她没有直接用处的东西。爬行者挖出来并修好的漂亮小玩意——象征善意的小饰物，来自某个破碎世界的古玩。其中一些东西挺俗气的，比如一家工厂从废弃的生物武器实验室中挖出来了纳米机器病毒制造机。在一个除了机器什么都不会动的世界里，这样的东西有什么用呢？

但她还是拿走了，不这样做是不礼貌的。她在外壳上开辟了空间，丢弃了武器和多余的引擎部件，扔掉了不再需要的东西。

岁月荏苒。她意识到，对她来说，时间在加速流逝。她的神经回路正在死亡，她的大脑处理模式变得更低效。她花了更长的时间去思考，她失去了长长的思维链条。

她疲惫不堪，开始计算自己身体里的损害，工厂的修复也不能维持太久了。

讽刺的是，直到现在，地面上的历史才重新开始。

她曾误以为这个世界上只剩机器了，其实一直还有人，但他们太久没在世界上留下任何痕迹了，然而现在他们又开始行动了。随着天空开始变好，一小群游牧民离开了沿海城市，前往以前的战区。

她对他们着了迷。

在云层之上，她研究人们的迁徙，并通过发射纳米遥控装置探测他们的语言，了解他们的历史。他们在冬天出门，那时云层最厚，这很明智。她之前从一些军事数据中得知，这些被称为"空地"的荒地上仍然有很高的辐射水平，非常危险。即使在冬天，这里仍然有热点——从古代废墟中泄漏出的同位素。他们对此知之甚少，他们失去了所有战前情况的书面记录，而电子档案也被损坏了。现在，他们依靠的是昔日老牧师们的口头回忆。

"当然，"她心中的一个人说，"口述故事是我们的传统……"

她知道他们把战争称为大钟头，毕竟时间已经过去了这么久。她心里的人们不断地争论，不断地发表意见。地上的人都是野蛮人。不，他们在努力重建昔日的辉煌。不，他们是野蛮人——看看他们的样子就知道了。她的脑海里闪过无数影像。她看见一幢白色的建筑，形状像搁浅的贝壳，碎了，也塌了，海浪拍打着它弯曲的侧面，她看见地上的人在掠夺财宝。

"野蛮人。"一个她心里的死人尖锐地说，"那是我指挥交响乐乐团的地方，他们在那里撒尿……"

"你的交响乐去死吧。我的公司建造了下面一半的塔——现在看看它们！野草爬上三楼……擅自占用顶层公寓……"

"混蛋资本家！就是你家的机器造的孽，别忘了……"

"朋友，就是我的一个造孽机器让你活了下来，尽管鬼知道为什么……"

她把自己的思想封闭起来，不去理会那些喧嚣。但她只是成功地封装了这些人，使得回声更加嘈杂。她理解他们争吵的原因，他们很沮丧，被锁在她的身体里，而活着的人在下面忙忙碌碌。她在研究游牧民的时候犯了一个错误，这提醒了她心中死去的人，他们已经失去了人性。他们又开始渴望生活了，幸存者使他们感到痛苦。是的，她明白——但她不喜欢这样，她更喜欢和工厂打交道。他们会理解，机器从来不知道其他种类的生命，只知道空地平静的温暖。她救了死者的命——现在他们在她身上互相争斗，吵得不可开交。

"你是自己种族的叛徒……"

她开始剔除那些最聒噪的，抹去他们的知能记忆。这是一种奇怪的感觉，他们那威吓的声音戛然而止，在一个回荡的音符中逐渐消失。她想起地球仪上的城市灯光渐渐暗下来，就是她整天在凤头鹦鹉冠市场那里叫卖的那个，然后意识到这是一段出格的记忆，一个梦中的梦。她抹去了那个曾经像她这种制造机器的人，而正要抹去音乐家时，一丝怜悯之情使她平静了下来。

这时其他人开始注意到了她的行动，迅速闭上了嘴。她现在觉得自由多了，轻松多了。她知道他们在她内心的感受，现在他们有了更大的发展空间，他们似乎集体叹了口气。

"我们很抱歉……"他们说，"我们很自私……你从遗忘中拯救了我们，而我们忽略了你……"她告诉他们，她能理解，但必须要移除一些人。

"在我年轻的时候，"她说，"我拿来最强大的思想，因为我是一个战争机器。但现在我不需要他们的指导了，我拿来你们的思想，是为了你们自己，我想重新塑造你们过去的样子，因为我希望向你们学习。"

"但我们仍然是死者……"

"我知道。但我不知道怎样才能帮你们活下去……"他们挤在一起，过了好一会儿才转向她。

"我们有一个答案，"他们说，"但你可能不怎么喜欢……"

她把他们放回空地。那是冬天，天空低沉，乌云密布，闪电刺破地平线。他们跟踪一个游牧部落，他们是法外的劫掠者，没有回到城市，靠抢劫外出寻宝的商人为生。到现在为止，她心中那些死人的思想已经形成了一个集体，拥有一致的人格。她自己可以看作它的一部分，一个侧面。他们共享一个知能软件（尽管现在它以有机神经组织为基础，一种她用纳米机械制造出来的良性霉菌慢慢改造着她濒临死亡的电路），如果两个及以上的思想共用同一个基质，他们注定会像吸墨纸上的墨水一样模糊边界、相互融合。她是他们，他们也是她。

现在他们有了一个计划。

劫掠者是一个家族，在过去的一百三十年里，她一直在追踪他们在内陆的活动。在几乎同样长的时间里，她用遥控装置对每一代个体进行取样，监控基因序列：她利用自己蚊子般大小的化身刺破他们脸颊上的皮肤，从最小的伤口里吸血。

劫掠者的状况很差。有段时间她尝试给他们治疗，引入病毒实施神不知鬼不觉的基因疗法。她努力纠正因为各种近亲繁殖带来的基因缺陷，但这并没有奏效——她的工具太钝，无法完成手头的任务。地上的人开始一个接一个地死去。

他们不知道发生了什么，只是意识到自己的孩子们发育异常。

他们开始屠杀儿童。她惊恐地看着，确信任何干预都只会使事情变得更糟。那些死亡是一种赎罪仪式，目标直指天空，直指被他们称为伊诺拉的死亡天使。这是最奇怪的部分：他们好像忘记了是谁制造了像她一样的机器。也许不仅仅是忘记，而是有意回避了那部分记忆。她怀疑，几代人下来，他们已经扭曲了对过去的口口相传的记忆，选择性地忘记一些事情，然后扭曲另一些事情。

他们不想记住到底发生了什么。

人类的双手和头脑创造了他们现在居住的世界，然而地面上的人们却把责任推到了天上的所谓的恶魔身上。现在，世界变得更简单起来，似乎没有必要强迫人们回忆过去的暴行。她注意到，他们也没有时间内疚。游牧队伍继续前进时，他们就那样冷漠地把生病的孩子留在沙漠里。

即使没有别人为他们哭泣，她也要为他们哭泣。

但她自己也病了，她修复了自己的精神，但是身体机能仍然在衰退。她现在行动迟缓，太阳活动增强时容易死机。最后，她赶在沙丘把一个孩子长眠的身体永远盖住之前触及了孩子的身体，空地的狗还没趁着夜色出来。发现的时候，孩子已经没有呼吸了，她把孩子放进自己的身体里，替孩子挽回一点生机。她扫描了孩子的思想，很快就意识到孩子的大脑受到了严重损伤，已经缺氧了。那里什么都没有，没有通过学习和感知而刻下的生命印记。这正是她所期望的，孩子是一张白纸。她决定不让自己的行动拒绝一个特定的生命，就像作曲家不拒绝让世界听到落在自己音符间的无限交响乐一样。

她在孩子空白的胶质组织中释放了一种病毒，等待了一会儿。病毒编织出一个神经框架，然后开始分解编码在DNA中的信息，以便将记忆和人格织入正在成长的心智中。

她知道——他们也知道——病毒只能带去他们过去形态的百分之一，而那形态离生命还很遥远。但那孩子，那女婴，会留着他们的影子。她心里的艺术家说，就像一幅被覆盖了很多很多层的油画。这个女孩会带着他们过去自己的鬼魂，直到她死去的那一天。但在此之前，她自己的人格和意志就会生长起来，包容一切。她会把死者当作小装饰品带在身边，就像战争机器带着他们飞在空中一样。

冬天稍晚的时候，她找到了在水坑附近扎营的老柯达拉一家。她那时已经飞不起来了，只能拼尽全力把孩子放在不育的老柯达拉和他生病的妻子会发现的地方。然后，有些什么东西把天空变得前所未有地暗，她心中的那些声音突然归于沉寂，但她从远方梦到了这部分。

拉克被温柔地坐在床边的叔叔叫醒。她看得出，他在那儿待了有一段时间了。他只是看着她，是天空下的一个宠溺的身影。黎明的橘红取代了深紫。

"你感到不安，"他说，"所以我来看看你，但我到的时候，你已经睡得很熟了，大概我只是想坐着看你睡觉。"

"我又做了噩梦。"她说。

"你睡得像根木头。"

"只有开头算噩梦，"她说，"人们在空中待了那么长时间，后来都可以重新生活了。"她意识到这听起来很蠢，像是婴儿的胡言乱语。但她该如何解释这样一个梦呢？尤其是她以前做过那么多次类似的梦，但也许——现在她想起来了——今年夏天没那么频繁。

她在床上用胳膊肘撑起身子。"叔叔，"她说，"你说过伊诺拉是坏东西，是不是？摩天大楼里的人也这么说，但我不知道为什么……伊诺拉做了什么坏事吗？"

他笑了："嗯，说来话长，是不是？看——我能看到天空越来越亮了，很快鸟儿就会唱歌了，你不觉得你应该回去睡觉吗？"

她倔强地摇了摇头："睡够啦。"

他耸了耸肩："亲爱的，我只知道昔日牧师们是怎么对我说的。如果我能识字，也许我会找到一两本不会一碰就变成碎片的书。也许我就能猜出那些老头说的是对还是错。不过到目前为止，我只知道他们说的事。关于过去，关于大钟头和伊诺拉。世界最长久的和平崩塌时，他们是如何从太空来到这里。伊诺拉如何在几天之内相继出现在两个北岛大城市的上空，让它们消失在银色的光芒里。人们怎样瞎了眼，怎样在他们站立的地方变成墙上的影子。当光线黯淡下来的时候，什么都没有了，城市曾经矗立的地方只剩一片空地。"

他伸出手，抓住她的手腕，打开她的手掌，开始用手指头在她皮肤上画圈。"伊诺拉又来了，但没带来什么惊喜。制造者保护了我们，在大钟头期间与伊诺拉进行了斗争。制造者从天上射击他们——你看，他们并非刀枪不入。这样一个伟大的城市在很大程度上保持了大钟头前的模样，就是因为伊诺拉没法靠近，发出银光。几年过去了，伊诺拉越来越少了，他们也越来越脆弱。"

"应该有人告诉那些老人，"她说，"告诉他们伊诺拉已经走了，不用再缝气球皮了。"

老柯达拉沉默了一会儿。"亲爱的，老人们总得有点生活的念想。但它不应该给你带来噩梦，再也不会了。"他咧嘴一笑，在微弱的光线中，她能看见他歪歪扭扭的牙齿。"不知道你上次做关于恐龙的噩梦是什么时候？"

她一想到这事就咯咯地笑起来。

他挠了挠她的手掌，跪下来亲了口她的脸颊。"亲爱的，从前伊诺拉是一个女孩的名字——一个可爱的名字，而非恐怖的恶魔。在你出生的时候，已经很多年都没人看到过那种飞天机器了，至少没什么可信的目击者。现在我们的朋友都叫你拉克①，你确实很幸运。夜幕降临之前，我能在沙漠里找到你真的很幸运。但当我们回到城市时，我们叫你伊诺拉，用它命名我们珍爱的东西。也许你永远不会管自己叫伊诺拉，我不知道。但此时此刻，有一件事我是知道的。你这么漂亮，不会再做什么讨厌的梦，我的小公主伊诺拉。"

他离开了她，那时黎明的阳光映出了金色的气球线，横跨着几千米的城市。她安稳地睡了，梦着即将到来的一天，梦着凤头鹦鹉冠市场的气味和声音，梦着鸣管盒的音乐，梦着死人们闪烁着彩虹光芒的面孔，梦着空荡的天空。

《伊诺拉》是我在短期内第三次登上 Interzone 的作品。我前两次正式发表的作品都在这本杂志里，而《伊诺拉》使我的名字第一次出现在封面上。那篇故事刊登在杂志的结尾，一些精美的插图让它增色不少。我认为这预示着我将来很可能会成为该杂志的定期撰稿人。

我大错特错了。Interzone 非常不中意我在《伊诺拉》之后投来的稿件，大概四年后我的故事才重新登上杂志。如果一个人费时费力想要打入一个市场，结果听到门砰一声关上的声音，发现自己再次站在外面的寒冷中，那真是太心碎了。对我来说情况更糟，我觉得被 Interzone 退稿的故事怎么看都比它已经发表的要好。出了什么问题？我想知道。事后想来，回顾了那些被拒绝的故事后，我发现一切都是明摆着的。它们是如此沉重乏味、自高自大。于是我退回去，写了一些轻快、激情的作品（《伯德之地6》，这本合集里没有收录），门才嘎吱一声又开了。至于《伊诺拉》，这个我原本希望能开启职业生涯下一个阶段的故事，一出版就石沉大海了。我一直很喜欢它，尤其是因为它包含了我作品中不少经常出现的主题。顺便说一句，这个故事的德语翻译帮助读者认识到"伊诺拉（Enola）"是"孤独（Alone）"的变位词。这对故事有什么影响，我一直不知道。

---

① 主角的名字 Lucky 有"幸运"的含义。

从信号到噪音

# Zima
# Blue

# 星期五

警察来找米克·莱顿时，他正在地下室摆弄那些机器。他整个上午都在找乔·利弗塞奇，想取消一场预先安排好的壁球比赛。这是考试前最忙的一星期，米克沮丧地得出结论，他有太多的辅导课要评分，没有理由抽出哪怕一个小时的时间来玩游戏。问题是乔要么关掉了他的手机，要么把它留在了办公室里，以免干扰到机器。米克发了一封电子邮件，但没有得到回复，他没有别的办法，只好决定溜达到乔住的那一半房子里，亲自通知他。到现在，米克在乔的部门里算熟面孔了，他可以随心所欲地来来去去。

"你好，伙计。"乔说着，回头瞥了一眼，手里拿着一个吃了一半的三明治。他脖子后面的发际线下有一块绷带，他驼背坐在桌前，桌上摆满了笔记本电脑、电缆和大量的硬盘。"准备好挨打了吗？"

"这就是我来这儿的原因，"米克说，"抱歉，比赛得取消了，我今天有太多的事情要做。"

"淘气。"

"泰德·埃文斯可以代替我，他也有装备。你认识泰德，对吧？"

"算认识吧。"乔放下他的三明治，想把标签笔的笔帽盖回去。他是一个和蔼可亲的约克郡人，来到卡迪夫读研究生，并决定留下来。他与一位名叫雷切尔的考古学家结了婚，后者花了很多时间在卡迪夫城堡墙下的罗马废墟中做科研。"我当然不能扭着你的胳膊去，这对你有好处，你知道的，锻炼一下身体。"

"我知道，但没有时间了。"

"好吧。总之，一切都好吗？"

米克淡定地耸耸肩："还好。"

"你有没有像你说的那样给安德里亚打电话？"

"没有。"

"你知道，你应该这样做。"

"我不太会打电话。不管怎样，我想她可能会需要一点空间。"

"已经三周了，伙计。"

"我知道。"

"你要我老婆打电话给她吗？可能会有所帮助。"

"不用了，不过还是谢谢你的建议。"

"打给她吧，让她知道你想念她。"

"我会考虑的。"

"是的，当然。你应该再坚持一下，今天早上都在这里了，七点刚过，我们就完成了一个锁。"乔敲了敲笔记本电脑的一个屏幕，白底上滚动着一排排黑色的数字，"也是个不错的锁。"

"真的吗？"

"过来看看这台机器。"

"我不能，我得回办公室了。"

"你以后会后悔的，就像你会后悔取消我们的比赛，或者不给安德里亚打电话。我了解你，米克，你是生来就总是会后悔的那种人。"

"五分钟吧。"

事实上，米克总想研究下乔的地下室。尽管米克自己的早期宇宙研究也很不错，但乔确实是挖到了金矿。世界各地有数百名研究人员会不惜一切代价找导游带领他们参观利弗塞奇的实验室。

地下室里有十台笨重的机器，每台都有一台汽轮机那么大。你不能戴着心脏起搏器或任何其他类型的植入物，米克知道这一点，他在走下楼梯和通过安全门之前，已经小心地取出了所有金属物品。每台机器装有十吨的超高纯度的铁棒，周围抽成了真空，悬浮在一个磁性支架中。乔喜欢抒情地谈论真空的硬度，谈论磁场发生器的动态稳定性。就算卡迪夫遭遇了里氏六级的地震，铁棒也不会感到丝毫的震动。

乔称它为呼叫中心。

　　这些机器被称为相关器。随时都有八台在线上，两台在线下停机维修或升级。这八台有功能的机器所做的就是打推销电话：跨过量子世界之间的鸿沟拨打随机号码，等待另一端的人接听。

　　在每台机器中，激光都反复将铁棒激发到量子态。通过监测被激发铁棒的振动谐波——乔称之为"反向啁啾"，同样的激光可以确定铁棒是否锁定了另一个量子世界——另一条时间线。实际上，这个铁棒将会和另一个版本的卡迪夫地下室里的另一个类型的铁棒产生共鸣。

　　一旦这个锁被建立起来——一旦打推销电话的机器获得成功，这两条之前极其相似的时间线就会被一条信息管道连接起来。如果激光用低能量脉冲轻击铁棒，足以影响它，但不会破坏锁，那么在另一个实验室的同位体也会感受这些轻击，这意味着可以从一个实验室向另一个实验室双向发送信号。

　　"这就是那个好孩子，"乔说着，拍了拍其中一台正在工作的机器，"看起来也像一把结实的锁，应该可以使用十到十二天。我想这可能就是为我们做成事的锁了。"

　　米克又瞥了一眼乔脖子后面的绷带："你植入了神经连接，是不是？"

　　"我一接到锁上的警报就立刻去了医疗中心。我很紧张——第一次面对这所有的一切。但事实证明，这非常容易。一点也不疼，半小时内我就起床了，他们还给了我一块浓茶饼干。"

　　"哦，浓茶饼干。没有比这更好的了，不是吗？我想，你今天就要穿越了吧？"

　　乔伸出手撕下绷带，只露出一小块血斑，像刮胡子时的伤痕。"有可能明天，也许周日。神经系统还没有活跃起来，这需要一些时间来适应。不过，我们有的是时间。即使我们直到周日才连上神经连接，在到达噪音极限之前，我还有五六天的连接时间。"

　　"你一定很兴奋。"

　　"现在我只是不想搞砸任何事情。赫尔辛基的男孩们紧咬在我们的脚后跟后面，我估计他们几个月之内就能打败我们。"

　　米克知道这个最新的项目对乔有多重要。在不同的世界之间传递信息是一回事，而且本身就很有冲击力。但现在技术已经从实验室逃到了现实世界，在世界各地的其他实验室和研究所里有数百个相关器。在五年的时间里，它从一个令人毛骨悚然的、难以置信的现象变成了一个被现代世界所接受的一部分。

但是乔——他的团队一直处于技术的最前沿——并没有停滞不前。他们是第一个解决如何发送语音和视频通信到另一个世界的，并在去年已经能够操作摄像头机器人——用电池驱动的那种。神经连接出现之前，游客们都爱用。乔甚至让米克也试一试，通过力反馈手套操作机器人的机械手，用虚拟现实头盔中的立体投影仪看世界，米克几乎能感觉到自己的身体真的在另一个实验室里。他已经能够走动，拿起东西，就好像他确实走在那个世界里。最奇怪的是遇见了乔·利弗塞奇的另一个版本——那个在对应实验室工作的人。两个乔似乎都对这种怪异的情景见怪不怪，似乎世界上最正常的事情就是和自己的复制品一起工作。

这个机器人给米克留下了深刻的印象，但对乔来说，这是通向更好事业的垫脚石。

"想想吧，"他说，"几年前，游客开始用神经连接代替机器人。当你可以驾驶一个温暖的人体在臭气熏天的外国城市里观光，谁会愿意使用笨重的机器呢？机器人可以看到东西，可以四处走动，捡起东西，但它们不能给你气味、食物的味道、温度，以及与他人的接触。"

"嗯。"米克含糊其词地说。他并不是很赞成神经连接，尽管这实际上是安德里亚的工资来源。

"所以我们也要这么做。我们有装备，安装它简直是小菜一碟，我们现在需要的只是稳固的连接。"

现在乔得到了他一直在等待的东西。米克几乎可以从他朋友的眼睛里看到《自然》杂志的封面文章，也许他甚至在考虑乘长途火车去斯德哥尔摩。

"我希望你能成功。"米克说。

乔又拍了拍相关器："我对它感觉很好。"

这时，乔的一个本科生助于走到他们面前。让米克吃惊的是，她想说话的对象不是乔。

"莱顿博士？"

"是我。"

"有人要见您，先生，我想这件事很重要。"

"有人来看我吗？"

"他们说您在办公室留了张字条。"

"我确实放了，"米克心不在焉地说，"但我也说过我不会走很久，没有那么重要的事，是吗？"

但是来找米克的人是个女警察。

米克在楼梯顶上见到她时，她的表情告诉他这不是好消息。

"出事了。"他说。

她看上去满脸担忧，而且非常年轻。她说："莱顿先生，我们有什么地方可以去谈谈吗？"

"用我的办公室吧。"乔说着，带着他们两个去了他在走廊尽头的房间。乔丢下他们，说他要下楼到大厅里的咖啡机那里去。

"我有个坏消息。"乔把门关上时，女警察说，"我想你应该坐下来，莱顿先生。"

米克把乔的椅子从桌子底下拉出来，桌面上堆满了论文——乔肯定正在给作业评分。米克坐下来，然后不知道该把手放在哪里。"是关于安德里亚的，对吗？"

"恐怕你的妻子今天早上发生了点意外。"女警察说。

"什么样的意外？发生了什么事？"

"你的妻子过马路的时候被车撞了。"

一个卑鄙的小想法闪过米克的脑海：该死的安德里亚，她总是看都不看地冲过马路。多年来他一直警告她，说总有一天她会后悔的。

"她怎么样？他们把她带到哪儿去了？"

"实在对不起,先生。"女警察犹豫了一下，"你的妻子死在了去医院的路上，我知道医护人员尽了最大的努力，但是……"

米克听到了，却没有听进去。这不可能是对的，人们还是会被车撞倒，但他们不会因此而死，再也不会了。在城镇里，车速不足以撞死人，被车撞死是发生在肥皂剧里的事，而不是在现实生活中。

米克感到麻木，仿佛飘出了房间，他说："她现在在哪里？"好像一见她，他就可以证明他们弄错了，她根本没有死。

"他们把她带到了荒地，先生。她现在就在那儿，我可以开车送你去那儿。"

"安德里亚没有死，"米克说，"她不能死，不能是现在。"

"我真的很遗憾。"女警察说。

## 星期六

　　他们分手后的三个星期里，米克一直睡在纽波特他哥哥家的一间空房间里。有陪伴一直很好，但现在比尔周末会去斯诺多尼亚搞一些荒谬的团建练习。由于一些乏味的原因，米克的哥哥不得不带走房子的钥匙，所以星期五的晚上米克无处睡觉。乔问他打算住在哪里时，米克说他要回自己的家，就是那所月初离开的房子。

　　乔一点也不退让，坚持让米克睡在他家里。米克度过了一个晚上，经历了任何突如其来的坏消息都会带来的情绪循环。没有什么可以与失去妻子相比，但这种震惊的感觉已经足够熟悉，尽管痛苦比之前的经历都要剧烈。他憎恨世界似乎一切如常，对安德里亚的死浑然不觉。新闻并没有被他的悲剧左右，播的都是一些被困在地下的波兰矿工。当米克终于设法入睡时，他总是梦见他的妻子还活着，一切都不过是一个错误。

　　但他知道这一切都是真的。他去了医院，他看到了她的尸体。他甚至知道她为什么会被车撞，安德里亚想穿过马路到她最喜欢的发廊去，她已经约好去做头发了。他了解安德里亚，她可能太专注于美发沙龙了，无视了周围发生的一切，最终杀死她的甚至不是那辆车。慢速行驶的汽车撞倒安德里亚时，她的头撞在路边的马路牙子上。

　　星期六上午，米克的哥哥从斯诺多尼亚回来了。比尔来到乔的家，默默地拥抱米克，好几分钟没说一句话。然后比尔走进隔壁房间，对乔和雷切尔轻声说话，他们故意低的声音让米克觉得自己像一个住在成年人家里的孩子。

　　"我认为你和我需要离开卡迪夫，"比尔回到起居室时对米克说，"没有如果，没有但是。"

　　米克开始抗议："需要做的事情太多了，我还得回到殡仪馆去。"

　　"可以等到今天下午，没人会因为你不回几个电话而讨厌你。来吧！我们开车到高尔去呼吸点新鲜空气吧，我已经预订了一辆车。"

　　"跟他去吧，"雷切尔说，"这对你有好处。"

　　米克默认了，因为能把葬礼计划放在一边，他又愧疚又宽慰。他很高兴比尔回来了，但他不能完全判断他的兄弟——或者他的朋友们——是如何看待他的丧妻之痛的。他失去了妻子，他们都知道，但他们也知道米克和安德里亚已经分居了。他们的关系在这一年的大部分时间里都有问题。朋友们认为他不会像两人还住在一起的时候那样悲伤，也是人之常情。

"听着，"他们安全上路后，他对比尔说，"有件事我得告诉你。"

"我在听。"

"安德里亚和我有过问题，但这并不是我们婚姻的结束。我们是可以挺过去的，我本来打算这周末给她打电话，看看我们能不能见面。"

比尔悲伤地看着他，米克不知道这是否意味着比尔只是不相信他，还是哥哥对于他让机会从指缝间溜走感到同情。

那天傍晚，他们在高尔大街上度过了一个温暖而吵闹的日子。回到卡迪夫时，他们一进门，乔几乎冲米克扑了上去。

"我需要和你谈谈，"乔说，"现在。"

"我需要给安德里亚的一些朋友打电话。"米克说，"能不能等一会儿再说？"

"不，不行。是关于你和安德里亚的。"

他们走进厨房，乔给他倒了一杯威士忌。雷切尔和比尔站在桌子的另一头，一言不发地看着。

"我去过实验室，"乔说，"我知道今天是星期六，但我想确定那锁的连接还在。嗯，还在。如果我们愿意，我们可以明天开始实验，但是发生了一些事情，你需要知道。"

米克从杯子里抿了一口："继续。"

"我已经和我在另一个实验室的同位体取得了联系。"

"另一个乔？"

"是的，是另一个乔。我们正在调试设备，确保一切都没问题。当然，我们还聊了聊，不用说，我提到了最近发生的事。"

"然后呢？"

"另一个我很吃惊，甚至说是震惊。他说在他的世界里，安德里亚并没有死。"乔举起一只手，示意米克让他说完再说话，"你知道这是怎么回事，这两段历史在锁生效之前是完全相同的——一模一样，甚至没有任何理由认为它们是两个截然不同的世界，只在锁生效时才会产生分歧。你下来告诉我壁球比赛的时候锁已经连上了，另一个你也来找我。不同的是，从来没有女警察来过他的实验室。你最终还是晃悠回办公室，继续作业评分的工作。"

"但那时安德里亚已经死了。"

"在另一个世界不是的，另一个我给你打电话了，你住在假日酒店，你根本不知道安德里亚出了什么意外。所以我的另一个妻子……"乔快速地笑了笑，"雷切尔的另一个版本给安德里亚打电话，她们聊了聊，事实证明安德里亚是被车撞了，但她几乎没有受伤，他们甚至没有叫救护车。"

米克听进去了朋友的话，然后说："我受不了这个，乔。我不需要知道，这帮不了什么忙。"

"我想是的，一旦我们有了一个坚固的锁，我们就可以进行神经连接实验。这个锁我们相信可以保持一百万秒，就是这样。唯一的区别是，不必由我来穿越。"

"我不明白。"

"我可以帮你穿越过去，米克。我们可以在明天早上给你植入神经墨水，需要一天的铺垫和练习，一旦你到达另一个世界……嗯，星期一下午，最迟星期二早上，你就可以走在安德里亚的世界里了。"

"但你才是应该穿越的人，"米克说，"你已经植入神经连接了。"

"我们有一个备用的。"乔说。

米克的脑子飞快地理解这些话："那我就控制了另一个你的身体，对吗？"

"不，不幸的是，这行不通。我们必须对这些神经连接做一些改变，让它们在信号吞吐量有限的情况下通过相关器正常工作。我们不得不放弃一些处理本体感觉映射的通道。只有当连接另一端的身体和这一端的身体完全相同时，它们才能正常工作。"

"那就不管用了，你一点也不像我。"

"你忘了你在另一边的同位体。"乔说。他从米克身边瞥了一眼比尔和雷切尔，同时扬起了眉毛。"是这样的，你走进实验室，我们给你植入神经连接，就像昨天早上我做的一样。与此同时，在安德里亚的世界里，你的同位体来到他那个版本的实验室，给他植入另一个版本的神经连接。"

米克颤抖了。他已经习惯了去想乔的另一个版本，他甚至可以开始接受另一个版本的安德里亚还活着的样子。但是，乔一把另一个米克拉到讨论中来，他就觉得自己的头开始天旋地转了。

"需要他——另一个我——同意吗？"

"他已经同意了，"乔严肃地说，"我一直和他保持联系，另一个乔把他叫进了实验室，我们通过视频连线聊天。一开始他并没有同意——你知道你们俩对神经连接有什么感觉，他也没有失去他那个版本的安德里亚。但我解释了这有多重要，这是你再次见到安德里亚的唯一机会。一旦这扇窗户关上——我们说的是在锁建立后的十一到十二天内，我们就永远无法接触到她还活着的另一个现实世界。"

米克眨了眨眼睛，把手放在桌子上。他听懂了这些话，觉得头昏眼花，好像厨房在摇晃。他说："你能肯定吗？你再也不能打开一扇通向安德里亚世界的窗户了吗？"

"从统计学上讲，我们能得到这一次机会真是太幸运了。到窗口关闭的时候，安德里亚的世界已经和我们的世界差得太远了，基本上不可能再建立另一个锁了。"

"好吧，"米克说，他准备相信乔的话，"但是即使我同意——即使另一个我也同意，那安德里亚呢？我们那会儿都不见面了。"

"可你想再见她一面。"比尔平静地说。

米克用手掌揉了揉眼睛，然后大声呼了口气："也许吧。"

"我和安德里亚谈过了，"雷切尔说，"我的意思是，乔说他自己——他的另一个版本——听另一个雷切尔说过，她一直和安德里亚保持联系。"

米克几乎不敢说话："然后呢？"

"她说可以的，她知道这对你来说有多可怕。她说，如果你愿意来，她会和你见面的。你们可以花点时间在一起，给你一个机会来做某种——"

"告别。"米克低声说。

"这会对你有帮助，"乔说，"会对你有帮助的。"

## 星期日

医疗中心在周末通常是关闭的，但是乔动用了关系，让一些员工在星期天早上来上班。在他们进行生理测试和准备手术设备时，米克不得不坐了很长时间。游客做的那些更简单也更快，因为他们不需要使用乔团队开发的改良过的神经连接。

到了下午，他们为对米克已经做好了植入的准备而感到满意。他们让他躺在沙发上，把头包在一个软垫塑料组件里，在脖子后面的位置有一个洞。他被施以轻度局部麻醉，垫了橡胶的钳子以微毫米的精度把他的头部固定到位。接着，他感到脖子后面的皮肤有一种隐隐的压迫感，然后是一种奇怪的不适感，浑身上下突然发麻。但是，这种不适几乎在他表露出来之后就立刻消失了。支撑钳从他的头上转开，病椅倾斜了起来，他可以下地站起来了。

米克摸了摸脖子后面，拇指上沾了一点血。

"就这样？"

"我告诉过你这没什么大不了的。"乔说，他放下一本摩托车杂志，"我不知道你在担心什么。"

"我并不反对神经连接手术本身，我对这项技术没有意见。这是整个体系，它鼓励剥削穷人的方式。"

乔啧啧不已："该死的卫报读者，一开始就是你们让该死的航空禁令生效的，然后你就会告诉我们在别处走走都不行。"

护士擦了擦米克的伤口，贴上绷带。他被推到隔壁房间，让他再等一等。接着是更多的测试，当系统接入新植入的神经连接时，他体验到了轻微的电刺激和奇怪且短暂的错位感。他报告的事在工作人员看来都很平常。

米克从医疗中心出院后，乔直接把他带到实验室。电磁屏蔽的部分包含乔打算用于实验的沙发。这是用于需要长期神经连接的游客们使用的改良版，具有管理营养和收集身体排泄物的设施。没有人喜欢在这些细节上花太多时间，但如果你想在几个小时以上的时间里保持神经连接，就没有办法回避。几十年来，玩家们一直在忍受类似的侮辱。

米克一躺进去，乔就给他戴了一副特别设计的沉浸式眼镜。他事先给米克的皮肤上涂了药膏，以防止压疮。眼镜戴得很紧，挡住了米克在实验室的视线。他只能看到一个蓝灰色的空洞，在他视野的右侧有几个毫无意义的红色数字。

"舒服吗？"乔问。

"我什么也看不见。"

"你会看见的。"

乔回到地下室的主室去查看相关器，似乎走了很长时间。当他听到乔回来的时候，米克几乎以为是坏消息——链路崩溃了，或者某种必要的技术设备坏了。他心里想，如果是这样也不会太难过。安德里亚死后的几个小时里，他无比震惊，他愿意付出一切来再次见到她。但现在有了这种可能性，他就发现自己开始怀疑。随着时间的流逝，他会从安德里亚的死中恢复过来。这不是冷血，只是现实。他认识不少失去伴侣的人，虽然他们可能会经历一些黑暗时期，但几乎所有人现在看起来都很安定、满足。这并不意味着他们不再对死去的亲人有任何感觉，但确实找到了继续生活的方法，没有理由认为他不会也像这样恢复过来。

问题是，拜访安德里亚会加速还是阻碍这一进程？也许他们本该只是通过视频连接，甚至电话进行交流，但他在这两方面都不太擅长。

他知道必须面对面谈，要么就别谈。

"有问题吗？"他假装天真地问乔。

"没有，一切都很好。我正等着另一个版本的你准备好。"

"他准备好了吗？"

"准备好了，医疗中心的人刚刚把他安置好了。只要你准备好，我们随时可以切换。"

"他在哪里？"

"在这里，"乔说，"我的意思是，在这个房间的同位体里。他躺在同一张沙发上，这样比较容易，当你转到另一个位置时就不会太晕。"

"他已经不省人事？"

"完全昏迷的状态，就像每头安上神经连接的骡子一样。"

不过，米克想，和其他骡子不同的是，当身体被一个远方的游客控制的时候，他的同位体没有进入化学诱导的昏迷状态。这是米克最不赞成的，骡子这样做是为了赚钱，它们总是某个旅游热点里最穷的，不管是某个富裕的欧洲城市，还是令人作呕的"正宗"第三世界的鬼地方。没有人渴望成为一头骡子，这是别无选择的选择。在某些情况下，它不仅取代了出卖灵魂的方式，还成为了一种全新的出卖灵魂的形式。

但是够了。他们都是完全自愿的成年人，没有一个人——尤其是他的另一个版本——被剥削，另一个米克只是出于好心。米克想，如果情况倒过来，他大概也会做出同样的选择，但他还是禁不住产生了一种反常的感激之情。至于安德里亚……嗯，她一直都很善良。在这一点上，没有人能说安德里亚的不是。善良和体贴，甚至到了错误的地步。

那么他还在等什么呢？

米克说："你可以切换了。"

事情并没有他想象中那么可怕，感觉并不比他有时睡前在床上经历的不自觉的肌肉震动更糟糕。

但突然间，他进入了另一个人的身体。

"嘿，"乔说，"你感觉怎么样，朋友？"

不过现在跟他说话的是另一个乔——这个乔属于安德里亚还没死的世界，

原来的乔是在现实鸿沟的另一边。

"我感觉……"但当米克试着说话时，他说出来的声音含糊不清。

"给它点时间，"乔说，"一开始每个人说话都困难，很快就会好。"

"看不见，看不见。"

"那是因为我们没有给你转换眼镜，等一下。"

灰绿色的空间消失了，取而代之的是实验室内部的景象，图像的质量非常好。这个房间表面上看起来没有什么变化，但当米克环顾四周时——通过神经中枢发送肌肉信号来移动另一个米克的身体，他注意到一些小细节，告诉他这不是他的世界。乔穿着另一件格子衬衫，脚上穿着脏兮兮的白色运动鞋，而不是匡威牌子的。在这个版本的实验室里，乔忘记了把日历翻到新的月份。

米克又试着说话。这一次，词句出来得顺利多了："我真的在这儿，不是吗？"

"创造历史的感觉如何？"

"感觉……实际上，实在是很怪异。不，我没有创造历史。当你记录你的实验时，我不会是第一个穿越的人。那会是你，应该是你。这只是预演，如果是那样的话，你可以在脚注中提到我。"

乔看起来并不信服："随你的便，但是——"

"我会的。"米克从沙发上起身，这个版本的身体和另一个不一样。但当他试图移动时，什么也没有发生。刹那间，他感到一阵极度的麻痹感，他一定发出了惊恐的声音。

"放轻松，"乔说，他把手放在他的肩上，"一步一个脚印，连接还在搭建，你需要几个小时才能完全流畅地运动，所以在你能走之前不要跑。恐怕我们得让你在实验室待很长时间，你可能不喜欢。虽然流程差不多，但这不是简单的神经连接。我们不得不压缩通过相关器的数据，这意味着和标准旅游装备相比，我们面对的医疗风险更高。你不用担心，但我得确保去密切关注所有参数，我早晚都要做测试。不好意思，拖拖拉拉的，但是我们的论文也需要数据。我能保证的是你还是有很多时间去见安德里亚。当然，如果你还想这么做的话。"

"是的，"米克说，"既然我在这里……来都来了，对吧？"

乔看了一眼手表，说："让我们开始做一些协调练习吧，这会让我们忙上一两个小时。然后我们需要确保你能控制好膀胱，否则会搞得很脏。然后——我们看看你能不能自己吃饭。"

"我想见安德里亚。"

"今天不行，"乔坚决地说，"除非我们把你训练好了。"

"明天，明天一定要见。"

## 星期一

米克在湖边那古老的绿色划船棚的阴影里停了下来。这是一个炎热的日子，接近中午，公园里自去年夏天结束以来，从来没有这么热闹过。办公室的职员们正围坐在湖边，充分利用午休时间：男人们放松地系着领带，卷起袖口和裤腿；女人们脱下鞋子，解开上衣。孩子们在观赏喷泉中嬉戏，而他们的哥哥姐姐们则用助动弹簧单高跷跳到几米高的空中——弹簧单高跷是这个季节看起来相当危险的新流行玩意。学生们懒洋洋地躺在微微倾斜的草地上，享受着日光浴，或者在考试前的最后一星期补上被遗忘的功课，米克认出他们中的一些人来自他自己的学院。大多数人戴着廉价的沉浸式眼镜，戴着紧身的粉红色手套，几乎遮到肩膀。比较活跃的学生仰面躺着，指着、抓着悬挂在他们上方的隐形物体。看上去，他们正试图从卡迪夫上空没有一丝阴霾的蓝天上抓下最后几缕云。

米克已经看见安德里亚站在离湖稍远一点的地方了。这就是他们约定见面的地方，安德里亚果然准时到了。她若有所思地望着水面，似乎没有注意到周围的热闹。她穿着一件白色衬衫，一条及膝的酒红色裙子，以及一双得体的正装鞋。她的头发比他记忆中的要短，发型也不一样了，几乎刚到衣领。有那么一会儿——直到她微微转过身来，他根本没有认出她来。安德里亚拿着星巴克咖啡杯，时不时抿上一口，或者看看手表。米克现在晚了五分钟，他知道安德里亚可能会放弃等待。但在划船棚的阴凉处，他所有的确定性都消失了。

安德里亚每分钟都转动一下身体。她又看了一眼手表，从咖啡杯里抿了一口，然后把杯子斜着放，这样子告诉米克她已经喝完了最后一滴，他看见她在四处寻找垃圾桶。

米克从树荫下走了出来。他穿过草地，走到水泥地上，他强烈地意识到自己的步态缓慢而笨拙。跟第一次尝试相比，他走路的能力有所改善，但仍然感觉像是在一个充满糖浆的游泳池里直立行走。乔向他保证，随着神经中枢的深入连接，他所有的动作都会变得更正常，但这个过程显然比预期中要长。

"安德里亚。"他说，声音含糊不清，好像喝醉了，而且音量很大，对自己来说也是如此。

她转过身来，与他的目光相遇。她微笑之前稍微停顿了一会儿，但她的微笑不那么自然，就好像她为了拍照被迫保持了很久一样。

"你好，米克。我开始在想——"

"没事的。"他小心翼翼地挤出每个词，确保在说出下一个词之前把音发准，"我只是重新考虑了一下。"

"我不怪你。感觉怎么样？"

"有点奇怪，未来会容易一些的。"

"是的，他们就是这么对我说的。"她又喝了一口咖啡，尽管杯子肯定已经空了。他们站在相距约两米的地方，距离足够交谈，看起来就像两个朋友或同事在湖边偶遇。

"你真是太好了——"米克开始说。

安德里亚急切地摇了摇头："拜托，没关系的。我们讨论过了，我们都认为这样做是正确的。如果形势逆转，你也会毫不犹豫地同意。"

"也许不会。"

"我了解你，米克。也许比你自己更了解，你会尽你所能去做，甚至更多。"

"我只是想让你知道……我不会毫无感激地接受这一切。让你来见我，就像这样……还有我在的时候他必须经历的事情。"

"他让我告诉你，还有比这更糟糕的方式消磨一个星期。"

米克试着微笑。他感觉自己脸上的肌肉在动，但没有镜子，不知道模样如何，但微笑的时间拉长了。一个足球掉到湖里，开始从湖边漂走，他听到一个小男孩开始哭泣起来。

"你的头发看起来不一样了。"米克说。

"你不喜欢它？"

"不，我喜欢，真的很适合你。你是在那之前……哦，等等，我明白了，你是在去美发沙龙的路上。"

他能看到她脸上的划痕，那是被车撞倒时在马路牙子上蹭破的。她甚至不需要缝针，再过一个星期，这些伤痕几乎就看不出来了。

"我无法想象你当时的感受，"安德里亚说，"我无法想象这对你来说是什么滋味。"

"会有帮助。"

"你听起来并不相信的感觉。"

"我想让它有所帮助，我想它会的。只是现在感觉我犯了一生中最严重的错误。"

安德里亚举起咖啡杯："你想来一杯吗？我请客。"

安德里亚是个律师。她在一家小法律公司工作，公司在公园附近的现代化办公大楼里。办公大楼附近有一家星巴克。我说："他们不认识我，是不是？"

"除非你在这里做兼职。来吧，我不想这么说，但你可以练习一下走路。"

"只要你不笑我就行。"

"我做梦也不会想要笑你。抓住我的手，米克，这样就容易多了。"

他还没来得及后退，安德里亚就凑过来握住了他的手。米克想，她这样做真是太好了。他一直在想该如何开始第一次接触，安德里亚免去了他几乎肯定会有的笨拙和畏缩。这就是安德里亚，总是为别人着想，努力让他们的生活更容易，不管大事小事。这就是人们为什么那么喜欢她，为什么她的朋友都如此忠诚的原因。

"一切都会好的，米克。"安德里亚温和地说，"我们之间发生的一切，现在不重要了。我对你说了些糟糕的话，你也对我说了。我们先把这些都忘掉吧，让我们充分利用我们所拥有的时间吧。"

"我害怕失去你。"

"你是个好人，你拥有的朋友比你意识到的要多。"

他热得大汗淋漓，眼镜都从鼻子上滑下来了，视野滑向了他的鞋子。他举起他那只空着的手，做了一个僵硬的、像敬礼一样的姿势，把眼镜推回原位。安德里亚的手紧紧握住他的手。

"我撑不下去的，"米克说，"我应该回去。"

"是你开始的，"安德里亚严厉地说，但并没有多生气，"现在你要完成它，有始有终，米克·莱顿。"

## 星期二

到了第二天早上，情况好多了。在乔的实验室里醒来时，他的动作非常流畅，比他前一天晚上跟安德里亚说再见时好太多了。他现在觉得自己仿佛住在主人的身体里，而不是像木偶一样把它拖来拖去。他仍然需要眼镜才能看到任何东西，但神经连接现在可以更有效地传达感觉，所以当他触摸到某样东西时，触感就不会像他前一天经历的那样模糊或迟钝。大多数游客能够在二十四小时内得到比较精准的触觉，在两天内，他们的本体感受沉浸度一般都足以进行复杂的运动，如骑自行车、游泳或滑雪。反复造访的游客，尤其是回到同一个身体的那些，过渡期会更短。对他们来说，这就像是短暂离开后搬回同一所房子。

乔的团队在附属建筑里给米克做了一次彻底的检查，这都是些例行公事。乔的研究生艾米·弗林特坚持要在她为这项研究建立的触觉测试数据库中添加更多数字。这意味着米克得坐在一张桌子旁，不戴眼镜，被要求拿着各种各样的物体并说出它们的形状和材质。他做得很好，只是没能区分重量和质地相似的木球和塑料球。兴奋的弗林特在他身边很放松，没有米克在他的朋友和同事身上很快觉察到的那种做作和敏感。显然她不知道发生了什么事，她只是认为乔选择了另一个测试对象。

乔对米克的进步感到乐观。从宿主身体到硬件，一切都运行良好。带宽稳定在近每秒两兆字节，这足够让米克使用第二段视频来窥探另一边的实验室了。另一个版本的乔把摄像头举得高高的，好让米克看到自己的身体，斜靠在结实的沉浸沙发上。米克本以为会因此而感到不安，但整个经历却出奇地平常，就像在回放家庭电影一样。

完成测试后，乔把米克带到大学食堂。他吃了一顿液体早餐，喝了三罐水果酸奶。吃饭时——又一件本该很棘手，但通过训练可以更好掌握的动作——他心烦意乱地盯着食堂里的电视。墙壁大小的屏幕上播放着晨间新闻，声音被调低了。此时，屏幕上显示的是波兰矿工们艰难进入低矮的混凝土坑口去工作时，被监控摄像机拍下的模糊画面。塌方是三天前发生的，在所有与这个世界有联系的世界中，矿工们仍然被困在地下，包括米克来的那个世界。

"可怜的家伙们。"乔说，从草稿上抬起头来，他正在用铅笔写评论。

"也许人们会把他们弄出来。"

"啊，也许吧。不过如果在那里的是我，我可不会这么乐观。"

画面变成了足球比分的简报。再一次，在有联系的时间线里，大部分比赛的结果是相同的，但是有两三场——在侧边栏中突出显示，下方还有分析文字——比赛结果不同，其中一个团队甚至掉出了排名。

后来米克自己走到电车站，赶上了下一班开往市中心的电车。他已经感觉到人们对他的关注比前一天少了。他走路的动作仍然有点僵硬，这点可以通过登上有轨电车后对着镜子里的自己来判断，但已经没有任何滑稽或机械的感觉了。他只是看起来有点像是有关节炎，或者在健身房里锻炼过度导致的肌肉酸痛。

有轨电车在车流中疾驰时，他回想起了前一天晚上，和安德里亚的会面以及第二天的情景都如他所预料的那样顺利。一开始，气氛很紧张，但当他们去了星巴克之后，他发现她的态度有所放松，这也让他感到更自在了。他们闲聊了几句，避开了谁也不想讨论的主要问题。安德里亚这一天的大部分时间都在休息，直到下午晚些时候她才要回一趟律师事务所，只是为了确认她不在的时候没有出现任何问题。

他们讨论了如何度过这一天剩下的时间。

"也许我们可以开车到灯塔那里去，"米克说，"在山上有一点微风，会很舒服的，我们过去总是喜欢在外面玩。"

"不过已经有一段时间没去了，"安德里亚说，"我不知道我的腿还能不能爬得上去。"

"你过去总是爬得很快。"

"不幸的是，你也说了是'过去'。现在我提着购物袋走在圣玛丽大街上都快上气不接下气了。"

米克怀疑地看着她，但他不能否认安德里亚是有道理的。十五年前，他们在学校的登山俱乐部相遇，现在两人都不像以前那样热衷于户外活动了。那时，他们会花很长时间在布雷肯灯塔和布莱克山上探险，或者开车去斯诺多尼亚以及湖区。当天气不好，或者当突然意识到自己完全走错了山脊时，他们一起经历了一些惊悚时刻。但米克记得最清楚的不是身上又冷又湿的感觉，而是在一天结束时，他们来到一家温暖舒适的酒吧的那种如释重负的感觉。他们俩又饿又渴，但都对自己的成就欣喜若狂。这些都是美好的回忆，为什么他们不继续这样做，反而让工作支配他们的周末呢？

"听着，也许我们可以在一两天后开车去灯塔那儿，"安德里亚说，"但我觉得今天去的话，计划有点太大了，你说呢？"

"你是对的。"米克说。

经过一番讨论，他们同意参观城堡，然后乘船绕海湾游览，近距离欣赏巨大而令人印象深刻的海防。这两件事他们一直都想一起做，但总是推迟到下一个周末。即使在星期三，城堡里也挤满了游客。不过，由于他们中的许多人都是安了神经连接的游客，自然显得米克很不显眼。当他和别的占用别人身体的人一起蹒跚而行时，没有人会多看他一眼，尽管他看上去一定比一般的骡子要丰衣足食。后来，他们去参观了罗马遗址，那里的雷切尔正忙着和一群来自山谷的无聊的小学生聊天。

与城堡之行相比，米克更享受乘船。

船上还有足够多的进行了神经连接的游客，所以他不会觉得有多不自在。在海湾里，他可以暂时摆脱市中心令人厌烦的炎热。米克甚至感觉到了手背上的微风，这表明神经系统真的完全适配了。

是安德里亚把谈话引向米克出现的原因。她刚从柜台回来，手里拿着两个满是脏兮兮咖啡的纸杯。小船意外地摇晃着，咖啡几乎要洒了出来。她在船上的硬木凳上坐了下来。

"今天早上我忘了问实验室里的情况了，"她开心地说，"一切都还好吧？"

"很好，"米克说，"乔说今天早上的传输速率有两兆，这和他希望的一样好。"

"你得向我解释一下。我知道这与你能够通过连接发送的数据量有关，但我不知道它与我们使用的典型游客设置相比有什么不同。"

米克想起了乔对他说的话："没有那么好。只要负担得起，游客用多少带宽都可以。但是乔的相关器从来没有超过每秒五兆字节。这也是十二天窗口期开始的时候，五六天后只会更糟。"

"两兆就够了吗？"

"这就是乔必须搞定的。"米克伸手敲了敲眼睛，"乔说，对正常分辨率的全彩色视觉来说，这是不够的。但是实验室里有很多聪明的软件可以解决这个问题，它不停地猜测，填补空白。"

"看上去如何？"

"就像我戴着一副太阳镜看世界一样。"他把眼镜从鼻子上扯下来，拿向安德里亚，"只是真正看东西的是眼镜，而不是我——他——的眼睛。大多数时候都挺好用的，我注意不到什么异常。如果我快速摆动我的头——或者如果有东西快速划过，那么眼镜就会跟不上变化的视野。"他重新戴上眼镜，刚好一只海鸥从离船几米远的地方飞过。他有一种短暂的感觉，那只海鸥分裂成了一块块混乱的像素，仿佛是立体派画家的画作，然后眼镜把一切都弄平了，一切恢复正常。

"剩下的呢？听觉、触觉……"

"它们不会像视觉那样占用那么多的带宽。乔说，姿势信息只需要几个基本参数——我四肢关节的角度，诸如此类。听觉很简单，事实上，触摸是最简单的。"

"真的吗？"

"乔说的，握住我的手。"

安德里亚犹豫了一下，然后拉住米克的手。

"现在抓一下。"米克说。

她抓紧了："你感觉到了吗？"

"很完美，这比发送声音容易多了。如果你想对我说些什么，声音信号需要被采样、数字化、压缩，然后通过连接推送——每秒几百字节。但所有的触摸需要的是一个单一的参数，即使其他操作都变得非常困难，系统仍能继续发送触觉信号。"

"那是最后一个会消失的感觉。"

"这是我们最基本的感觉，事情应该是这样的。"

过了一会儿，安德里亚说："你还有多长时间？"

"四天，"米克慢慢地说，"幸运的话，也许十五天。乔说，明天我们就能更好地掌握衰变曲线了。"

"我很担心，米克。我不知道失去你该怎么办。"

他的另一只手握住她的手，也捏了一下："我会回来的。"

"我知道。只是……不是你，会是另一个你。"

"两个都是我。"

"现在可不是这样的感觉，我觉得自己背着丈夫有了外遇。"

"不该是这样。我是你的丈夫，我们都是你的丈夫。"

从那以后，他们什么也没说，静静地坐着，看着船颠簸着回到岸边。倒不是他们说了什么令人不快的话，只是言语已经不够了。安德里亚一直握着他的手，米克希望这个早晨永远持续下去——小船，微风，海湾上空完美的天空。即使在那时，他也责备自己老是想着时间的流逝，而不是充分享受此刻的体验。从他还是个孩子的时候起，他就一直被这种事困扰。学校放假时，他总是沉浸在一种忧郁的感觉中，觉得好日子不多了。

但这不是假日。

过了一会儿，他注意到有些人聚集在船头，紧靠着栏杆。他们指着天空，他们中的一些人拿出了手机。

"出什么事了？"米克说。

"我看得出来。"安德里亚回答。她摸了摸他一侧的面孔，引导着他的视线，让他尽量伸长脖子。"是一架飞机。"

米克等了一会儿，直到眼镜捕捉到飞机移动的微小斑点，身后留下一条苍白的尾迹。当其他人类被剥夺了这项权利，他对仍能自由飞行的人感到一阵愤恨，还能飞行对一些人来说是个好梦。他不知道这架飞机有什么政治或军事目的，但如果他感兴趣的话，很容易弄清楚。到了下午，所有的报纸都会刊登这条消息，这架飞机不仅会飞过这个版本的卡迪夫，他那边的也一样。这是安德里亚死后最令人难以接受的事情之一。整个世界继续前进，它的道路没有因为那一场个人悲剧而改变。安德里亚在他的世界里死于事故，在这个世界里毫发无损，而飞机的航向也不会有任何可衡量的改变（无论在哪个世界里）。

"我喜欢看飞机，"安德里亚说，"这让我想起了暂停禁令之前的情况。你不喜欢吗？"

"实际上，"米克说，"它们让我有点难过。"

## 星期三

米克知道安德里亚最近有多忙，他试图说服她不要从工作中请假。安德里亚对此表示反对，说她的同事们可以在几天内应付她的工作。米克明白这一点——安德里亚实际上独自经营着这家公司，但最后他们达成了妥协。安德里亚会从办公室请假，但她会在早上第一时间赶到办公室，搞定真正的大事。

米克同意十点在办公室见她，就在他接受完测试后。一切都和前一天一样，如果有区别的话，那就是他的肢体动作更流畅了。但乔完成测试后，带来了米克一直暗自担心的消息，因为他知道这是无法避免的。连接的质量继续下降，据乔说，速度现在已经降到一点八兆了。他们已经看到了足够的衰减曲线，可以推断下一星期的情况。在星期日的下午茶时间，连接将会被噪音淹没，误差不超过三个小时。

他们要是早点开始行动就好了，米克想。但乔已经做了他所能做的一切。

今天，虽然有来自实验室的不好的消息，但他沉浸在对等世界中的感觉已经完全消失了。当阳光明媚的城市从电车窗外扫过，米克发现几乎很难相信他真正的身体不在这里，而是躺在另一个版本的实验室的沙发上。一夜之间，他的触觉沉浸感明显提高了。电车转弯时，他靠在直立的扶手上，感觉到了铝的冰冷，还有别人碰过的地方的隐约的油脂。

在办公室里，安德里亚的同事们以一种不是装出来的自然态度迎接他，这让他很失望。他一直以为他们会在他没看到的时候露出尴尬的同情和会意的眼神。结果他被扔在等候区，一边翻阅精美的小册子，一边等安德里亚从办公室出来，甚至没有人给他递水。

他沮丧地翻着小册子。安德里亚的工作一直是他们关系中的痛处，米克连神经连接都不赞成，他更没有时间去关注那些从与该技术相关的人身伤害索赔中赚大钱的合法秃鹫了，但现在他发现很难唤起他平常那种道德的优越感。由于疏忽大意和偷工减料，正派人会遇到不愉快的事情。如果神经连接要成为世界的一部分，那么必须有人确保受害者得到应有的补偿。他不知道为什么以前一直不明白这一点。

"嘿。"安德里亚说，俯身向他。她给了他一个礼节性的轻吻，几乎没有碰到嘴唇。"花的时间比我想象中要长，对不起。"

"我们现在可以走了吗？"米克问，放下小册子。

"是的，我这边完事了。"

在外面，当他们走在高楼大厦阴影下的人行道上时，米克说："他们一点都不知道，是不是？办公室里没人知道我们出了什么事。"

"我认为这是最好的。"安德里亚说。

"我不知道你怎么能一直这样，假装什么事都没有。"

"米克，本来就没什么事。你必须从我的角度来看，我没有失去我的丈夫，我什么都没变。当你走了——当这一切都结束了，当另一个你又回到我身边，我的生活会照常进行。我知道你的遭遇是个悲剧，相信我，我和其他人一样难过。"

"难过。"米克平静地说。

"是的，难过。但如果我说我悲恸欲绝，那是在说谎。我只是个人类，米克。想到远处某个与我相似的人因为急着做头发而把自己撞倒，我无法产生巨大的情绪波动。傻里傻气，这就是我的感觉。最多让我觉得有点奇怪，有点发抖，但我不认为这是一件很难克服的事情。"

"我失去了我的妻子。"米克说。

"我知道，我很抱歉，比你知道的还要抱歉。但是，如果你指望我的生活一下子停顿下来——"

他打断了她，说："连接已经在走下坡路了，今天早上一点零八分开始的。"

"你一直都知道事情会是这样，这没什么好惊讶的。"

"在一天结束的时候，你会注意到我身上的变化。"

"今天不是还没结束吗？所以不要再纠结于此了，好不好？求你了，米克。

你很有可能毁了这一切。"

"我知道，而且我也在尽量不这么做。"他说，"但我说的是，事情不会有任何好转……我想今天是我最后的机会了，安德里亚，和你好好在一起的最后机会。"

"你是说我们睡在一起？"安德里亚说，压低了声音。

"我们还没有谈论这个问题。没关系，我没想在不讨论的情况下就发生，但是没有理由——"

"米克，我——"安德里亚开始说。

"你仍然是我的妻子，我还爱着你。我知道我们有问题，但我现在意识到这一切是多么愚蠢。我应该早点给你打电话的，我就是个白痴，然后就发生了事故……这让我意识到你是一个多么美好、可爱的人，我应该早点看到的，但我没有……我需要这次意外来打醒我，让我明白认识你是多么幸运。现在我又要失去你了，我不知道该如何应对。但至少如果我们能再次在一起……好好地在一起，我是说。"

"米克——"

"你已经说过你可能会和那个米克复合，也许是这一切让我们再次开始说话。重点是，如果你打算和他复合，那现在没有什么能阻止我们复合。事故发生前我们是一对，我们现在仍然可以是一对。"

"米克，这不是一回事。你失去了你的妻子，我不是她。我是一种没有什么词可以形容的奇怪的存在。你也不是我的丈夫，我的丈夫正处于药物昏迷状态。"

"你知道这些都不重要。"

"那是对你来说。"

"这对你来说也不重要，还有你的丈夫——我，顺便说一句——也同意。他清楚地知道应该发生什么事，你也一样。"

"我只是想，如果我们保持一定的距离，事情会更好——更文明。"

"你说得好像我们离婚了似的。"

"米克，我们已经分居了。我们不和对方讲话了，我不能忘记事故前发生的事情，好像这些都不重要似的。"

"我知道这对你不容易。"

他们在令人尴尬的沉默中继续走着，穿过他们以前走过一千次的市中心街道。米克问安德里亚要不要来杯咖啡，但她说在他来之前不久已经在办公室喝过一杯了，可能晚些时候吧。他们在安德里亚最喜欢的一家精品店附近停了下来，过马路时米克问他能不能给她买点什么。

安德里亚听到这个建议时吃了一惊："你不需要给我买任何东西，米克。今天又不是我的生日什么的。"

"想给你一件礼物，一件能记起我的东西。"

"我不需要任何东西来记住你，米克。你会一直在那里。"

"不需要多大，只是你偶尔会用到，能让你想起我的东西。这个我，而不是几天后就要带着这个躯体四处走动的我。"

"好吧，如果你真的坚持的话……"他看得出安德里亚竭力想表现出对这个主意很感兴趣，但她心里还是不太愿意，"我上星期看到了一个手提包——"

"你看到它的时候就应该把它买下来。"

"我在为做发型存钱。"

于是米克给她买了手提包。他把式样和颜色记在心里，打算下星期再买一个一模一样的。因为他没有在自己的时间线里买礼物给妻子，所以他甚至有可能拿着跟刚送给安德里亚的一样的手提包走出商店。

他们又去了公园，然后去威尔士国家博物馆看艺术品，接着回到城里吃午饭。与前两天相比，天空中多了几朵云，但那几朵白色只是让蓝天显得更加深邃和永恒，哪里都没有飞机，没有轨迹。原来他们昨天看到的那架飞机——确实是军用的——是在飞往波兰的途中，载着一批地矿救援专家。米克想起了看到飞机时的怨恨，现在感到很难过。飞机上有勇敢的男男女女，他们会冒着生命危险去营救被困在地下几千米深的其他几位勇敢的男男女女。

"好吧，"他们付了账以后，安德里亚说，"我想，这是面对真相的时刻了。我一直在想你刚才说的话，也许……"她说下去，低头看着剩下的沙拉，然后继续说，"如果你愿意，我们可以回家，如果那是你真正想要的。"

"是的，"米克说，"这就是我想要的。"

他们坐电车回了家。安德里亚用她的钥匙开门，两人进去了。现在还只是午后，屋子里凉爽宜人，窗帘和百叶窗都还拉着。米克跪下来，捡起席子上的信，大多是账单。他把它们放在大厅边的桌子上，感到一种短暂的解放感。当他回家时，他很可能会面对同样的账单，但现在这些都是别人的问题。

他脱掉鞋子，走进客厅。有那么一会儿，他有种疏离感，感觉自己好像真的是在另一所房子里。墙屏在另一面墙上，餐桌已经移到房间的另一边，沙发和安乐椅都被挪动过了。

"发生了什么事？"

"啊，我忘了告诉你，"安德里亚说，"我想变变样，是你过来帮我搬的。"

"这是新家具。"

"不是，只是换了座套。它们不是新的，只是我们已经有一段时间没拿出来了。你现在记起来了，是不是？"

"我想是的。"

"拜托，米克，这没过多久。我们从珍妮丝阿姨那里拿的，记得吗？"她绝望地望着他，"我会把东西搬回去，我想这有点不体谅人。我从来没想过让你看到这样的地方会有多奇怪。"

"不，没关系。说实话，挺好的。"米克看了看四周，试图把家具和装饰记在心里。好像当他回到自己的身体里，回到他自己的房子时，他要复制这一切一样。

也许他真的会。

"我给你带了点东西，"安德里亚突然说，伸手到书架顶上，"今天早上发现的，找它花了好长时间。"

"什么？"米克问。

她把那东西递给他。米克看到了一张长方形的浅粉色卡片，上面有污迹，还有折角。直到他试着拿住它，那东西才完全打开，折在里面的纸都掉了出来，他才意识到那是一张地图。

"该死的，我不知道该去哪里找。"米克把地图折了回去，仔细看了看封面。这是他们的一张旧的爬山地图，包括了布雷肯灯塔的那一部分，他们在那里走了很多路。

"我刚才在想……既然你这么想去……也许我们出城也不会死，别太冒险了。"

"明天？"

她关切地看着他："我就是这么想的。你应该可以吧，是不是？"

"没有问题。"

"那么，我去给我们弄一次野餐，乐购的午餐篮很不错。我想这附近还有两个保温瓶。"

"别管保温瓶了，步行靴在哪里？"

"在车库里，"安德里亚说，"和那些帆布背包一起，今天晚上我就把它们找出来。"

"我很期待，"米克说，"真的，你能同意真是太好了。"

"只要你别指望我能大气不喘地登上攀牙峰山。"

"我打赌你一定会给自己一个惊喜。"

过了一会儿，他们上楼来到自己的卧室。百叶窗开得很大，在墙上和床单上留下了苍白的条纹。安德里亚脱下衣服，然后帮米克脱下衣服。虽然他现在对身体的控制已经很好了，但精细的动作——比如解开纽扣和拉开拉链——还需要花很多时间练习，而他并没有这么多时间。

"过会儿你还得帮我把这些都穿上。"他说。

"又来，你又在担心未来了。"

他们一起躺在床上。米克在他现在使用的身体还没有发生任何变化之前，就已经感到自己的生理反应了。他在另一个实验室里勃起了，在另一个世界里的城市另一边，他甚至能感觉到导尿管尖锐的塑料。那个深深地陷入昏迷的米克，对现在发生的事情还会有一些模糊的印象吗？偶尔会有这样的故事，说人们睡醒时还能记得他们的身体在昏迷时的状态，但这些机构说，这些都是都市传说罢了。

他们慢慢地、小心翼翼地做爱。米克更加意识到自己的笨拙，而这种自我意识只会使他的动作更加僵硬。安德里亚尽她所能去帮忙，弥合他们之间的裂痕，但是她不能创造奇迹。即使在他差点伤害她的时候，她也会耐心地原谅他。当米克达到高潮时，他觉得它首先发生在实验室的身体上。几秒钟后，他所寄居的身体也做出了反应。某种感觉通过神经连接传到了他这里——确切地说，不是快感，而是证实了快感已经发生过。

后来，他们静静地躺在床上，四肢纠缠在一起。一阵微风吹得百叶窗在窗户上前后晃动。光影的缓慢移动，百叶窗轻柔地撞着玻璃，就像一艘平静的小船。米克发现自己心满意足地睡着了，他梦想着站在布雷肯灯塔的山顶上，俯瞰阳光普照的南威尔士山谷，安德里亚就在他身边，两人的姿势像旅游手册上的宣传画。

几个小时后，当他醒来时，他听见她在楼下走动。他伸手去拿刚才摘下的眼镜，准备离开床。他当时感觉到了，在那些懒洋洋的时间里，他对身体失去了一定程度的控制。他站起来，向门口走去。他还能走路，但星期二获得的那种轻松自如的移动能力现在已经消失了。当他走到楼梯口往下看时，眼镜挣扎着应付突如其来的变化，视图破碎，重新组装。他在栏杆前撑住自己，手模糊成了一长串肉色。

他开始往下走，像一个从山上下来的人。

## 星期四

第二天早上，他的情况严重了。他在家里过夜，然后乘电车去了实验室。他已经能感觉到在发送意图和身体反应之间相当地延迟。走路还算勉强可以，但其他任务都变得更加困难了，他在安德里亚的厨房吃早餐时弄得一团糟。当乔告诉他连接现在已经到了一点二兆，而且还在不断下降，他一点都不惊讶。

"今晚结束的时候会是多少？"米克问，尽管他自己可以看到打印结果。

"零点九兆，也许零点八兆。"

他勇敢地认为他们的计划还是有可能实现的，但这一天很快就变成了功能逐渐衰退的过程。中午，他俩在安德里亚的办公室见面，然后他到了一家租车公司，在那里预订了当天的一辆车。安德里亚驾车驶离了卡迪夫，驶向山谷，沿着 A470 公路从梅瑟到布雷肯。他们计划一路走到攀牙峰。在还爬山的日子里，他们已经一起爬过几十次了。安德里亚已经在乐购买了野餐篮，打包好，准备了两个背包。她帮米克穿上了步行靴。

他们把车停在斯托里，然后沿着人踩出来的弯曲小路向山上走去。米克开始感到有点惭愧。在他们爬山的日子里，他们倾向于以轻蔑的目光向下看成群结队的人吃力地爬攀牙峰，特别是那些从酒吧出来走这条路的人。山顶的风景是值得攀登的，但他们通常会在同一天完成至少一到两次的攀登，而且总是避开容易的路线。现在米克正在为以前的优越感付出代价，一开始令人愉快的挑战很快就变得极其费力。虽然他认为安德里亚并没有注意到这一点，但他发现在这崎岖不平的道路上行走比他想象中要困难得多。努力使他精疲力尽，无法欣赏任何风景，也不能享受和安德里亚在一起的纯粹的幸福感。他第一次失足时，安德里亚并没有太在意——她刚在干燥开裂的道路上差点摔倒过一次。但很快他就发现要好好走一百多米都很困难。他心情沉重，他知道光是回到车上就已经够难的了。那座山还有三千米远，一旦遇到真正的斜坡，他就彻底玩完了。

"你还好吗，米克？"

"我很好，别为我担心，是这双该死的鞋子，我不敢相信它们过去还挺合脚。"

他义无反顾地坚持了一会儿，拒绝让步，但他的前进越来越艰难，步伐也越来越缓慢。然后他再次绊了一跤，透过裤子擦破了小腿，他知道自己已经到极限了。时间一分一秒地过去，在他面前，这山就像喜马拉雅山一样。

"我很抱歉，我真没用。你自己往前走吧，别管我。今天天气这么好，不能浪费了。"

"嘿。"安德里亚抓住他的手，"别这样，这总是很困难的，看看我们已经走了多远。"

米克转过身来，沮丧地看着山谷："大约三千米，我还能看见那家酒吧。"

"好吧，感觉上还挺远的。再说了，这也是个野餐的好地方。"安德里亚揉了揉她的大腿，"反正我也差不多准备停下来了，我在台阶上拉伤了肌肉。"

"你只是为了让我好受。"

"闭嘴，米克。我很高兴，好吗？如果你想把这变成一场痛苦的长途跋涉，那就去吧。我……我就待在这儿。"

她把毯子铺在一条干涸的小溪边，打开食物的包装，野餐篮子里的东西看起来确实很好。味道以一种稀释过的淡淡的形式通过神经连接传递过来，更像是对味道的回忆，而不是真的吃到了什么。但他还是设法吃得体面，有些东西实际上还算是享受。他们边吃边听鸟叫，很少说话。其他的行人不时地从米克和安德里亚身边走过，继续朝山上走去时几乎没看他们一眼。

"我想我不该跟自己开玩笑，我永远都没法爬上那座山。"米克说。

"确实有点难，"安德里亚表示赞同，"考虑到我们两个人已经变得如此软弱无力，如果没有神经连接也够困难的了。"

"我想我昨天会做得更好。即使是今天早上……我们上车的时候，我真的觉得我可以做到。"

安德里亚摸了摸他的大腿："感觉怎么样？"

"好像我要搬走了。昨天我觉得我就在这个身体里，完全是它的一部分，就像一张脸戴着面具。今天就不一样了，我仍然可以透过面具看到东西，但它越来越远了。"

有好一会儿，安德里亚显得很疏离。他不知道自己说的话是不是让她不高兴了，但当她再次开口说话时，她的声音里有一种他没有料到的东西——一种钢铁般的决心——但那是典型的安德里亚。

"听我说，米克。"

"我在听。"

"我要告诉你一件事。今天是五月一日，下午两点刚过。我们十一点离开卡迪夫。明年的这个时候，就在这一天，我要回到这里。我要打包一个野餐篮，一直爬到攀牙峰的顶端。我将在同一时间从卡迪夫出发，第二年我也会这么做——每年五月一日。不管那天是星期几，不管天气多糟，我要爬上这座山，世界上没有任何东西能阻止我。"

他过了几秒钟才明白她在说什么："和另一个米克一起？"

"不，我不是说我们永远不会一起爬那座山，但五月一日那天，我会自己去。"她平静地看着米克，"你也得一个人去，你会找到新爱人，我敢肯定。但无论她是谁，都要让你有一天完全属于你自己，这样你和我就可以独享了。"

"我们没法沟通，我们甚至不会知道另一个人是否遵守了计划。"

"是的，"安德里亚坚定地说，"我们会遵守的，因为这是一个承诺，好吗？这是我们一生中最重要的一次承诺。我们会知道，我们每个人都会生活在自己的世界里，或者说时间线上，或者随便你怎么叫它。但我们将站在同一座威尔士山上，我们会看到同样的景色。我会想着你，你也会想着我。"

米克用一只僵硬的手捋了捋安德里亚的头发，他的手指现在不能很好地工作了。

"你这话当真，是不是？"

"我当然是认真的，但除非你也答应这么做，否则我不会承诺任何事。你会答应吗，米克？"

"是的，"他说，"我答应。"

"我希望我能想出更好的办法。我可以说我们总是在公园见面，但周围总会有人，感觉不太私密。我想要安静、孤独，这样我才能感受到你的存在。有一天，他们可能会拆掉这个公园，在那里建一个购物中心。但那座山永远在那里，至少在我们活着的时候是这样。"

"等我们老了呢？难道我们不该说好到了一定年龄就停止爬山吗？"

"你又来了，"安德里亚说，"自己决定，我要一直爬，直到他们把我放进骨灰盒里。我对你的期望可不比这个低，米克·莱顿。"

他努力露出了最好的微笑："那么……我只好尽力了，是不是？"

## 星期五

　　早上，米克截瘫了。神经连接仍然运行得很好，但是从一条时间线到另一条时间线的数据传输速率已经很低了，甚至不能支撑像行走这样复杂和依赖反馈的动作。他对手指的控制变得如此笨拙，就像戴着拳击手套一样。如果有人把什么东西递到他面前，他可以拿着它，但是处理简单的任务变得越来越困难了，即使是那些二十四小时前还掌控自如的事。当他试图抓住早餐酸奶时，他只成功地把它打翻在了桌子上，他的手似乎朝着酸奶歪了歪，但酸奶倒下的速度太快。据乔说，他一夜之间失去了深度知觉。眼镜感知到数据传输速率的下降，不再向实验室发送立体图像。

　　他还能去别的地方。团队已经预料到了这一阶段，并早早为他准备了电动轮椅，它简单的控制系统是为上半身有协调能力缺陷的人设计的。这把椅子上有一个紧急按钮，如果米克感觉自己的控制能力下降的速度比预期更快，他可以按下求助。如果他突然完全瘫痪，椅子就会呼叫路人提供帮助。并且在发生极端医疗紧急情况时，它会自动转向最近的指定医疗点。

　　安德里亚去实验室见他。米克想和她最后一次进城，虽然在电话里谈论这个计划时她还很热情，但安德里亚现在却犹豫了。

　　"你确定吗？我们星期四过得很愉快，现在破坏这段记忆可太可耻了。"

　　"我很好。"米克说。

　　"我只是想说，我们可以只是在这里的花园中逛逛。"

　　"拜托了，"米克说，"这就是……我想要的。"

　　他的声音很慢，用词也不精确。他听起来像喝醉了，又很沮丧。如果安德里亚注意到了——他肯定她一定注意到了，她一点都没有表现出来。

　　他们进城去了。即使有安德里亚的帮助，把轮椅弄上电车也很困难，似乎没有人知道如何把登车坡道降下来。神经连接技术的好处之一是你不会再看到那么多坐轮椅的人了，这项技术可以让一个人控制另一个人的身体，也可以让脊椎损伤不再可怕。米克意识到，他比以往任何一天都更引人注目。对大多数人来说，轮椅是过去的恐怖医疗设备，就像铁肺和腿支架一样。

　　在电车的小电视上，他看到了关于波兰矿工的新闻，情况不是很好。救援队有很多选择，包括至少三条救援被困矿工的路线。在仔细评估了所有的数据后——知道留给受害者的时间已经很少了，他们选择了应该最快也是最安全的一条路。

　　结果证明这是一个错误，对矿工来说是致命的。救援人员遇到了一个被水淹没的区域，被迫撤退。他们的设备受损，一名队员受伤。然而，矿工们在另一条连通的时间线里已经获救了。在那个世界，一名救援队员登机时在冰上滑倒，髋部骨折。失去了那个一直大力提倡走最快路线的人，救援队走上了另一条路。事实证明，这是一个正确的决定。他们同样遇到了障碍和困难，但最终还是成功地救出了被困矿工。

　　当这一切发生的时候，时间线之间的联系几乎断开了。即使是最好的压缩方法也无法处理移动的图像。人们从地下被解救出来的画面都是颗粒状的单色照片，就像放大了一张一百年前的报纸。在噪音淹没信号之前的最后几分钟，他们挤过了空隙。

　　但这些信息毫无用处。即使知道有一条通往矿工所在区域的安全通道，这支队伍也没有时间采取行动了。

　　这个消息对米克的情绪没有任何帮助。事实证明，进入城市正是安德里亚所预测的糟糕举动。到中午的时候，他的运动控制能力退化得更厉害了，甚至到了连操控轮椅都很困难的地步。他说话越来越含糊不清，安德里亚只好不断地让他重复。为了传递信息，他只能用单音节词。他的听觉甚至也开始衰退，因为听觉数据被压缩到了一个更残酷的程度。他不能区分鸟儿和车辆，也不能区分车辆和公园里沙沙作响的树木。当安德里亚和他说话时，她的声音听起来好像是通过合成器输入，被切碎然后拼接在一起，变成一种接近她正常声音的低音变体。

　　三点时，他的眼镜不能支持全彩视觉了。软件把画面切换成只有几种颜色的模式。城市看起来就像一张手工着色的照片，已经褪色了。安德里亚的脸在苍白和病态灰之间摇摆。

　　四点时，米克已经完全四肢瘫痪了。五点时，眼镜中的世界变成了黑白两色。帧率下降到每秒十幅图像，而且还在下降。

　　傍晚时分，安德里亚再也听不懂米克在说什么了。米克意识到他再也够不到那个紧急按钮了。他变得焦躁不安，头不停地乱撞。他受够了，他想断开神经连接，回到自己等待着的身体中。他不再觉得自己在米克的身体里，但他也不觉得在自己的身体里。他被困在他们之间，弱小无助，几乎失明。当恐慌袭来时，它就像一股不可抗拒的浪潮在翻涌。

安德里亚吓坏了，把他推回实验室。当她准备和他道别时，眼镜的帧率已经降到了每秒五幅图像，而每幅图像只有六千个像素。那时他平静多了，对明天必然发生的事情泰然处之——到了早上，他甚至认不出安德里亚来了。

# 星期六

米克与安德里亚在一起的最后一天开始于一个只有声音和视觉的世界——大部分感官已经失灵了，结束于一个寂静和黑暗的世界。

他现在完全瘫痪了，甚至不能移动头颅。属于另一个昏迷的米克的大脑现在对这具身体的控制力比它清醒时的同位体强。神经连接仍在向实验室发送信号，但现在对视觉和声音的需求几乎消耗了所有可用的带宽。早上，视觉下降到一千像素，每秒更新三帧。他的视力已经变成了单色，但即使在昨天也有灰色的渐变，足以让他看清眼前的东西。

现在像素只有黑白两种颜色，发送中间值需要花费太多的带宽。当安德里亚靠近他时，她的脸抽象成闪烁的黑白方块，就像心理学课本上的一张模棱两可的图片。经过努力，他学会了把她和实验室里的其他面孔区分开来，但他刚对自己的能力有了信心，视力又进一步恶化了。

到上午十点左右，帧率已经下降到每秒两幅图片，每幅图片八百像素。这不像是什么视觉了，更像是展示一系列静止的图片。人们不是穿过实验室走向他，而是从一个地点跳到另一个地点，他的眼睛捕捉到的是僵硬的姿势。很快，人们看起来就不像人了，不过是数据中的抽象结构。

到了中午，他已经不能说自己还有什么视觉了。有些东西每两秒钟更新一次，但黑白像素的矩阵很难与他对实验室的记忆对应起来。他再也无法区分人与家具，除非人们在不同的画面中移动起来，而且只是偶尔能够区分。下午两点时，他要求乔不要给眼镜传数据了，以便剩余的带宽可以用于听觉和触觉数据。于是，米克陷入了黑暗之中。

一夜之间他的听觉也下降了。如果说安德里亚昨天的声音是细弱的，那么今天就几乎不是人类的声音了。她好像是在用世界上最糟糕的电话对他说话，那一头还用了变声器，噪音开始占上风了。该软件正在努力弥补，在数据中挑出信息。这场战役只能拖延，无法获胜。

"我还在这儿。"安德里亚对他说，她的声音比最远的类星体发出的信号还微弱。

　　米克回答了她。这需要一些时间，他在实验室里说的话必须经过语音识别软件分析，然后转换成 ASCII 字符。这些字符被进一步压缩，一个字节一个字节地传送到另一个世界。在另一个版本的实验室里——米克的身体躺在轮椅上等待，安德里亚没有死于车祸的那个世界，同样的软件来解压字符串，重新组合，再用机械生成的语音说出来，带着点美国口音。

　　"谢谢你让我回来，"他说，"请留下来，直到最后一刻，直到我离开这里。"

　　"我哪儿也不去，米克。"

　　安德里亚捏了捏他的手。自从星期五以来，他已经失去了一切，但触觉还在。它确实是最容易发送的信号——比图像容易，比声音容易。后来，就连安德里亚的声音也必须通过字符串和语音合成器从世界的间隙传送过来，但触觉还在。他感到她搂着他，他和她的身体紧紧地抱在一起，拒绝让他屈服于量子噪音的轰鸣。

　　"我们只剩下不到一千个可用的字节了。"乔对他耳语道，在这个版本的实验室里，米克躺在沉浸式沙发上，"总共是一千字节，然后我们会失去所有联系。这足以传递一个口信，足以作为告别了。"

　　"送这个，"米克说，"告诉安德里亚，我很高兴她在那儿。告诉她我很高兴娶她做我的妻子，告诉她我很抱歉我们没能一起爬上那座山。"

　　乔用他平时那种流畅的速度打字，把信息发了过去，米克感到安德里亚的触摸消失了。即使是微小的数据传输，比如不变的压力，手握着手，身体靠着身体，现在对这个连接来说也太多了。这就像一个游泳者放走了溺水的同伴，最后的比特用掉时，他感到安德里亚永远地溜走了。

　　他躺在沙发上一动不动，他第二次失去了妻子。那一刻，现实的重量把他压得动弹不得，他不认为自己能在自己的世界里行走，更不用说他刚刚离开的那个世界了。

　　可是今天是星期六。安德里亚的葬礼两天后举行，他必须为此做好准备。

　　"我们完成了，"乔恭敬地说，"连接现在已经被噪音淹没了。"

　　"安德里亚送回来什么东西了吗？"米克问，"在我发了最后几句话之后——"

　　"没有，我很抱歉。"

　　米克从乔的回答中看出了犹豫："什么都没过来？"

　　"没有能解读的信息，我想是有什么东西穿越过来了，但那只是……"乔抱歉地耸了耸肩，"他们那端设置的噪音限制肯定比我们这端早了几秒钟，有时就会发生这种事。"

"我知道，"米克说，"但我还是想看看安德里亚送来了什么。"

乔递给他一份打印出来的文件。米克等了一会儿，他的目光才集中在纸张上。在标题信息行下面是一行文本：SO0122215。有点像电话号码或邮政编码，但显然两者都不是。

"就这些了？"

乔叹了口气："对不起，朋友。也许她是想说些什么……但是噪音赢了，噪音总是赢。"

米克又看了看那些数字。它们开始和他说话，他想他明白它们的意思。

"噪音总是赢。"乔重复道。

## 星期日

他们把米克从药物引起的昏迷中唤醒时，安德里亚就在那里。他从晕头转向和半梦半醒的状态中一层层浮上来，一直漂流着，直到内心某种东西突然出现，他意识到上个星期自己在哪里，他现在正在逐渐恢复控制的身体发生了什么。正如他们承诺的那样：没有梦，没有焦虑，没有时间流逝的感觉。在某种程度上，这并不是一种完全没有吸引力的去度过一个星期的方式，就像在子宫里一样，他听人们这么说。现在他又获得了重生，这一过程中也有不舒服的地方。他试着移动一只胳膊，但那只胳膊并没有立即听从他的指令，他开始惊慌起来，但是乔已经在笑了。

"放松，朋友，慢慢就好了。这个软件会挨个对脊椎神经进行重新定位。坚持住，一切都会好的。"

米克试着咕哝些什么来回答，但他的下巴也不能正常工作。然而，总会好的，正如乔所承诺的那样。每天都有成千上万的接受者眼皮都没有眨一下就完成了这个过程。他们中的许多人已经做过几百次了，神经连接几乎是绝对安全的技术，肯定比任何形式的身体旅行都要安全得多。

他又试着挪动他的胳膊，这一次它毫不犹豫地服从了。

"你感觉怎么样？"安德里亚问。

他又试着说话。他的下巴很僵硬，舌头很厚，不愿配合，但他设法发出一些声音："好吧，感觉好多了。"

"他们说第二次更容易，第三次更更容易。"

"多久？"

"你是上星期天开始的，现在又是星期天了。"乔说。

一个完整的星期，和他们计划的一模一样。

"我好饿啊。"米克说。

"每个人从昏迷中醒来的时候都很饿，"乔说，"我们很难向宿主体内提供足够的营养。不过，我们会帮你解决问题的。"

米克转过头看着乔，等待他的眼睛找到勉强的焦点。"乔，"他说，"一切都很好，是不是？没有并发症，没有什么可担心的？"

"完全没问题。"乔说。

"那你能让安德里亚和我单独待一会儿吗？"

乔立刻举起手表示同意，然后离开了房间，去做一些有的没的。他随手轻轻地把门关上了。

"那么，"米克说，"我猜事情一定进展得很顺利，否则他们不会让我睡这么久。"

"是的，一切都很顺利。"安德里亚说。

"那么你遇到了另一个米克？他在这里吗？"

安德里亚点了点头："他在这里，我们一起度过了一段时间。"

"你们干了什么？"

"所有你和我都会做的事情。进城，在公园里散步，爬山……诸如此类。"

"感觉怎么样？"

她谨慎地看着他："非常，非常伤心。说实话，我不知道该怎么做。我一方面想安慰他、同情他，因为他失去了他的妻子，但我认为那不是米克想要的。"

"另一个米克。"他温柔地纠正道。

"重点是，他回来不是看我哭鼻子的。他想和妻子多待一星期，就像以前那样。是的，他想和我说再见，但他不想整个星期都和我们在一起时一样闷闷不乐。"

"那你感觉怎么样？"

"痛苦。当然，没有失去丈夫那么痛苦，但他的一些悲伤开始在我身上慢慢消失。我不认为它会……我并不是失去爱人的那个人——但没人性的人才会无动于衷，是不是？"

"不管你有什么感觉，不要为此责备自己。我认为你答应做这件事真的很好。"

"你也是。"

"我这部分很容易。"米克说。

安德里亚抚摸着他的脸，他意识到他需要好好刮一下胡子。"你感觉怎么样？"她问，"你几乎就是他，他知道的你都知道。"

"除了失去妻子的感觉。我希望我永远不会知道这一点，我不认为我能真正理解他现在的感受。他给人的感觉是另一个人：另一个朋友，另一个同事，另一个你会感到遗憾的人——"

"但你不会因为发生在他身上的事而伤心。"

米克在回答之前想了一会儿，不想脱口而出一个油滑的回答，不管它可能会有多安慰："不，我希望它没有发生……但你还在这里。如果我们愿意，我们还可以在一起。我们继续过自己的生活，几个月以后就几乎想不起来那件意外了。那个米克不是我，我们再也不会听到他的消息了。他走了，他还不如不存在呢。"

"但他确实存在。只是因为我们不能再交流了……他还在那里。"

"这是理论上的说法。"米克眯起眼睛，"为什么？这跟我们又有什么关系呢？"

"我想一点也没有。"安德里亚又是警惕的神情，"但有些事我必须告诉你，有些事你必须明白。"

她的语气让米克很不安，但他还是尽力隐藏了情绪："继续，安德里亚。"

"我给另一个米克许下了一个承诺。他失去了一些没人能够弥补的东西，我想做点什么，什么都行，让他好过一点。正因如此，另一个米克和我达成了一项协议，每年我都要离开一次。那一天，也就只有那一天，我要去一个私人地点，在那里我可以想起那个米克——他一直在做什么，他过着怎样的生活，他是高兴还是悲伤。我要一个人去，我不想让你跟着我，米克，你得答应我。"

"你可以告诉我，"他说，"没必要保守秘密。"

"我现在就在说，我本可以连这个都不告诉你的，不是吗？"

"但我还是不知道在哪儿——"

"你不需要知道，这是我和另一个米克之间的秘密，我和另一个你。"她一定从他的表情中看出了什么他本想藏起来的东西，因为她的语气变得严肃起来，"你得自己想办法消化，没有商量的余地，我已经答应过了。"

"而安德里亚·莱顿从不违背承诺。"

"从不，"她说，温柔地微微一笑，"她从不违背承诺，尤其是对米克·莱顿来说，不管指的是哪一个。"

他们亲吻了。

然后安德里亚离开了房间，而乔又进行了一些后沉浸期测试。米克撕下了留在一个键盘上的一张黄色便利贴。便利贴上用干净的蓝墨水写了些什么，他立刻认出了安德里亚的笔迹——他经常在厨房的留言板上看到。但是文字本身——SO0122215——他看不懂是什么意思。

"乔，"他漫不经心地问道，"这是你的东西吗？"

乔从他的桌子上瞥了一眼，盯住了那张黄色的便利贴。

"不，这是安德里亚要的——"乔把话咽了回去，"听着，这没什么。我本想扔掉它的，但是——"

"这是给另一个米克的消息，对吗？"

乔环顾四周，就好像安德里亚仍然躲在房间里，或者即将再次出现。然后说："我们只剩下最后几个可用的字节，另一个米克刚刚把他的最后一句话传了过来，安德里亚让我做出回应。"

"她告诉过你那是什么意思吗？"

乔看起来很戒备："我只是打字的，我没有问过。我想这是你和她之间的事，我是说，在另一个米克和她之间。"

"没关系，"米克说，"你没有问是对的。"

他又看了看那条信息，有什么东西慢慢浮现出含义。虽然花了一些时间，但他认出了这组数码，因为一些潮湿的、被风吹过的记忆从过去滤了出来。这些数字在地形测量地图上形成了一个参考网格，这是安德里亚和他徒步探险时用的，这个坐标看起来甚至有点眼熟。他盯着那些数字，感觉好像它们要把自己的秘密泄露出去了。不管它在哪里，他都去过那里，或者去过附近的什么地方。查一下并不难，他甚至不需要这张便利贴，他对数字的记忆力一直很好。

脚步声传来，在亚麻地板的走廊上回荡，通向实验室。

"是安德里亚。"乔说。

米克把便利贴折起来，直到从外面看不见里面的信息。他朝乔的方向弹了一下，知道这已经不再是他的事了。

"扔了它。"

"你确定吗？"

从现在开始，妻子的生活中总会有一部分与他无关，即使一年只有一天。他只需要找到一种方法来消化这件事。

毕竟，事情本会更糟。

"我确定。"他说。

与我的很多作品不同的是，《从信号到噪音》是设定在地球上的近未来的作品。我写的这种故事可能比一般人想象中要多——我并不是只写跨银河系尺度的新太空歌剧的作家，但我承认，我的大部分作品确实倾向于发生在地球以外的地方。不是因为不想尝试，但我写的大部分近未来科幻都成了被遗弃的小说，充满了个人的悲伤和沮丧。我不知道为什么会这样，我喜欢读这种科幻小说，就像我喜欢史诗般的宏大作品一样。我觉得我对周围的世界充满了激情，和其他人一样对近未来的模样和轨迹感兴趣。也许是因为，尽管我认为我可以进行推断性的世界构建，并且加入必要的情节反转和吸引眼球的元素，可我很难想出可以构成故事基础的各种情节概念。可能我天生就擅长写发生在中远未来的太空故事。在这种情况下，我最好接受我的命运。另一位阿拉斯泰尔曾写道："如果没法自然得来，就放弃吧。"

但我还没有放弃近未来的故事。

# 卡迪夫的消亡

# Zima Blue

卡迪夫没了。

爆炸的中心正好就在千禧体育场的"D"入口门外，它先被炸毁了，然后整座城市都被夷为平地。把这玩意建在这里本来就是个错误，塔夫夫妇总是同意这一点。他们应该把它建在城市的西边，在那里人们才有机会真正看到它。当我从赫尔搬下来的时候，只能在缝隙中稍稍瞥一眼千禧体育场。在开放的三十年来，它周围建满了闪亮的新建筑。

不管怎样，现在它没了。问题是，其他一切也没了。

暴行发生后不到一天，我就来到了卡迪夫。大多数平民——不管他们是否在那条时间线上——都无法接近这座城市的废墟。但由于我与冷呼叫项目有联系，而且在爆炸发生时，我们的很多设备都在学校的地下室里，所以我拿到了安全通行证，可以随意走动。我不能通过操纵一个活的身体出现在那里，辐射水平太高了，而且我也不喜欢——尽管这总是一个选择——使用一具新鲜的尸体，用电刺激把它变成牵线木偶。所以我通过操纵一个机器人去了那里，一个笨重的军用机器人，有履带、武器和装甲防护。它就像过去军队用来拆弹的那种东西的升级版，那时恐怖分子还满足于炸汽车和建筑物这样的小东西。

从开始控制机器的那一刻起，我花了六个小时才从废墟里爬到大学实验室的残骸中。那里还有其他机器人，以及几架在暗黄色天空中疾驰的奇努克直升机，还有一些身穿全套防护服的士兵和政府人员，但我没有看到其他活人。除了几个不愿接受救援的流浪汉，所有在爆炸中幸存下来的人现在都在辐射区以外的紧急临时诊所接受治疗。在最初的十二个小时内，成千上万的人死亡，还有数万人的预后诊断并不乐观。

设备对我们来说至关重要，所以我们煞费苦心地准备了万全的保护措施。

就算有架飞机把学校撞毁，而我们在地下室的冷呼叫机器也不会受到丝毫影响。就算卡迪夫遭遇八级地震，也不会给仪器记录的信号带来一点波动。恐怖分子引爆自制原子弹已经达到了我们能够合理保护机器的极限，但这仍然没有超出我们的计划。

安全总比遗憾好，对吧？（我们告诉自己）什么都有可能发生。

那么有哪些幸存下来了呢？实话实说全都在。地面上的建筑物都变成了烧焦的瓦砾，我挖了一个小时才找到通往地下室的安全密封天窗。我打开了它（我当然知道密码），设法让机器人走下楼梯，它的步态可以保证在下楼时让身体保持直立。

我发现了什么？

首先是我。在卡迪夫遭受核爆的那个世界里，我正在地下室值班，就像我在没有核爆的那个世界里值班一样。奇迹中的奇迹，冷呼叫机仍然在运行，由地下室另一个独立房间的备用发电机供电。

实际上，这根本就不是奇迹。我知道至少有一台机器肯定是在运行的，否则我们就无法建立连接，让我的意识来到这个世界。问题是，这个连接有多稳定？它还能再坚持五六天吗？会不会随时断裂？

问我——乔·利弗塞奇——也没用。在这个世界，我已经死了。这是字面意思：当机器人碰到我的尸体时，它倒在了一个工作站的控制台上。当时我是实验室里唯一的一个人，因为那天是星期天，而部门大部分的同事一般都不会在周末工作。至于我，我是一个真正的工作狂。

"这下可付出代价了，是不是？你这个蠢货。"我通过机器人的语音系统对尸体说，"你这个笨蛋，乔。当初为什么不和米克一起去参加斯托克城的啤酒节呢？"

当然，和一具尸体争论不会有多大意义。

我的死因一时还不清楚，生命维持系统应该能让我们在地下室里连续活上几个星期。然后我注意到在尸体旁边有一张字条，是我的——乔的——笔迹。

"亲爱的乔，"上面写道，"空气被污染了——我想是密封的问题。但机器还好，连接没断。加油，老朋友——真是炸了。乔，你的朋友。"

后面写着：

"顺便说一句，请给我来一杯。"

他手里捏着一张二十英镑的钞票，真不错。

上次能用二十英镑买一品脱①啤酒和一包薯片是什么时候？就像米克会说的那样，典型的抠门约克郡人。

我不能把钱带回去，但我想，意思到了就行了。

也许我需要补充一下背景知识。

我在面对自己的尸体时表现得没多惊讶，这是有理由的。这不是我第一次见到自己的同位体——另一个版本的我，乔·利弗塞奇。事实上，这种情况经常发生。如此之多，以至于我更加坚定地相信了"我"有无穷多的复制品，都过着自己的生活。如果我们中的一个死了，其他人还能继续活下去。我知道这一点，地下室里的我也知道。

十二年前，我在卡迪夫大学的团队率先打开了通往平行世界的大门。我们在地下室的一台大机器上做了这个实验——跨越量子现实的"冷呼叫"，与我们在另一个版本的卡迪夫城的另一个版本的实验室里，与一台完全相同的机器建立了一个锁。它的原理是，在锁建立的那一刻，两个卡迪夫是完全相同的，每个生活在这两个卡迪夫的人也是完全相同的，拥有完全相同的过去。但从锁建立的那一刻起，两个世界开始分开了。虽然两个版本的我都是在星期天来到实验室的，但地下室的那个我在右脸颊上有刮胡子时不小心留下的伤痕，而且穿了一件不同的衬衫。我们建好那个锁才几天，到周末的时候，这两个世界将会拉开巨大的距离，卡迪夫城可能会赢一场、输一场。恐怖分子在这个卡迪夫引爆炸弹，而不是在另一个卡迪夫，这将会对锁的两端造成巨大的偏离，但有时这就是它的结局。我想知道我们那个世界的恐怖分子当时怎么搞的，是他们的炸弹坏了呢，还是特工在他们有机会引爆炸弹之前就抓住了他们？虽然有关于"情报线索"的传言，但没有太多消息。

无论是否发生巨变，两边的差异也会越积越多，迟早会毁掉量子连接。那个世界的门户关闭了，里面的人只能继续他们的生活，与我们失去了联系。最终，我们会与另一个卡迪夫建立一个新的锁，再从头开始。第一个和我说话的总是我——乔·利弗塞奇。

这对人影响挺大的。这就是雷切尔最后离开我的原因，她说她无法忍受和一个如此扭曲现实的男人生活在一起，更别提我与自己的死亡也纠缠不清。

"你们会在背后议论我吗？"她问，"你们两个会交换意见吗？"

---

① 容量单位，主要于英国、美国、爱尔兰使用。

"你不是另一个雷切尔，"我说，"她只是……乔娶的一个女人，你是我唯一在乎的人。"

"唯一的一个，"她简单地回答，"大多数男人这么说的时候，通常在指其他女人。你说的是我的其他复制品，仿佛我是某种批量生产的芭比娃娃。我受不了这个，乔。"

"你可以试一下。"

"生命太短暂了。"雷切尔说。

当她离开时，我做了自己在遭遇危机时经常做的事——全身心投入到工作中。卡迪夫是第一个开发冷呼叫技术的地方，但这并不意味着其他大学和公司没有快马加鞭地展开研究，试图走在我们前面。我们是第一个在两个平行世界之间建立视频接口的人，使我可以和自己的另一个版本聊天，好像只是坐在不同的办公室里。我们是第一个使用化身技术的——从旅行社学来的小伎俩，专供那些买不起机票的人。后来我们从笨重的机器转移到真正的人体，通过意识植入，你可以占领另一具身体，好像你真正地出现在了另一个世界。这一切都很好，但没有一样是免费的。为了保持领先，我们不得不啃一口又大又多汁的"毒苹果"，也就是政府资助，这笔钱独立于一般学术研究资金。从表面上看，新投资的目的是确保英国在这一前沿领域保持领先地位。一切都是为了科学而进行科研，除了探索未知、技术进步带来的纯粹快感，这些钱不该被用在任何不纯粹的地方。

不过，这是一派胡言，大家都知道。

在那个时代，就算只是表现得有点古怪，政府愿意的话就可以随时随地锁定你，这项技术具有很大的安全隐患。一旦建好了锁，就可以同时逮捕和审讯两个世界的嫌疑犯，相关机构会与自己的同位体相互合作，尽可能获取情报。在一个时间线上给嫌疑人讲个故事，看他有什么反应。在另一条时间线上讲另一个故事，看看又能得到什么结果。鱼与熊掌兼得，疯狂践踏人权。

当然，他们从来没有承认做过那种事。但是，为新机器和地下室刀枪不入的防弹装置买单的，并不是纯粹的科学，而是国家安全问题。不然还能是什么？

我说过苹果有毒了吗？作为巨额投资的附加条件，政府有他们自己的"热线"，直达我们实验室的顶级安全通信通道。他们的官员可以通过这些机器相互交谈，而我和系里的任何人一个字都知道不了。他们没有妨碍我们，我们也没有妨碍他们。

但有时，我们都会尝到苦果。

比如今天。

距离那场爆炸已经过去三个月了，我们通向那个版本的卡迪夫的通道在事发四天后就关闭了，所以我们谁也不知道他们怎么样了。连接断开时，他们还远远没有统计出最终的伤亡数字，也没有人敢谈论重建计划。我们将永远不会再与那个世界取得联系，即使我们在剩下的时间里一直打电话也不行。两个世界差得太大了，无法建立量子锁。

在我这个版本的卡迪夫，这一天一点都不糟糕。阳光灿烂，人行道上的咖啡馆生意兴隆，每个人看起来都兴高采烈、心满意足。三个月来，这里没发生什么变化。当然，每个关注世界时事的人都知道，有一个版本的卡迪夫已经从地图上消失了，他们已经看到了足以证明这一点的图片和视频片段。有些人，比如我，甚至已经亲临了另一条时间线。我们在一座城市散着硝烟的废墟上漫步——对我来说是"行车"。

然而，对大多数人来说，被炸毁的卡迪夫就像一部特效夸张的暑期烂片，正在淡出人们的记忆。从那时起，世界各地发生了许多事情，我们也和数以百计的别的世界建立了连接，其中一些有着他们自己的丑闻和轰动一时的新闻。

但是有些人——有些特别的人——记性要好很多。

早上喝咖啡的时候，我快速翻了翻报纸。第三页不显眼的地方有个豆腐块大小的新闻，说当局刚刚逮捕并拘留了一位住在卡迪夫的男子。

他的名字不重要。他是英国人，威尔士人——如果你对细节特别认真的话，尽管他不叫琼斯、埃文斯或者其他常见的威尔士名字。

他从来没有做过什么坏事。唯一的错误是，他碰巧在另一个世界炸毁了卡迪夫。实际上，这么说有点夸大事实了。他没有直接参与安放炸弹，他所做的只是无意中给了那些恐怖分子住的地方。也许他知道他们的谋划，但同样有可能的是，作恶者设法对他隐瞒了自己的惊天阴谋。

不过，现在没人能问他们了，因为——很不幸的是——他们都死了。在另一个卡迪夫，他们的同位体在炸弹爆炸时死去了。在这个世界里，由于焊接接头上的一个瑕疵，他们做的炸弹没能正常引爆，对两人造成了重伤，接着他们就自杀了。这情报本可以牵出一张涉及更多专家和金融家的大网，但线索已经断了。我们可以去其他版本的卡迪夫调查，但这些版本现在都和我们拥有同样的历史，那里的恐怖分子也死了。这就意味着，当局唯一能接触到的，可能知道一些情报的人，就是那个给他们提供住处的男人。

我从报纸上的新闻中了解到，他拒不认罪是有道理的。他与其中一名炸弹袭击者沾亲带故，但关系很远，而且他过去似乎从没参与过任何极端组织。我想的是：在我们的时间线上，炸弹引爆失败，两名恐怖分子重伤并最终自尽。平民伤亡：零。辐射水平：可以忽略不计。财产损失：不值一提。

如果我们不知道另一个卡迪夫发生了什么，我们会说：结案了。被拘留的人不需要对任何罪行负责，正义已经得到伸张。

问题是，我们确实知道。我们知道那场悲剧，也很高兴手上有可以责罚的对象。

据报道，这名被拘留的男子在监禁期间死于心脏病发作后的并发症。政府说他身体不好，本来就随时有可能发病。

而我，我在想他们对那个无辜的可怜混蛋做了什么。

我折起报纸，喝完咖啡，然后坐电车去学校。巧的是，今天又是一个星期天。我到的时候，除了几个嗡嗡作响的机器，系里空无一人。任何有一点理智的人都在别的地方，享受天气，享受他们的城市。

我输入密码，来到地下室。身边的冷呼叫机半隐在黑暗中。它们是身形巨大的圆筒，外表冰凉，嗡嗡作响。凶兆隐隐约约地笼罩在它们身上，尽管我从来不会说出来。我想到政府热线通进这个地下室，进入机器，让信号跨越现实之间的鸿沟。如果没有这种联结，他们就不会对那个人施尽酷刑。

有那么一会儿，我想把自己封在这里，关掉空气循环器。像另一个乔那样离去，给自己留封遗书，冰冷的手里还攥着二十英镑，一品脱啤酒和一袋薯片。永远不可能真的实现自杀，对吧？即使我死在此时，死在此地，还有无数个版本的乔·利弗塞奇继续活着，我们不会做出同样的决定。

但我想起了雷切尔在收拾行李前说的那番话，我们不是芭比娃娃。如果我开始陷入一种想法，让自己相信我们确实是——死亡只是从一棵无限生长的树上剪掉一条枝丫，那么也许她是有道理的。也许我这么做太久了，自杀——无论意图多么高尚——只会让她更加确信我让自己陷得太深了。

我并不是想让雷切尔再次喜欢上我，太晚了。但我仍能坚持下去，不会像另一个乔那样死去。

一旦我开始破坏机器，警报就会响起来。他们迟早会找上我的——不管有没有密码，他们都能闯进地下室。然后我就会被逮捕——然后……嗯……谁知道呢？但无论我出了什么事，他们迟早会找到办法重装机器。我是乔·利弗塞奇，我是个天才。如果认真想的话，我能造成些严重的损害。

墙上有一把大斧头，就在灭火器旁边。

让我们破开一切吧。


这是篇很短的故事——比梗概长不了多少，是为《大问题》的威尔士版写的。《大问题》是本在英国销售的杂志，向无家可归者和弱势群体销售。受卡迪夫犯罪小说作家约翰·威廉姆斯的委托，威尔士作家们创作了一个夏季故事特别系列，要求这个故事必须和威尔士有关。这挺难搞定的，直到我想起自己已经在中篇小说《从信号到噪音》中建立了一个威尔士主题的近未来世界。约克郡人乔·利弗塞奇是那篇故事中的一个小配角，但在这篇短得多的文章中，我把他（严格地说是他的同位体）放在了故事的瞩目位置，时间是上一个故事的几年之后。一旦这些元素就位，故事就很快地完成了（这也是件好事，因为截止日期很快就到了）。我那时刚完成了一些更长的作品，这也是一个新鲜的练习。当然，这本书的标题有点像从狂躁的街头传教士那里偷来的东西（就像非常类似的《永生不灭》，也在这本合集里）。是的，我是一个粉丝。

隐藏 Zima
Blue

一

梅林想，美丽和恐怖之间只有一线相隔，当然这是在说路。他们很容易把透过小艇窗户看到的东西当作一个幻影，但总有一天，神秘的人造物——他们称之为"锡林克斯"——会在金属笼中震动。它多少感觉到了路的临近，急于完成自己的使命。

这似乎困扰着每个人，除了萨亚卡。

"柯兰斯尼可夫。"她高声说，让这个陌生的词语听起来像咒骂一样。

四个同意陪梅林踏上这场旅途的学徒中，她是最年轻、最聪明的一个。一开始，其他人欢迎她加入梅林的小队，期待听到她对路和神秘的筑路者的高见。但在小艇拥挤的环境中，萨亚卡的魅力迅速消失了。

"柯兰斯尼可夫？"梅林说，"对不起，我完全不知道这是啥。"他跟其他人一样拉着脸："萨亚卡，你得给我们点线索。"

"柯兰斯尼可夫是……"她停顿了一下，"嗯，一个人类，我想——几万年前，远在筑路者之前，甚至在大繁华之前，他想出了一个超光速移动的点子，与虫洞和超光速粒子无关。"

"这是不可能的，萨亚卡。"一个身材瘦长、头发油腻的青少年韦弗说，"如果没有能量密度为负的物质，你不可能跑得比光速还快。"

"那又怎样，韦弗？你觉得筑路者会为这种东西感到烦恼吗？"

梅林笑了，认为萨亚卡的问题在于，由她提出的观点总是很有道理。

"但路实际上不允许超光速旅行，"围观的一个人说，"至少这点我们很确定。"

"当然。我想说的是，路网的初衷可能是想建成一个柯兰斯尼可夫管网络，但筑路者的设想没有完全实现。"

"哦，"梅林说，"柯兰斯尼可夫管到底是什么？"

"是一个改变时空的管状体，两端相距数光年，就像路网的一个分支。关键是可以让我们在任意短的客观时间内往返于星系之间。"

"像一个虫洞？"韦弗问。

"不，相关的数学公式完全不一样。"她叹了口气，看向梅林寻求支持。他点了点头，让她继续说下去。他知道，她已经走得太超前，远远甩开了其他人。"但这里面一定有蹊跷。很明显，两个相邻且相反的柯兰斯尼可夫管违反了因果律，也许当这种事发生时——"

"他们就得到了'路网'之类的东西？"

萨亚卡对梅林点点头，说："不是一条重组时空的静止管道，而是一个急速前进的圆柱，以略低于光速的速度移动。当然，它仍然很有用。飞船可以飞进路来，以极快的速度穿越星际空间，然后在另一端离开水流，就可以立即减速。"

"很惊人，"韦弗说，"但如果你对这些很清楚和了解，为什么你不教教我们怎么才能让锡林克斯正常工作呢？"

"我教了你也不会明白的。"萨亚卡说。

梅林正要出手干预——紧张的气氛是一回事，但他不能容忍人们在小艇上争吵，这时他的手套救了他。它开始轻挠他的手背，提醒他有一通来自母船的私人电话。他松了一口气，解开安全带，双脚一踢，飘离了四个少年。"我很快就回来，"他说，"尽量别打起来，好吗？"

这艘快艇形状细长，前后共有四十米，所以在离开星喉号的四天时间里，他们有坏脾气也是很正常的。空气中也弥漫着急躁：充满了青春荷尔蒙——他上次旅行可没记得有这个。年轻人都长大了，不再是他的忠实信徒。

他从锡林克斯旁边挤过去。它装在一个金属笼子里，长轴和飞船的方向一致。这个圆锥形装置已经有几万年的历史了，但灰黑色的表面完好无损。它还在呼噜呼噜地叫着，像一只喂饱了的猫。他们离路越近，它的反应就越强烈。它想得到自由，梅林希望它很快就能如愿以偿。

当然，高级船员们不会太高兴的。

在锡林克斯的后面是一条透明的狭窄管道，通向梅林的私人房间。经过四天的适应后，他可以游刃有余地在失重环境中前进。视野开阔，动人心魄，像往常一样，他发现自己放慢了脚步，沉浸在美景中。

由于小艇运动产生的像差，群星被挤在前面，偏离了真实位置，色调和亮度也发生了变化。他们以十分之九的光速在移动。这扭曲的星场的远处，有一艘巨大的燕子船——星喉号，梅林的人称之为家。燕子船离得太远了，只能看到船尾有一束炽热的蓝光，就像一颗被粗心人弄脏的星星。然而，除了和他在一起的四个人，他认识的每一个人都在星喉号里。

然后就是路了。

它位于天空的另一端，前后延伸到无限远的地方，就像一条幽灵般的管道，他们就沿着它飞行——一条一万千米厚、几千光年长的管道。它发出微弱的闪光——当宇宙碎片的微粒在它的上面湮灭时，它就会微微闪烁。大多数撞击是由尘埃颗粒造成的，相对于附近的恒星，尘埃颗粒的静止速度只有每秒几千米——因此，短暂的闪光似乎以令人眼花缭乱的速度掠了过去。这不仅仅是一条管道，而是一条玻璃管道，充满闪烁的液体，以可怕的速度流动着。

也许很快他们就会重新学习驾驭它的技术。

梅林挤进自己的房间，面前通信控制台上是弟弟的形象。虽然他们不是双胞胎——盖勒比他小一岁，但他们看起来仍然非常相像，几乎就像在照镜子。

"怎么了？"梅林说。

"恐怕有麻烦了。"

"让我猜一猜，这和奎尔有关？"

"嗯，这么说吧，船长很不高兴。首先，你未经许可就拿了锡林克斯，然后是小艇——而且，你有胆子在老混蛋叫你回来的时候抗命。"屏幕上的脸忍着笑意，但梅林看得出来，他觉得自己很有种。"但真正的问题不在这儿。我说的麻烦是我们所有人都要面对的，奎尔希望八小时后所有高级船员都去他的会议室。"

梅林想，现在正是他放下锡林克斯回到星喉号的时候。虽然没有时间进行全面测试，但仍然非常诱人，这几乎方便得可疑。

"我没有听说有什么危机。"他说。

"我也是，这就是我担心的地方，肯定是我们没想到的事。"

"剥皮族追上来了？很好。我以为在他们进入武器射程时，自己已经老得动不了了。"

"来吧，好吗？否则我们俩就都有麻烦了。"

梅林笑了："这就是兄弟的作用啊！"

长长的椭圆形会议室位于星喉号装甲船体内几百米深的位置。墙壁上装饰着精美的壁画，古老而神圣的红木桌子摆在中间。随着岁月的流逝，这张桌子的边角坑坑洼洼，壁画也变得灰暗无光。角落里，一个代理人正在慢慢地修葺这些古老的艺术品。这机器勤勉地从一个冲突场景修到另一个，让已在岁月中模糊了面目的壁画重新展现出鲜艳的色彩和精细的笔触。

梅林挤过那台矮胖的机器。

"你迟到了，"奎尔说，他早已落座，"我想你这趟旅行可是收获颇丰吧？"梅林还没想好答案，奎尔已经又开口了："很好，坐吧。我没有什么心情责备你，你可以把这看作凶兆。"

梅林一言不发地走到自己的椅子上，坐了下去。

什么事这么严重？

除了瘦削的灰皮肤船长，还有十五名高级船员聚集在大厅里。除了梅林，他们都穿着全套的制服，胸前佩戴着勋章和军衔。

这就是议会：除了奎尔自己，这就是船上的最高决策机构。每十二名中级船员对应一名高级船员，每一百名左右的普通船员对应一名中级船员。这十五个人代表了大约一万五千个在燕子船上工作、放松或睡觉的普通人。他们所做的大部分工作都与进入冰霜守望状态的二十万人相关——来自数十个星系的冬眠难民。责任很重，特别是考虑到这艘燕子船已经好几个世纪没有遇到过别的人类飞船了。没有人生来就是高级船员，所有在场的人——包括梅林——都是靠自己赢得了与奎尔坐在一起的权利。梅林甚至认为，他的敌人就在议会，比如波拉克。她是一个冷酷而迷人的女人，穿着一件硬领的黑色外衣，袖口和领口都镶有复杂的黑色细丝。她的手指轻敲着古老的木桌，黑色的戒指相互碰撞，当啷作响。

"梅林。"她说。

"波拉克，你好。"

她恶狠狠地盯着他："报告说你拿了一个锡林克斯，没有获得议会路网研究部的明确授权，而我们一共只有两个。"

梅林张开嘴，但波拉克干脆地摇了摇头："不，别想着侥幸逃脱，我不会再让这种事发生了。至少这次你把它完好无损地带回来了……还是没有？"

他笑了。"我根本没有把它带回来，它还在外面，正在靠近路。"他给波拉克看他手套背面展示出的图像，"我把它放在了一艘自动驾驶的飞船上。"

"如果你毁了它……"波拉克看向她周围阴沉的脸孔寻找支持，"我们要把你送上军事法庭，梅林……或者更糟。大家都知道，你研究锡林克斯的唯一原因是进行一些可笑的探索——"

奎尔咳嗽了一声。"我们稍后再讨论梅林的问题，波拉克。听完我要说的话后，这事可能就没那么要紧了。"现在，这个老人已经引起了大家的注意，他的语调变得柔和起来，几乎成了喃喃自语。"恐怕我有个噩耗要宣布。"

肯定是这样，梅林想。

"只要我们中的一些人还记得，"奎尔说，"一个核心事实造成了我们今天的生活。每次我们看向船尾，看着我们走过的路，我们知道它们就在那里，在我们后面的某个地方。据最新计算，大约是三十光年，但以船上的时间看，每隔五年就会以大约一光年的距离稳步靠近。一个半世纪后，我们将进入他们的武器射程之内。"奎尔冲着壁画点点头，那是一幅特别暴力的画面，几艘飞船在一颗被火焰笼罩的星球上交火，他继续说："情况很糟。最好的情况是，我们可以在被它们干掉之前干掉它们一两个飞船。然而，我们却生活在这种情况下，有时甚至连想都没想过。原因很简单，它在我们遥远的未来。我们当中最年轻的人也许能活到那一天，但我肯定不会。当然，我们坚信在未来会拥有一条今天无法预见的出路。也许是更好的武器——或是发现一些新的物理定律，能让我们的发动机发挥更大的性能，这样我们就能跑得过敌人的追杀。"

确实如此。这事他们多年前就知道了，正是这一现实笼罩着每一个清醒的时刻。没人知道剥皮族是什么，只知道他们是来自银河系中心附近的无情外星半机械人。他们唯一的动机似乎是要把人类从大繁华时期以来所占据的所有生态位彻底灭绝，在一场已经持续了几千年的战争中，他们以极大的耐心追杀着他们。

奎尔喝了一口水，然后继续说："现在我必须告诉大家一个可怕的新发现。"

星星在桌子上方闪烁：成百上千的星星，呈现一条条丝带散落的状态，就像一缕缕海藻。他们正在看一张附近恒星邻区的地图——横跨几百光年，路像蓝色激光一样穿过了它。燕子号的位置已经标出来了，在路旁边，后面还有一大群尾随它的敌舰。

前方不远处出现了一道光斑，也在路旁。

　　"这是一个令人不安的发现。"奎尔说。

　　"中微子源？"梅林说，尽力让大家相信，他的注意力并没有被两个焦点所左右。

　　"前进的路上有一大群敌舰，在我们前面大约一百光年处。光谱学表明，相对于附近的恒星，它们的位置没发生多大变化。这意味着他们不会从正面飞向我们——不过恐怕这就是全部好消息了。"

　　"剥皮族？"盖勒问。

　　"毫无疑问，可能性最大的是，我们正朝着一个主要作战集群前进——几百艘船，相当于我们的一个母基地或光环制造厂。几乎可以肯定，他们全副武装，不可能让我们毫发无损地溜走。简而言之，我们后有恶犬，前有猛虎，前方的敌人更多。"

　　在高级船员——包括梅林——消化这个消息时，屋里一片死寂。

　　"好吧，那就这样吧。"另一个高级船员说，他是负责战壕的克伦贝克，没有头发，胡子全白。"我们别无选择，只能偏离目前的道路。"

　　"这在战术上是有风险的。"盖勒说。

　　克伦贝克揉了揉因疲惫而发红的双眼。显然，他已经好久没睡了——也许他知道这个噩耗的时间比其他人要早，他在挣扎着做选择。他说："是的，但我们还能做什么呢？"

　　"还有些事能做。"梅林说。说话时，他看到手套上的状态读数变了：环绕着锡林克斯的传感器终于记录下了一些活动。考虑到他要提出的方案，这确实很讽刺。"需要一个启动路能的碰撞程序，即使前方有埋伏，剥皮族也无法碰到在路中前进的飞船。"

　　波拉克笑了："联盟最优秀的头脑已经在这个课题上纠结了数千年，这一点也没有给你的乐观情绪泼上点冷水吗？"

　　"我只是说，这样我们至少还有一线生机。"

　　"我想我们在这里可以试着找找你的那个超级武器？"

　　"实际上，"奎尔说，又提高了音量，"碰巧还有第三种可能性，我还没告诉你们。看看地图，好吗？"

　　现在奎尔添加了一颗新的恒星——一颗以前没有显示过的恒星。它就在他们的正前方，距离他们现在的位置只有几十光年。他们转转头，从不同的角度观察，都看到那颗星星几乎就在路上。

"我们有一个机会，"他说，"虽然很小，但总比什么都没有强。这个星系有几颗行星：一些岩石行星和一个有卫星的气体巨行星。没有任何人类存在的迹象，这个地方几乎没有任何特别之处。然而，路直接穿过了这个星系。这可能是偶然的……或者，筑路者可能希望这个星系进入他们的网络。"

梅林点了点头。尽管路网四通八达，它仍然只连上了银河系中大约一千万颗恒星。一千万听起来是个很大的数字，但这意味着，网络上每一颗星都对应着四万颗只能用传统方法到达的星。

"有多远？"他说。

奎尔回答说："如果不改变轨道，无论我们现在做什么，都将在几十年后达到这个目标。我的建议是减速，在这个星系中停下来，藏进去。在剥皮族来之前，我们还有三十年的时间。这样我们就有时间找到最好的藏身之处，伪装起来，躲过他们。"

"他们会找我们的。"克伦贝克说。

"不一定。"奎尔握紧拳头，然后慢慢张开手指，"我们可以把星喉号分成两部分。其中一部分将继续以我们现在的速度移动，废气正对着剥皮族。另一个较小的部分可以剧烈减速，但它会把辐射导向远离外星人的方向。我们可以微调光束的方向，这样我们前面的敌舰群也看不到它。"

"那真是……雄心勃勃，"梅林说。他戴着手套的手藏在桌子底下，不想让别人看到弹出来的坏消息。"如果你喜欢躲起来的话。"

"谁都不喜欢——只不过是我们唯一合理的希望。"奎尔环视了一下房间，看起来比任何一个船长都更苍老、更虚弱，颧骨下留下了长方形的阴影。

克伦贝克发言了："船长，我愿意指挥这艘船继续飞行的部分。"

有几声低语表示同意。显然，克伦贝克并不是唯一一个不愿躲藏的人，即使大多数人会选择追随奎尔。

"等一下，"波拉克说，"一旦我们把人们放在一个诱饵上，而且他们什么都知道，我们就冒了这样的风险——剥皮族最终会知道一切。"

"这个险值得冒。"奎尔断言。

"他们不会知道的，"克伦贝克说，"我向你保证，与冒险让它落入剥皮族的手中相比，我宁愿摧毁我的飞船。"

"梅林？"船长问，"我想你会跟我们走吧？"

"当然，"他说，突然从阴郁的幻想中惊醒过来，"我完全支持你的提议……

我也必须如此。毫无疑问，在敌舰到来之前，我们还有时间把自己彻底伪装起来，掩盖足迹。只是……"

奎尔一只手托着腮，像一个筋疲力尽的老人："什么？"

"你说过这个星系几乎没什么起眼的地方……难道仅仅是因为路网的存在才让它引起了你的注意吗？"

"不，"奎尔说，他的耐心逐渐消失，"不，还有别的事情——恒星的质量和光度关系出现了一个小小的异常。我怀疑那里有什么重要的东西等着我们去发现。往好处想，梅林。我们其他人正忙于无聊的隐瞒工作时，调查它会让你有事可做。而且你还会有你宝贵的锡林克斯——更别提那里几乎紧挨着路网了。你有足够的时间做能想到的所有实验，我相信，就连你也能让两支锡林克斯持续足够长的时间……"

梅林又往下瞥了一眼他的手套，希望他早些时候收到的消息是错的，或者是他的眼睛欺骗了自己，可惜都不是。

"最好是这样。"他说。


萨亚卡和梅林赤裸着抱在一起，似乎飘浮在太空中，点燃了他们之间属于人类的温暖。小艇的墙壁消失的那一刻，萨亚卡本该感到惊喜，并且留下深刻的印象。他计划得很周密，她却开始颤抖起来，尽管温度没有降低。他抚摸着她的大腿，感觉到皮肤上起了鸡皮疙瘩。

"这只是逗你玩的，"他说，她的脸半埋在他的胸腔里，"小艇外面没有人能看见我们。"

"以智慧和力量的名义啊，现在感觉好冷，梅林。让我觉得自己是那么渺小和脆弱，像一根风中残烛。"

"但你是和我在一起的。"

"这没什么用，你不明白吗？你只是一个人，梅林——不是什么神圣的保护力量。"

虽然梅林很不情愿，但他知道这本该浪漫的一刻已经被破坏了，所以他让墙又回来了。星星依然清晰可见，但现在有一层透明的蓝宝石色外壳，上面镶着控制图表，可以把它们挡在外面。

"我原以为你会喜欢的，"他说，"尤其是现在，在如此美好的一天。"

"我只是还没完全准备好，仅此而已。"她的语气柔和了不少，"它在哪儿呢？”

　　梅林又向飞船发出了另一个无声指令，指示它以特定的方式扭曲和放大星场，直到萨亚卡感兴趣的目标出现在焦点上。他们看到燕子飞船分成了一大一小两部分，就像一只昆虫正在进行最后一步毫无章法的蜕变。自从最终决定实施奎尔的方案以来，已经过去了六年。在这期间，萨亚卡和梅林现在成了恋人，奎尔甚至已经与世长辞。

　　如果不是大家危在旦夕，这种分离本来是很壮观的。星喉号已经不存在了，重建的工程量巨大，所有人都必须全力以赴。星喉号的大部分被保留在继续前进的那一部分上，它被命名为蓝喉号，除了克伦贝克和少数选择跟随他的中高级船员，它还带走了大约三分之一在冰霜守望状态中的人。不用说，克伦贝克要带走大部分武器时曾引发过一些争论，反对者主要是波拉克，但梅林一点都不觉得他不该拿走。

　　较小的船体被他们命名为椋鸟号。这艘船的目的是完成只有一次的旅行，从这里到新星系。它配备了大量灵活、适应性强的星系内飞行器，这是探索新星系和寻找安全藏身之处所必需的。扫描显示，总共有六个天体围绕着现在名为“聪明男孩”的恒星旋转。只有两颗行星比较重要：一颗和传说中的地球差不多大小，灼热荒芜，没有空气，他们称之为“灰烬”；还有一颗巨大的气体行星，他们称之为“幽灵”。显然，最好的藏身之处应该是两个天体中的一个，不是“灰烬”就是“幽灵”，但大家还没有做出最终决定。萨亚卡认为“灰烬”是最好的选择，而波拉克则主张利用“幽灵”的浓厚大气来遮掩。最终他们会做出选择，他们会深入其中，建立基地，隐藏所有存在过的痕迹。

　　剥皮族可能会好奇地放慢脚步——但他们什么也找不到。

　　“你当时在场，是不是？”萨亚卡说，“当他们决定这么做的时候。”

　　梅林点了点头——想起那时她看上去多么年轻。过去的几年让他们都变老了。“我们都认为奎尔疯了……然后我们意识到这个疯狂的计划已经是最好的选择。当然，克伦贝克除外……”

　　蓝喉号正在离去，它的尾焰仍干净而稳定地燃烧着，沿着路的巨大轴线划出一道弧线，没入黑夜里。敌舰远远地落在后面，但比以前更近了，它们仍然在追赶梅林的族人。

　　“你认为克伦贝克的人会死，是吗？”萨亚卡说。

　　“如果我认为他有胜算，我也会在那艘船上，而不是在波拉克的手下。”

"我也想过跟着他，"萨亚卡说，"他的论点听起来很有说服力，他认为我们都会死在'聪明男孩'旁边。"

"也许我们会，我仍然认为我们幸存的概率会稍微大一点点。"

"一点点？"

"我有一点不喜欢我们的目的地，萨亚卡。"他说，"'聪明男孩'不符合我们通常的恒星模式。相对于它的体积来说，它太亮了，而且它发射出了太多的中微子。如果你想要躲藏，最好别找一颗太显眼的星星。"

"如果是奎尔派你来领导，而不是波拉克，会有什么不同吗？或者如果高级船员会没有禁止你试验最后的锡林克斯呢？"

可以想象，他想，这可能会有不同。在经历了当时发生的事情之后，他还能保持任何级别的职位都是非常幸运的。但是，失去倒数第二个锡林克斯并不是他的敌人试图描绘的灭顶之灾。机器仍然以一种灾难性的方式撞上了路，但在人们的记忆中是头一回，那次碰撞之前的瞬间，一个锡林克斯似乎做了些别的事……向边界发出一系列量子引力变量。路开始做出回应：在锡林克斯前面，它的局部拓扑结构发生了一种奇怪的变化。它开始弯曲，直到在边界上形成一个酒窝，就像切断枝干后树干上留下的小窝。锡林克斯撞上的时候，浅窝还在形成中。

梅林想知道，如果撞击延迟一会儿会发生什么。也许浅窝会完成成形，提供一个进路的入口？

"我认为这对我来说没什么区别。"

"他们说你讨厌奎尔。"

"我有理由不喜欢他，萨亚卡。我弟弟和我都是。"

"但是他们说奎尔把你从丰沛星那里救了出来。其他人都死了，你却活了下来。"

"确实如此。"

"所以你恨他？"

"他应该把我们抛在身后的，萨亚卡。不，别这样看着我，当时你不在那里，你无法理解当时的情况。"

"也许我该和盖勒谈谈，他会多告诉我一些。"她巧妙地离他远了一点。要是在几分钟前，这毫无意义，但现在，两人位置的微妙变化意味深长。"他们说你们俩很像——你和盖勒。你们俩长得也很像，但你们并没有大家想的那么相似。"

二

"这里肯定有隧道。"萨亚卡说。几年过去了。

他们的小艇停在"灰烬"赤道附近一片没有空气的平面上,像一条搁浅的黑鱼一样躺在起落橇板上。"聪明男孩"几乎就在头顶,一片炽热的光圈,像墨汁池一样投下锋利的影子。梅林走到萨亚卡那侧的船舱,看在她面前投射出的数据,上面有着红色的轮廓。他闻着她的气味,他想把自己的脸埋在她的头发里,让她的脸转向自己,然后吻下去。但此刻不合适,他一直没找到合适的时机。

"你是说洞穴吗?"梅林问。

"不,隧道。"她努力掩饰着不耐烦,"就像我一直说的那样,这是被人挖出来的。现在你相信我了吧?"

在到达恒星附近的头几个月里,他们就在轨道上发现过一些迹象。椋鸟号已经向星系中的十几个有希望的生态位派出了探险队,让他们评估每一处的优势,最后再做决定。大部分的努力都集中在探索"灰烬"和"幽灵"上——他们甚至把空间站送入了这颗气态巨星的轨道,但也有团队在探索更小的天体,甚至是彗星和小行星。在否定任何一个落脚点前,他们至少都会进行一个初步的评估,甚至还有团队在考虑一些激进的做法,比如隐藏在太阳的色球层内。

尽管如此,梅林想,他们还是不允许我靠近另一个锡林克斯。

但至少"灰烬"让他分心。测绘卫星被投放到星系里每个主要天体的轨道上,来测量它们的重力场。数据被分解成了密度图,显示了"灰烬"有令人费解的内部结构——一个埋藏在岩石圈中的深隧道网络。现在他们用地震数据绘制出了更好的地图。每个月都会有一到两颗小行星撞上"灰烬",没有大气来降低速度,它们以每秒几千米的速度撞击它的表面。这些撞击产生的声波会辐射到下面的岩石,在穿过密度区域时弯曲成复杂的波面。它们最终会再次到达数千千米之外的地表,但精确的到达时间——通过覆盖地表的监听设备网络获取——将取决于声波所走的路线。

现在梅林可以看出这些隧道肯定是人工挖出来的。

"你认为是谁挖的?"

"在这里,我们不可能知道。"萨亚卡皱了皱眉,也看不明白她的数据。

但她似乎放下了烦恼，至少现在是这样，没有让它破坏自己胜利的时刻。"不管是谁，他们什么都没留下。我们得下去——钻进去。"

"也许我们能找到地方躲起来。"

"或者找到已经藏起来的人。"萨亚卡看着他的脸，表情十分严肃。

"也许他们会让我们一起藏起来。"

她又转向自己的工作："也许他们宁愿我们走开。"

几个月后，梅林穿上了一件沉浸服。制服侵入脊神经时，他感到脖子后面有轻微的刺痛感。他的视觉和平衡感时好时坏——有一种他从未完全适应的知觉波动——然后他突然回到了宫殿的模拟空间。他不得不承认它挺好的，比上次在盖勒的模拟环境中试的样品要好得多。

"你一直很忙。"他说。

盖勒的形象笑了："为这个也值了，等着看日落翼再说吧。"

盖勒领着他穿过有着高天花板、巴洛克式墙壁走廊的迷宫，从地下室通向宫殿的另一边。他们在盘旋的楼梯表面上上下下，穿过令人眼花的内室，横跨着优雅的拱形石桥，砖石微妙的结构在夕阳的火焰中释放魅力。真实的永恒黄昏宫殿连同文明的一切迹象，在剥皮族用大火烧尽丰沛星的时候被毁灭了。这个模拟空间在"灰烬"的主营地运行，但是盖勒将它的副本散布在星系内各个自己需要方便的讨论场所的地方。

"看到什么不对劲的东西了吗？"盖勒说。

梅林环顾四周，但没有任何东西与他的记忆不一致，他并不怎么惊讶。在他们两人中，盖勒一直是那个注重细节的人。

"真的非常棒，但是为什么呢？你又是怎么做到的？"

"这是一个试验台。在星喉号上，我们从来不需要优异的仿真技术。但如果想要活下来，我们必须在'聪明男孩'这里做出正确的选择，这意味着我们必须有能力模拟任何假设的情况并亲身体验，就像它是完全真实的一样。"

梅林很同意。在"灰烬"上发现的人工隧道使隐藏计划复杂了很多。它们是由一个假想的人类分支挖掘出来的，萨亚卡将其称为"挖掘者"，谁也不了解他们。当然，他们比联盟中的任何一个族群都要先进。但是，尽管他们的机器——像厚厚的动脉斑块一样排列在隧道中——看起来非常奇怪，但它们还没有古怪到像是由筑路者安装的。而且它们很明显是属于人类的：语言学家说，机器上的标记与主语有深层的联系。挖掘者仅仅是几千种已经拥有超强技术实力，却没有在人类历史上留下任何印记的文明之一。

"……不管怎样，谁知道挖掘者给我们留下了什么可恶的陷阱呢？"盖勒说，"通过模拟，至少我们可以为更明显的意外做好准备。"他耸了耸肩："所以我启动了一个紧急项目来复兴这些旧技术，目前我们必须穿沉浸服才能实现这种程度的沉浸感，但在一年左右的时间里，我们进入模拟环境将像从一个房间走到另一个房间那样容易。"

他们来到了永恒黄昏宫殿欣赏日落的那一边的阳台上。他在栏杆上尽可能地俯下身去，看着宫殿的底层是如何向下面汹涌的大海倾斜的。永恒黄昏宫殿每天绕着丰沛星的赤道飞一圈，沿着昼夜分界线行驶。这样，太阳永远挂在天空的同一点上，大圆盘的三分之二已经被海洋吞噬。在这座宫殿所乘的龙骨状的岩石的深处，有一些正在颤动的机械装置维持着飞船的飞行姿态——它飞行的时间比任何人记忆中的时间都要长，同时也产生了一个保护气泡来兜住静止的空气，尽管相对于地面，宫殿正以超音速飞行。

在丰沛星经历了短暂的黑暗时代之后，梅林家族掌管这座宫殿长达一千三百年之久。他们是第一批重现动力飞机的人，用脆弱的飞行器到达了龙骨。其他的竞争者也来了，但是这个家族将宝藏保存了长达四十代人的时间，熬过了另外两个黑暗时代。

然而，一场更恐怖的战争终于撼动了他们。

一艘受损的联盟燕子船最先到达，比剥皮族舰队早了好几年。丰沛星的人们对星际旅行有很多模糊的记忆，但那些第一批新来者仍然遭到了怀疑和偏执的对待。只有梅林的家人相信他们……即使在那时，他们也没有完全注意到飞船发出的警告。兄弟俩违背了母皇的意愿，登上燕子船，加入了联盟。按照燕子号船员的习俗，他们抛弃了旧名字，换上了新名字，他们还学会了流利地说主语。

几个月后，梅林和盖勒准备作为特使回家。他们的计划很简单，他们要让母亲相信丰沛星的末日即将来临。这不是容易的任务，但如果要保住任何东西，母亲的合作至关重要。这将意味着在母星各派系之间要建立和平，这是几代人都没见过的局面。在燕子号的冰霜守望舱里有供沉睡者使用的空间，但只有几十万个，这意味着每个地区必须选出最好的人上船。这并不容易，但还有好几年的时间。

"没用的，"他们的母亲曾说，"即使我们相信奎尔说的每一句话，也没有人会听我们的。"

"他们必须听。"

"你不明白吗？"她说，"你们把我当母亲，但是对五千万丰沛星的居民来说，我却是一个暴君。"

"他们会明白的。"梅林说，他自己也半信半疑。

但意外发生了。敌人的一个小分队蹑手蹑脚地靠近了，比任何人担心的距离都要近得多，直到进入丰沛星星系时才被发现。燕子船的船长做了他唯一能做的决定，那就是立即脱离轨道，逃向星际空间。

梅林和盖勒抗争过——也恳求过，但奎尔不允许他们离开飞船。他们告诉他，自己只想回家。如果这意味着要和丰沛星的其他人一起死——包括他们的母亲，那也在所不惜。

奎尔听了，表示了同情，但仍然拒绝了他们。他说，联盟需要的不仅仅是他们的基因。关于他们的一切：他们的故事，他们的希望和恐惧，他们所拥有的哪怕是最微不足道的知识，也可能被证明是极具价值的。在找到另一个人类部落以前，他们已经航行了好几十年的时间，梅林和盖勒实在是太珍贵了，他们无法舍弃。

即使这意味着剥夺他们英勇献身的权利。

相反，通过遍布丰沛星各地的卫星传送的星喉号的远程摄像图像，他们眼睁睁地看着永恒黄昏宫殿死于以前从未见过的武器，它飞行的龙骨被深深刺穿，摧毁了支撑它飘浮的引擎。它慢慢地落下来，在行星的地壳上摔得粉碎，在半个烧焦的大陆上滑出一道可怕的伤疤，最后才停下来，歪斜在地，只剩废墟。

现在盖勒做了这个。

"如果你现在能做到这些……"梅林若有所思地说，他说半句藏半句，知道弟弟会上钩。

"就像我说的，再有一年左右的时间，我们就能完成完全沉浸。那我们就需要更好的方法来处理'聪明男孩'周围的交流滞后问题。由于担心被剥皮族截获，我们甚至不能广播信号，这让我们只能用散布在星系中的中继节点在视线范围内通信。有时会有明显的延迟，这就是为什么我们需要另一种模拟，如果我们能创造替身——"

梅林打断了他："替身？"

"抱歉。旧术语了，我从宝库中挖出来的，这是另一个我们在星喉号上忘记的技术。我们必须做出令人信服的自身拟像，对一系列可能出现的刺激做出真实反应。这样我们就可以同时出现在两个地方——或者我们想出现在多少地方就出现在多少地方。然后，你把你的拟像收集到的记忆融合在一起。"

梅林想了想。许多联盟已知的文明已经发展出了盖勒提到的技术，所以这个概念对他来说并不陌生。

"不过，这些不会是有意识的实体吧？"

"不，远远达不到那种程度。拟像只是一种模仿软件——聪明的人偶。当然，如果它们运行良好，看起来就是真的。然后——"

"你会考虑给它们增加意识吗？"

盖勒警惕地环顾四周。当然，这是一种条件反射——在他创造的这种环境里，不可能有偷听的人，但它效果是一样的。接着说："这会很有用的。如果我们能在模拟环境中完全拷贝自己——不仅仅是模仿，而是对应每个神经元的映射，这会使我们更容易躲避剥皮族。"

"你的意思是变成没有实体的程序？对不起，但这种疗法确实比疾病更糟糕。"

"最后，它看起来不会像现在这样可怕，而且我们其他的隐藏方案看起来越来越不可行了。"

梅林点了点头，然后说："毫无疑问，你会尽你所能把它们弄成这样，是不是？"

盖勒耸耸肩："如果'灰烬'隧道是最好的藏身之处，那就顺其自然吧。但为什么不去探索其他选择的可能性呢？"梅林看到他的指关节在石栏杆上绷紧了，流露出他竭力掩饰的紧张。

"如果你想做这种事，"梅林小心地说，"你最好假设我会反对你，不管我们是不是兄弟。"

盖勒碰了碰梅林的肩膀："不会有什么冲突的。等各个选择都呈现在眼前，正确的道路自然会一清二楚……你也会知道的。"

"我已经清楚正确的道路了，而且它并不涉及人类变成机器内部的数据。"

"你宁愿自杀吗？"

"当然不是，我说的是比隐藏要好得多的事情。"他凝视着弟弟的脸，"你在委员会里比我更有影响力，你可以说服他们让我测试锡林克斯。"

"为什么不问萨亚卡呢？"

"你很清楚为什么不能，现在我们之间的关系有点变了。如果你……哦，为什么不呢？"梅林把盖勒的手从他的肩上移开，"这里发生的任何事情都不会对你的计划产生丝毫影响。"

"别这么自以为是了，梅林，你也没有什么不同。"然后他叹了口气，望着大海，"如果你想要的话，我会做出承诺。你知道波拉克还在探索在'幽灵'的大气里建立一个伪装基地的可能性吗？"

"当然。"

"你可能不知道的是，我们的自动无人机在那么深的地方运行得不太好，所以我们下个月要带一个探测队去。这很危险，但我们得到了高级船员会的许可。我们知道下面有些东西，有些我们不理解的东西，我们得弄清楚那是什么。"

梅林并没有听说过"幽灵"里面有任何意想不到的事情，但他还是假装知道。

"你为什么告诉我这些？"

"因为我会跟波拉克一起去。我们为探险配备了一艘双人快艇，它的装甲能承受数千个大气层的压力。"盖勒停顿了一下，手指向大海咔嗒一弹，在空中放大了飞船的蓝图，它深蓝色的天顶非常显眼。蓝图旋转得令人晕眩。"这不是什么技术性的问题，在我们去那里之前，还可以改装另一艘船。我很乐意教你怎么改。"

梅林仔细看这个示意图，把要点记在了心里。

"你在刺激我，不是吗？"

"随你怎么说。我只是想说，我对更伟大事业的承诺是毋庸置疑的。"又一次，手指咔嗒一响，飞船的蓝图从空中消失了，"而你的内心怎么想完全是另一回事。"

## 三

一连几天，"幽灵"一直悬在前面：一个浑圆的球体，周围环绕着纤细的赤道云层，再外面是卫星和星环。现在它占据了半片天空，云层向梅林逼近，奶油色和赭色的城堡堆积在几百千米高的地方。他的接近遭到了轨道空间站的问询，但他们肯定知道他此行的目的。他的弟弟和波拉克已经在云层下面了，当他们的船驶进云层深处时，他只有一个模糊的信号坐标。

"灰烬"周围的高级船员们急切地想摆脱他，所以梅林没费多大力气就说服了他们给他一艘自己的船。他根据盖勒的方式改造了飞船，并做了一些谨慎的改进……然后把它命名为"暴君"。

　　当飞船变形以适应跨大气层旅行时，船体发出吱吱嘎嘎的声音。定位信号变强了，梅林的飞船切开云层，从中坠落。这颗行星和宇宙之间没有清晰的分界线，但在某一时刻，大气压力与"暴君"内部的气压完全相等。在此基准面以下，气压和温度稳步上升。重力大概有两个 G，不太舒服，但他坐在座位上，多少还可以忍受。

　　"暴君号"的船体嘎嘎作响，再次变形。梅林降落在一个大气压基准下一百多千米的地方，现在外面的气压是原来的十倍。在五十个大气压以上，船体将依靠内部动力源来防止变形。梅林尽量不去想压力，但无法忽视外面的光线已经变暗，阳光全被他头顶上的大气掩盖。下面是极度压抑的黑暗，就像雷雨下黑乎乎的中心，占据了他一半的视野。偶尔会有一阵断断续续的闪电，短暂地照亮了几百千米下的云层，一直到令人眩晕的深处。

　　如果有更多的时间，他想，我们会带着潜水艇，而不是飞船来……

　　一想到要待在这种地方，就算是一秒钟都会令人沮丧，但这却让它成为完美的藏身之处。厚厚的大气层可以很轻易地隐藏一个中等大小的飘浮基地，抑制红外辐射。在躲藏期间，他们可能不得不睡觉，但这并不是很大的困难。总比花上几十年的时间保持清醒，总想着墙外有一股毁灭性的力量不断地试图把你压成肉饼要好。

　　但是这里有怪东西，盖勒说过。这些东西可能会让"幽灵"成为一个不合格的隐蔽处。

　　他们必须知道那是什么。

　　"警告，""暴君"说，"外部压力现在有三十帕，船体在五分钟内坍塌的概率是百分之五。"

　　梅林关闭了警报系统。它不知道他增强了船体装甲，但这仍然令人不安。但波拉克和盖勒所处的位置更低，它们的导航应答器还在工作。

　　如果他们鼓励他往深处走，他就会去。

　　"梅林吗？"是他弟弟的声音，带着大气干扰的回音，"所以你还是决定加入我们，你把萨亚卡也带来了吗？"

　　"只有我一个，我认为没有必要让两个人都身处险境。"

　　"丢人。好吧，我希望你把船体都改造好了，否则这场对话可持续不了多长时间。"

"告诉我，我们会在这里看到什么？你说会有意想不到的东西。"

现在是波拉克的声音："有一种周期性的压力现象在大气中移动，就像一场速度非常快的风暴。具体是什么，我们不知道。在我们了解它之前，我们不能肯定藏在'幽灵'里面会是最佳选择。"

梅林点了点头，突然明白了盖勒的立场。他的兄弟希望这种现象被证明是危险的，这样他的计划就能战胜波拉克。这态度挺怪的，尤其是现在人们都说波拉克和盖勒是恋人。但就他弟弟而言，这并不奇怪。

"我想你大概知道我们什么时候能看到这东西吧？"

"差不多。"波拉克说，"靠过来，跟随我们的航向走。我们正在继续深入，所以注意着点整体数据。"

好像是为了响应她的话，船身选择了在这个时刻嘎嘎作响——响起十几次警报。梅林做了个鬼脸，按灭了警报，然后控制"暴君"朝另一艘飞船开去。

"幽灵"是一种典型的气体巨行星，比"灰烬"重三百倍。这颗行星的大部分都是金属态的氢，上面覆盖着一层只有液态氢的深海。看上去如此巨大的云层——给这个世界带来了微妙的色彩——被压缩到只有几百千米的深度。虽然不到星球半径的百分之一，但这些由氨、氢和水组成的冰冷的分层云已经是人类所能深入的极限。波拉克想要大家隐藏在过渡区上方的最低层，那里的大气变得浓密，形成了一个液态氢海洋，上面是由氢硫化铵和冰晶组成的水晶面纱。

在前方，他可以看到另一艘飞船推进器的闪光，穿过阴沉云层时照亮了它们，就在前面几千米处。

"你提到过这种现象是周期性的，"梅林说，"这话究竟是什么意思？"

"正是我说的，"波拉克回答，现在声音清楚多了，"压力波，或者说焦点，每三个小时围绕着'幽灵'移动一次。"

"这比任何飓风都要快得多。"

"是的。"波拉克声音里冷冰冰的厌恶是显而易见的，她不想客客气气地和他谈话，"这就是为什么我们要充分地考虑这个现象——"

"它可能在轨道上。"

"什么？"

梅林再次检查了船体的读数，观察压力热点从一个点流向另一个点。在精妙的颜色下，它们看起来就像热带鱼的鳞片上的衍射图案。

"我说它可能在轨道上。如果'幽灵'的一个卫星在云层上方的轨道上运行，那么它绕一圈需要三个小时。如果卫星在云层下面运行，也就是我们现在所处的位置，时间也只会稍微短一点。"

"现在在说什么鬼话，"盖勒说，"有个卫星？在一个星球内部？"

梅林耸耸肩。他已经考虑过这个问题，并准备了一个答案，但他更希望盖勒相信他在谈话时已经把这个问题考虑清楚了。他说："当然，我不认为那里真的有颗卫星，但可能还有什么东西在轨道上运行。"

"比如？"波拉克问。

"比如黑洞。一种小型黑洞——比如质量为'灰烬'的十分之一，捕光半径约为一毫米。到目前为止，我们可能已经错过了对'幽灵'引力场的那种扰动。在我们所关心的时间尺度上，大气根本不受影响。但当黑洞经过时，大气会沿着轨道被拉走几百千米，这可能是你说的反常现象吗？"

一阵勉强的沉默过后，波拉克才回答："我承认，至少这不是没可能，我们或多或少得出了相同的结论。谁知道这东西是怎么会跑进'幽灵'里面的，但这是有可能发生的。"

"也许是有人故意放在那儿的。"

"我们很快就会知道，风暴随时都可能到来。"

她说得对。风暴的焦点——不管它是什么——以相对于"幽灵"核心每秒四十千米的速度移动，但由于"幽灵"的赤道云层已经在以四分之一的速度旋转，并且与焦点的方向相同，风暴和大气的相对速度只有每秒三十千米。梅林觉得它还是够快的。

他让舱内的窗口放大光线，收集可见光波段以外的光子，并将它们转换成可见模式。突然间，上空的面纱仿佛被剥开了，阳光洒满了他们飞过的云层峡谷和裂缝之中，液态氢海洋就在他们下方几十千米处奔涌。在过渡区下，那里的大气气体逐渐变得更加流体化。下面热得像地狱，压强逼近一百个大气压。在海平面下不远的地方，数值会上升到几千，温度高到足以熔化机器。

现在西边的地平线上有什么东西爬了上来。"暴君"开始发出警报，它那迟钝的机器感官警告说，有什么非常不对劲的东西在附近，而且正以惊人的速度逼近。风暴焦点在移动过程中聚集了云层，猛烈地把它们拉扯过来。在梅林看来，它移动的方式让他想起了童年见过的一些东西，只是一瞥，那东西在丰沛星的热带水域中以掠食者的灵敏度前进，那是一团快速旋转的触须。

"我们还是太高了。"波拉克说，"我会再下沉一点，等它到来的时候，我想离焦点更近一点。"

还没来得及反对，梅林就看到了另一艘飞船的紫罗兰色的推力尾焰。它猛一下离开了，消失在上层过渡区那混浊的云层中。他想到一条鱼跃入没有光线的海沟，沉入海底的黑暗中。

"注意你们的护盾。"他一边说，一边让自己的船跟着他们潜下去。

"压力仍然在安全范围内。"盖勒说，不过他们都知道现在所谓的"安全"并不是通常意义上的安全。"相信我，如果铆钉开始砰砰作响，我会立刻往上飞。"

"我担心的不仅仅是压力。如果在那个焦点上有一个黑洞，被吸进去的物质会释放出大量的伽马射线。"

"我们还没有看到任何迹象，也许射线被云层遮住了。"

"你最好希望是这样。"

梅林穿上了他以前只在仿真战壕中穿过的那种高压移动装甲。这种盔甲技术备受赞誉，有几千年的历史。现在，在联盟的技术范围内还做不出任何类似的东西。他希望盖勒和波拉克也同样谨慎，如果船体坍塌，太空服可能只会让他们多活几分钟，但在微型黑洞这样不可预测的混乱物体附近，能多一点防护还是好的。

"梅林？"盖勒说，"我们失去了一个动力点，该死的临时装备。如果在焦点之前有压力波，我们的船可能会开始弯曲——"

"你不能冒这个险，快飞上来。我们可以在下一个周期再来，三个小时后。"

他见过吸积盘，那是围绕着恒星级黑洞和中子星的物质旋涡，而他在风暴焦点附近看到的东西看起来与之非常相似：一团螺旋状的云，在奇怪而短暂的化学作用下扭曲成彩虹的颜色。它们在过渡区很深的位置，即使是微小的压力变化也足以使空气凝结成流体状态。在移动气团的静态差的驱动下，闪电在焦点掠过时扭曲了。梅林检查了一下距离：现在很接近了，不到二百千米。

然后出事了。

波拉克的飞船下沉得太深，离风暴中心太近。它们现在在焦点上方，但下降的速度会使它们在到达焦点时相撞。

"以力量和智慧的名义啊！我告诉过你往上飞，别再下沉了！"

"我们有点麻烦，不能靠剩下的节点重塑船体了，会失去对空气动力的控制。"盖勒的声音很平静，但梅林知道他的弟弟已深陷恐惧。

"改变推力方向。"

"见鬼，你以为我在干什么？"

情况很糟糕。他注视着另一艘飞船紫色的尾焰，推进器在向相反方向发力，但盖勒无法阻止最后的下降。梅林想到了盖勒推荐的改装，除非他做了一些别人不知道的改进，否则那艘飞船会在十到十五秒内爆炸，没有人能活下来。

"听我说，"梅林说，"你必须平衡内外部的压力，否则船体会爆炸。"

"那样我们会失去飞船。"

"别说了，动手吧！你只有十秒钟的时间自救！"

他闭上眼睛，希望他俩都穿了防护服。如果没有也许更好，毕竟，死于船体内爆只是一瞬间的事，墙壁挤在一起的速度会比人类的神经冲动移动得更快。

从放大的另一艘飞船的图像上，他看到沿着船背线有一排通风口闪烁着，浓汤般的空气会像铁拳一样砸进来。也许他们的防护服足够好，可以承受那种冲击。

他希望如此。

尾焰熄灭了，舷灯和荧光灯熄灭了。过了一会儿，他看见另一艘飞船像蛛丝一般解体了，碎片在空中晃了晃就消失了。

两个穿着防护服的人落入空中，被气过过渡区的慢气流裹挟，彼此分开了。一开始，防护服还是人形的，但随后，它们的外壳就像液体一样变成光滑的蛋形，非常坚固，这和保护梅林飞船的原理是一样的。他们还活着——他敢肯定，但他们还在往下沉，他们比身外的空气要重。下落较快的那个人会在他认为比较安全的距离躲过风暴，另一个会直接穿过风暴眼。

他想到了风暴的焦点，一只沸腾的眼睛：闪烁的伽马射线，可怕的引力和巨大的压力旋涡。他们还没有看到它，但他可以肯定，那就是它的样子。黑洞，即使很小，也是生命禁地。

"最后的警告，""暴君"绕过他所有的压制说，"现在压力处于安全范围的极限，一旦有任何增长——"

他做出了决定。

"暴君"尖叫着冲向跌进暴风眼的幸存者。那会很近的——近得可怕，即使是他在船体上增加的额外防护也会被推到极限。在船舱的窗口，十字准线锁定在第一个下落的蛋上，距离是十一千米，正在接近。他计算了一个接近值，发现比自己担心的还要近。等他把蛋救上船时，它们就会径直飞向暴风眼。七千米，没有时间用正常方式把蛋带上船了。他能做的最好的办法就是在船壳上开一个洞，再把它封闭起来。他狂乱地告诉"暴君"自己的计划，等一切完成，与风暴的距离缩短到了三千米。

当"暴君"追上蛋的轨道，进入会合点时，他感到一阵令人头晕目眩的减速。蛋掉落时在身后留下了一串气泡，这是大气向海洋过渡的证据。"暴君"外壳的某处打开了一个洞，精准地接住了蛋。他们冲破了奔突的云幕，他知道，再过几秒钟，他就能近得看见那只眼睛了。一千米……六百米……三百米。

抓住蛋时，船体轻微颠簸了一下，飞船的外膜捕获了战利品并重新密封。不管救了谁，现在他都和梅林一样安全，或者说一样危险。

"请务必立即升空，船体即将崩溃，过渡区压力即将倍增。"

他现在已经穿过了那只眼睛，离黑洞的吸收点大概只有两三千米。他原以为云朵会缩成一个可怕的结点，在旋涡中心闪着强烈的光，但是什么也没有，只有干净的天空。局部引力有扭曲，但远没有他预期中那么严重。梅林看了一眼辐射警报，没有任何异常。

没有伽马射线辐射的迹象。

他需要时间去思考，想弄清楚他是如何在如此接近黑洞的地方却感觉不到辐射的，但是下面出现的一个小东西立刻引起了他的注意。还有另一个蛋，在下面翻滚，像在幻影里摇晃着。压力正在扭曲它，准备把它压碎。在过渡区下面沉睡着的是真正的氢海。几秒钟后，另一个蛋就会完全浸没在那难以想象的浓密黑暗中，一切就结束了。有那么一会儿，他考虑过俯冲下去，在蛋入海之前救走它。他计算了一下数字，看到了令人不寒而栗的事实。

那他也必须入海。

梅林给"暴君"下了命令，然后闭上了眼睛。即使有防护服缓冲，船掠过海面时的急转弯仍然让人不适，这很可能让他失去意识。他想，这也许会成为最后的仁慈。

雾蒙蒙的海面像一团黑雾扑面而来。

他一时意识模糊，又慢慢清醒过来，透过窗户，他看到自己正在向云层爬升。幸存的感觉如此美妙，但是有什么东西在尖叫。接着，他意识到是飞船。为了保持完整，船体脱掉了几毫米的外壳，他祈祷这种程度的损坏不会妨碍他回家。

"第二只蛋……"梅林说，"我们拿到了吗？"

"暴君"很聪明，刚好能听懂他的话："两蛋均已回收。"

"好，让我看看……"

代理人把第一个蛋带进船舱，摆弄了几下，让它恢复人形。当脸部区域变得透明，他看到这颗蛋就是盖勒，尽管他的兄弟显然已经失去了知觉，不过还没有死：他从蛋上发光的数字可以看出这一点。他感到片刻纯粹的幸福，他救了盖勒，但并不自私。他不知道是哪颗蛋落向了暴风眼的方向，事实上，他甚至不知道这就是那个蛋。也许他是在被大海吞没之前把兄弟救上来的呢。

这时他看到了另一只蛋。代理人们笨到极点，认为这是把它抬进船舱的好时机。他们把它当作战利品一样搬过来，仿佛他看到后会欣喜若狂，但它只比一个太空头盔大一点点。

## 四

"我想我知道是什么杀死了她。"萨亚卡说。

他们三个同意在永恒黄昏宫殿里会面。

萨亚卡安排了一场演示，向天空投射出巨大的景象，这是她用灵巧的手势安排出来的。

"那不是黑洞，对吗？"盖勒说。

"对。"她双手握住他的手，安慰着他，一起探寻着波拉克死亡时的痛苦记忆。这是几个月前的事了，但对盖勒来说，痛苦仍然很强烈。梅林从一边注视着他俩，不满萨亚卡对他弟弟展现的温柔。"我认为这是比黑洞更奇怪的东西，我来展示一下吧。"

一条双螺旋形的东西在天空中扭动，在丰沛星永恒的粉红色暮霭中蜿蜒，十分明亮。

萨亚卡松开了盖勒的手，举起一根手指，DNA 螺旋膨胀到神一般的尺寸。单个碱基变得比山还要大，除了模糊的原子组合，无法分辨出任何东西。但原子仅仅是进入微观世界的开始，原子是由更小的元件组合而成的：电子、质子和中子，它们由电磁力的弱力和强力结合在一起。但即使是这些基本粒子也拥有更深层的结构，宇宙中的所有物质都是由夸克或轻子编织而成的，所有的力都是由玻色子介导的。

甚至这也不是终点。

在最深层的对称中，费米子——夸克和轻子，和玻色子——力的信使，模糊成一种实体，用粒子来形容它已不再恰当。在最基本的层面上，宇宙中的一切似乎都归结为嵌在多维空间中以不同频率振动的一系列环状结构。

萨亚卡说，科学家曾经称之为"超弦"。

它优美得无法用语言形容，似乎解释了世间的一切。但是，萨亚卡补充说，超弦理论的问题在于它非常难以验证。在人类历史上，在每个短暂的启蒙阶段，这一理论很可能已经被重新发明并抛弃了几十、几百次。毫无疑问，筑路者肯定对现实的终极本质有深刻理解……但是，即使他们有这样的智慧，也没有以任何形式留下最终的结论。所以在萨亚卡看来，超弦理论在统一基本粒子和力方面至少和其他模型一样可行。

"但我看不出这对我们解释杀死波拉克的风暴有什么帮助。"梅林说。

"等等，"萨亚卡说，"我还没说完呢。超弦理论不止一种，明白吗？其中一些理论对所谓阴影物质的存在做出了特殊预测，它和反物质不是一回事。阴影物质在方方面面都和普通物质一样，但看不见摸不着。由普通物质和阴影物质组成的物体就像幽灵一样彼此穿过，只有一种方式能感受到彼此。"

"引力。"梅林说。

"是的。就引力而言，它们没什么分别。"

"你是说，可能有一整个由阴影物质组成的宇宙与我们自己的宇宙共存？"

"正是如此。"她接着告诉他们，有充分的理由认为阴影宇宙和正常宇宙一样复杂，有着完全对应的粒子种类、原子和化学性质。会有阴影星系，阴影恒星和阴影世界——也许甚至有阴影生命。

梅林听懂了："为什么我们以前没有遇到过像阴影物质这样的东西？"

"在整个星系层面上，这两个世界间一定存在着强烈的隔离现象。由于这样或那样的原因，'聪明男孩'周围的隔离已经瓦解了。似乎有大约半个太阳质量的阴影物质通过引力与这个系统联系在一起——其中大部分位于'聪明男孩'的核心。"

梅林紧紧抓住栏杆："告诉我，这解答了我们所有的谜题，萨亚卡。"

萨亚卡把剩下的告诉了他们，提醒梅林他们是如何通过声波探测"灰烬"内部，其中每一个声波脉冲都是由陨石撞击产生的，他们追踪穿越"灰烬"的声波，用散布在地面上的监测站网络收集数据。正是这些地震图像首次展现了挖掘者隧道的精细结构。但是，在不知不觉中，萨亚卡学到的远不止这些。

"我们两次测量了'灰烬'的质量。第一次我们把自己的测绘卫星送入轨道，我们得到了一个数字，地震数据应该会给我们另一个误差在几个百分点以内的估计值。但是地震数据显示，与重力质量估计值相比，行星的质量只有它的三分之二。"萨亚卡停顿了一下，也许是给他们两人时间来消化。两人都不说话，她继续说了下去："如果'灰烬'中有一大块阴影物质，这就解释了一切。地震波只会穿过普通物质，所以根本感受不到'灰烬'成分的三分之一。但是正常物质和阴影物质的引力特征是相同的。我们的卫星感受到了正常物质加上阴影物质的引力，就像我们在'灰烬'中行走时一样。"

"好吧，"他说，"也讲讲'聪明男孩'吧。"

"同样的道理。在这个星系中，大部分的阴影物质一定在恒星内部。半个太阳的质量足以让'聪明男孩'的阴影对应物变成一颗独立的恒星——燃烧自己的阴影氢，变成阴影氦，释放出阴影光子和阴影中微子，这些我们都看不到。阴影世界中的'聪明男孩'在天体物理学上也有异常之处——太明亮，也太小，没有来由，因为它的结构正受到来自我们宇宙中等量正常物质的影响。这两颗恒星的核心都变得更热，因为核反应必须更剧烈地工作，以支撑叠加的恒星大气。"

萨亚卡认为，"聪明男孩"的两个太阳——普通太阳和暗物质太阳——曾经在空间上是分开的，因此它们形成了一个紧密的双星系统。她说，这非常奇怪，任何路过的文明都不可能错过它，因为"聪明男孩"的有形对应物看起来正与一个无形的同类锁定在轨道上，向半个银河展现自己的怪异之处。在随后的数十亿年里，这两颗恒星旋转得越来越近，它们的轨道运动因潮汐耗散而减弱，直到合并融入相同的空间里。不管谁在我们后面，梅林想，我们都不会是最后一个研究这个宇宙之谜的人。

"那跟我说说波拉克的风暴吧。"他说，一想到她那颗被压碎的生存蛋，他就打了个冷战。

盖勒点点头："继续，我想知道是什么杀死了她。"

萨亚卡现在说话不那么轻松了："这一定是另一大块阴影物质——大约是一颗大卫星的质量，被压缩成直径不超过几十千米的体积。当然，杀死她的不是阴影物质本身，仅仅是它通过大气层所引起的风暴。"

梅林想，凶手甚至不是风暴，是他的决定害死了她。他坚信，救出第一个蛋——那个掉进风暴眼的蛋——才是最重要的。后来他发现那里没有伽马射线，才意识到如果自己先救了波拉克，他就能救下他们两个。

"质量那么大但体积那么小……"盖勒顿了顿，"不可能是卫星，对吧？"

萨亚卡转身背对着夕阳："不，不是卫星。不管它是什么，它是由某人制造的。不是剥皮族，我想，是其他人。我认为我们必须弄清楚他们的想法。"

梅林紧张地看着大礼堂里满屋的高级船员——有的人肉身走进来，有的人直接弹出个全息投影，就像卡片人出现在玩具剧场。在向探险队的其他队员宣布她的发现之前，萨亚卡一直在等待时机，但最终他们三人收集了足够的数据来反驳任何可能出现的异议。得知她的消息事关重大，高级船员们从星系的各个角落飞来，离开了他们正在调查的备选藏身之处。他们中的一些人甚至发来了他们的虚拟人像。这些拟像已经足够精妙，让不少肉身旅行都显得没有必要了。

发布会将在最大的轨道空间站里的礼堂进行，位于"幽灵"的云顶之上。一场极光风暴正在袭击"幽灵"的北部，非常适合现在这个戏剧性的场景。他不知道萨亚卡在安排这次会议时是否也想到了这种气象。

"别纠结太多超弦理论的事，"盖勒对坐在两人中间的萨亚卡耳语道，"你不想还没开始就失去听众的兴趣吧。有些老古董甚至不知道夸克是什么，更不用说重子熵比了。"

盖勒对萨亚卡的警告是正确的，担心她会在展示墙上投影一大堆方程去讲。

"别担心。"萨亚卡说，"我会让它既漂亮又简单，还会讲几个笑话来让他们集中注意力。"

盖勒压低了声音："一旦他们意识到这意味着什么，就不需要笑话了。有像'幽灵'这样奇怪的东西在附近，直接躲起来不再是一种选择。剥皮族到达的时候，他们一定会开始调查。不管伪装得多好，它们也一定会找到我们建造的藏身之处。"

"只要挖得够深就不会。"梅林说。

"放弃吧，我们现在没办法再躲了。反正不是计划的那样，除非——"

"不要告诉我，如果能把自己作为数据存储在某种机器内存中，我们就非常安全了。"

"不要说得那么恶心，你不能与逻辑争论，我们几乎是无敌的。存储介质在物理上可以做得很小，还可以放在不同的地方，剥皮族不可能全都找到。"

"议会会做出决定。"萨亚卡说，她举起一只手让两人闭嘴，"首先，让我们看看他们会如何接受我的发现。"

"这是波拉克的发现。"梅林平静地说。

"无所谓。"

她已经离开了他们，穿过大厅的地板，走向她将要向会众发表讲话的讲台。萨亚卡走在空中，大步穿过云层。当然，这是一个障眼法，随着空间站的旋转，窗外的真实景色会不断变化，但这幻境完美无瑕。

"可能是波拉克发现了风暴，"盖勒说，"但是萨亚卡解释了它。"

"我并不想从她身上抢走任何荣誉。"

"很好。"

现在她走上讲台，蓝色礼服的裙摆飘浮在云端。她骄傲地站着，打量着聚集在这里听她讲话的人们。她的表情平静而自信，但梅林看到她紧紧抓住了讲台的边缘。他感觉到尽管她控制得很好，依然非常紧张，因为她知道这是她人生中最重要的时刻，将使她在高级船员中树立威望，也许还将决定他们所有人的命运。

"高级船员们……"萨亚卡说，"谢谢你们来这里，我希望我讲完的时候，你们会觉得没有浪费时间。"然后她把手伸向房间中间，一个"幽灵"的形象出现了，"自从认定这个星系是我们躲藏的唯一机会，我们就不得不忽略这个地方的麻烦。例如，'聪明男孩'异常的质量 – 光度关系，'灰烬'异常的地震波，'幽灵'中波拉克遭遇的深层大气现象。现在是时候解决这些难题了，我恐怕答案可能不会完全合大家的意。"

不错的开头，梅林想。她已经讲了超过半分钟，还没有用上任何数学公式。

萨亚卡又开始说话，但她突然被另一个人打断了。"萨亚卡，有些事我们得优先讨论。"每个人的注意力都转移到了搅局者的身上。梅林立刻认出了他——韦弗。梅林第一次认识韦弗时，他是萨亚卡班上的一员。这么多年过去了，这个男孩已经摆脱了青春期的笨拙，变得冷酷英俊。

"是什么？"她说，声音里只流露出一丝怀疑。

"是我们刚得到的一些消息。"韦弗环视了一下房间，显然很享受在聚光灯下的这一刻，同时努力保持适当的庄严气氛，"例行公事，我们一直在沿着路观察，监控我们面前的敌舰群。有时也会看看别的地方——以防我们会有什么疏漏，我们也一直在跟踪'蓝喉'。"

很久没有人提起过这个名字，梅林一下子就想起来了。当然，"蓝喉"，那是克伦贝克带走的一部分原船，其余的船变成了椋鸟号，在"聪明男孩"附近安营扎寨。并非有人憎恨克伦贝克，或是希望他和他的追随者都从历史中消失，只是在新星系需要在意的事太多了。

"继续……"萨亚卡说。

"有一道闪光，一束微小的能量爆发，距离我们数光年远，但在克伦贝克去的方向。我认为其中的含义已经很清楚了。即使在星际空间，他们也遇到了剥皮族。"

"以力量和智慧的名义。"负责联盟最珍贵的数据宝库的档案保管员师卡说，"他们不可能幸存下来。"

梅林提高了嗓门，盖过了突然响起的阵阵低语："你什么时候发现的，韦弗？"

"几天前。"

"但你一直等到现在才告诉我们？"

韦弗不安地扭动着身子，开始冒汗。"分析数据的时候有点问题，在没有完全确定之前，我们不能发布这条消息。"然后他向萨亚卡点点头，"你明白我的意思，是不是？"

"相信我，我完全明白你的意思。"她摇着头说。她一定知道那一刻已不再属于自己了，即使她再次吸引了听众，他们的注意力也不会完全集中在她要说的话上。

她处理得很好，梅林想。

但不管她在"幽灵"中发现了什么，这个消息都很糟糕。克伦贝克和他的追随者的死亡只能说明，这片空间里的剥皮族密度比任何人担心的都要大得多。忘掉他们已经知道的那两群吧，可能还有几十个，静静地潜伏在距离星系一到两光年的地方。也许他们已经从克伦贝克舰队的轨迹中得到了足够多的情报，可以猜得到附近一定还有其他人类，他们很快就要到了。

过不了几年，它们就会出现在这里。

"情况非常严重。"另一个高级船员说，她的声音比其他人都高，"但决不能让这件事掩盖萨亚卡给我们带来的发现。"她期待地对萨亚卡点了点头，"继续，好吗？"

几个月后，梅林和盖勒单独站在宫殿的阳台上。盖勒玩弄着一只小白鼠，让它沿着栏杆狭窄的顶部跑过去，然后把它捡起来重新放回起点。他们早就把韦弗恶意破坏活动这件事抛在脑后了，事实上，这几乎没有影响萨亚卡的发言。

即使是最保守的高级船员也接受了阴影物质假说，就算他们对阴影物质所代表的确切性质尚不清楚。

这并不是说韦弗自己的发言被忽略了。剥皮族不再是一个遥远的威胁，离"聪明男孩"有几十光年之远。他们几乎肯定会在这个星系会合，这一事实给整个隐藏事业带来了末日般的阴郁气氛。他们生活在末日时代，确信现在采取的任何行动都不会带来多大改变。

我们已经有好几个世纪没有接触到另一个人类派系了——另一艘联盟的飞船，梅林想。据我们所知，银河系的其他地方都已经没有人类了，剩下的只有我们，这个最后没有被剥皮族消灭的族群。再过几年，我们可能也都死了。

"我几乎是嫉妒萨亚卡，"盖勒说，"她又完全沉浸在'灰烬'的工作中了，好像没有什么会影响到她似的。你不欣赏这种奉献精神吗？"

"她认为她会在'灰烬'里找到能拯救我们所有人的东西。"

"至少她还很乐观，或者绝望，这取决于你的观点。她顺便向你问好。"

"谢谢。"梅林咬着舌头说。

盖勒刚从"灰烬"回来。自从萨亚卡离开"幽灵"后，这是他第三次，也是最长的一次旅行。一旦阴影物质假说被接受，萨亚卡就没有理由留在这里了。其他天才可以处理这个问题，她回到了自己心爱的隧道。梅林曾经拜访过她一次，但她对他的态度止步于同事间的亲切友好，他便没有再回去。

"嗯，你觉得怎么样？"盖勒说。

遥远的海面上漂浮着一个全息投影，是他们现在知道的潜伏在"幽灵"里面的东西。这是梅林所见过的最清晰的景象，是成群的重力测绘无人机在大气中穿梭而来的结果。在梅林看来，这个东西是一个球体，周围环绕着密集的分支电路。他们看得越近，聚焦越清晰，出现的电路就越多，范围也越来越小，目前的极限像素尺寸只有十米左右，任何比它还小的东西都被模糊掉了，但他们看到的已经足够了。几个月前，他们的观点是对的——这一点也不自然。而且它也不完全是一个球体——现在的分辨率足够好，可以看出一个泪滴的形状，其尖端大体与液态氢海洋的表面平行。

"我觉得这让我害怕，"梅林说，"我认为这表明，'幽灵'可能是我们选择的最糟糕的藏身之处。"

"那么我们必须接受我的解决方案，"盖勒说，"成为软件。你知道这是可行的，再过几个月，我们就能拥有扫描自己的技术了。"他又把小白鼠举起来。

"看见这个小家伙了吗？它就是第一个，几天前我对它进行了扫描。"

梅林盯着那只小白鼠。

"这确实是它，"盖勒继续说，"这不仅仅是一只真老鼠在宫殿里的投影，甚至也不是一只令人信服的赝品。把它剖开，你会看到真实的内脏。它现在只存在于这里，但它的行为一点也没有改变。"

"那只真老鼠怎么样了，盖勒？"

盖勒耸耸肩："当然，死了。我恐怕扫描过程仍然具有相当大的破坏性。"

"所以你拯救我们的计划中有个小漏洞，就是我们必须死掉才能进入你的机器？"

"如果不这么做，我们早晚也会死。没什么可争论的，是不是？"

"如果你这么说，就不会。当然，我们可以试验一下最后那只锡林克斯，找到一条更好的路逃走，但我想，这对任何人来说都太天方夜谭了。"

"当然，除了你。"

他们沉默了好一会儿。梅林凝视着大海，现在宫殿的影像对他来说货真价实。他并不认为这老鼠不够真，如果盖勒有办法，这就是他们所有人的生活方式：居住在他们喜欢的环境中，直到剥皮族的威胁过去。如果愿意，他们可以跳过那段时间，或者在这期间探索大量的模拟世界。问题是危险过去后，回到现实世界还有诱惑力吗？他们会不会费心去回忆以前发生的事情？这座宫殿已经够诱人的了。有一段时间，梅林觉得自己很难离开这个地方，这就像一扇通往他青春的大门。

"盖勒……"梅林说，"我一直想问你一些关于宫殿的事，你让它如此真实，没有一个细节出差错。有时它让我想哭，它是如此接近我的记忆。但是少了一些东西，确切地说，是少了一个人。只要我们在这儿——我的意思是回到真正的宫殿，她也总是在这儿。"

盖勒惊恐地盯着他："你是在问我有没有想过做一个虚拟母亲吗？"

"别告诉我你没想过，我知道你也能做到。"

"不过是拙劣的模仿品。"

梅林点了点头："我知道，但这并不意味着你没有想过。"

盖勒缓慢而悲伤地摇着头，好像对兄弟的揣测感到无比失望。在一片静寂中，梅林凝视着海面上的那块阴影物质。不管现在发生了什么，他想，他和盖勒永远不会完全相同，不仅是因为他知道盖勒对他们母亲的事撒谎了。盖勒肯定试过重新造一个她，他的弟弟如此专注细节，任何不足都是不可原谅的过失。不，真正把他们分开的是萨亚卡。梅林知道，她和盖勒现在是情人了，但这件事他从来没有和兄弟讨论过。时间过去了，现在似乎没有什么明智的办法提起这个话题。它就在那里——不可避免，就像他们知道自己不久就会死去一样，无可奈何，所以没有必要讨论。但与此同时，他又意识到了一件事。自从最早的异常点的地图传来，那件事就一直在困扰着他。

"尺度放大些，"他说，"缩小图像，尽量缩小。"

盖勒默默地看了他一眼，但还是服从了他哥哥。异常点逐渐消失。

"现在显示的是异常点在星系中的位置，所有星体的位置都应该和现在一模一样。"

一个巨大而明亮的天体充满天空：以"聪明男孩"为中心有几圈同心圆，上面点缀着行星。

"现在画一个箭头，从异常点开始，平行于它的长轴，尽可能地延长。"

"你在想什么？"盖勒说，所有的敌意都消失了。

"这种异常现象只是一个指针，指引着我们走向真正重要的东西。照我说的做，好吗？"

一条从"幽灵"（在这个尺度上，异常点很小很小）延伸出来的直线穿过星系，直指"聪明男孩"的内部世界。

直接穿过了"灰烬"。

# 五

"我想让你第一个知道。"萨亚卡说，她的拟像如同纸牌女王一样气派地站在他的房间里。"我们发现了来自行星内部的信号，引力信号——如果有人在阴影宇宙中试图联系我们，这正是我们所期待的。"

梅林端详着她脸上美丽的线条，提醒自己，他眼前的只是一个无限接近真实的萨亚卡，只是一个降低通信时间、延迟几光时的系统。

"他们是怎么做到的？我的意思是让信号传过去。"

"只有一种方法：你必须让大质量物体快速移动，在时空中制造高频涟漪。他们用的是黑洞，我想是微型黑洞，就像你一开始以为我们在'幽灵'中发现的那种。补充能量并振动，它们会释放出振幅可调节的引力波。"

梅林耸耸肩："所以一开始这个想法并不愚蠢。"

　　萨亚卡宽容地笑了："我们仍然不知道他们是如何制作并操控小黑洞的，但现在还不重要。关键是，这条信息很明确是为我们准备的。这是在我们进入'灰烬'更深的地层之后才开始发送的，不知为什么，这种行为提醒了它们——不管是谁——我们的存在。"

　　梅林不由自主地颤抖起来："这些信号有可能也被剥皮族发现吗？"

　　"我得说，一切皆有可能——除非他到这儿之前就停下来，这就是为什么我们一直在努力破译这个信号。"

　　"已经破译了？"

　　萨亚卡点点头："我们在引力信号中识别出了重复出现的模式，这是一组阴影人类反复发送的数据。在这个数据块中有两种形式：一种是强引力脉冲，另一种是弱引力脉冲，就像二进制符号中的 1 和 0。信号中的比特数等于三个素数的乘积——这绝对不是偶然的，所以我们沿着三个轴重新组合数据集，形成一个三维图像。"萨亚卡停顿了一下，举起手掌。半空中出现了一个长方形的实体，边缘是平板形的，毫无特色。它懒洋洋地旋转着，向观众显示出自己的空白。

　　"看起来没什么东西。"梅林说。

　　"那是因为这个固体的外层全是 1。事实上，它的体积中只有一小部分是由 0 组成的。我将删除这些值，只显示 0……"

　　一个吸引观众的窍门：盒子的表面突然变得像环环相扣的鸟，联结在一起，然后突然向一百万个不同的方向飞行，它们以队列冻结了此刻。突然间，他看懂了她的展示。它像一个松散结绳组成的球，这是一张"灰烬"地壳隧道的地图，比他们自己的地图展现得要深得多，直通岩石圈五六百千米的深处。

　　"但它并没有讲任何我们自己搞不清的东西。"梅林说。

　　"不，我想它讲了。"萨亚卡将图像放大，直到向他展示出一条隧道的最深处，它的顶部是一个近乎球形的室，"其他隧道都是突然终止的，甚至那些从更高一级分出来的叉也是如此。但他们显然引起了我们对这个室的注意，这一定意味着什么。"

　　"你认为那里有什么东西，是不是？"

　　"我们很快就会知道的。等这个拟像对你说话的时候，我和盖勒就差不多到那个室了。祝我们好运，好吗？不管我们在那里找到了什么，我相当肯定它会改变我们所有人的命运。"

"改变是好还是坏？"

拟像笑了："我们只好等着瞧了，是不是？"

末日来了，梅林又想。他能从空气中嗅到它的味道——无声的绝望。散布在该星系周围的远程传感器已经捕捉到了中微子束的第一个微弱迹象，这可能是来自从星际空间偷偷向"聪明男孩"移动的剥皮族的飞船。沿路上下的主要敌舰群并没有消失。

现在已经有一两个人类经历了盖勒的致命扫描，他们选择走在队伍的前面，而不是等待最后的溃逃。他们的数据模拟此刻呈冻结状态，但过不了多久，盖勒的助手就会编织一个可供扫描者居住的模拟环境。然后，毫无疑问，其他人也会效仿，但追随者不是很多。梅林并不是唯一一个害怕抛弃肉体苟且偷生的人，有些代价实在是太过高昂、太过怪异。

他想，如果这样做了，我们自己也差不多变成剥皮族了。

如果救不了其他人，他又能怎样救自己呢？他想过偷走锡林克斯。他还没有学会安全地使用它，但他知道这是迟早的事。但它在议会的严格保护下，戒备森严。他曾求盖勒和萨亚卡帮他说服其他人，但是尽管可能有这个影响力，他们也没有答应他。

现在萨亚卡从"灰烬"回来了，带着消息。她又召集了一次大会，但这一次谁也无法抢她的风头。

特别是她还带了个人来。

这是一个女人的拟像：看不出年龄，但遗传背景与在场的每个人都差不多。这本来不太可能，自从大繁华以来，人类分成了很多派系。对那些仍然忠于古老表现型的人类来说，有些派系长得可怕又古怪。但是如果这个女人换一身衣服，改改妆发，她可以从容地走在他们中间而不引起任何注意，除了美貌——她的面孔和举止中有一种近乎超自然的宁静，难以形容。

开口说话之前，她的表情十分平静。

"我叫哈尔沃森，"她说，"这是一个古老的名字，即使在我那个时代也算古老……我不知道你们听上去是什么样的感受，或者你们是否能听懂我在说什么。我们将把这条信息用一千多种语言记录下来，这是所有保存在我们现有语言学数据库中的语言，希望某个遥远的旅行者能识别出有用的东西。"

梅林举起手来："停……让她停下。你能做到吗？"

萨亚卡点了点头，让哈尔沃森张着嘴停下了。

"她是什么？"梅林说。

"只是一段录像。我们一到那个室就触发了她，翻译她的话并不难。我们已经知道，挖掘者的语言是主语的前身，所以我们希望其中一段录音使用的语言也曾出现在我们的记录中。"

"然后呢？"

"嗯，她的信息中没有一条是用我们比较熟悉的语言录的，但是我们有其中三种语言的部分记录，所以我们可以用这三种语言补齐这个版本。当然，仍有一些无法破译的地方，但我认为我们不会错过任何关键的东西。"

"你最好希望不会。好吧，让她——不管她是谁——继续说下去。"

哈尔沃森又动起来了。"让我谈谈我的过去，"她说，"它可以帮助你确定录音的时间。我的祖先来自地球，像你们的一样——如果你们是人类的话，但就我而言，我甚至遇到了一个出生在那里的人，尽管那是她最古老的记忆之一，就像从拿反的望远镜里看到的图像一样微弱渺小。她记得大繁华之前、向猎户星座大迁徙之前的一段时光，我们坐了一万年的燕子船，以接近光速的速度滑行。然后是战争，可怕的战争，我们又藏了一万年，直到我们所在的那部分银河再次安静下来。我们目睹了许多文明的兴衰，并从中尽可能地学习，与那些看起来最没有敌意的人类进行交易。然后，筑路者来了，把他们的运输网络扩展到我们的空间领域。对我们来说，他们也像神一样，尽管我们偷了一些他们的奇迹为自己所用。经过几千年的仔细研究，我们学会了如何制作锡林克斯和使用路网。"她停顿了一下："我们自己也有个名字，叫守望者。"

哈尔沃森的故事继续。她告诉他们一种病毒在舰队中传播，一点点地破坏了他们最古老的留存数据。当发现这些数据被损坏时，他们所有的星图都失效了，他们失去了地球的坐标。起初，这种损失似乎无关紧要，但随着时间的推移，他们接触到越来越多的文明，很明显，守望者保留下的可能是最后一份没被侵蚀的记录。

"然后她就去世了——最老的长者。我想，在那之前，她一直抱着我们会回到地球的希望。当她知道这事再也不可能发生时，她就看不到任何一个继续活下去的理由了。"

然后他们进入了一个漫长的黑暗时代。筑路者已经走了，现在，在无人监管的情况下，银河系到处散布着恐怖。劫掠者们在寻求守望者们于漫长的几千年里获得的技术与智慧。守望者逃跑了，像现在这群发现他们的联盟一样，跨光年之远逃往一个又一个星系。和联盟一样，他们也找到了"聪明男孩"。他们在其中探索，试图解释这个星系的异常之处，希望能找到打败敌人的全新力量。他们在"灰烬"内部挖掘隧道，并制造了排列在终端室里的机器。他们也探测到了来自阴影宇宙的信号，尽管这些信息的内容更加难以破译。

"他们是异族人，"哈尔沃森说，"真正的异族人：自动传送机——五亿年前由一群穿越到阴影宇宙的生物留下的。他们一直在逃离几百光年之外的一对双星合并后爆发的火焰，他们留下了如何加入他们的指示。我们学会了创造他们用来给我们发信号的那种高频引力波，然后我们学会了如何将自己编码到这些波段中，这样我们就可以在不同宇宙间发送生物信息。虽然异族人已经走了很长时间，但他们留下了机器来照看我们。等我们在另一边重新成形，它们会照顾我们的需要。"

"可是劫掠者早就消失了，"梅林说，"我们最古老的记录都没有提到过它们，为什么哈尔沃森和她的族人不回到这里？"

"没有必要。"萨亚卡说，"我们想当然地认为阴影宇宙是一个寒冷、幽灵般的地方，但一旦你走进去，它看起来就像我们自己的宇宙——天空点缀着明亮的太阳，温暖的行星围绕着它们运行。事实上，他们拥有大好前程。在这个已经被数千个早期派系瓜分的银河中，哈尔沃森的族人是后来者。但是阴影宇宙是一片净地，他们不再需要躲着更高级的力量，或者躲避法外之徒，那儿没有别人。"

"除了异族人……那——"梅林眨了眨眼睛，"她管它们叫什么？"

萨亚卡在回答之前停顿了一下："她没说，但他们起的名字是……"又是片刻的犹豫："阴影木偶。他们早就走了，他们留下机器来帮助未来那些想要跨越宇宙的文明，但是现在他们没有任何迹象了。也许他们搬到阴影银河某个遥远的地方去了，又或者他们在合并事件的威胁过去之后回到了我们的宇宙。"

"哈尔沃森的族人信任这些生物？"

"他们还有什么选择呢？不比我们好多少。他们受到劫掠者的威胁，就像我们受到剥皮族的威胁一样。"

哈尔沃森接着讲："于是我们去了另一个宇宙。我们大规模扩张，在另一边的十几个相邻的星系中扩展人类的族群。星际旅行很困难，因为那里没有路网，但是我们在劫掠者之前搭建的社会体系对此很有帮助。在记录这段信息的时候，我们已经度过了平静的一千年。在信息到达你们这里之前，可能还要过几千年。"

如果我们试图通过引力与你们交流，那么你们可以确定我们还活着。到那时，我们将通过我们在'灰烬'中运行的自动化系统来研究你们。它们会告诉我们，你们本质上是和平的种群，我们已经准备好欢迎你们了。"

这时，哈尔沃森的语气变了："那么，这就是我们的邀请了。我们已经为你们打开了大门，提供了让信息跨入阴影宇宙的途径。要迈出下一步，你们必须做出最艰难的牺牲。你们必须丢弃肉体，请用你们开发的任何扫描技术扫描自己。我们做过一次，我们知道这是一个艰难的旅程，但没有死亡艰难。对我们来说，选择显而易见。对你们来说，可能也没有什么不同。"哈尔沃森顿了顿，伸出一只手恳求道："不要害怕，跟我们来吧，我们等你们的陪伴已经等很久了。"

然后她低下头，录像停止了。

梅林可以感觉到一种几乎可以触及的轻松席卷了整个房间，尽管没有人会不体面地表现出来。在几个月之后，大家的脸上终于再次充满了希望，终于有了出路，一种活下来的办法，而不是那种在盖勒计算机内存里获得没有灵魂的不朽。即使这也意味着死亡……但正如哈尔沃森所说，这只是一种短暂的死亡。在另一边等待着他们的是另一个有肉体的世界，他们将会在那里得到重生。

一种应许之地。

这提议很难拒绝，尤其是剥皮族到来的时候。但梅林只是盯着那个叫哈尔沃森的女人，确信他知道真相，而萨亚卡在某种程度上也想让他知道。

她在撒谎。

"暴君"向着空旷的空间飞去，大体朝着路的方向。当梅林认为自己离"灰烬"有一段安全距离时，他发出命令，引爆了放置在最深矿室里的二十个新星地雷。他俯视着这个世界，似乎什么也没有发生，一丝光也没有从挖掘者隧道系统的出口孔里逃出来，也许是某种神秘的保护措施消解了新星地雷的破坏力。

然后，他看到了萨亚卡留在地面上的地震装置的读数，看起来像是半辈子前的事了。他几乎已经忘记了它们的存在——但现在，他看着每一个都记录着爆炸波到达地表时的震动。过了一会儿，传来了一种更长的、更低的信号——隧道坍塌时无休止的轰鸣声，就像雪崩一样。隧道的某些部分无疑会完好无损，但在它们之间穿行会变得十分困难。然而，他还没有完成。首先，他将导弹对准隧道入口，摧毁了它们，然后用更小的弹药摧毁萨亚卡的地震仪，向地面上倾倒核火。

一点人类存在过的证据都不能留下，不能有任何线索告诉剥皮族这里曾经发生了什么——

现在所有人都走了，进入了阴影宇宙。萨亚卡，盖勒以及其他所有人。他认识的每一个人，都在盖勒的扫描仪器里完成了迅速而干净的死亡。生物模式被编码成引力信号，喷射进阴影物质的领域。

当然，梅林除外。

"你怎么猜到的？"展示完哈尔沃森的录像后，萨亚卡问他。

几个月来，他们的肉身第一次单独待在一起。梅林说："因为你想让我知道，萨亚卡。事情不就是这样发生的吗？你不得不欺骗别人，但你想让我知道真相。很管用，我猜到了。我不得不承认，你和盖勒做得非常彻底。"

"你想知道有多少是真的吗？"

"我想你还是会告诉我的。"

萨亚卡叹了口气："比你估计的还要多。就像我说的，我们确实探测到了来自阴影宇宙的信号。"

"只是不像你告诉我们的那样。"

"是……是的，"她停顿了一下，"他们更陌生，一开始就极其难以破译。但我们做到了，信息的内容或多或少和我告诉议会的一样：一张'灰烬'内部的地图，指引我们往深处走，在那里我们收到了其他消息。那时，我们已经更擅长翻译这种文字了。没过多久，我们就明白了这是一套穿越进阴影宇宙的指南。"

"可是从来没有哈尔沃森。"

萨亚卡摇了摇头："哈尔沃森是盖勒的主意。我们知道，进入另一个宇宙是我们唯一的希望，但没有人愿意这样做，除非我们能让整个事情听起来更……嗯……可接受。异族人实在是太陌生了——一旦我们开始了解他们的本质，就会感到很吓人。他们不一定怀有敌意，甚至没有不友好……但很奇怪，令人不安，这是噩梦一般的东西。所以我们编造了一个人类的故事，盖勒创造了哈尔沃森，我们捏造了足够多的证据，这样就没有人会质疑她的真实性。我们为她编写了一段似是而非的历史，然后把她的故事和真实的故事杂糅在一起。"

"关于异族人逃离中子星合并的那部分？"

"这完全是真的。但他们是唯一越过边界的生物，从来没有人跟他们去过。"

"挖掘者呢？"

"他们找到了隧道,进行了彻底的探索,但似乎从来没有截获过信号。他们挺有帮助,如果没有他们,要让哈尔沃森的故事听起来有说服力就会困难得多。"她停顿了一下,十分激动,甚至有点孩子气,"我们会是第一个,梅林。在某种程度上来看,这是不是很刺激?"

"也许对你来说是,但你总是凝望着虚空,萨亚卡。对其他人来说,这个想法会可怕得难以形容。"

"所以他们才不能知道真相,否则他们是不会同意穿越的。"

"我知道,我不怀疑你的做法。毕竟,这事关生存,不是吗?"

"他们最终会知道真相。"萨亚卡说,"等我们都穿越之后,我不知道他们会怎么处置我和盖勒。我们要么被尊敬,要么被憎恨。我想我们只能等着瞧了,但我怀疑可能是后者。"

"另一方面,他们会知道你有勇气面对真相,并在必要的时候决心隐瞒。这很高贵,萨亚卡。"

"无论我们做什么,都是为了整个联盟的利益。你明白这一点,是不是?"

"我从来没有想过不是,但这并不意味着我要和你们一起去。"

她的嘴微微张开:"这里没有什么可留恋的,梅林。如果你不跟着我们,你会死的。我不再像以前那样爱你了,但我仍然关心你。"

"那你为什么要向我暗示真相呢?"

"我从来没说过我这样做过,那一定是盖勒干的。"她停顿了一下,"是什么让你知道了真相?"

"哈尔沃森,"梅林说,"从草稿中创造的一个人,一个从未活过的人类。你也干得很好,但她身上有些东西,我知道我以前见过。这种熟悉的东西我一开始看不出来,当然后来我知道了。"

"什么?"

"盖勒是以我们的母亲为基础塑造了她。我一直怀疑他想造母亲的拟像,但他否认了,这也是一个谎言,哈尔沃森证明了这一点。"

"他想让你知道真相,作为他的兄弟。"

梅林点了点头:"我想是这样。"

"那你愿意跟我们去吗?"

他已经打定了主意,但还是停了很久才回答:"我不去了,萨亚卡,这不是我的风格。我知道只有很小的机会让锡林克斯为我工作,但我更喜欢逃跑而不是躲藏，我想我会冒这个险的。"

"但是高级船员不会让你得到锡林克斯，梅林。即使我们都穿越过去了，他们也会留东西在这里保卫它，用代理人包围它。如果你想偷锡林克斯，他们会杀了你的。等我们从阴影宇宙回来，他们希望它完好无损。"

"我知道。"

"那为什么……哦，等等，我明白了。"她看着他，现在所有的同情都消失了，萨亚卡当年的那种蔑视透了出来，"你会敲诈我们的，是不是？威胁我们，如果我们不把锡林克斯给你，就告诉议会真相。"

"这是你说的，不是我说的。"

"盖勒和我没有那种影响力，梅林。"

"那你最好找到它，这没什么好问的，对吧？为了感谢我的沉默，只需要小小的代价，我相信你能想出办法来。"梅林停了一会儿。"毕竟，现在要是把一切都毁了，那就太可惜了。哈尔沃森的故事听起来也很有说服力，我自己也几乎相信了。"

"你这个冷酷、精于算计的混蛋。"但她说这话时带着一丝微笑，对他既钦佩又厌恶。

"想个办法，萨亚卡。我知道你可以的，哦，还有一件事。"

"什么？"

"照顾一下我兄弟，好吗？他也许没有我那么聪明，但也挺厉害，你在另一边需要像他这样的人。"

"我们也需要你，梅林。"

"你也许可以，但我还有别的事要办，比如那个对付剥皮族的终极小型武器。你知道，我会找到它的。即使这要用尽我的余生，我希望有一天你能回来看看我干得怎么样。"

萨亚卡点点头，但什么也没说。他们俩都知道，没有什么话需要说了。

而且，正如他所期望的那样，萨亚卡和盖勒也穿越过去了。锡林克斯现在在他这边了——一个低调的哑黑锥形体，掌握着使用人在呼吸间跨越数光年距离的秘密，就在"暴君"内部的金属护套里。他不知道他们是如何说服议会放手的，很可能根本没有什么劝说，只是搞了个花招。毕竟，一个黑色的圆锥体复制起来也不麻烦。

然而，这才是真正的锡林克斯，他们最后的锡林克斯。

　　现在它珍贵得难以想象，在未来的几个星期里，他会尽最大努力去破解它的秘密。不知道几百万人死于试图进入筑路者的交通系统，梅林完全有可能成为下一个。但也不一定，他现在独自一人——可能比任何人类都要孤独，但与绝望相比，他感受到的是冷静、纯粹的喜悦：他现在有一个任务，一个千辛万苦也可能颗粒无收的任务，但他一定会完成。

　　在他身后的某个地方，锡林克斯开始咕噜咕噜地叫起来。

明拉的花

Zima

Blue

任务中断。

直到现在，我还是不知道到底发生了什么。这艘飞船和我正在进行常规的路网行驶，所有的系统都运转顺畅。我陷入沉思，有点醉了，把线索揉在一起摩擦，就像一个穴居人试图用石块生火，希望的火花能把我引向枪，一个从来没有人认为我要去找的东西，但我全身的每一个细胞都知道它的存在。我想象着自己带着这个奖品回到联盟时会受到怎样的欢迎，等他们看到我真的找到了它，证明它是真实存在的，我们终于有了对付剥皮族的武器，我所有的罪恶都被抹去。在酒精带来的盲目乐观中，我似乎什么都可能被他们原谅。

然后事情就发生了：剧烈的倾斜使酒瓶和酒杯飞到船舱的另一边，飞船进入紧急模式，警报器发出了尖叫声。我立刻意识到这不是普通的路中乱流。这艘飞船颠簸得很厉害，但我奋力挤到指挥室，尽我所能把它控制住。不借助仪器，单凭感觉飞行，就像我和盖勒在丰沛星那儿做的一样——当时那颗星球还存在。

就在那时，我发现我们已经脱离了路网，被抛回到了正常空间那令人窒息的缓慢之中。外面的恒星是静止不动的，它们的颜色没有呈现任何相对论扭曲的迹象。

"损失如何？"我问。

"你有多长的时间听？"飞船迅速回答。

我告诉它少说俏皮话，赶紧报告坏消息，这肯定是个坏消息。那珍贵的锡林克斯还能用——我碰了碰它，感觉到熟悉的颤动，说明它还能感应到附近的路网，但这大概是唯一一个没有因为突然退出路网而弯折、熔断或是干脆消失的关键飞行系统。

我们不得不着陆维修飞船。在几个星期或几个月内——这艘飞船寻找并处理修理自己所需原材料的时间，搜寻枪的工作都会暂停。

这并不意味着我打算在中途停留很长时间。

飞船仍有一点颠簸。当明亮的恒星像燃烧的眼睛一样从视窗进入视线时，梅林眯起眼睛对抗强烈的白色眩光。光是白色的，但还不至于致命。大概是颗中序星，晚期的 F 型或早期的 G 型。他认为有一点黄色的迹象，必须非常接近才行。

"告诉我，我们现在在哪儿。"

"这颗恒星叫卡利碧欧，""暴君"告诉他，"G 型。根据最新的联盟普查，该星系包含十五个行星类天体，里面有五个类地行星，其中四个不适合人类居住。第五颗是离卡利碧欧最远的，据说在大繁荣早期曾被人类殖民过。"

梅林看了一眼舱室墙上显示的普查数据。第五颗行星被称为莱瑟斯，是一个典型含水类地行星，跟他见过的千百颗同类行星差不多，它甚至有一个几乎必不可少的大卫星。

"那是很久以前的事了，飞船，还有人在下面的可能性有多大？"

"很难说。后来联盟的人路过时没有联系上这个定居点，但这并不意味着没有活人。在剥皮族出现后，许多星球殖民者都竭尽全力地伪装自己，以躲避外星人。"

"所以还是可能会有一个欢迎委员会。"

"我们会知道的。如果你同意，我会用剩下的燃料到达莱瑟斯，这需要一些时间。你想睡觉吗？"

梅林回头看了看冰霜守望柜那棺材状的平板。他可以睡过到达行星所需要的几天或几个星期时间，但那意味着要经历从冰霜守望状态复苏时那种极其难受的感觉。梅林从不喜欢被人从正常的睡眠中唤醒，更不用说冰霜守望型的深度冬眠了。

"我想还是算了吧，我还有很多东西要读。"

后来——过了好久——"暴君"宣布他们已经到达了环莱瑟斯轨道。"你想看看外面的景色吗？"飞船顽皮地问。

梅林眼中的倦意一扫而光："你听起来好像知道一些我不知道的事情。"

梅林一开始还挺放心的。那里有蓝色的海洋，绿色和棕色的大块陆地，更像大岛而不是大陆，水汽云形成了气旋状旋涡。这并不一定意味着那里还有人类，但比发现一个坑坑洼洼、充满放射性射线的末日世界要好得多。

然后他又仔细看了看。正如第一眼看到的那样，许多绿色和棕色的大陆块都四面环水，但其中一些似乎完全悬浮在海面之上，在身下投下阴影。他的目光转向地平线，那里的大气被压缩成一个纯靛蓝的薄弧。他可以看见在空中盘旋的大块陆地的横面，几乎只有一个边。飞天大陆块似乎有一到两千米厚，而且看起来都是弯曲的，大概有一半是凹陷的，所以它们的边缘略微向上翘。边缘覆着冰霜，呈现白色，就像山脉的顶峰。有些凹面大陆块的中心处甚至还有小湖泊。凸面大陆块都呈焦褐色、灰色，除了在最高点有一层冰帽，那里没有水和植被。最大的大陆块，无论是凸面的还是凹面的，一定有几百千米宽。梅林判断，每块碎片至少高十千米。行星表面的三分之一都被悬浮的大陆块遮盖住了。

"你知道我们在看的东西是什么吗？"梅林问，"看起来普查中并没有提到这种东西。"

"我认为他们在自己的世界建造了一个装甲苍穹，"飞船说，"然后什么东西——很可能是剥皮族级别的炮弹——击碎了它。"

"没人能活下来。"梅林说，他感到一阵悲伤涌来。"暴君"很聪明，但有那么一段时间——很长一段时间，梅林敏锐地意识到人格化的行为背后潜藏着一个无情的机器，然后他会感到非常孤独。在这段时间里，他愿意为拥有人类的陪伴而做任何事情，包括回到联盟那里，接受必然在等着他的审判。

"看来确实有人活了下来，梅林。"

他的心一喜："真的吗？"

"这不太可能是一个很先进的文明：除了一些来自一定的还活跃在苍穹碎片内部的机器，没有中微子或重磁的迹象，但我确实探测到了一些非常短暂的无线电信号。"

"他们说的是什么语言？主语？商语？还是其他联盟数据库里的语言？"

"它们用长哔哔声和短哔哔声，恐怕我没法确定这种信号的来源。"

"继续听，我想见见他们。"

"别抱太大希望了。就算那里有人，那他们和其他人类已经好几千年没有联系了。"

"我只想停下来修修飞船，他们不会连这个都舍不得让我做，是不是？"

"我想不会。"

然后梅林想到了一个问题，他意识到他应该早点问："关于事故，飞船，我想你知道我们为什么被赶出路网吧？"

"我对锡林克斯进行了故障检查，看起来没有什么问题。"

"这不是一个答案。"

"我知道。""暴君"听起来很不高兴，"我到现在还不知道是哪里出了问题，我和你一样不喜欢这种感觉。"

"暴君"进入了莱瑟斯的大气层。信号又有了，飞船能够定位出其中一个来源是一个空中大陆块。不久，西边三千千米处的另一个悬浮大陆块上也有了一个发射源，这个大陆块只有上一个的一半大小。信号开始和停止的方式表明这是一种通过无线电脉冲进行的通信，慢得令人抓狂，大概率与梅林的到来无关。

"求你告诉我那是我们数据库有的编码方式。"梅林说。

"不是，恐怕这信号没法告诉我们太多关于他们口语的信息。"

从近处看，悬浮大陆块参差不齐的边缘高耸如悬崖。它们是斑驳的深灰色，比在太空中观察时显得更加不规则，有风化和侵蚀的迹象。那里有宽阔的岩架、尖锐的凸起和教堂大小、被阴影笼罩的洞穴。在卡利碧欧的微光下闪光的梯子和人行道——细长得令人难以置信的金属痕迹——从被冰封的上部延伸到下面，沿着曲折的轨迹很快就到了危险的下部，在那里飘浮世界的边缘开始向下面弯曲。

梅林发现一些像鸟一样的小生物在动来动去，它们在强大的热流中绕着轨道飞行，其中一些从较低岩架的底部起落。

"但那不是鸟。""暴君"说，锁定了一个稍微大一点的移动生物。

认出那个被放大的"鸟"时，梅林心头一震。这是一架飞机：由帆布和金属线组成，极其脆弱，它的翅膀上都画着新月。在永恒黄昏宫殿的档案中，有一台并不比它先进多少的机器，他们家族保存了一千三百年。梅林曾经冒险把它带出去过一次，看看自己是否有勇气再现他祖先的英勇。他还记得自己把它带回来时，飞行器几乎全毁了，他受到了严厉的谴责。

这架飞机更脆弱，速度更慢。它是由一个发出嘎嘎声的螺旋桨驱动的，而不是一组有火箭辅助的涡轮机。它沿着大陆块的边缘慢慢上升，很明显，它打算翻过边缘着陆。莱瑟斯海平面上的空气比丰沛星更浓厚，但这台小机器一定离危险驾驶操作不远了。然而，如果要穿过凸起的边缘，它就得飞得更高。

"跟着它走。"梅林说，"在两千米外跟着，让船体躲起来。"

梅林的飞船在那架正在挣扎的飞机后面缓缓前进。他现在可以看见唯一的飞行员了：他戴着头盔和护目镜，坐在一个看上去很粗糙的泡泡状机舱里。这架飞机已经升高了十千米，但是它需要加倍努力才能越过这个向上翻转的边缘。每增加一百米的高度，似乎都使飞机达到了极限，于是它就不断地爬升，平飞，爬升，它后面拖着断断续续的乌黑尾迹。梅林可以想象小引擎发出抗议的噼啪声，飞行员心里揣着发动机随时会熄火的恐惧。

就在那时，一艘飞艇盘旋在悬崖边缘，卡利碧欧的光芒在它那金色的外壳上闪耀着。在长肋形结构下面是一条狭长的船形舱，舷外支架上配备了好几个引擎。飞艇的机头开始转动，另一个新月标志出现在视野中。飞机跟上了飞艇，二者几乎在同一高度。梅林看着一种像网一样的装置从船形舱的腹部慢慢展开。飞行员升得更高，然后关掉了飞机的引擎。现在它已经没有动力了，沿着一条平稳的滑道朝网飞去。很明显，飞艇要抓住飞机并带它飞过边缘，这肯定是飞机来去悬浮大陆块的唯一途径。

梅林带着一种病态的迷恋注视着，他偶尔会有要坏事的预感，现在他又有了那种感觉。

一阵狂风吹向飞艇，它开始偏离飞机的下滑轨道。飞行员试图纠正偏差——梅林可以看到机翼弯曲时的变化，但这动作补救不了什么。在没有动力的情况下，飞机控制起来一定很麻烦。船形舱上的引擎启动了它们的配件，试图把飞艇推回原位。

在飞艇的后面，隐约可见那巨大的灰色悬崖。

"他为什么关掉引擎……"梅林自言自语道。过了一会儿，接着说："我们能赶上吗？能做点什么吗？"

"恐怕不行，根本来不及。"

"该死。"梅林看着飞机滑过飞艇，离网还差一百米。引擎喷出一团煤烟，飞行员一定是拼了命想重新启动发动机。片刻之后，梅林看到一个翼尖擦过悬崖的一侧，立即撞碎了，非常可怕。飞机掉下来，撞在悬崖边上，成了碎片，飞行员不可能幸存下来。

梅林一时呆了。他愣住了，不知道下一步该怎么办。他一直计划降落，但在目睹了这样的悲剧后立即到那里去似乎不太合适。也许该做的是找到一个没人的大陆块，然后去那里着陆。

"还有一架飞机，""暴君"表示，"它正从西边靠近。"

梅林还在为眼前的景象感到震惊，他还是驾驶着隐形飞船接近了。滚滚浓烟从飞机一侧冒出来。在舱室里，飞行员刚才显然在拼命努力保护飞机的安全。就在他们观看的时候，引擎似乎慢了下来，然后又重新启动了。

有什么东西从"暴君"身边猛冲过去，引发了接近警报。"某种炮弹，"飞船对梅林说，"我认为地面上有人正试图击落这些飞机。"

梅林低头一看。他之前并没有太注意他们下面的大片土地，但现在——透过低云层上的几个洞望过去——他清楚地看到了炮兵阵地的闪光，沿着一道苍白的防御线排布。

他开始明白为什么飞艇不敢离大陆块边缘太远了。在悬崖附近至少还有一些遮蔽物，它在露天的地方太容易受到炮弹的攻击。

"我认为是时候选边站了，"他说，"保持隐形。我要为那架飞机提供一些支援，把我们带到它的后方，然后从下面靠近。"

"梅林，你根本不知道这些人是谁。他们可能是强盗、海盗，什么都有可能。"

"他们正在被炮轰，这对我来说已经够好了。"

"我真的认为我们应该着陆，我现在只能靠油箱里的蒸汽压了。"

"那个勇敢的傻瓜飞行员就是这样，听我的就好。"

就在"暴君"到达预定位置时，飞机的引擎熄火了。梅林手动控制飞船，将他的机头与飞机薄如纸的底面接触，接触导致了一阵轻微的颠簸。飞行员往下看了一眼，但那个护目镜遮住了他所有的表情。梅林只能想象那个飞行员用鲸鱼大小的光滑机器做了什么来支撑他的小飞机。

梅林的手颤抖了。他敏锐地意识到，自己稍微用错一点推力就会伤害到这个脆弱的东西。"暴君"的铠甲可以承受路网进出和气体行星大气的挤压，这就像用锤子推羽毛一样。有那么一会儿，两架飞行器分开了一点，当"暴君"再次试图触碰时，它猛烈地撞向飞机，把机翼下面夹在支架上的备用燃料箱——一个金属圆筒压碎了。梅林吓得以为会爆炸——那对小飞机的伤害要比对"暴君"大得多，但油箱肯定是空的。

前面，飞艇已经恢复了一定程度的稳定，捕获网仍在部署中。梅林加大了推进力度，让飞机升得更高，足以进入捕获轨道。在最后一刻，他认为放手足够安全了。他驾驶"暴君"离场，让飞机掉进了网里。

这一次没有大风。网把飞机裹了起来，弱弱的拉力让飞艇的头歪了一下。

然后，飞艇像拖鱼一样把网子拖回船形舱。与此同时，飞艇转身上升。

"没有其他飞机了吗？"梅林问。

"只有这一个。"

他们跟着飞艇继续前行。它飞上悬崖，越过覆盖着冰雪的悬浮大陆块的边缘，然后落到了碗状的保护区，那里有不少水和绿色植物。甚至还有一层薄云，在湖岸周围形成了一个破碎的环。梅林推测，这个大陆块的凹形形状足以维持小范围稳定的气候。

现在梅林有了观众。很多人聚集在船形舱后面的观察台上，他们戴着护目镜和手套，穿着厚重的棕色大衣。梅林看到不少玻璃镜片正对着他看，有人在研究他，给他画素描，甚至给他拍照。

"你觉得他们看起来是感激？"梅林问，"还是生气？"

"暴君"拒绝回答。

梅林保持着距离，尽可能地节省燃料，跟着飞艇在坡度平缓的荒地上飞行了数十千米。它们偶尔会飞过村庄里的小茅屋，或者掠过一条小径。不久，荒地被土壤覆盖，然后变得肥沃许多。他们穿过一片灰绿色的荒凉草地，混杂着大石头和各种各样向上隆起的碎片，然后是树和森林，这里的人类部落不仅仅是小村庄了。小池塘汇集成河流，河流缓缓地流向占据陆地最低点的唯一一片湖泊。梅林发现了水轮和质朴的小桥，在湖的另一边，有放牧着牲口的田野，还有一些有着高大烟囱的工业建筑，湖本身有五六十千米宽。在南部海岸的一个天然港口周围，坐落着梅林到目前为止所见过的最大的人类社区。这个地方很杂乱，由几百幢以白色为主的单层建筑组成，就像地板上随意堆放着玩具积木。

飞艇沿城镇边缘飞行，然后迅速下降。从周围的防卫栅栏来看，它显然接近了某个军事基地。有一对交叉的飞机跑道，十多架飞机停在新月图案周围。四座骨架形对接塔矗立在基地的另一个区域，用拉线的方式固定在地面。一对经过战斗且需要充气的飞艇已经拴好了。梅林向后退了一点，让刚来的飞行器有足够的空间完成入坞。船形舱把网子放了下来，让飞机落在停机坪上。飞机的机翼折了，机身也有损伤。地勤人员从地堡中冲出来，清理混乱场面，放出飞行员。梅林把他的飞船降落在停机坪的一块空地上，起落架一碰到地面，他就把引擎熄灭了。

很快，一群机警的人聚集在"暴君"的周围。大多数人穿着长长的皮大衣，身上绑着不少东西，右胸缝着新月的标志。他们用围巾裹住下半张脸，几乎遮到了鼻子。他们的头盔是皮帽，长长的帽檐遮住脸的两侧和脖子的后部。大多数人戴着护目镜，一些人戴着某种呼吸器。至少有一半的士兵正将长管武器对准飞船，其中一些需要安装在三脚架上，而一些训练有素的士兵正将更大的轮式大炮推过停机坪。一个人在做手势，指示武装部队各就各位。

"你能听懂他在说什么吗？"梅林问，他知道"暴君"可以听到任何外界的声音。

"我需要一定时间才能破解他们的语言，梅林，这还是在它与我的数据库中的某些东西有关的情况下才行，有可能毫无关联。"

"好，我来即兴发挥。你能给我纺一些花吗？"

"你到底要去哪儿？你是什么意思，花？"

梅林在气闸前停了一下。他脚蹬长靴，穿着黑色紧身皮裤，上衣是一件飘逸的白衬衫和棕色皮革印花马甲，配以鲜红的镶边。他把头发束在脑后，仔细修剪了胡须。"你认为呢？去外面啊。我想带些花，花可好了，给我织一些蓝色的风信子，就是人们在心理战争之前在斯普林黑文种植的那种，它们总是很受欢迎。"

"你疯了，他们会杀了你。"

"如果我面带微笑，手捧异域的花，那就不会。记住，我刚刚救了他们的一架飞机。"

"你连盔甲都没穿。"

"盔甲会吓着他们的。相信我，飞船，这是让他们明白我没有恶意的最快方法。"

"很高兴有你在船上，""暴君"尖刻地说，"我一定会把你的问候转达给我的下一任主人。"

"只管做花，别抱怨了。"

五分钟后，梅林打起精神，只等气闸打开。飞船放下一道斜梯，直达地面，寒冷像情人的一记耳光打在他的身上。他听到指挥官的命令，集合的队伍改变了他们的目标。他们之前一直瞄准飞船，现在只对梅林感兴趣了。

他举起右手，手掌张开，新纺的花朵在他的左手上。

"你好，我的名字叫梅林。"他捶着胸口强调，又说了一遍名字，这次语速慢了些。"梅——林。我认为你们不大可能听懂我的话，但以防万一……我不是来找麻烦的。"他勉强笑了笑，可能看起来更凶猛了，而不是让人安心。"好吧，谁是负责人？"

队长又喊了一声指令，他听到了上百个安全栓开启的嗒嗒声。突然间，飞船想要先派出一个代理人的主意听起来非常明智。梅林感到一股冷汗从他的背上流下来，在经历了前半生的一切之后——无论是在联盟的生活，还是作为一名冒险的自由特工的时光，他都活了下来。如果现在他死于中了一枚由化学物发射的弹丸，那可太令人失望了，也就比被野兽撕咬和吃掉好那么一点点。

梅林小心翼翼地一步步走下斜坡。"没有武器，"他说，"只是花。如果我有意伤害你们，我本可以用武器从太空轰击。"

当他走到停机坪时，队长又下了一道命令，三个士兵从三个角度散开来包围了梅林，他们的枪管几乎碰到了他。队长——一个长相凶恶的年轻人，右脸上有一道伤疤——朝梅林的方向喊了一声什么，这个词听起来有点像"末端"，但梅林不知道这门语言。梅林没有动，感到一挺步枪戳到了他的背部。"末端。"那人又说了一遍，这一次他的语气近乎歇斯底里。

这时另一个声音从停机坪上传来，来自一个年纪大得多的人，那声音带着一种命令的意味。在呼声的方向，梅林看到缠进捕获网的受损飞机，而飞行员正在从这堆混乱中爬出来，手里拿着一个木箱。步枪不再戳梅林的背了，飞行员向他们走去时，看起来残忍的年轻人沉默了下来。

飞行员已经摘下了护目镜，露出了一张上了年纪的脸，满是皱纹。他留着灰白的胡须，脸上泛红的皮肤一看就已经饱经风霜。有那么一会儿，梅林觉得他好像在镜子里看到了老年版本的自己。

"来自联盟的问候，"梅林说，"我就是救了你一命的人。"

"壁虎，"红脸男人说，把木箱塞进梅林的怀里，"孤独壁虎！"

现在梅林有机会仔细检查一下，发现盒子已经损坏了：盒子的侧面凹了进去，盖子也被撕开了。里面是一堆稻草衬垫和许多破碎的玻璃小瓶，飞行员拿起一个破碎的小瓶，举到梅林面前，蜂蜜色的液体顺着他的手指流下来。

"这是什么？"梅林问。

红脸飞行员让梅林拿着盒子和花，愤怒地指着飞机残骸，特别是梅林误以为是燃料箱的圆柱形附件。他现在明白了，圆筒里存放了几十个这样的木箱，其中大部分肯定是在梅林用"暴君"轻推飞机时弄碎的。

"我做错什么了吗？"梅林问。

刹那间，那个人的愤怒变成了绝望。他哭了，眼泪弄花了脸颊上的煤烟。"有形，"他说，语气没那么强烈了，"所有有形的墨水池，壁虎。"

梅林把手伸进盒子，取出了一个为数不多的完好的小瓶。他把这脆弱的小东西捧在眼前，问："药？"

"胸牌。"那人说着，从梅林手里夺过盒子。

"让我看看你们用这个做什么。"梅林说。他做了一个喝下小瓶里液体的动作，那个人摇了摇头，眯起四周布满皱纹的冰蓝色双眸看着他，好像认为梅林不是犯蠢就是在开玩笑。梅林卷起袖子，示意给自己打针。飞行员试探地点点头。

"胸牌，"他又说了一遍，"技工胸牌。"

"你们遭到了药物危机？你们刚才就是在做这个吗，去运药？"

"有形。"那人重复道。

"你得跟我来，"梅林说，"不管是什么东西，我们都可以在"暴君号"上进行合成。"他举起那个完好无损的小瓶，然后把食指放在旁边，接着他指了指自己停泊状态的飞船，把手掌摊开，希望飞行员能明白，他可以让药物倍增。"一个样本，"他说，"这就是我们需要的全部。"

突然出现了一阵骚动。梅林一回头，正好看到一个女孩跑过停机坪，朝他们俩跑来。按联盟的标准来看，她可能只有六七岁。她穿着和其他人一样的大衣，只不过是儿童版的，身上还有带扣的黑色靴子和手套，没有帽子、护目镜或呼吸面罩。她接近时，飞行员喊道："明拉。"这是一个简单的字眼，既有警告意味，又流露出某种更亲密的含义：这个年纪较大的男人可能是她的父亲或祖父。"明拉橡树三叶草。"那人接着说，语气坚定，但并非毫无善意。他听起来很高兴见到她，但她偏偏在这个时候跑出来，他就不那么高兴了。

"粗锌马尔科哈。"女孩说，并搂住飞行员的腰，她只能够到这里。"粗锌马尔科哈，于辛马尔科哈。"

红脸的男人跪了下来——他的眼睛还是湿漉漉的，用一根戴着手套的手指拨弄着女孩一绺不听话的黑发。她有一张像猴子一样的小脸，显得淘气又聪明。

"明拉，"他温柔地说，"明拉，明拉，明拉。"然后是一个明显的反问句："胃石牛，菲利波，明拉？"

"戈尔斯粗锌。"她有点懊悔地说。然后，也许是第一次，她注意到了梅林。她有些焦虑，表情又惊讶又怀疑，仿佛他是刚刚闯入她的世界的一个谜。

"你不会叫明拉吧？"梅林问。

"明拉。"她小声说。

"我是梅林。很高兴见到你,明拉。"他心一动,在任何成年人阻止他之前,他递给女孩一支蓝色风信子,就是"暴君"仿照生物图书馆里古老的分子模版刚刚为他纺成的。"给你的,"他说,"漂亮的花送给漂亮的小女孩。"

"牛喷瑞,明拉。"红脸男子指着停机坪边上的一座建筑说。一个士兵走过去,向女孩伸出一只手,准备护送她进去。她把花递还给梅林。

"不,"他说,"你留着吧,明拉。这是给你的。"

为了好好保护小花,她打开外套领子,把花塞了进去,只露出头来。鲜艳的蓝色似乎已经映在了她的脸上。

"梅——林?"年长的男人问。

"是的。"

那男人用拳头敲了敲自己的胸膛。"马尔科哈。"然后他指着梅林还拿着的小瓶,"龟板。"他又说了一遍。然后他朝着"暴君"点头,又是一个问题:"可笑龟板?"

"是的,"梅林说,"我可以给你做更多药,叮笑龟板。"

那个红脸的男人打量了他好几分钟。梅林选择了什么也不说:如果飞行员到现在还没有理解这些信息,再劝说也无济于事。然后飞行员把手伸向他的腰带,解开手枪皮套的纽扣。他取下武器,让梅林有足够的时间用眼睛检查。夕阳照在一只涂了油的黑木桶上,镶着鲸须之类的东西做的白色装饰物。

马尔科哈说:"梅林可笑龟板。"然后他挥舞着枪以示强调:"轻使徒。"

"轻使徒,"他们走上登机坡道时,梅林重复了一遍,"没有花招。"

"暴君"在破解当地语言方面取得进展之前,梅林已经设法与马尔科哈达成了一项协议。这种药原来非常简单,很容易合成。根据飞船的说法,这是一种窄谱 β 内酰胺抗生素:是当地人可能用来治疗革兰氏阳性细菌感染的药——比如细菌性脑膜炎,如果他们没有更好的选择。

"暴君"可以生产数百升这样的抗生素,或者几百升更有效的药物。但是梅林不觉得该在比赛一开始就打出他最有价值的牌,相反,他选择向马尔科哈提供的药物、剂量和数量都与飞机损坏时所携带的大致相同,装在外观相似的玻璃小瓶中。他把前两批货作为礼物送给马尔科哈,以补偿他在试图拯救马尔科哈时造成的伤害,并让马尔科哈以为"暴君"只能做出这么多、这么强的药。直到第三天,交付第三批货物时,他才提到修理飞船需要的材料。

　　当然，他什么也没说，或者至少没有说当地人能听懂的话，但是有足够的例子说明梅林需要的材料——主要是金属和有机化合物，以及可以用来补充"暴君"氢聚变容器的水，梅林仅仅通过指指点点和表演哑剧的方式就能取得相当大的进展。他一直不停地讲话，甚至讲主语，并尽他所能鼓励当地人用自己的语言回应，这得益于梅林随身携带的微型监视设备，即使是在军事基地，"暴君"也在观察每一次交谈。在这个过程中，飞船不断地测试和驳回语言模型，利用人类语法的一般原则，也利用联盟记录的古代语言简明数据库，其中许多是主语的前身。莱瑟斯可能已经被孤立了数万年，但是比这更古老的语言也可以被野蛮的计算破解，梅林相信"暴君"最终会成功的，只要给它足够的材料。

　　目前还不清楚当地人是把他当作囚犯还是尊贵的客人。他没有试图离开，在收集小瓶抗生素时，他们也没有阻止他回到飞船上。也许他们已经猜到，他的技术如此高超，试图阻止他是徒劳的。或者也许他们已经猜到——也就是事实，在完成修理、注满燃料之前，"暴君"将无处可去。不管怎么说，他们似乎对他的到来并不感到敬畏，更多是好奇，他们清楚地知道他能为他们做什么。

　　梅林喜欢马尔科哈，尽管他对这个人几乎一无所知。很明显，他在这个特殊的组织中是一位资历颇高的人物，无论是在军事上还是在政治上。但他也是一个勇敢的人，在战争时期，他勇于执行危险的任务，在空中运送药品。他的女儿也很爱他，这是很重要的。梅林现在知道了马尔科哈就是她的"粗锌"或父亲，尽管他看起来老得足够当她祖父。

　　在最开始的几天，梅林学会的所有东西几乎都是来自明拉，而不是成年人。大人们似乎至少愿意尝试回答他的问题，如果他们能理解他的意思的话，但他们在黑板上的解释通常让梅林毫无头绪。他们可以给他看地图，看印刷出来的历史和技术论文，但一个都不能揭开这个世界上的谜团。对"暴君"来说，破解文本比破解口语需要更长的时间。

　　不过，明拉有图画书。马尔科哈的女儿显然很喜欢梅林，尽管他们没有任何共同之处。梅林每次见到她都会送她一朵新花，是"暴君"按照生物图书馆里的异族物种新纺成的。梅林决定，即使她想要更多相同的花，他也不会送两次来自同一世界的花。他还特别注意，就算她不了解，也要讲讲花朵故乡的故事。对她来说，听节奏似乎就足够了，即使故事是用一种外星语言讲述的。

　　明拉的世界没有多少色彩，所以梅林的礼物一定对她有强烈的吸引力。他们被允许每天在基地内的一间颜色单调的房间里见几分钟。总有一个成年人在附近站岗，但无论如何梅林和女孩都可以自由互动。明拉会给梅林展示她画的画，或者是几篇小作文，都是她辛辛苦苦手写下来的，接近"暴君"所称的"莱瑟斯 A"。梅林会仔细看明拉的作品，如果好看就不吝赞美。

　　他想知道他们为什么允许两人见面，明拉显然是个聪明的姑娘（从她早熟的说话方式就能看出，尽管绘画和作品没那么天才）。也许人们觉得，与这个从太空来的人见面可以作为教育的重要组成部分，毕竟以后也很少有这种机会，也许是她缠着父亲让自己多找梅林玩。梅林能理解，作为一个孩子，她也总会对成年人形成无害的依恋，对象通常是带着礼物来的成年人，而且还对她展示的东西感兴趣。

　　还有其他理由吗？大人们会不会认为小孩子是最好的沟通渠道，而明拉现在是他们的使者呢？或者他们是想利用明拉，形成一种情感勒索，以便在梅林决定离开时对他施加微妙的影响？

　　他不知道。他可以肯定的是，明拉的书带来的问题和答案一样多，只要翻一翻，就足以让他的心灵打开一扇窗户，回到曾以为已被遗忘的童年时代。这些书和梅林记忆中在永恒黄昏宫殿里的书惊人地相似，他和兄弟曾经争抢不休。它们的装订方式很像，文字中穿插着细长笔触的水墨画插图，结尾处光滑的纸页上聚集着绚丽的水彩。梅林喜欢把书举起来对着敞开的窗户，光线照进来，插图页就像彩色玻璃一样闪闪发光。在他和明拉一样大的时候，父亲在丰沛星给他展示过这些。她的快乐和他自己的完全一样，跨越了两人童年之间远得不可思议的时间、距离和环境的鸿沟。

　　与此同时，他也很在意书上的内容。许多故事都讲述了小女孩们与会飞的动物和其他神奇生物之间的奇幻冒险，另一些则有教育文本那种富有价值、一本正经的样子。通过研究这些书，梅林开始掌握一些莱瑟斯的历史，至少是被编纂成了儿童版本的历史。

　　莱瑟斯上的人知道他们来自星空。在两本书中，甚至有一艘巨大的球形宇宙飞船在环球轨道上飞行的画作。这些绘画在每一个重要细节上都有差异，但梅林确信自己看到的是同一个模糊历史事件的写照，就像他年轻时看的书中用各种形式展示人类如何移居到丰沛星一样。然而，书里没有提及路网，也没有任何与联盟或剥皮族有关的内容。至于当地人关于空中陆地起源的理论，梅林只找到了一条线索。在一系列令人恐惧的图片中，夜空被熔岩状的裂缝撕裂，直到大片天空脱离了原来的位置，露出了远处更黑暗、更幽深的苍穹。其中一些碎片坠入大海，激起可怕的巨浪，席卷了所有沿海社区，而另一些碎片则毫无支撑地飘浮在空中，离地面有数千米远。如果大人们还记得是外星人的武器摧毁了他们伪装的天空（部署武器的外星人仍在宇宙），那么明拉的书中也没有任何令人不愉快的真相。天空的毁灭被简单地表现为一场自然灾难，像洪水或火山爆发一样，足够让人敬畏，足够让人着迷，但又不会带来噩梦。

肯定也很震撼。"暴君"自己的分析已经证实，空中的陆地块可以像拼图一样拼在一起。拼图上会有一些缺口，但只要把大块的陆地从海里搬出来，然后把它们放到合适的位置，大部分缺口都可以补上。空中有人居住的陆地块都是按照它们在原来天空中的位置倒转过来的，肯定是在爆炸后翻转了。"暴君"无法解释这是如何发生的，但很清楚的一点是，除非碎片倒转，否则维持生命的物质会溢出边缘，再次像雨一样落在地面上。据推测，当那些没有支撑的大块陆地（这肯定是没有重力抵消器的部分，或者抵消器已经损坏到无法支撑自己）砸下来的时候，这些维持生命的必要材料被抛到了空中。

至于人们最初是如何来到天上的，或者目前的政治局势是如何形成的，明拉给的资料都语焉不详，令人沮丧。有一些图片上显然画着有历史意义的战争，用动物和火药进行战斗。书中有宫廷活动的插图：王子和国王，舞会和赛艇，暗杀和决斗。还有一些图画显示，投机商乘着风筝和气球升空去调查飞天陆地块，后来还有一些显然是政府赞助的侦察远征，他们使用巨大的小型飞艇组成的船队，看上去很脆弱。但至于究竟为什么天上的人会和地上的人打仗，梅林不知道，也不感兴趣。重要的是——事实上是唯一的一件事——明拉的族人有办法帮助他。没有他们，他也能搞定，但他们提供了他需要的东西，事情变得容易很多。忍受了这么久的孤独之后，又能见到其他人类的面孔真是太好了。

明拉的一本书引起了他特别的兴趣，它展示了假天空陨落之后的一片天空。星图上画了星座，在连接星星的示意线外勾勒出图样。神话或英雄人物都和丰沛星的古老星座不一样，但同样的原型仍然存在。对梅林来说，看到类似的想象力在发挥作用让他感到非常欣慰。自从这些人类与更广泛的银河文明接触以来，可能已经过了数万年，他们可能经历过颠覆世界的灾难，对自己的起源只有一个模糊的概念。但他们还是人，而他就在他们中间。为了拯救联盟而寻找丢失武器的漫长旅途中，梅林有几次开始怀疑还有没有值得拯救的人类。但是，当他把另一朵花——某个早已死去的世界的遗产——送给明拉时，她脸上的表情完全消除了这种疑虑。只要宇宙中还有孩子，只要孩子们还能被花朵这样简单而美妙的东西迷住，他就有理由继续寻找，继续相信。

那枚盘绕起来的黑色小东西看上去像一只变成红玛瑙的小鹦鹉螺。梅林把他的头发往后撩，让马尔科哈看到他已经戴上了同样的装备，示意马尔科哈把翻译器插入自己的耳朵里。

"很好，"梅林说，看到他已经把装置推到了合适的位置，"你现在能听懂我讲话了吗？"

马尔科哈回答得很快，但过了一会儿梅林才听到被翻译成主语的回答，以一种平淡的机器声音呈现出来："是的，我能听懂了。这怎么可能？"

梅林向他周围做了个手势。他们两人单独在"暴君号"里，马尔科哈准备带着另一批抗生素离开。"这艘飞船一直在倾听我和你的每一次对谈。"梅林说，"它已经获取了足够的语料，可以开始拼凑一套翻译体系了。目前还很初级，还有很多空白需要填补，但随着时间的推移，我们说得越多，它就会翻译得越好。"

马尔科哈认真地听耳机里翻译过来的梅林的回答，梅林只能猜测翻译器传达了多少他的本意。

"你的飞船很聪明，"马尔科哈说，"我们谈了很多，我们可以理解彼此。"

"希望如此。"

马尔科哈指着他的人送来的最新一批物资，整齐地堆放在登机坡道上面。这些材料生产起来并不复杂，但它们都可以被加工成"暴君"用来自我修复的复杂部件。

"金属能让飞船变好？"

"是的，"梅林说，"金属能让飞船变好。"

"飞船好了，飞船就能飞起来？你就会离开？"

"就是这个意思。"

马尔科哈看起来很伤心："你要去哪儿？"

"回太空。我已经离开族人了，但在回去之前，我需要找到一样东西。"

"明拉会不高兴的。"

"我也是，我喜欢明拉，她是个聪明的小姑娘。"

"是的，明拉很聪明，我为我的女儿感到骄傲。"

"她值得你这样骄傲。"梅林说，希望对方能感受到他的真诚，"不过，我必须继续我的任务。飞船告诉我，两三天内就可以起飞了。在这儿只是打了补丁，但足够我们飞到最近的母基地。还有件事我们得先谈谈。"梅林从架子上拿给马尔科哈一个托盘，上面放着十二份一模一样的翻译装置。

"你会和我们更多的人谈话？"

"我刚听到一些坏消息，马尔科哈，与你和你的人民有关。在我走之前，我想尽我所能来帮忙。把这些翻译器交给你们最优秀的族人——库卡尔，杰卡纳，还有其他人。不管跟谁说话，让他们一直戴着，三天后我想和你们会面。"

马尔科哈用怀疑的目光打量着这盘翻译器，仿佛这些排列整齐的小装置是一种特殊的异域佳肴。

"坏消息是什么，梅林？"

"过三天再讲也没多大区别。我们最好等到翻译更准确时再说，那样就不会有任何误解了。"

"我们是朋友，"马尔科哈说，他身体前倾，"你现在就可以告诉我。"

"恐怕这没有多大意义。"

马尔科哈恳求地看着他："拜托了。"

"天上会有东西出来，"梅林说，"就像一柄巨剑，它会把你们的恒星切成两半。"

马尔科哈皱起了眉头，似乎不认为自己有可能正确理解这些话。

"卡利碧欧？"

梅林严肃地点了点头："卡利碧欧会死。到那时，莱瑟斯上的每一个人都会死。"

梅林走进玻璃隔断的房间时，他们都在那里。马尔科哈，垂勒，库卡尔，杰卡纳，斯波亚，尼塔瓦，还有大约六七个梅林以前从未见过的高级军官。一位行政助理正在把笔记输入腿上一个咔嗒作响的机电转录设备，用惊人的速度敲击着坚硬的金属输入板。茶水在桌子中央一个胖胖的雕花壶里冒着泡，勤务兵已经把茶水倒进了每个大人物面前的瓷杯里，包括梅林。透过隔墙，在相邻战术室对面的墙上，梅林看到另一个勤务兵正在莱瑟斯的等面积投影图上调整飞天岛的位置。每过一会儿，整个大楼就会因为一架飞机或飞船降落带来的嗡嗡声而嘎嘎作响。

马尔科哈咳嗽一声，引起了大家的注意。"梅林有消息要告诉我们，"他说，他被翻译出来的声音比三天前更有感情了，"这不仅与天陆联盟有关，更与莱瑟斯上的每一个人息息相关。这包括结盟国、中立国，甚至是我们在阴影地带的敌对联盟。"他朝梅林的方向示意，请他站起来。

梅林举起了一本明拉的图画书，打开莱瑟斯上空群星的那一页。"我必须告诉你们的是与这些星图有关的事情，"他说，"你们可以看到天空中的英雄、动物和怪物，由最明亮的星星之间的连线勾勒出来的。"

一个新的声音在他耳边嗡嗡作响，他认出发言的人名叫斯波亚，是一位政治地位很高的女性。"这些东西毫无意义，"她耐心地说，"它们只是正巧连起了在一个平面上的星星。古人在天上看到了妖魔鬼怪，现代科学告诉我们，星星是非常遥远的。在天空中看起来很近的两颗星星，例如普林尼亚龙的两只眼睛，可能相距甚远。"

"这些连线比你想象的要重要得多。"梅林说，"你们已经记了数万年的星图，却忘了这些连线真正的含义，它们是星星之间的通道。"

"虚空中没有通道，"斯波亚反驳道，"这种虚空就是真空，就像你从玻璃瓶里吸气会让鸟类窒息一样。"

"你可能认为这很荒谬，"梅林说，"我所能告诉你的是，真空并不像你所理解的那样。它有结构、弹力和能源。如果足够努力，你可以剪开一部分，这就是筑路者所做的。它们在星星之间制造出巨大的走廊——真空涌动的河流。它们从一个恒星延伸到另一个恒星，将整个银河联系在一起，我们称之为路网。"

"你就是这样来的吗？"马尔科哈问。

"没有它，我的小飞船不可能穿越星际空间。但当我接近你们的星球时——因为有一条路网正好穿过这个星系，我的飞船遇到了问题。这就是为什么'暴君'受伤了，为什么我不得不在这里降落，寻求你们的帮助。"

"那么本质上是什么问题呢？"老人逼问道。

"根据我到这里后整理的观察结果，我的飞船在三天前才搞清楚。看来，路网的一部分已经变得松散，不受束缚。水流中有一个扭结开始偏离轨道，未受束缚的部分在卡利碧欧引力场的牵引下飘向你们的恒星。"

"你能肯定吗？"斯波亚问。

"我已经让我的飞船检查了一遍又一遍数据，绝对肯定。再过七十年，路网就会直接穿过卡利碧欧，就像电线穿过奶酪球一样。"

马尔科哈凝视着梅林的眼睛："那会发生什么？"

"一开始不会发生什么，因为路网还在穿过色球层，但当它到达核燃烧的核心时……我想说一切都完了。"

"我们能修补吗？能让路网恢复正常吗？"

"连我的族人都无能为力。我们面对的东西远远超越了莱瑟斯上的任何东西，就像'暴君'超越了你们的螺旋桨飞机一样。"

马尔科哈看上去很受挫："那我们还能做什么呢？"

"你们可以拟订计划离开莱瑟斯。你们一直都知道太空旅行是可能的：它存在于你们的历史中，存在于你们给孩子的书里。如果你们有任何疑问，我的到来也已经证明了它是真的。现在你们必须为了自己实现它。"

"在七十年内？"马尔科哈问。

"我知道这听起来不可能，但是你们可以做到。你们已经有了飞行器，你所需要做的就是在这个成就的基础上继续努力。努力，努力……直到你们有了办法。"

"你说得很简单。"

"不会很简单的，这将是你们做过的最困难的事情，但我相信只要大家齐心协力，你们就一定能做到。"梅林严肃地看着他的听众们，"这意味着天空地和阴影地之间不能再有战争了，你们没时间打仗了。从现在起，你们星球上的所有工业和科学力量都必须朝着一个目标前进。"

"你会帮我们吗，梅林？"马尔科哈问，"会吗？"

梅林的喉咙变得很干："我很想帮忙，但我必须马上离开，离这里二十光年的地方有一个联盟已知的富饶星系，我们族人的大型飞船——燕子船——有时会停在那个星系补充物资并进行修复。燕子船不能使用路网，但它们非常大，只要我能把一艘燕子船带到这里来，它就能载走五万难民，如果人们准备好了吃点苦，这个数字就会翻倍。"

"还是没有多少人。"斯波亚说。

"所以你们需要开始考虑在未来三代减少人口。不可能拯救所有的人，但如果你们至少能确保幸存者都是处于繁殖年龄的成年人……"梅林说到这里，意识到那些人正惊恐地盯着他的脸。

"看，"他说着，从夹克里抽出一沓纸，摊在桌子上，"我让飞船准备了这些文件，这个涉及广谱抗生素药物的生产；这是一种新型飞行器引擎的结构，它能让你超越音速，飞到比现在更高的高度；这是冶金和高精度加工技术；这是一个两级液体燃料火箭计划，你们需要从现在开始学习火箭技术，因为这是唯一能把你们送入太空的东西。"他指向最后一张纸，接着说："这份文件揭示了物质的本质，能量和质量被这个简单的公式联系起来。光速是一个绝对常数，与观察者的运动无关。这张图显示了氢光谱中射线的存在，以及一个数学公式，可以预测这些线的间距。这一切……这些东西应该会帮助你们取得一些进步。"

"你能给我们的就这些了吗？"斯波亚怀疑地问，"几页模糊的草稿和神秘的公式？"

"大多数文明到灭绝的时刻都没参悟到这些，我建议你们马上开始考虑。"

"我会把这个交给沙玛。"库卡尔说，他拿起一张喷气发动机的图纸，准备把它塞进自己的箱子里。

"先把这里的所有东西都复制并存档再说。"马尔科哈坚定地说，"我们必须尽力确保这些秘密不会落入阴影大陆之手。"然后他把注意力转回梅林身上："显然，你对这件事已经考虑过了。"

"一点点。"

"这是你第一次不得不面对像我们这样的世界吗？一个马上就要死去的世界。"

"我对这种事有过一些经验。曾经有一个世界——"

"那个地方后来怎么样了？"梅林还没说完，马尔科哈就问道。

"它死了。"

"有多少人得救？"

梅林一时无法回答，这些话似乎堵在他喉咙的后面，硬如卵石。"只有两个幸存者，"他平静地说，"一对兄弟。"

走向"暴君"的路是他所走过的最长的路。自从决定离开，他就在心里反复演练这个场景，一遍又一遍地重复。在他的想象中，人们总是会欢呼。他们会被这个消息吓到，但并没有被打倒，梅林举起拳头向人们致意，表示鼓励。他没有预见到听众的冷淡沉默，当他离开低矮的建筑时他们品头论足的表情，他们无言的轻蔑像宣言一样在空中弥漫。

只有马尔科哈一路跟着他到"暴君"的登机坡道。尽管平静无风，夜晚也并不是特别冷，老兵还是把他的大衣紧紧地披在胸前。

"对不起，"梅林说，他一只脚踩在坡道上，"我希望我能留下来。"

"在我看来，你就像两个男人。"马尔科哈低声说，"其中一个比他自己想象中还要勇敢，另一个还在学着鼓起勇气。"

"我不是在逃跑。"

"但你在逃避什么东西。"

"我现在得走了。如果路网坏得更厉害，我甚至可能无法到达下一个星系。"

"那么你就得做你认为正确的事。我一定代你向明拉问好，她会非常想念你的。"马尔科哈停顿了一下，把手伸进上衣口袋，"我差点忘了给你这个，如果我忘了，她会很生气的。"

马尔科哈给了梅林一小块石头。那是一块硬币形状的银片，一定是从一块更大的石头上切下来的。石片镶上了有色金属，可以戴在脖子或手腕上。梅林饶有兴趣地检查了这块石头，但实际上它似乎没有什么特别之处，在旅行中，他有一千次把更漂亮的纪念品捡起来扔掉的经历。它被染成红色，突出了表面的细颗粒：一系列平行线像一本书的页面，但行间距有大有小，这不像梅林看过的任何一本书。

"告诉她我很感激。"他说。

"当初是我把这石头给了我女儿，她觉得它很漂亮。"

"你是怎么得到它的？"

"我还以为你急着要走呢。"

梅林抓住了石头："你是对的，我应该上路了。"

"这石头是我的一个囚犯给我的，他叫道易彻。他是他们最伟大的思想家之一，和我一样是科学家和军人。我远远地佩服他的才华，也希望他佩服我的才华。有一天，我们的特工抓住了他，把他带到天空之地。我没有参与绑架他的计划，但我很高兴我们终于可以平等地见面了。我相信，作为一个有理智的人，他会听我的话，接受叛逃到飞天陆地的这个明智的做法。"

"他听了吗？"

"一点也没有。他和我一样，信仰无比坚定，我们从未成为朋友。"

"那这石头是怎么来的呢？"

"道易彻死前找到了一种折磨我的方法。他把石头给了我，告诉我说他从中学到一件非常重要的事情，能改变我们世界的事情，具有宇宙级别的意义。他说这话的时候，眼睛望着天空，几乎在笑，但他不肯透露那个秘密是什么。"

梅林再次掂了掂石头："我觉得他是在逗你，马尔科哈。"

"这是我最终得出的结论。有一天，明拉喜欢上了这块石头——道易彻死后很久，我还把它放在我的桌子上，我就把石头给了她。"

"现在它是我的了。"

"你对她很重要，梅林。她想给你一些东西作为鲜花的回报。有一天你可能会忘记我们这些人，但请永远不要忘记我的女儿。"

"我不会的。"

"我很幸运，"马尔科哈说，语气缓和了一些，好像他已经结束了对梅林的评判，"在你的路网劈开我们的恒星之前，我早就死了，但明拉这代人就没有这样的奢侈了。他们知道自己的世界就要终结了，末日一年比一年近。他们的一生都会被这种阴影笼罩，他们永远不会品尝真正的幸福，我不羡慕他们生命中的任何一刻。"

就在这时，梅林心里的某种东西垮了，他改变了主意。他肯定在好几个小时内都在默默改变想法，但自己并没有完全意识到，还没来得及掂量自己的话，他就发现自己已经对马尔科哈开口了："我要留下来。"

眼前的男人也许担心这是翻译器带来的误会，眯起了眼睛："梅林？"

"我说我要留下来，我改变主意了。也许这就是我一直认为自己必须要做的，也许一切都是因为你刚才说的关于明拉的事，但我哪儿也不去了。"

"我刚才说的，"马尔科哈说，"你心中的两个人，一个比另一个勇敢……我现在知道我在跟哪一个说话了。"

"我不觉得勇敢，我感到害怕。"

"那么我就知道这是真的了。谢谢你，梅林。谢谢你没有离开我们。"

"还有个问题，"梅林说，"如果我要帮你什么忙，我必须把整件事搞清楚。"

进入冰霜守望设备前，马尔科哈是最后一个见到他的人。"二十年。"梅林说着，指的是那些设置，已经用莱瑟斯的时间单位重新校准过了。"在这段时间里，你不必担心我。'暴君'会满足我的一切需要。如果有什么问题，飞船会叫醒我，或者派出代理人寻求帮助。"

"你以前从来没有提过代理人这回事。"马尔科哈回答。

"是小型机械木偶。他们的智力非常低，所以没法在任何需要创造力的事情上帮助你，不过你不必被他们吓到。"

"二十年后，我们需要叫醒你吗？"

"不，飞船会处理好的。到时候，飞船会允许你进来。我一开始可能有点头晕，但我相信你会体谅我的。"

"二十年后我可能就不在人世了，"马尔科哈严肃地说，"我现在六十岁了。"

"我相信你还活着。"

"如果我们遇到问题、危机——"

"听我说，"梅林突然强调地说，"你必须了解一件非常重要的事情。我不是神，我的身体和你们的别无二致，我们的寿命长短也差不多。我们在联盟是这么做的：让我们的行为——而不是血肉——获得永生。冰霜守望设备可以让我比正常人多活几十年，但不能让我永生。如果你总是叫醒我，我就活不长了，不能在你们遇到真正的困难时帮你们了。如果发生危机，你可以敲三下船。但我劝你不要这么做，除非情况真的很糟糕。"

"我会需要你的忠告。"马尔科哈说。

"苦干吧。要比你想象中更加努力，眨眼之间七十年就过去了。"

"我知道时间吞噬岁月的速度有多快，梅林。"

"我想一觉醒来就看到火箭和喷气式飞机。如果没能达到这一点，我就会很失望。"

"我们会尽力不让你失望。睡个好觉吧，梅林。不管发生什么，我们都会照顾好你和你的飞船。"

梅林向马尔科哈告别。飞船被密封起来的时候，他躺进了冰霜守望设备里，命令"暴君"让他沉睡。

他没有做梦。

梅林恢复知觉时，眼前迎接他的全是陌生人。如果不是制服上仍印有可辨认出的天陆人的新月形标志，他很容易会认为自己是被部队从地面绑架来的。他的客人们挤在他敞开的设备周围，面孔很难辨认，他的眼睛因突然射入的光线而泪流不止。

"你能听懂我的话吗，梅林？"一个女人用坚定而清晰的声音问。

"是的，"他过了一会儿才说，嘴巴似乎冻住了，"我能听懂，我睡了多久——"

"按你要求的，二十年。我们没有理由叫醒你。"

他努力把自己从设备里推起，肌肉在他的大脑里尖叫，他的视力逐渐变好。那女人冷淡地端详着他，她对着身后的一个人打了个响指，然后递给梅林一条毯子。"裹好。"她说。

毯子被加热过了。他感激地裹在身上，感到一些热量渗入了他的老骨头里。"这次很久，"他说，舌头慢吞吞地蠕动，弄得他口齿不清，"我们通常不会在冰霜守望设备里睡这么久。"

"但是你还活着，而且活得很好。"

"看来是这样。"

"我们在院子里准备了一个接待区。有吃的喝的，还有医疗队等着看你。你能走路吗？"

"我可以试一试。"

梅林试了一下，还没走到门口，两腿就软了下来。它们迟早会恢复力量，但现在他需要帮助。他们一定预见到了他的难处，因为一把轮椅正等在"暴君"的登机坡道底部，一名勤务兵在旁边推着。

"在你问之前，"那个女人说，"马尔科哈已经去世了，我很遗憾要告诉你这些。"

梅林觉得那位老人是他在莱瑟斯唯一的成年朋友，并一直指望自己从冰霜守望状态里苏醒时能在这里见到他。"他什么时候死的？"

"十四年前。"

"以力量和智慧的名义啊。对你们来说，这一定像古老的历史。"

"并非对每个人来说都是如此，"那个女人坚定地说，"我是明拉，梅林。最后一次见面也许是十四年以前的事了，但是每一天我都会想起父亲，希望他还和我们在一起。"

被推过停机坪时，梅林抬头看着那个女人的脸，把她和记忆中二十年前认识的那个小女孩做了比较，他立刻看出了两人的相似之处，知道她说的是实话。在那一刻，他第一次发自内心地感到了时间的流逝。

"你无法想象这让我感觉有多奇怪，明拉。你还记得我吗？"

"我记得一个曾经在房间里和我说话的人，那是很久以前的事了。"

"对我来说不是，你还记得那块石头吗？"

她看着他，露出疑惑的神情："石头？"

"你让你父亲在我要离开莱瑟斯时送给我的。"

"哦，那东西，"明拉说，"是的，我现在想起来了，那是道易彻的。"

"它很漂亮。如果你愿意，你可以把它拿回去。"

"梅林，留着它吧。现在它对我来说已经没有任何意义了，就像它对我父亲来说没有任何意义一样，我很不好意思把它当礼物给你。"

"马尔科哈的事我很遗憾。"

"他死得很英勇，梅林。在非常恶劣的天气他又一次为我们执行危险的飞行任务。这次轮到我们向盟国运送药品了，我们现在正在为天陆联盟的所有陆地块制造抗生素，感谢你给我们的药方。我父亲负责运送最后一批货物中的一部分。他抵达了另一块大陆，但他的飞机在回程中失踪了。"

"他是个好人。我认识他的时间不长，但我想已经足以说明问题了。"

"他经常提到你，梅林。我想他希望你能多教他一些东西。"

"我做了我能做的。太多的知识会让你们迷失方向，不知道从哪里开始，或者如何把这些碎片拼凑起来。"

"也许你应该更信任我们。"

"你说你们没有理由叫醒我，是不是意味着你们取得了进步？"

"自己看吧。"

他听从了明拉的指示。仍然可以辨认出"暴君"周围的区域是旧的军事基地，留着不少过去的建筑，但也经过了扩大和改造。大多数飞行器的对接塔都没了，大多数飞行器本身也没了。一队队的新飞机占据了曾经有塔楼和飞艇的地方，比梅林以前见过的任何东西都要更大、更重。后掠机翼的几何形状，前缘的角度，尾翼潇洒的曲线，都与"暴君"进入大气层模式下的外形很像。显然，当地人比他想象中更善于观察。梅林知道他不应该感到惊讶，毕竟，他给了他们喷气涡轮机的蓝图。但看到他的计划被如此具体地实现，如此接近他的想象，还是有些震惊。

"燃料一直是个问题。"明拉说，"我们在高度上有优势，但除此之外就没什么了。我们依靠分散在地面上的盟友，还有远征阴影大陆的燃料库。"她指着其中一艘剩下的飞艇："我们的货运飞船可以将燃料运回天陆。"

"你们还在打仗吗？"梅林问，尽管她的陈述已经证明了这一点。

"我父亲死后不久就停火了，但没持续多久。"

"如果你们共同努力，本可以取得更多的成就。"梅林说，"七十年——也许是五十年——以后，你们将面临所有人的末日，你向哪面旗帜敬礼其实都没有什么区别。"

"谢谢你的教育。如果这对你来说如此重要，为什么不飞下去和他们谈谈呢？"

"我是探险家，不是外交官。"

"你可以随时试着当一下。"

梅林叹了口气："我确实试过一次。在我离开联盟后不久……有一个叫伊克斯特斯的世界，和莱瑟斯差不多大。我想伊克斯特斯上可能有些东西和我的探险有关。我判断错了，但这足以成为我降落到地面与当地人交谈的理由。"

"他们在打仗吗？"

"跟你们很像。两个强大的集团，用化学武器，在你来我往地战斗。我从一个半球飞到另一个半球，试图扮演和事佬的角色，按头让他们碰面，求他们明白事理。我把整个宇宙的视角展现在他们面前：外面有一个更宏大的世界，如果他们停止内讧，完全可以融入其中。不管愿意不愿意，当剥皮族来袭时，他们都必须融入其中，但是如果他们能做好准备——"

"这没奏效。"

"我把事情弄糟了二十倍。我介入的时候，他们正慢慢走向某种停火状态，我离开时，他们的矛盾更加激烈。我上了宝贵的一课，明拉。我的工作不是在行星上撒仙尘，让每个人从此过上幸福的生活。没人教过我怎么做。你们必须自己解决这些问题。"

她看上去只是有点失望："所以你不会再试了？"

"烧一次手指，你就不会再去触摸火焰了。"

"好吧，"明拉说，"在你把我们想得太坏之前，我得说是天陆在上次停火中主动采取了和平行动。"

"后来到底哪里出了问题？"

"阴影大陆入侵了我们一个盟军的地面领土。他们对开采一种特定的矿石感兴趣，据悉该地区的储量丰富。"

战争仍在继续的消息让他很沮丧，梅林强迫自己的注意力回到更严重的问题上，为那场大灾难做准备。"在飞行器方面你们做得很好。毫无疑问，你们会获得高空飞行的专业技能。你们已经能超音速了吗？"

"原型机已经可以了。我们将在两年内拥有一个可实战的超音速飞行中队，进度取决于燃料的供应。"

"火箭呢？"

"也是，我直接展示给你看吧。"

明拉让勤务兵把他推进基地里的一栋建筑中。透过沿着一面墙的长窗，他们可以俯瞰一个更大的空间。尽管内部被扩建并重新规划，梅林仍然认出了这是战术室。墙上旧的地图和笨重的推绕板已经被一个咔嗒作响的机电显示板所取代，工作人员戴着耳机，坐在巨大流线型机器后面的办公桌前，灰色的金属外壳上有一个个散热法兰盘。他们盯着闪烁的蓝色小屏幕，对着麦克风窃窃私语。

明拉从桌子上取下一组照片,递给梅林看。它们是空陆悬浮地块的黑白图像,是从越来越高的天空拍摄的,直到莱瑟斯地平线明显变得弯曲。

"我们的探空火箭已经接近大气层的边缘," 明拉说, "我们的三级装置现在有望将战术有效载荷运送到地面上任何没有障碍的地方。"

"什么才算是'战术有效载荷'?"梅林小心翼翼地问。

"学术问题,我只是在展示你不在时我们取得的进展。"

"我很满意。"

"是你鼓励我们做出的这些成就。"明拉责备地说,"如果我们同时将其用于军事用途,你也不能责怪我们。正如你所指出的那样,灾难仍然是五十年后的事。在这期间,我们还有自己的事情要处理。"

"我当时并不是要创造什么战争机器,"他说,"我只是给了你们进入太空所需的垫脚石。"

"嗯,你自己完全也可以判断出来,我们还有一段路要走呢。我们的智库表示我们将在十五年内——也许十年内——将一颗自然卫星送入轨道,肯定在你从下一轮睡眠中醒来之前。但这和把五万人从星系中移走不是一个概念,不管运走多少人都难。为此我们需要你更多的指导,梅林。"

"我给你们的那些东西似乎都运用得很好。"

明拉的语气在那之前一直很冷淡,现在明显软化了:"我们会给你吃的,然后医生会检查一下,哪怕是为了他们自己的研究。很高兴你回来了,梅林。我父亲要是能再见到你,一定会非常高兴的。"

"我真想再跟他谈谈。"

过了一会儿,明拉说:"重新回去睡觉之前,你会在我们这里待多久?"

"至少几个月,也许一年。我要确保你们走在正确的道路上,确保你们会自己继续进步,直到我再次醒来。"

"我们有很多事情需要讨论,我希望你有胃口消化大量问题。"

"我对早餐的胃口更大。"

明拉叫人把他推出房间,到了基地的另一个地方。在那里,天陆的医疗人员对他进行了检查,包括不停戳刺他的身体部位,还有低声咨询。他们对梅林感兴趣,不仅因为他是出生在另一个星球的人类,还因为他们希望从他的新陈代谢中了解到冰霜守望的一些秘密。他们终于结束后,梅林才开始洗澡、穿衣,最后吃饭。与他在"暴君"上吃的东西相比,天陆的食物无疑十分朴素,但在现在的情况下，他对什么都能狼吞虎咽。

那天他一点都不能休息。随后又进行了更多的医学检查，其中一些明显是在测试他的神经系统功能。他们往他的耳朵里灌冷水，用光照他的眼睛，用各种小锤子敲打他，梅林以斯多葛式的仁慈忍受了这一切。他们不会发现任何异常，因为不管是身体的那个主要部位，还是别的地方，他在生物学上都与检查他的人别无二致。但他认为在接下来的几个月里，这些测试将给医务人员带来很多可研究的东西。

随后，明拉和一屋子的天陆军官在等着他。他认出其中有两三个是他旧识的朋友的老年版本，头发花白，脸上有二十年战争带来的皱纹——垂勒、杰卡纳和斯波亚，垂勒现在少了一只眼睛——但大多数面孔对他来说都很陌生。梅林仔细地注意着新来的人，下次醒来要面对的就是这些人了。

"也许我们该开始谈正事了。"明拉用干脆而权威的口吻说。她无疑是房间里最年轻的人，但就算她的级别不比在场的每个人高，至少也得到了他们心照不宣的尊重。"梅林，欢迎回到天陆。你已经了解了一些在你缺席时发生的事情：我们取得的进展，持续的战况。现在我们必须谈谈未来。"

梅林同意地点头："我完全为了未来而来。"

"斯波亚？"明拉问，瞥了一眼年长的女人。

"即使把地面上的盟友考虑在内，天陆的工业产能也无法达到保卫我们星球文明的最高目标。"斯波亚回答，听起来就像是在读一份战略文件，尽管她的双眼直视梅林，"这是我们的军事责任，也是我们的道义责任——将整个莱瑟斯置于一个全球政府的权威领导之下。只有这样，我们才能拯救更多的灵魂。"

"我完全同意，"梅林说，"这就是我赞赏你们先前停火的原因，可惜没能长久。"

"停火协议一直都很脆弱。"杰卡纳说，"它竟然能持续这么长时间也奇怪，这就是为什么我们需要更持久的东西。"

梅林感到衣领下有一阵刺痛："我想你们已经有了想法。"

"对阴影大陆试行完全的军事和政治控制，"斯波亚回答，"他们永远不会和我们合作，除非他们变成我们。"

"你无法相信这听起来有多可怕。"

"这是唯一的办法。"明拉说，"我父亲的政权探索了所有可能的途径来寻求和平，希望能让我们两大阵营团结一致，但他失败了。"

"所以你想要逼他们屈服。"

"如果这是必要条件的话，"明拉说，"我们认为阴影政府很容易崩溃。只要有一个明确的证据表明我们有能力发动致命一击，然后谈判投降就行了。"

"那么这个明确的证据会是什么呢？"

"所以我们需要你的帮助，梅林。二十年前，你向我父亲透露了一些事实。"他还没来得及说话，明拉就拿出了梅林送给马尔科哈和他同事的一张纸，"都白纸黑字写在这儿了：质量和能量的等效性，光速的恒定，原子的内部结构，你说我们的恒星含有一个'核燃烧核心'。所有这些都是对我们的鞭策，我们最优秀的头脑已经为这些真理的含义奋斗了二十年。我们看到了原子的能量是如何把我们送上太空，飞出我们恒星的范围的。我们现在对这还意味着什么有了一些初步的了解。"

"告诉我吧。"梅林说，他的心里有一种不祥的感觉。

"如果质量可以转化为能量，那么这隐含的军事力量将无比惊人。我们相信，通过分裂原子，甚至强迫原子合并，我们可以制造出破坏力不可估量的武器。只要展示其中一个装置，就足以摧毁阴影大陆的政权。"

梅林慢慢地摇了摇头："你这是死路一条，不可能用原子能制造实用的武器，困难太多了。"

明拉全神贯注地打量着他，梅林觉得很不安。"我不相信你的话。"她说。

"信不信由你自己决定。"

"我们确信这些武器是可以造出来的，我们迟早会研究出来。"

梅林靠在椅背上，他知道现在虚张声势没有意义了。

"那么你们不需要我了。"

"但我们需要，迫切地需要。梅林，阴影大陆政府也有他们的能人。他们对我之前提到的那些矿石储备感兴趣……要么是情报泄露，要么是他们独立地得出了与我们相似的结论，他们正试图制造一种武器。"

"这你可不能肯定。"

"我们承受不起误判。我们可能拥有天空，但我们的处境取决于能否获得这些燃料储备。如果我们的一个盟友被原子武器瞄准……"明拉没有说完这句话，但她已经充分阐述了自己的观点。

"那就造你的炸弹吧。"梅林说。

　　"我们迟早需要它，这就是需要你的地方。"这时明拉又拿出一张纸，朝梅林的方向弹了一下。"我们有足够的矿石，"她说，"我们也有办法提纯，这是我们对设计的最佳猜测。"

　　梅林瞥了一眼插图，看到了一张由同心圆组成的复杂图表，就像一个精心设计的花园迷宫。上面标有机器印刷的莱瑟斯 B（用于技术交流的语言变体）的复杂注释。

　　"我不会帮你的。"

　　"那你还是现在就离开我们吧，"明拉说，"我们将在自己的时代建造我们的炸弹，用它来确保整个世界的和平，不用你的帮助。也许这一切来得及，我们就可以开始掉头发展撤离需要的工业技术。也许来不及，但未来是由我们承受，而不是你。"

　　"要明白一件事，"杰卡纳说，他脸上带着强硬的表情，"使用原子武器的那一天终将到来。我们会用自己的装备制造武器来对付下面的敌人。但等到我们有那种能力，他们很可能会有反击的手段，甚至可能率先袭击我们。这意味着将会有一系列的交火，意味着战况升级，而不是一个决定性的示威。现在给我们制造武器的手段，我们就会把平民伤亡降至最低。如果你不给，你的双手就会沾满百万人的鲜血。"

　　梅林几乎笑了："我的双手沾满鲜血，就因为我没有教你们如何自相残杀？"

　　"是你开始的，"明拉说，"你已经把原子的秘密告诉了我们。你以为我们是那么愚蠢，那么孩子气，自己不会根据事实推理吗？"

　　"也许我以为你们会有常识。我希望你们能研发原子火箭，而不是原子弹。"

　　"这是我们的世界，梅林，不是你的，我们只有一次机会来掌握它的命运。如果你想帮助我们，你就必须给我们打垮敌人的手段。"

　　"如果我给你们，数百万人会死去。"

　　"如果莱瑟斯不统一，十亿人将会灭亡。你必须这么做，梅林。要么你完完全全站在我们这一边，要么我们都会死。"

　　梅林闭上眼睛，希望能有片刻独处的时间，可以好好思考两条路的后果。在绝望中，他找到了一个可能的解决办法：他曾经拒绝过，但现在愿意实施。

　　"让我看看地面上你最希望铲除的军事目标。"他说，"我要用'暴君'的武器把他们干掉。"

　　"我们想要你直接提供军事援助，"明拉说，"不幸的是，这对我们没多少用。

我们的敌人已经知道了你的存在：这将是一个很难隐藏的秘密，特别是考虑到阴影大陆人的间谍网络。他们会被你的武器吓坏，这点我们毫不怀疑。但他们也知道，我们对你的控制很脆弱，你也可以轻易地拒绝攻击特定目标。因为这个原因，你不能形成一个非常有效的威慑。而如果他们知道我们控制了一种毁灭性的武器……"明拉看着其他天陆的人员，"毫无疑问，他们认为我们可能会做出难以预料的事情。"

"我真的开始怀疑自己当初是否该在地面上着陆。"

"你们会坐在一个非常相似的房间里，进行非常相似的谈话。"明拉说。

"你父亲会为你感到羞耻的。"

明拉的表情让梅林觉得他像是她在鞋底下的脏东西。明拉说："我父亲是出于好意，他竭尽全力为人民服务，但他知道自己将在世界末日之前死去。我就没有这种荣幸了。"

梅林在"暴君号"上，身边只有明拉。他准备再次进入冰霜守望状态。自从他苏醒以来，八个疯狂的月份已经过去了。梅林确信自己下次醒来前，现在的科研势头会持续下去。

"我们再次见面时，我会更老一些，"明拉说，"你几乎一天都没有变老，你对这一天的记忆就像昨天一样清晰。你已经习惯了这一点吗？"

这已经不是第一次了，梅林宽容地笑了："明拉，我出生在一个和莱瑟斯差不多的世界。我们没有大片的陆地飘浮在天空中——嗯，不像你在这里看到的那样，我们没有全球战争，但在很多方面我们都很相似。你在这里看到的一切——这艘飞船，冰霜守望设备，这些纪念品——对我来说曾经都是天书，不过我已经习惯了。如果你有同样的经历，你也会习惯的。"

"我不太确定。"

"我很确定。二十年前我遇到过一个非常聪明的女孩，相信我，在我的时代也遇到过一些聪明人。"梅林一下子振奋起来，想起了他要给明拉看的东西，"你让你父亲给我的那块石头……就是我刚出冬眠时我们谈论的那个。"

"那个道易彻说服我父亲，说具有宇宙级意义，实际上却毫无价值的东西？"

"它对你并非毫无价值。你过去一定很喜欢它，否则你就不会拿它作为赠花的谢礼。"

"那些花，"明拉若有所思地说，"我几乎都忘了。我曾经非常期待它们，我听不懂你给我讲故事用的语言，但声音听起来仍然意义非凡。你让我觉得很特别，梅林。我很珍惜这些花，入睡时也想着它们来自哪些奇怪而美丽的地方。如果它们死了，我会哭，但你总是会带来新的花。"

"我以前喜欢你脸上的表情。"

"告诉我关于石头的事。"她沉默了一会儿说。

"我让'暴君'对它进行了分析，怕有什么重要的事，有什么你、我和你父亲都没有发现的事。"

"有吗？"明拉带着恐惧的口气问。

"恐怕这只是一块磨石。"

"磨石？"

"非常坚硬，是你们用来磨刀的那种。像这样的星球上，只要有潮汐、海岸线和海洋，这种石头就很常见。"梅林早些时候已经把石头找出来了，现在他把它握在手里，掌心张开，就像一枚幸运硬币。"你看见那漂亮的纹路了吗？这种石头曾经躺在浅滩上，每当海水冲过来，它就会带着一层淤泥沉淀下来，在石头的表面形成薄薄的一层。下次涨潮的时候，就会有第二层了，然后是第三层，以此类推。每一层只需要几个小时就能形成，但要深深刻进石头可能需要数亿年。"

"所以它很老了。"

梅林点了点头："的确很老。"

"但没有任何宇宙级别的意义。"

"我很抱歉。我只是想你可能想知道，道易彻毕竟是在和你父亲玩游戏。我认为马尔科哈自己或多或少已经猜到了。"

有一会儿梅林认为他的解释已经满足了明拉，使她能够紧紧地关上自己生命中的那一章节。但她只是皱起了眉头："不过，这些纹路并不规则，为什么它们会变宽又变窄？"

"潮水不同，"梅林说，他突然觉得自己的观点没那么站得住脚，"深潮带着更多的沉淀物，浅潮更少，我想。"

"风暴会掀起高潮，这就可以解释为什么偶尔会出现较大的间距。但除此之外，莱瑟斯上的潮汐是非常有规律的，我所受的教育是这么讲的。"

"那么，恐怕你学的东西是错的。像这样一个星球，还有一个大卫星……"梅林没有说完这句话，"大潮和小潮，明拉，毫无疑问。"

"我相信你是对的。"

"你想要回石头吗？"他问。

"如果你喜欢，就留着吧。"

他握紧石头："你把它给我的时候，一定有什么意义。因为这个原因，它对我总是有意义的。"

"谢谢你没有离开我们。如果我的石头能把你留在这里，它是有用的。"

"我很高兴我选择了留下来，我只希望我给你看的那些东西没有害了你。"

"又是这样，"明拉疲倦地叹了口气说，"就因为你给我们看了原子内部的发条，你就担心我们会把自己炸成碎片。"

"讨厌的发条。"

他已经看到了足够的进展，证明了他们的智慧和独立的创造性，知道天陆的军队将在两年内制造出一枚能用的原子弹。到那时，他们的火箭项目已经提供了一个能够处理原始设备笨重载荷的发射系统。即使火箭的发展进程落后于计划，他们还是等着天陆地团漂移到阴影大陆的目标完成之后才会进行计划。

"我不能阻止你制造武器，"梅林说，"我只要求你明智地使用它们，给谈判加个胜利的筹码就够了，不要再用更多了。然后就别管炸弹了，专心造原子火箭吧。"

明拉怜悯地看着他："你担心我们会变成怪物，梅林，我们已经是怪物了。你并没有把我们弄得更糟。"

"那种细菌性脑膜炎的传染性很强。"梅林说，"我知道，我用'暴君'的医学分析研究过它。当时你们的抗生素供应已经很紧张了，如果我没有着陆，如果我没有提出为你们做那种药，你们的军事力量可能会在几个月内崩溃。阴影大陆将会自动获胜，那就没有必要给这个世界引进原子弹了。"

"但我们仍然需要火箭。"

"不同的技术，有一个并不意味着要有另一个。"

"梅林，听我说，很抱歉我们要求你做这些艰难的道德选择，但对我们来说，这只关乎一件事：物种生存。如果你没有从天上掉下来，路网还会在来的路上，准备把我们的恒星切成两半。在你知道会发生这种事之后，你别无选择，只能尽一切可能来拯救我们，不管这会让你的嘴里多么苦涩。"

"这一切结束后，我将不得不折磨自己。"

"你没有什么可羞耻的。到目前为止，你的决定都是正确的，你给了我们一个未来。"

　　"我需要为你澄清几件事，"梅林说，"这不是一个友好的银河。那些毁了你们天空的生物还在外面。你们的祖先锻造了装甲天空以躲避他们，让莱瑟斯看起来像一个没有空气的世界。在我单飞之前，剥皮族一直在猎杀我的族人。事情不会一帆风顺的。"

　　"生存总比死亡好，永远都是如此。"

　　梅林叹了口气，他知道谈话已经结束了。他们已经讨论过上千次这些事情了，但并没有进一步理解彼此。"当我再次醒来时，我想看到天空中闪烁光芒。"

　　"当我还是个小女孩的时候，"明拉说，"在你来之前很久，我父亲会给我讲人们穿越虚空，俯视莱瑟斯的故事。他会加一些笑话和韵脚，让我开怀大笑。尽管如此，他还是传达了一个严肃的信息。他会给我看我书里载着我们来莱瑟斯的那艘大船，他说我们来自星星，总有一天会想办法回到那里。当我还是个小女孩的时候，这似乎是一种幻想，一种在现实世界中永远不会成真的事情。然而，现在它正在发生，就像我父亲一直说的那样。如果我活得足够长，我就会知道把莱瑟斯抛在身后是什么滋味。但在到另一个星球、看到你已经知道的任何奇观之前，我早就死了。"

　　一瞬间，明拉又变成了一个女孩，不再是一个严厉的军事领袖。她脸上的某种东西跨越了时光，此时在对梅林说话，打破了他精心准备的防御状态。

　　"让我给你看样东西。"

　　他带她进了"暴君"的船尾，把悬在摇篮里的锡林克斯那灰黑色的圆锥体露出来。在梅林的邀请下，明拉可以抚摸它镜子般光滑的表面。她小心翼翼地伸出手，好像要碰到什么很热或很冷的东西。在最后的一瞬间，她的指尖碰到那件古老的艺术品，勇敢地握住了它。

　　"感觉很老了。"她说，"我说不出为什么。"

　　"确实如此，我经常有这种感觉。"

　　"古老而厚重，比它应有的要重。但当我看着它的时候，就好像看到的不是此处，而是它曾经所在的地方。"

　　"在我看来正是这样。"

　　明拉收回了手："这是什么？"

　　"我们叫它锡林克斯，这不是武器。它更像是一把钥匙，或一本护照。"

　　"它是做什么的？"

　　"它可以让我的飞船使用路网。在他们的时代，筑路者肯定已经制造了数十亿这样的东西，足以带动一百万个世界的商业活动。明拉，想象一下吧：被加速的时空线连接着数百万颗星星，每一根线里有着成千上万艘闪闪发光的飞船在来回穿梭，像滴在丝线上的蜂蜜。每一艘飞船的移动速度都如此接近光速，以至于时间本身几乎慢得像静止。你可以在一个世界里吃午饭，乘你的飞船去路网，然后在另一个世界里吃晚饭，沐浴另一颗恒星的阳光。也许在路上一千年已经过去了，但这并不重要。筑路者们建立了一个帝国，那里一千年只是一个慵懒的下午，一个可以把计划推到明天再干的时间。"梅林悲伤地看着明拉，"不管怎么说，我就是这么想的。"

"现在呢？"

"我们在废墟中吃早餐，几乎不记得当时的荣耀，到处寻找几个还在运转的锡林克斯。"

"你能把它拆开，看看它是怎么工作的吗？"

"除非我想自杀，筑路者把他们的秘密保护得很好。"

"那么它很宝贵。"

"无价之宝。"

明拉又抚摸了一下："感觉它死了。"

"只是还没有启动。当路网接近时，锡林克斯会感觉到它，那时我们才知道是时候离开这里了。"梅林勉强笑了笑，"但到那时，我们就已经在前进的道路上了。"

"现在你把这个秘密告诉了我，难道你不担心我们会把它从你手里夺走吗？"

"飞船不会让你这么做的，而且这对你又有什么用呢？"

"我们可以造自己的船，用你的锡林克斯逃离这里。"

梅林尽量不让自己听起来太高人一等："你们造的飞船一碰到路网就会摔成碎片，即使有锡林克斯的帮助也会。而且你也救不了多少人，使用路网的船只不能太大。"

"为什么呢？"

梅林耸耸肩："如果去任何地方只需要一两天的时间，他们就用不着多大的飞船。还记得我说的时钟变慢吗？"他给当地人科普了基础的相对论力学，尽管时间弯曲的结果仍然有不少人难以接受。"即使你要穿越到银河系的另一边，也不需要带着所有家当。"

"但如果需要的话，更大的飞船能进得了路网吗？"

"入口压力不允许这样做，这就像在急流上行船。"梅林没等着看明拉是否跟上了他的思路，"锡林克斯创造了一条你可以进去的路径，那里的河流更容易通行，但你仍需要一艘小船才能绕过障碍物。"

"那么说，即使在筑路者的时代，也没有人造过更大的船了？"

"他们为什么需要这么做？"

"我问的不是这个问题，梅林。"

"那是很久以前的事了。我不知道所有的答案，你不应该把希望寄托在路网上。它要杀了你，而不是救你。"

"但当你离开我们时……你会从这条路网上走，是吗？"

梅林点了点头："但我一定要在这次碰撞中占得先机。"

"我开始看到你对这一切的看法，"明拉说，"这是发生在我们身上最糟糕的事情，是我们历史的终结。对你来说，这只是一个中途停留，一次偶然的冒险。我敢肯定在我们之前，你已经去过好几百个世界了，将来还会有好几百个。不是吗？"

梅林哽住了："如果不关心你们，我二十年前就走了。"

"你差点就走了，我知道你差点就走了。我父亲说过很多次了，你改变主意时他很高兴。"

"我改变了主意。"梅林说，"是每个人的功劳。你也参与了其中，明拉。如果不是你叫马尔科哈给我那个礼物——"

"我很高兴我这么做了，如果这如此重要。"明拉把目光移开，脸上流露出一种介于悲伤和入迷之间的表情，"梅林，在你睡觉之前——为我做件事。"

"什么？"

"再给我做些花吧——来自某个我从未见过的世界，告诉我他们的故事。"

行星政府的飞机拥有光滑的银色机翼，带有自己的原子反应堆，为六个埋在平滑机舱里的引擎提供燃料。明拉已经领着梅林下了螺旋形楼梯，进入了位于机翼最厚部下方的观察室。她碰了碰一块钢质面板，装甲迅速依次打开。透过偏向绿色的防弹玻璃，飞过的地面一览无余。

海洋上没有战争的痕迹，但几乎没有一块陆地逃过一劫。梅林看到了散落着碎石的小镇和城市，有些中心还有几千米深的弹坑。他看见被洪水淹没的港口，开始被大海贪婪的手指抓回。他看见一片片灰褐色的土地，上面寸草不生，只有石化的森林残骸保有生物存在过的痕迹。双方都使用了原子武器，用了成千上万次。然而，天陆是先用的那一方，这就是为什么原子武器在莱瑟斯上有一个特殊的名字。由于每次爆发都伴随着蘑菇云，他们称其为"明拉的花朵"。

她指了指停火后新建的城市。它们看起来很压抑：实用的格子状楼房，每一个像骷髅一样的灰色的多层建筑都一模一样。蜘蛛网般的公路连接着这些定居点，但梅林一点也没有看到交通或商业的迹象。

"我们不是为了子孙后代而建。"她说，"这些建筑的使用年限都不需要超过五十年，而且大部分在那之前很久就会空置了。到它们开始崩塌时，莱瑟斯上已经不会有活人了。"

"你肯定没想过要把每个人都带上。"梅林说。

"为什么不呢？这在四十年前似乎是不可想象的，但当时的核战争和全球政权也是如此。现在我们什么都够得上了，有了社会计划，我们就可以把人口缩减到现在的十分之一，在最后的二十年里不允许任何孩子出生。早在那之前，我们就会开始让人们搬进太空宿舍。"

梅林已经看到了宿舍计划，还有明拉疏散计划的其他部分。在绕莱瑟斯运行的轨道上已经有了一个小空间站，但与上百个宿舍比起来，它就显得微不足道了。该计划预备建造一个巨大的带空气的球体，每个球体将容纳十万撤离者，使在轨人员总数达到一千万人。然而，就在太空宿舍人口不断增加的同时，上千移民方舟的工作也在进行中——它们才是把被疏散者带出星系的东西。方舟将在轨道上建成，使用的材料是从卫星的地壳中提炼出来的。梅林已经向明拉的专家们指明，他们将在卫星表层土壤中找到一种有用的氦同位素，可以使方舟由一种古老且经过充分测试的核聚变发动机提供动力。

"强制节育和大规模疏散，"他露出了痛苦的表情，"这需要一些严酷的手段。如果人们不同意你的计划怎么办？"

"他们会同意的。"明拉说。

"即使那意味着要枪毙几个人，以儆效尤？"

"已经有几百万人死去了，梅林。如果需要更多的死亡来确保疏散计划的有效执行，我认为这是值得付出的代价。"

"你不能对人类社会施加那么大的压力，它会受不了的。"

"这里不存在社会这种东西。"明拉告诉他。

不一会儿，她让飞行员把他们的速度降至超音速以下，然后下降，悬停在梅林认为已经废弃的建筑之上——坐落在海滩附近的废墟中。这里曾经肯定是一个大海港。机翼从导管式喷气机上降下，将灰尘和碎片吹向四面八方，直到起落架紧贴着焦土，直到发动机安静下来。

"我们会在外面散散步，"明拉说，"我想给你看样东西，让你相信我们是认真的。"

"我不觉得自己需要被什么东西说服。"

"尽管如此，我还是想让你看看，穿上这个斗篷。"她递给他一件厚得出奇的衣服。

"铅质的？"

"这只是一个预防措施，这个区域的辐射水平实际上非常低。"

在一队警卫的陪同下，他们用从机翼腹部放下来的自动扶梯下了飞机。武装人员走在前面，用看上去像金属扫帚的东西扫扫地面，然后领着明拉和梅林向前走。他们沿着一条弯弯曲曲的小路，穿过烧焦的瓦砾和垃圾，小心翼翼地不被障碍物和开裂的地面绊倒。卡利碧欧在他们降落的时候已经落山了，现在刺骨的风从海上呼啸着吹向陆地，把他的牙齿弄得很不舒服。远处某个地方传来一阵凄厉的汽笛声。虽然明拉保证不会有太大辐射性，但梅林确信自己已经感到皮肤刺痛了。头顶上，星光穿过薄薄的月光云。

最后他抬起头来，才发现那幢孤零零的建筑物实际上是一座巨大的石碑。它比飞行器高出一百米，像一座金字塔，雕刻得十分精细。最高的垂直表上文着巨大的莱瑟斯 A 语字母。在石碑的另一边，灰黑色的海水拍打着长廊的残垣断壁。这座纪念碑应该是做了抵御风暴的设计，但只需要一次大潮就能将下部分完全淹没。梅林想知道为什么明拉的人没有把它建在更高的地方。

"令人印象深刻。"

"莱瑟斯上有一百处这样的纪念碑。"明拉告诉他，并把斗篷裹得更紧了，"你信不信，我们在表面用了磨石。事实证明，它非常适合用来制作纪念碑，尤其是当你不想让字母在几个世纪后就被磨损的时候。"

"你造了一百个这样的？"梅林问。

"这仅仅是个开始。我们完成后会有一千个。等我们离开，等我们文明的所有痕迹都被时间抹去，希望这些石碑至少有一个能保留下来。我给你念碑文好吗？"

梅林对当地文字还是一无所知，而且他忘了戴上翻译镜片，要不然"暴君"

就可以用译文覆盖原文。

"好啊。"

"它写着，曾经有一个伟大的人类文明生活在莱瑟斯，和平且友好。然后从星星那里传来了一个消息，警告我们的世界将被恒星本身的火焰毁灭，或者发生更糟糕的事情。因此，我们准备放弃这个长久以来的家园，开始一段旅程，进入黑暗的星际空间，在群星中寻找新的家园。在我们离开后的千千万万天，你——读到这条信息的人，可能会找到我们。因为现在欢迎你来改造这个世界，但是要知道，这个星球曾经是我们的，现在仍然是我们的，总有一天我们会把它重新建成我们的家园。"

"我喜欢'和平且友好'这一段。"

"历史在我们笔下，而非记忆里。为什么要把自己不那么高尚的行为奉为神圣，玷污我们对母星的记忆呢？"

"你说话像个真正的领袖，明拉。"

这时，一名卫兵举起步枪，向不远处发射了一列曳光弹。有什么东西呲呲作响，冲进了废墟的掩蔽处。

"我们应该走了，"明拉说，"倒退派晚上会出来，其中一些人还带着武器。"

"倒退派？"

"持不同政见的人，有自毁倾向的邪教分子，宁愿死在莱瑟斯上也不愿配合疏散工作。那是我们的问题，梅林，不是你的。"

他听说过倒退派的故事，直到刚才他还把它当作谣言而不予理会。他们是战争的幸存者，并没有急切地臣服于明拉新行星政府的铁腕统治。他们是不符合计划的小麻烦，因此不得不被清扫或压制，或者被赋予一个次人类的名字。他把大衣拉得更紧，生怕在地面上多待一分钟。但就在明拉转身向等待着的飞机走去的时候——月光照出了它的一只大翼优雅的轮廓，有什么东西在拽他，把他拖在原地。

"明拉。"他喊道，声音有些嘶哑。

她停下脚步，转过身来："怎么了，梅林？"

"我有东西要给你。"他从大衣下掏出她还是女孩时送给他的礼物，举在面前。他已经带着它好几天了，等待着那个他希望永远不会到来的时刻。

明拉不耐烦地往回走："我说过我们该走了，你想给我什么？"

他把石片递给她："一个小女孩给了我这个，我想我已经不认识她了。"

　　明拉看着石头，脸上露出厌恶的表情："那是四十年前的事了。"

　　"对我来说不是，对我来说，不到一年。从你给我那份礼物以来，我看到了许多变化。"

　　"我们总有一天要长大的，梅林。"一时间，他以为她是要把礼物还给他，或者至少把它塞进自己的口袋里，相反，明拉让它掉在了地上。梅林伸手去捡，但已经太迟了，石头掉进了两块破铺路石之间黑暗的裂缝里，梅林听到石头被什么东西弹开时发出的撞击声，落得更深了。

　　"它不见了。"

　　"只是一块愚蠢的石头，"明拉说，"仅此而已。现在我们走吧。"

　　跟着明拉来到月光下的飞机前，梅林回头看了看拍打岸边的海水。关于磨石，关于海潮，关于卫星本身，一直在他的脑海里纠缠不清。它们之间有一种联系，无论是否重要，他都没有抓住头绪。

　　他迟早肯定会抓住的。

　　明拉拄着一根手杖，坚硬的金属敲击着观景台的地板，发出阵阵回响。自从他们最后一次见面以来，疾病或伤害已使她毁容，灰白的头发分到一边，几乎垂到她右边的领子上。梅林不能肯定明拉出了什么事，因为每当他们说话时，她总是小心地把脸转过去不去看他。但在复苏后的日子里，他已经听到了关于各种暗杀的传闻，其中一些显然已经接近成功了。明拉似乎比他记忆中更佝偻、更虚弱，仿佛这二十年里她每小时都在工作。

　　她用手挥过了一束光，打开了观察室的护盾。"看那些太空宿舍。"她说，语气就好像她有成千上万的听众，而不是只有一个站在几米远地方的人在听她说话，"梅林，开心一点，你也帮了大忙。"

　　透过随着轨道站轻柔旋转的窗户，最近的宿舍在空中隐现，比莱瑟斯更大。这个起皱的灰色球体内部很快就会达到工作压力，那时外皮就会因为里面的空气紧绷起来。最后的恒星镜正在组装，由强大的铰接机器人操纵。运载火箭每时每刻都在进进出出，而第一拨撤离者已经在极点安家。

　　现在已经有二十个宿舍准备好了，其余八十个将在两年内上线。每天，数以百计的原子火箭飞离莱瑟斯的表面，带着拥挤到极限的撤离者，像一种血肉三维拼图。有些会携带货物，像是空气、水或其他栖息地的预制组件。每一次的火箭发射都在这个注定毁灭的世界的大气层中加入更多放射性物质，现在人类呼吸这种空气超过几个小时就会丧命，但是莱瑟斯的缓慢毒化仿佛与行星政府无关。剩下的地面移民者，那些准备好了就会住进其他宿舍的人，都在加压掩体中等待转移，那里的条件至少和他们在太空中要忍受的一样艰苦。梅林让"暴君"来协助疏散工作，但尽管他的飞船如此高效，也丝毫无法加快撤离的速度。

这并不是说没有困难，也不是说方案完全按照时间表进行。梅林对一些领域的进步感到高兴，但对另一些领域却感到沮丧。在冬眠之前，当地人盘问他，要他帮忙弄出他们的原子火箭原型，似乎是希望梅林能为他们迄今为止的失败提供魔法般的补救，但梅林只能提供有限的帮助。他知道制造原子火箭的基本原理，但对解决特定问题所需要的详细知识却知之甚少。明拉的专家们先是沮丧，然后大失所望。他试图向他们解释，与"暴君"的发动机相比，原子火箭可能相当原始，但这并不意味着它很简单，或者说它的构造没有涉及许多微妙的原理。"我知道帆船是怎么工作的，"他解释道，"但这并不意味着我可以自己建造一个，或者向造船大师展示如何提高他的手艺。"

他们想知道他为什么不能把"暴君"的技术传授给他们。

"我的飞船能够自我修复，"他说，"但不能自我复制。这是一个艰深的原理，在逻辑构架中埋得很深。"

"那就绘制一份你发动机的蓝图，让我们从这些计划中复制我们需要的东西。"

"这是行不通的。'暴君'中的组件都是按照严格的容差生产的，用的是你们的化学水平无法解释的材料，更不用说复制了。"

"那就向我们展示如何提高制造能力，直到我们能生产出需要的产品为止。"

"我们没有时间做这些，制造'暴君'的文明拥有一万多年的航天经验，更不用说对工业和专利的了解，这些都可以追溯到很久很久以前。不管多么想跨越这种鸿沟，你们都不可能在五十年内做到。"

"那我们该怎么办？"

"继续努力，"梅林说，"不断犯错误，并从中吸取教训，这是任何文明都能做的。"

这正是他们在痛苦的二十年里所做的。火箭现在可以用了，但有点晚了，已经有大量的人和部件需要被送入太空。宿舍现在本该已经完工并满员了，移民方舟的舰队也该开始工作了，但方舟遇到了障碍。卫星殖民和材料提取计划遇到了意想不到的困难，使得方舟必须由莱瑟斯上制造的组件组装起来。原子火箭生产线已经在最大负荷下运行着，无法向太空运送更多材料了。

"这很好，"梅林告诉明拉，"但你仍然需要加快步伐。"

"我们知道这一点，"她不耐烦地回答，"不幸的是，事实证明你的一些信息并不准确。"

梅林对她眨了眨眼："是吗？"

"我们的科学家根据你的计划制作了核聚变驱动的原型，考虑到所能做的测试有限，他们说这种方法非常有效。制造出移民方舟需要的所有引擎不会是一个技术问题，至少他们是这么告诉我的。"

"那么问题是什么呢？"

她的手像魔爪一样抓住了手杖："燃料，梅林。你说我们能在卫星表层土壤中找到氦-3。嗯，我们没有，反正还不够满足我们的需要。"

"那你们一定是没好好找。"

"我向你保证，我们找过了，梅林，你是错了。事实上，几乎所有你告诉我们的关于卫星的情报都是错误的。你来莱瑟斯的路上真的没怎么注意它，是不是？"

"那只是一颗卫星，我脑子里还有其他事情。"

"我们不仅无法通过开采它来获取氦-3，其他事情也有问题。表面的重力比你告诉我们的要小得多，这极大地增加了操作难度。稍微一碰，东西就飘走了。我们的专家说，卫星密度如此之低，我们不应该期望在地壳下找到任何有用的东西。你答应给我们的重矿石和贵重金属当然不能指望了。"

"我不知道该说些什么。"

"说你错了？"

"我见过几颗卫星，明拉。你会习惯它们，如果它的密度比我想象中要小得多，那它的化学性质有些奇怪。"梅林停了下来，觉得自己快要想通什么重要的事情了。但不管那是什么，他暂时都还差一截。

"嗯，现在没关系了。我们只需要从替代能源中寻找燃料，并重新设计我们的核聚变驱动。如果不想完全绝望地落后于计划，我们需要你的帮助。"明拉向旋转的景色伸出一只干瘪的手，"走了这么远，走到了这一步，然后失败了……那比根本没试过更糟糕，你不觉得吗？"

梅林感觉到了内疚，搔了搔下巴："我会尽力的，让我和核聚变工程师们谈谈。"

"我已经安排了一个会议，他们非常想和你谈谈。"明拉停了一下，"不过，有件事你应该知道，他们已经看到你犯了错误。他们仍然会对你说的话感兴趣，但是不要期望你的每一个字都会被盲目接受，他们现在知道你也是人类了。"

"我从没说过我不是。"

"确实，你没说过。我相信你，但有一段时间，我们中的一些人让自己相信了这一点。"

明拉转身走开了，手杖的敲击声在远处回响。

太空战争开始了，短暂且相对温和——当然是与描绘在联盟历史画册里更可怕的战役相比。在燕子船纪念活动上的陈旧的壁画上，整个恒星系被简化为纯粹的战术细节，都是更大战略格局中的小山和沟壑，参与者——人类和剥皮族——都以光速的百分之几的速度在移动，使用的相对论武器有破坏整个行星的力量。一次小规模的战斗可以消耗几个世纪的行星时间，而从星际飞船上的船员的角度来看，可能会消耗整个生命周期。战争本身与有记录的历史不可分割地交织在一起，一个可怕的、令人窒息的结构，它的根深深扎在时间的土壤里，它的结局必须被假定（至少除了梅林以外的所有人）在一个无法想象的遥远的未来。

在这里，冲突的直径远远小于半光秒，只包含了直接围绕着莱瑟斯的空间，还有未完工的宿舍和移民方舟。从第一次到最后一次爆炸，战斗持续了不到十二个小时。除了梅林自己的后期干预，没有比使用氢弹更有效的武器。战争当然还是很可怕的，但与毁灭丰沛星的武器相比，它具有一种优雅的精确性。

一开始，一波被霸占的原子火箭从地面进行了突袭。看来，倒退派已经控制了其中一个火箭的装配和发射系统。火箭没有装核弹头，但这并不重要，动能和储存在原子引擎中的爆发力仍然足以对目标造成破坏，这些武器以惊人的精准瞄准目标。第一波攻击摧毁了一半未完工的宿舍，给其他许多宿舍造成了灾难性的破坏。到第二波攻击开始时，轨道防御系统已经开始发挥作用，但那时已经太晚了，无法拦截太多导弹。许多原子火箭是由自杀式袭击分子驾驶的，绕过明拉匆忙竖立的反制屏障。到第三波时，行星政府开始使用大气层进入拦截器来报复倒退分子，虽然他们可以摧毁敌人在地面上的防御工事，却无法穿透围绕发射场本身的反导警戒线。流氓弹头在悬浮陆地块的边缘不断凿下碎片，山石般大小的巨砾落到地面上。就在战斗愈演愈烈的时候，凶猛的海啸袭击了本已脆弱的沿海社区。随着时间一分一秒地过去，明拉的分析家们对地面和轨道上的伤亡人数进行了统计。在第五和第六个小时，更多的宿舍遭受袭击，流火造成的损失更大。在第七个小时出现的暂时停火，只是由于发射基地被一个中型悬浮陆地块暂时遮掩。等天空中再次没有障碍时，火箭带着新的愤怒升起。

"只有一条移民方舟没被击中。"明拉说，战争已经持续了九个小时。"我们刚好有时间把最后一艘飞船移出火箭的射程，但如果他们找到方法，通过减少更多的有效载荷来增加射程……"她转过脸去，不去看他，继续说，"这一切都是徒劳的，梅林。他们会赢的，过去的六十年就好像没有发生过一样。"

他感到异常平静，知道接下来会发生什么："你想让我做什么？"

"干预，"明拉说，"使用任何应该使用的武力。"

"我提供过一次机会，你拒绝了。"

"你曾经改变过主意，现在我要改变我的主意了。"

梅林求助于"暴君号"。他命令这艘飞船使用高级武器集中火力对抗受损的火箭设施，在这一小片土地上投入的能量比所有原子战争时期投入的总量还要多。他没有必要陪着他的飞船，它像一条训练有素的狗，"暴君"完全能够在没有直接监督的情况下执行他的命令。

他们从轨道上观看了这一奇观。电白色的火焰在莱瑟斯的地平线上爆发，照亮了整个星球的边缘，就像一个断断续续的清冷的日出，梅林感觉到明拉的手握紧了自己的手。尽管她脆弱不堪，尽管岁月已从她身上夺走了那么多东西，但她那惊人的刚毅仍然牢牢地握在她的手中。

"谢谢你，"她说，"你正好救了我们大家。"


已经过去十年了。

现在莱瑟斯和它的恒星已经离船尾好几个光周远了。剩下的移民方舟的速度已经达到了光速的百分之五。六十年后——如果引擎能改进的话，速度会更快——它将进入另一个星系，一个可以登陆的星球。它沿着路网上的一条线飞行，用这个管子作为掩护，躲着剥皮族的远程传感器。移民方舟只运载了一千二百名流亡者，其中很少有人能活到见到另一个世界的时候。

医院就在接近飞船核心的地方，远离星际辐射，也远离路网的奇异辐射。它的许多病人都是退行性战争的老兵，饱受真空和热、辐射和动能一起造成的伤害。当核聚变发动机在巡航阶段关闭时，他们中的大多数人都会死去。现在他们得到了战争英雄般的照顾，甚至那些发出瘆人尖叫、要求安乐死的人也是。

在同一个部位的隔音私人病房中，明拉也在受机器的照顾。这一次，两个刺客比以往任何时候都更靠近明拉，几乎完成了暗杀。但她活了下来，而且完全康复的概率——梅林听说——超过了百分之七十五。这概率比明拉在同一次袭击中受伤的助手们的要高得多，但他们至少在"暴君"的冰霜守望设备中得到了尽可能好的治疗。梅林知道，这种治疗类似于把血淋淋的炖肉和碎骨编织成人形，然后希望这些雕塑能保留一点类似于思想的东西。明拉的康复本不会有什么问题，但行星首领本人却拒绝了进入冰霜守望设备的提议，宁愿把自己的位置让给她的一个下属。知道这一点时，梅林允许自己流露出瞬间的同情。

他走进房间，咳嗽一声表明自己的存在："你好，明拉。"

她仰面躺着，头靠在枕头上，但没有睡着。梅林走近时，她慢慢地转过脸来。她看上去很老，很累，但她仍然有精力微笑。

"你能来真是太好了。我希望你来，但是……我不敢叫你。我知道你一直在忙着研究引擎升级。"

"我不能不来见你，尽管要说服你的下属让我过来可真不容易。"

"他们太想保护我了。我知道自己的力量，梅林，我会挺过去的。"

"我相信你会的。"

明拉的目光落在他的手上："是给我的吗？"

他带了一束异族的花。那是一种特别的暗色调，在房间柔和的金色灯光下，本该是黑色的花朵自身却在轻柔地发光，展现出明显的紫色。它看起来像是一张黑白照片中手工着色的细节图，似乎飘浮在图像的其他部分之上。

"当然，"梅林说，"我总是带花来的，是不是？"

"你以前总是这样的，之后你不带了。"

"也许是时候重新开始了。"

他把花朵放在床边一个装满水的花瓶里，它早就等在那里了。房间里不仅只有这些花，但紫色的花似乎把其他花的颜色都吸走了。

"它们很漂亮，"明拉说，"我好像从来没见过这种颜色的东西，好像我的大脑中有一整个回路到现在才被激活。"

"我特别挑选的，它们以美貌闻名。"

明拉从枕头上抬起头，双目因为好奇而闪闪发光。她说："现在你得告诉我它们是从哪儿来的。"

"说来话长。"

"以前故事也长，可我从来没有阻止过你。"

"一个叫作蜥蜴星的世界，它离这里有一万光年。即使在路网上，飞船也要飞很久，我甚至不知道它是否还存在。"

"给我讲讲蜥蜴星吧。"她说，并像往常一样小心翼翼地念着这个世界的名字。

"这是一颗非常美丽的行星，围绕着一颗炽热的蓝色恒星运行。他们说，这颗行星一定是由筑路者从另一个星系移动到现在的轨道上的。海洋和天空闪耀着电光般的蓝色，森林闪耀着紫色、紫罗兰色和粉红色。只有当你对着恒星闭上眼睛，看到眼睑后面的图案时，你才能看到这些颜色。白色的城堡耸立在林木之上，塔楼由精致的细桥连接。"

"那么蜥蜴星上有人吗？"

梅林想起了占有者们，点了点头："当然，他们是经过适应化改造的人。生长在蜥蜴星上的所有东西都经过了生物工程改造，以耐受来自恒星的灼热光线。他们说，如果什么东西能在那里生长，它几乎可以在任何地方生长。"

"你去过那儿吗？"

他懊丧地摇了摇头："我从来没有到过离这个地方一千光年以内的地方。"

"我永远也看不到它了，你跟我说过的其他地方也一样。"

"有些地方我也永远看不到。即使有了路网，我仍然只是一个人类，有一个人类的短暂寿命。就连这些筑路者也只能活到一睹他们帝国的一小部分的程度。"

"你一定为此很难过。"

"我对待每一天都是顺其自然。我宁愿从一个世界带走美好的回忆，也不愿为这一千个我再也见不到的世界而烦恼。"

"你是个聪明人，"明拉说，"我们很幸运能遇到你。"

梅林笑了。他沉默了好一会儿，让明拉享受她所知道的最后的平静。"有件事我得告诉你。"他最后说。

她一定从他的语气里听出了什么："什么，梅林？"

"你们很有可能都会死。"

她的语气变得尖锐起来："我们不需要你来提醒我们这些风险。"

"我说的是更早会发生的事情。靠路网隐蔽飞船的诡计没有奏效，这是最好的办法，但总是有可能……"梅林摊开双手，夸张地表示歉意，仿佛他之前还能做些什么似的，"'暴君'发现了一个剥皮族攻击群，六个组，在你们前方一个光月的地方。你们没有时间控制方向或放慢速度，即使你们想摆脱它们，它们也会跟着你们的一举一动。"

"你答应我们——"

"我什么也没答应你们，我只是给了你们最好的建议。如果你们没有沿着路网走，他们会更早找到你们的。"

"我们没有使用巴萨德冲压发动机，你说过我们用核聚变发动机是安全的。电磁信号——"

"我说过你们比较安全，从来没有什么百分百的保证。"

"你骗了我们。"明拉突然变得满怀恨意，"我从来不相信你。"

"我尽了我的力量来救你们。"

"那你明明知道我们快死了，为什么还镇定地站在那里？"梅林还没来得及回答，明拉自己已经看到了答案。"因为你可以走，"她说，为自己的洞察力点了点头，"你有你的飞船，还有一个锡林克斯。你可以溜进路网里，逃过敌人。"

"我是要走了。"梅林说，"但我不会逃跑。"

"不是同一个意思吗？"

"不。我要回到丰沛星，我的意思是莱瑟斯，为我们抛在身后的人做我所能做的一切——那些被你判处死刑的人。"

"我，梅林？"

"我检查了这场倒退战争的记录：不仅是官方文件，还有'暴君'自己的数据日志。我看到了自己当时就应该看到的东西，但那时我没有。这是一个诡计，他们控制火箭的方式太容易了。你让他们去的，明拉。"

"我可没干过这种事。"

"你知道整个疏散计划永远不会按时完成，太空宿舍进度落后了，移民方舟也出了问题——"

"因为你对我们说了卫星土壤中有氦的谎言。"

梅林举起一只手警告："我们会讲到的，重点是，你的计划已经行不通了。但如果你愿意晚一点离开星系，你仍然可以造好更多的宿舍和船舶，你仍然可以救更多的人，尽管你自己生存的风险会略微增加。但这是不可接受的，你当时就想离开，所以你策划了整个倒退派进攻的计划，把它作为提前离开的借口。"

"倒退派是真的！"明拉发出咝咝的声音。

"但你给了他们火箭发射井的钥匙，还教他们如何瞄准和引导那些导弹。有趣的是，他们的攻击刚好错过了你和你所有政治密友在的那个空间站，而且你成功地将一艘移民方舟移到了安全的地方。这太巧了，明拉。"

"我要为此枪毙你，梅林。"

"祝你好运。你试着动我一根寒毛，看看你能走多远。我的飞船在倾听我们的谈话，它可以在几秒钟内把代理人送进这个房间。"

"那么卫星呢，梅林？对于这个让我们付出巨大代价的错误，你有什么借口可以解释吗？"

"我不知道。大概吧，这就是为什么我要回到莱瑟斯的理由。地面上还有人——倒退派、盟友，不管是谁我不在乎，还有你在轨道上抛弃的人。"

"他们都将死去，这是你自己说的。"

他举起一根手指："如果他们不离开的话。但也许有办法，再说一遍，我应该早点看到的。但这就是我，我花了很长时间把这些碎片拼凑在一起，但我最终做到了。就像道易彻，就是那个给你父亲磨石的人。"

"那只是一块石头。"

"是的。事实上，这是了解你们世界本质的重要线索，石头上的图案是大潮和小潮造成的。但是你自己也说过，莱瑟斯没有大潮和小潮，至少现在不会了。"

"我相信这对你一定有什么意义。"

"你们的卫星出过事，明拉。这块磨石形成的时候，你们的卫星会掀起莱瑟斯上的潮头。当卫星和卡利碧欧在同一方向拖曳大海时，你们就有了大潮；当它们相互平衡了彼此的引力时，就会出现小潮。这就是磨石上花纹的来历，但是现在的潮汐每天都一样。卡利碧欧还在那里，所以只有卫星了，它不再像以前那样施加引力了。就像你告诉我的，卫星表面的重力比你预期中要低得多。哦，它确实有重力，但从它的大小和外观看，远远没有达到应有的重力。如果你能跳跃到几亿年前，观察一块现在铺下的磨石，你可能会发现沉积物厚度的细微变化。但是不管现在的效果是什么，和你们的磨石形成的时候相比肯定是微不足道的。然而，卫星仍然在那里，似乎还在相同的轨道上。那么发生了什么？"

"你告诉我，梅林。"

"我认为它不再是卫星了。我想原来的卫星被撕成碎片，做成了你们的装甲天空。我不知道这用了多少原始质量，但我猜是相当大的一部分。问题是，剩下的部分怎么了？"

"我相信你有自己的理论。"

"我想他们用剩下的材料做了个假卫星，它停在你们的天空中，绕着轨道运行，但不再像过去那样拉着你们的海洋。它有引力，但不足以对海洋造成同等程度的影响。你是对的，它比我预期的密度要低得多。我真的应该多加注意，也许如果我这样做了，我就可以避免莱瑟斯上血流成河。"

"现在你都明白了吗？"

"我知道卫星是新的。它在那里停留的时间还不够长，不足以吸收数十亿年的太阳风粒子。这就是为什么你们没有找到期待中的氦。"

"那它是什么？"

"这就是我渴望知道的。问题是，我知道道易彻之前在想什么，他知道那不是真正的卫星。这就引出了一个问题：它里面有什么？这对你留下的幸存者有什么影响吗？"

"躲在壳里对他们没有帮助，"明拉说，"你已经说过，在莱瑟斯里挖隧道是不会有什么结果的。"

"我没有想过要躲起来，我在考虑飞走。如果卫星是逃生工具呢？如果是一艘大到足以容纳所有人的移民方舟呢？"

"你没有证据。"

"我有这个。"梅林拿了一本明拉的旧图画书。七十年的岁月使书页变得枯黄，旧墨水的色彩也变得暗淡，但是插图上的线条还是很清晰的。梅林把书翻到一页，让明拉看。"你们的人有一段乘坐卫星那么大的船到莱瑟斯的记忆。"他说，"也许那是真的。同样，这也可能是一个混淆视听的例子。我在想，你们要记住的不是乘卫星来的这件事，而是你们可以乘卫星离开。"

明拉盯着那张画。有那么一会儿，就像夏日里的微风，梅林感到一股几乎难以忍受的悲伤穿过房间。仿佛这幅画把她带回到了童年，那时她还没有踏上自己的人生之路。七十年后，这条路把她带到了这张床上，这个隔音的房间，作为这艘船上可耻的幸存者。她上一次看到这幅画时，一切都是可能的，生活中所有的机会都向她敞开。她是一个有权势、受人尊敬的男人的女儿，影响力和智慧触手可及。然而，在摆在她面前的所有选择中，她却选了这条黑暗的道路，并沿着它走到尽头。

"即使这是一艘船，"她轻声说，"你也不可能把他们都弄上船。"

"我会拼死尝试。"

"那我们呢？我们的命运被抛弃了？"

梅林笑了，他一直在期待这个问题。"这艘船上有一千二百人，其中一些是孩子。他们不都是你的同伙，当你遇到剥皮族的时候，他们不应该都死去。所以我会留下武器，还有一队代理人来教你们如何安装和使用它们。"

自从他来到这个房间，明拉第一次像一个领导人一样说话："它们会起作用吗？"

"这会给你的飞船一个战斗的机会，这是我能提供的所有了。"

"然后我们会接受命运。"

"我很抱歉事情发展到这种地步。我对你的人生产生了影响，这一点我毫不怀疑，可我并没有把你变成怪物。"

"没有，"她说，"我至少要为我自己，为我救了一千二百个人的性命而自豪。如果怪物才能做到，那不就意味着我们有时需要怪物吗？"

"也许我们需要。但这并不意味着我们应该原谅他们，哪怕是一瞬间。"梅林轻轻地把这本图画书放在了明拉平躺的位置上，仿佛是在赠送一件礼物，"恐怕我现在得走了，等我回到莱瑟斯，时间就不多了。"

"拜托，"她说，"不要这样，不要这样。"

"就这样结束了，"他说，然后从她的床边转身向出口走去，"再见，明拉。"

二十分钟后，他在路网上向莱瑟斯飞驰而去。


我有很多东西要讲，总有一天我会把它写好。就目前而言，可以说相信自己关于卫星的直觉是对的。我只是希望我能早点把线索整理好，也许这样明拉就不用犯罪了。

我救的人没有之前希望的那么多，但确实救了一些明拉留下的那些等死的人，我想这也多少有些意义。虽然很接近，但对筑路者级别的技术而言，唯一的相似点是使用起来相当简单。他们就像玩着神的玩具的婴儿。他们留下卫星有充足的理由，伪装也是必要的——它必须能够骗过剥皮族，或任何他们建造假天空来躲避的人。一旦清楚了我们的目的，卫星本身是很容易闯入的。一旦它开始移动，一旦它巨大的引擎在数万年的安静休眠后开始运转，宇宙中没有任何力量能阻止它。我一直尾随着那颗逃跑的卫星，直到确定它正朝着一个似乎没有剥皮族活动的区域前进，至少目前是这样。在接下来的几个世纪里，这将是一种反复追逃的过程，但只要他们有力量和智慧，我认为他们会成功的。

我现在在路网上，顺着飞流离开卡利碧欧。锡林克斯还在工作，这让我很欣慰。有一阵子，我考虑逆流而上，回到那只孤独的移民方舟。当我到达他们那里时，他们离遇见敌人应该只有几天了。但我的出现不会对他们从剥皮族的战斗中幸存下来产生决定性的影响，我也不指望他们会热烈欢迎我，尤其是在我给明拉最后一份礼物之后。

我很高兴她从来没有问我太多关于那些花的事，或者它们家乡的事。如果她想知道更多关于蜥蜴星的事情，她可能会感觉到我有所保留。例如，蜥蜴星上的刺客行会技艺顶尖，以技能和狡猾闻名于整个路网世界，而蜥蜴星上会制造沉睡之花的生物技师最受尊敬。

据说他们可以做出任何形状、任何颜色的花朵来匹配任何已知世界的任何一种花；据说除了最细微的检查，他们可以通过任何测试；据说如果你想杀某人，你就会送他蜥蜴星的花作为礼物。

我走后不久，她就会死了。花会发现她的存在，它们可以定位一个房间里唯一呼吸的生命，最常见的是一个沉睡的人。房间安静时，它们会暗地里行动，离开花瓶，一点一点往外爬，像日晷的阴影那样缓慢。肉眼无法察觉它们的运动，但足够够到睡眠者的脸。它们的卷须会像情人的温柔爱抚一样紧紧地缠绕在明拉的脸上，然后麻痹毒素就会袭击她的神经系统。

我希望没有痛苦，我希望一切都会很快。但是，我记得的蜥蜴星刺客是因聪明而非仁慈闻名的。

后来，我从生物库中删除了睡眠花。

我认识明拉不到一年，也可以说是七十年。有时候，当我想起她，我就会看到不同的侧面，和我认识的任何一个人一样真实。有时，我只看到二维的她，就像她书中褪色的插图，薄得连光线都透了进来。

即使现在，我也不恨她，但我希望时光和潮汐从未把我们带到一起。

在我身后的几光时里，路网刚刚割开了卡利碧欧的心。它已经穿过了光球层和恒星的对流区。究竟发生了什么，正在发生什么，将会发生什么，当它接触到（或已经接触到，或即将接触到）核能燃烧的核心时，我仍然不清楚。

　　理论上说，没有任何脉冲能比光传播得更快。我的飞船已经以接近光速的速度行驶在网络上了，任何有关卡利碧欧命运的消息似乎都不可能追上我了。然而……几分钟前，我发誓，在平稳的飞行过程中，我感到被踢了一脚，感受到了颠簸，仿佛有关于那次毁灭性事件的报道超光速般冲了上来，撞了一下我的小船。

　　没有任何数据表明有不寻常的事件发生，我也不打算回到莱瑟斯，去看当恒星被割开时那个世界会变成什么样子，但我仍然感觉到了什么。如果它在路网里触动了我，如果脉冲绕过了因果关系本身的铁幕，我无法想象其中爆发的能量，或在我身后那段路网上发生了什么。也许它正在散开，在我变成一层薄薄的夸克的污迹并延伸到星际空间几十亿千米远的地方之前，我就要咽下最后一口气了。

　　这肯定也是一种结局。

　　坦率地说，有机会细述这些担忧是件好事。但我还有一把枪要找，我也不再年轻了。

　　任务继续。

梅林的枪

# Zima
# Blue

是惩罚救了索拉。

如果不是因为枪法全班最差，她永远不会被分配到这个任务：在飞船码头监督代理人干活。那她就不用一个人站上几个小时，身边只有她的密人，用激光笔在代理人带回燕子船的矿石样品上扫来扫去，梦想着下班后和弗丹见面。这是一项又枯燥又低级的工作，由于码头是开放真空的，做这工作还需要穿压力服。

袭击开始时，她说："这一定是一场演习。"

"不，"她的密人说，"看起来他们真的已经追上我们了。"

索拉的平静消失了。

"有多少？"

"蜂群中的四个作战单位，标准的攻击模式，在最大射程内发射连贯物质武器……采取了新星地雷反制对策，但似乎无效……初步损失报告得很严重，可能低估了——"

脚下的地板倾斜了。齐膝高的机器代理人们紧张地面面相觑。它们和索拉一样没有战斗经验，至少索拉还经历过战壕模拟。

索拉扔掉了写字板。

"我该怎么办？"

"我的建议是，"她的密人说，"遵循原始哺乳动物的战斗本能，然后拼命逃跑。"

她照办了，弯下身子，走到盘绕着各种管子的低矮走廊上。手工绘制的壁画上展示了联盟历史上几个决定性的战役：一队队的战舰互相交火，世界被火焰包围。末日之战比那些软弱画作所暗示的要快得多。这群敌舰追逐"鹬鸟号"

已经有九年时间（按舰上时间算）了，在这期间索拉通过了战壕考验，已经长大成人。然而，在飞船的相对参照系之外，将近六十年过去了。为了摆脱敌舰，查格拉船长已经竭尽所能，她的最后一次赌博也是最绝望的一次：利用中子星凶猛的引力，将飞船弹射到另一条航线上。追兵不太可能追得上，除非它们以更自杀性的方式掠过中子星。但他们确实做到了，迫使"鹬鸟"从相对飞行中减速，在休养星系中护理伤口，敌舰就是在那里发动攻击的。

一切都快要结束时，由于飞船的引力减弱，地板渐渐从索拉的脚边移开，她不得不两手交替前进。

"这不对劲，"索拉在抵达救生舱时说，"这部分应该加压。大家都到哪儿去了？"

"受袭情况肯定比最初报告的要严重得多，我劝你尽快上救生舱。"

"我不能去，除非和弗丹一起。"

"让我为他担心吧。"

索拉知道不该争辩，便爬进了最近的一艘圆柱救生舱里，救生舱就在轨道的一端，准备通过隧道发射。舱门密封好后，空气涌了进来。

"弗丹呢？"

"很安全。这次攻击很糟糕，但我听报告说船尾部分逃过一劫。"

"那么，带我离开这里。"

"非常乐意。"

救生舱突然加速，她的脊椎开始麻木。

"我有更坏的消息。"她的密人说。那嗓音和索拉差不多，但要低一个八度，也更平静，像个年纪稍大、更懂事的姐姐。"对不起，我不得不对你撒谎。我的最高职责是保护你，我知道如果我不说谎，你就不会救自己。"

索拉想到了这一点，她在救生舱里看到飞船被摧毁了。剥皮族武器击中了它的中间球体，几乎没有伤到勺形的阳伞。人体落在太空中，僵硬而渺小，像雪花一样。光线从球体里漏出来，"鹬鸟"变成了一朵惨白的花，在盛开时黯淡下去。

"你撒了什么谎？"

"关于弗丹，我很抱歉。他没能活下来，没有幸存者。"

索拉等着这句话给自己造成的影响，意识到现在她只感觉到了一丝震惊，这感觉像排头兵一样。然后她的手指感觉到了热，但疼痛本身没有立即到达大脑，给她留了时间准备迎接刺痛。她等待着，等待着她所知道的——十有八九——将是她有生以来最糟糕的感受。她等待着。

"我怎么了？为什么一点感觉都没有？"

"是我拦下了，现在不合适。如果你选择晚些时候悲伤，那么我可以恢复适当的大脑功能。"

索拉也想了想。

"你能别这么冷冰冰的吗？"

"别以为这对我来说很容易，索拉，我在这件事上也没有丰富的经验。"

"好吧，现在你有了。"

她孤身一人，这是毋庸置疑的。其他船员都没有活下来——而她侥幸逃生，只是因为要为自己作为军人的失败负责。没有必要寻求帮助，最近的联盟母基地距离这里有七十光年远——在银河核心的方向。即使在广播范围内有燕子飞船，最近的人也要几十年才能听到她的声音，再过几十年，他们才能掉转航线来救她。不，她不会得到拯救。她会在这里漂流，绕着一个无名恒星转，直到它的能量储备不足以维持冰霜守望设备。

"敌人呢？"索拉说，她突然有一种强烈的冲动想看看她的宿敌，"那些混蛋在哪儿？"

一张星系的地图在她头盔的面板上铺开，上面显示了在中子星引力弹弓中幸存下来的四艘剥皮族的飞船。它们靠近穿过星系的两条路，在地图上被标记为小小的线段，周围是暗色的危险区域。也许，就像联盟一样，剥皮族试图找到一种活着进入路网的方法，试图在一场持续了两万三千年的战争中取得最后的胜利。自从这些残酷无情的外星半机械生物从银河系核心附近的古老戴森球中出现以来，剥皮族就一直在和联盟交战。

"他们对我不感兴趣。"索拉说，"他们知道，就算有人在袭击中幸存下来，他也活不了多久。不是吗？"

"他们非常务实。"

"我想死。让我毫无痛苦地睡着，然后杀了我吧。你能做到的，不是吗？我是说，如果我命令你的话？"

索拉没有完成她的下一个想法。相反，她的意识停滞了，只有渗入头脑中的密人意识。她曾在"鹬鸟"上经历过类似的思维停滞：当时船员们进入了冰霜守望状态，进行交战期间最长的飞行。但她从未觉得冰霜守望要睡这么久，过了一段时间，她的思绪又回来了。她摸索着重整思绪，组织语言。

"你又撒谎！"

"这一次请让我为自己辩护，我只是让你处于一个无法给我下命令的境地，这在当时是最好的办法。"

"我打赌是的。"思维停滞的一刻，救生舱的玻璃变得透明了，遮住了星景和飞船的残骸。"还有什么？"

救生舱的上半侧变回了玻璃，露出一个肮脏的冰面，上面是缓慢旋转的星空。那块玻璃曾经是完全透明的，现在像被烟熏过一样。"你睡着了以后，"密人说，"我就用剩下的燃料把救生舱开到了一颗彗星碎片上，比飘在太空中更安全些。"

"我睡了多久？"索拉试图从救生舱的状态来判断，但它的内部看起来和她从鹬鸟中弹射出来时一样新。然而，玻璃上突然冒出的雾状花纹令人担忧：索拉不愿去想，要把材料磨到那种程度需要多少年的宇宙射线。"我们说的是几年、几十年，还是更久？"

"要我先告诉你，我为什么叫醒你吗？"

"如果很重要的话——"

"坦率地说，我认为这是最重要的。"密人特地暂停了一下，"有人决定访问这个星系了。"

在根据星系中天体新的相对位置进行了更新的地图中，索拉看见了它。一个淡紫色的箭头表示未知飞船，缓慢地在路网的两个节点之间移动——那是路网与黄道平面相接的地方。

"它一定有个能用的锡林克斯。"索拉惊叹道，第一次觉得死亡不再是一步之遥的结局了，"它肯定能使用路。"

"我想，叫醒你是值得的。"

在它到达路网的另一个节点之前，索拉有八个小时的时间向它发送信号。她离开了救生舱——头晕目眩，身子又僵又疼，但基本上还撑得住——走到陨石坑的边缘，这是几年前密人在彗星碎片地图上标注好的。确切地说，是三千年前，漫长的时间让玻璃失去了光泽。起初，这个事实令人震惊——直到索拉意识到时间长短本身并不重要，她只知道那艘船，现在它已经走了，过去多长时间都无所谓了。

然而现在又出现了新来者。索拉跨过陨石坑，密人铺上了一条金属单丝线，然后来回铺设几次，直到一张闪闪发光的网覆盖在火山口上。它看起来像是一只醉酒蜘蛛织的作品，但密人向她保证，它聚焦无线电的能力可不差。至于天线，那正是索拉的用武之处：她的宇航服覆盖着一层导电材料，是一个抵御等离子和离子束武器的盾牌。通过调节电流，密人可以发射无线电脉冲。无线电波会从索拉开始往四面八方飞离，但有相当一部分会以平行线的形式从陨石坑反射回来。索拉必须从陨石坑的一边跳滑到另一边，这样她就能暂时穿过焦点，与另一艘飞船进入视野时的间隔同步。

经过两个小时的导光时间，新来者转头向碎片方向驶去。当它靠近时，索拉藏在一个雪洞里，并把宇航服设置为热隐身模式。飞船缓缓驶进来，船型小巧，拥有光滑的流线型外观，在满天繁星的映衬下很难看清。它很长，呈炭黑色，推进模块和猜不到用途的武器像铠甲一样部署在船体周围。然而，它身上有联盟的标记，没有一丝剥皮族飞船的那种有机体特征。紫色的火焰从飞船的腹部燃起，使它在陨石坑上方减速。在检查了陨石坑后，飞船向救生舱移动，用钳子将自己固定在冰面上。

"这么小的东西是怎么到这儿来的？"

"用路网的话，"密人说，"飞船不需要多大。"

几分钟后，出口坡道降了下来，碰到了冰面。一个穿着太空服的人缓步走下坡道。他朝救生舱走去，踢起一层冰。那男人——从他太空服的轮廓判断，显然是男性——跪下来检查救生舱。他的衣服表面用明亮的颜料涂上了道道彩条，让他看起来像光着身子，皮肤上还有武士的印记。他拨弄着袖子，解开某个东西，然后把它插进了救生舱一侧的插槽里。之后他站在那里，头微微歪着。

"爱管闲事的混蛋。"索拉低声说。

"别这么忘恩负义，他是想救你。"

"你进去了吗？"

"不能确定。"在索拉离开之前，密人把一部分复制过的自己留在了救生舱里，"他的太空服甚至可能没有储存我的能力。"

"我要现身了。"

"小心点，好吗？"

索拉站了起来，带起了一阵冰雾。男人猛地转向她，线轴从救生舱里被抽出来，迅速地回到他的袖子里。他太空服上的条纹变成了青紫色和橙红色。他张开拳头，手掌里有什么东西露了出来：这是船上武器的标识符，那些装备像蛇头一样从船身旋转出来。

"如果我是你，"密人说，"我会摆出最顺从的投降姿势。"

"别这样。"

索拉向前走了几步，努力不让自己因为恐惧而显得笨手笨脚。她的无线电发出刺耳的声音，表明她已经和另一套太空服连上线了。

"你是谁？你能听懂我的话吗？"

"完全听得懂。"那人毫不犹豫地回答。他的声音低沉，像个演员，没有带索拉知道的任何口音。"你是联盟的人。我们说的都是主语，只不过隔了几千年，语言有些变化。"

"对一个在外面待了一万年的人来说，你说得太好了。"

"你怎么知道的？"

"加加减减。你的飞船比我的时代早了七千年，我刚刚打了个三千年的盹。"

"啊，也许如果我及时赶到吻醒你，你就不会这么暴躁了。但你的重点是？"

"我们本来不应该能够理解彼此，这让我怀疑你是不是在骗我。"

"我明白了。"有那么一会儿，索拉觉得自己听到了他在冲自己咯咯地笑，几乎是猫一样的呼噜声，"我想知道的是，既然我不是目前需要救助的那个人，我为什么还要听这些废话。"

他的太空服平静下来，攻击性的标识冷却到了中性的蓝色和黄色，他慢慢把手放了下来。

"我得说，"密人说，"他的观点很站得住脚。"

索拉走近他："我只是有点急躁，仅此而已，这也是理所当然的。"

"你被袭击了？"

"差不多，一群敌舰击毁了我的燕子船。"

"太糟糕了，"那人点点头说，"我已经两万五千年没见过燕子船了。一旦剥皮族开始瞄准母基地，光环工厂就很难继续生产了。联盟再次衰退——回到靠融合脉冲驱动的日子。用不了多久，它们就会回到世代星际飞船和化学火箭时代。"

"谢谢你的同情。"

"对不起……我并不想显得冷酷无情。只是因为我一直在旅行，它给人一种——我该怎么说呢——高冷的洞察力。意思是我比你更了解时事，这也是我为什么能理解你。"他用另一只手轻拍了一下头盔的侧面，"我的语言数据库可以追溯到大繁华时期。"

"很厉害啊。顺便问一下，你到底是谁？"

"啊，还没有自我介绍。"他伸出那只空着的手，这次流露出几分欢迎的意味，"梅林。"

这是不可能的，虽然完全不合常理，但她知道梅林是谁。

这并不是说他们曾经见过面，但大家都知道梅林。除了传说，没有别的词可以形容他。七千年前，或者更准确地说是一万年前，是梅林从联盟中偷走了什么东西消失在了银河系中，去寻找一种毁天灭地的武器。他再也没有出现过——显然，直到现在。

"谢谢你救了我。"索拉说。他带她来到被他称为"暴君"的飞船舰桥上。这是一个装有黑色控制座椅的巨大的球形舱室，面对着一扇完美无瑕的蓝宝石窗，俯瞰着彗星上的冰雪。

"别太感激了。"密人说。

梅林耸耸肩："不客气。"

"如果我的行为有点急躁，我也要向你道歉。"

"没事。就像你说的，这是理所当然的。实际上，我很高兴能找到你。你简直不能相信，如今人类的陪伴是多么可贵。"

"没有人说过这是一个友好的星系。"

"相信我，现在更不友好了。联盟开始失去整个星系，我看到一个又一个世界被剥皮族摧毁，整条环绕轨道的栖息地被核武器烧掉。战争已经进入了最后阶段，联盟还没有任何获胜的迹象。"梅林靠近她，热情突然在他的眼睛里燃烧起来，"不过，索拉，我发现了一些可以扭转战局的东西。或者至少，我知道在哪儿可以找到它。"

她慢慢地点了点头："让我猜猜，不会是梅林那把神奇的枪吧？"

"你还不能完全确定我是我说的那个人，是吗？"

"我还有一两个怀疑的地方。"

"当然，你说得对。"他夸张地叹了口气，在舰桥上挥了挥手。在没有显示控制读数的区域，墙壁上装饰着奇珍异宝——精巧绝伦的小饰品、服饰和珠宝，闪耀着稀有合金的光泽，镶嵌着珍贵的宝石，由千百个世界上技艺最高超的工匠雕琢。还有色彩精妙的陶瓷作品和伟大艺术的小白光全息图。有短剑和胸针，有华丽仪式上用的激光器和手镯，有可怕的剑，还有狂欢节上奇形怪状的玛瑙面具。

"我想，"梅林说，"这就足以说服你了。"

他已经脱去了太空服外面的一层，露出了里面的自己。在某种程度上，这是她所害怕的样子：一个英俊、肩膀宽阔的男人，从各方面看都符合她心中的传说。梅林穿着奢华，身上镶嵌着珠宝，尽管远远不及墙上展示的东西华丽。他的胡子经过了精心的修剪，红褐色的长发飘散着，让人想起狮子般的力量，他浑身散发着富丽堂皇的气质。

"哦，非常惊人。"索拉说，"大部分肯定是战利品吧，也许我已经被说服一半了。但你必须承认，这确实挺像一回事。"

"在我看来不是这样的。"他玩弄着食指上一枚形状复杂的戒指。"自从我离开这里寻宝以来，"——他带着极度的厌恶说出了这个词——"我主观上生活了不到十一年。当我发现自己的一场小冒险被放大成这样的东西时，我和其他人一样震惊。"

"我打赌是的。"

"我离开的时候还抱着一种暗地里的期望，那就是战争能在几个世纪内取得胜利。"梅林对侍奉在一边的代理人打了个响指，让他拿一碗水果来。索拉拿了一个李子，怀疑地检查了一下，然后才把它放进嘴里。"但即使在那时，"梅林继续说，"情况也在变化。我能看出来，虽然别人看不见。"

"所以你成了一个雇佣兵。"

"自由职业者，如果你不介意这么说的话。重点是，我意识到我可以更好地为联盟之外的人类服务，古老的传说不断地在我的脑海里盘旋。"他笑了，"你看，即使是传说也会被传说所困扰。"

他把剩下的事都告诉了她，基本上是把她早已知道的事用没那么传奇的方式又说了一遍。不过，从梅林口中听到这些还是很激动的，在一些谎言和半真半假的东西中听到核心真相，就像一颗原恒星被尘埃围绕。他收集了许多故事，来自早在联盟之前的几十种人类文明，跨越数千光年的距离和数万年的历史。其中的相似之处并非显而易见，但梅林研究出了他们共同的范式，并尽可能地拼凑出一个可能就是事实的潜在框架。

"曾经有过另一场战争，"梅林说，"比我们这场规模小，牵扯到的宇宙空间也没我们这么大——但同样残酷。"

"这是多久以前的事了？"

"四万或四万五千年之前——在筑路人消失后不久，但在联盟成形之前大约两万年。"梅林的眼神似乎变得呆滞了，他用一种奇怪而洪亮的语气说："'在漫长而黑暗的银河系中期历史中，一千种文明崛起，每一种都以为自己可以永远繁盛，它们跨越千年的阴影几乎无法触及我们——'"

"是的，很有诗意。到底是什么样的战争？人类对人类，还是人类对外星人，就像现在这个？"

"这有关系吗？不管敌人是谁，他们不会回来的。对付他们的武器，如此致命，如此强大，如此可怕，以至于停止了一场战争！"

"梅林的枪。"

他点了点头，嘴唇紧闭，看上去几乎有些尴尬。"好像我对它有优先权，或者在某种意义上我对它负责似的！"他目不转睛地看着索拉，船上闪闪发光的华丽装饰映在他金色的眼睛里。"我还没有见过枪，甚至没有靠近过它，直到最近我才清楚地知道它到底是什么。"

"可你觉得你知道它在哪儿。"

"是的。不太远，正处于风暴中心。"

他们从彗星碎片上起飞，花了八天时间到达最近的路，大部分时间都在冰霜守望状态中冬眠。索拉也有自己的住处：一间圆墙的套间，深嵌在"暴君"中心，装饰着栗色和紫红色。这艘船虽小，但探索起来却很吸引人——制造这艘船的联盟与养育索拉的联盟之间有不少差异，索拉上了生动的一课。在许多方面，这艘船比她同时代的任何东西都要先进，特别是在推进、防御和传感器方面。在其他领域，联盟自梅林时代后取得了长足的进步。梅林的代理人与剥皮族开始交战时，索拉负责监督的那几个很愚蠢。在梅林的时代也没有密人，她认为没有理由让他了解自己的神经共生体。

"嗯，"独自一人的时候，索拉说，"关于传奇人物梅林，你能告诉我些什么吗？"

"目前还没有什么可讲的。"密人一直在和自己通过梅林的太空服渗透到"暴君"身上的复制版交流，"如果他是在模仿我们所知的历史人物梅林，那么他肯定做了巨大的努力来维持这个幻象。所有的日志都证实，他的飞船在大约一万年前离开了舰队联盟的空间，从那以后就一直在航行。"

"他从什么地方回来了，如果我们知道他去过哪儿就好了。"

"这很棘手，因为我们对路网的深层拓扑结构一无所知。我可以在星场中搜索可识别的特征，但这需要很长时间，而且猜测的成分很大。"

"你一定有什么成果可以给我看看。"

"当然。"密人听起来有点受了冒犯，"我发现了一些图片，有些版式难以辨别，但我认为我可以理解大多数。"索拉还没回答，密人已经在房间的一个半球上预热了一块屏幕。不同恒星系的影像出现在上面，只停留了一秒就变成了下一个。每一个都有一幅轨道图，行星和路网节点都是相对于每个系统的太阳进行标记的。每个行星都有放大的图片，上面标注着几条天体物理和军事数据，显示了它们在战争中扮演的角色——如果有的话。梅林还去过别的地方。鱿鱼状的原恒星星云，染着绿色和红色，炽热的蓝色恒星像点点光斑。超新星残骸——角状恒星的内脏。自从大繁华以来已经有一百颗超新星死亡了，它们都曾短暂地照亮了整个银河。

"你认为他在找什么？"索拉说，"这些地方肯定已经在路网里了，但它们离我们所谓的文明还有很长的路要走。"

"我不知道，狩猎纪念品？"

"你确定梅林不知道你在读取这些信息吗？"

"当然——不过，除非他有要隐瞒的东西，不然他为什么会不情愿呢？"

"很难说。"索拉看了一下她房间那扇封好的门，隐约以为梅林随时会进来。当然，这是荒谬的——密人处于有利位置，可以随时指出梅林在船上的精确位置，给索拉一个充分的警告。但她仍然感到不安，甚至在她问出这个不可避免的问题时也是如此。"还有什么？"

"哦，很多。内部摄像头甚至还拍下了该男子本人的一些影像记录。"

"抱歉。关心他去过哪里是一回事，监视他是另一回事。"

"如果我告诉你梅林对我们并没有完全实话实说，事情会改变吗？"

"你说他没有撒谎。"

"没有在任何重要的事情上撒谎——这让一切变得更加奇怪。"密人听起来暗自得意，"你现在很好奇了，是不是？"

索拉叹了口气："你最好给我看看。"

梅林的脸出现在屏幕上，抽泣着。在她看来，他似乎老了一些。但这很难确定，因为他的大部分面孔都被双手捂住了，她几乎听不清他在哭泣中说了些什么。

"成千上万个小时的记录，"密人说，"一开始，他只是认真地尝试写航行日志，但很快就恶化成了一种宣泄。"

"我得说，他能保持理智就已经很不错了。"

"比你想象中要复杂。我们知道他已经活了一万年——正如他告诉我们的那样。很好，这是客观时间。但他也说，船上的主观时间只过去了十一年。"

"事实不是这样吗？"

"用外交辞令来解释，我怀疑这个数字可能被稍微低估了，差不多几十年，而且我认为他并没有花那么多时间在冰霜守望设备里冬眠。"

索拉试着回忆梅林时代可用的长寿方法："在这些录像里，他看起来比现在要老——是不是？"

密人选择不回答。

通向路的旅程快要结束时，梅林把她叫到桥上。

"我们已经接近进路节点了。"他说，"请坐，因为进路过程可能有点……有趣。"

"三百秒后进入路网。"飞船用沉闷而平静的声音说。

驾驶舱内新月形的窗户上显示出被一道模糊的闪光细丝横切的星场，就像一条孤独的波浪在午夜划过湖面。索拉可以透过细丝看到模糊的星星，这星星就像她伸出的手一样宽，一秒一秒地扩大。增厚的地方就像一条蛇凸起的肚子，那就是进路节点，一个与黄道重合的点，可以通过它进入路的加速时空。虽然路网的通道是透明的，但那仍给人一种什么东西在极速前进的感觉。

"你百分百确定你知道自己在做什么吗？"

"天哪，没有。"梅林斜靠在他的座位上，脚搭在控制台上，双手交叉在脖后。古老的管弦乐在房间里响起，走向一种宏大且——毫无疑问——时间恰到好处的高潮。"当然，并不是说这不是一种非常棘手的操作，这需要高超的技巧和过人的勇气。"

"让我担心的是，你可能是对的。"

索拉记得，查格拉船长曾向路网发送过探测器，结果却眼睁睁地看着每一个探测器因为动量梯度而被撕成碎片，甚至碎到基本粒子的程度。路网之所以闪烁，是因为宇宙尘埃微粒不断地飘向它，然后每一颗微粒都在一道奇异辐射的漂亮闪光中湮灭了。此刻，她想，他们正朝着那条边界飞去，步伐坚定地冲向毁灭之地。

她试图使自己的声音平静下来："梅林，你是怎么看锡林克斯的？"

"你知道，这东西没什么好看的。一个黑色的圆锥，大约和你一样高。即使在我那个时代，我们也没法制造它们，甚至做不到安全地拆解我们仅有的几个存货，它是非常宝贵的东西。"

"根据传说，你偷走了一个，而联盟的反应并没有太激烈。"

"好像他们关心似的。他们没剩几个了，而且太害怕，不敢真的去使用它们。"

索拉在座位上系好安全带。

她大概知道接下来会发生什么，尽管千万年来没有人知道细节。就在撞击路之前，锡林克斯会在边界层发出一系列量子引力涨落的啁啾信号。边界层就是路的表皮，厚度不超过一个普朗克长度，它将正常时空与路中包含的激流时空分开。在那一瞬间，动量梯度会放松，允许飞船完好无损地进入加速介质。

不管怎么说，理论就是这样。

音乐现在达到高潮，船的推力也更大了，把索拉和梅林紧紧按在他们的座位上。系统推进的尖叫声和小提琴的高音融合在一起，如此和谐，绝非偶然。梅林脸上一直保持着平静而饶有兴趣的表情。一连串流畅的音符在音乐中流淌：锡林克斯的歌声被翻译成了音频频谱。

在推力的峰值，动力戛然而止，连同音乐也一起结束。

索拉看了看外面。

一时间，似乎远处的群星、近处的行星和恒星并没有发生任何变化。但几秒钟后，她看到它们在一半的天空中烧得更亮了，似乎更蓝了，而在另一半的天空中则更红更暗了。随着时间的推移，它们蓝的越蓝，红的越红，聚集在一起，像一群发光的鱼，顺着相对论条件下的气流游动。一颗行星不知从哪里猛冲过去，扭曲变形，仿佛被攥在拳头里。在他们身后，整个星系似乎冻住了，红通通的，像从铁炉里一把抢出来的铸铁模型。

"已经成功进入路网。"飞船说。

后来，梅林把她带到船首的观察水泡上：一个加压的蓝宝石球体，可以像一只突出的眼睛一样伸到船壳外。当他们到达时，墙壁还是不透明的。入口的舱门被梅林封好后，它就变成了同样的灰色，无缝地融入墙壁。

"不是为了吓唬你，"密人说，"但我没法和我在船上的复制品交流。这意味着我帮不了你，如果——"

索拉吻了梅林，让她头脑里的声音安静下来。"对不起，"她几乎立刻说，"看起来——"

"这正是该做的事？"梅林的笑容很难判断，但他似乎并没有不高兴。

"不，不是。实际上，可能是个错误。"

"索拉，如果我说我觉得你不迷人，那是在说谎。就像我之前说的，我已经很久没有人类陪伴了。"他向她靠拢，两人自由飘浮的身体在泡泡中央钩在一起，慢慢地转动，直到所有方向感都消失了。"当然，我救你的理由完全是无私的……"

"当然……"

"但我不否认，在我的内心深处曾有过一丝希望的曙光，一丝幻想的火花……"

他们脱下的衣服凌乱地绕着两人旋转。他们开始做爱，一开始动作很慢，然后越来越有激情，仿佛索拉此时才完全从漫长的冰霜守望状态中苏醒过来。

她想到了弗丹，然后恨自己头脑中那种愚蠢的生理模式，恨自己在最糟糕的时候总是能勾起错误的记忆。当时发生的事情，他们之间发生的事情，已经是三千年前的事了。除了她自己，没有任何人或任何东西记录下来。她甚至还没有哀悼过他，没有让密人允许她沉浸在悲伤中。她研究梅林，寻找有关他真实年龄的线索……她完全失败了，她无法找到足以执行这项任务的精力。

"你想看点壮观的东西吗？"他们无言地在一起待了好几分钟后，梅林问。

"如果你认为你能给我留下深刻印象……"

他低声对飞船下指令，让墙壁变得透明。

索拉环顾四周。利用全息图像技术，他们在泡泡里面完全看不见飞船本身了。只有她和梅林，自由自在地飘浮着。

在他们之外，她所看到的景色的确壮丽无比——尽管她心灵某个超然的部分知道那不可能是完全自然的，而且为了便于理解，光线的色彩和强度在某种程度上有所改变。路壁以令人目眩的速度疾驰而过，被密集的尘埃粒子的多普勒位移湮灭所照亮。看起来就像是在无尽的黑暗中飞行，沿着一个闪烁的紫罗兰色管道，延伸至无限远的地方。飞船像一粒种子一样飘浮在这个时空中，移动得如此之快，以至于它的速度与光速的差距仅为千万亿分之一。在主观时间里，这艘飞船每秒钟就穿过一次和路网一样宽的闪光环：这些光环间隔八光时远，都是为这个跨星系运输系统提供服务的神秘外来物质机械装置的一部分。前方，宇宙中所有的星星都挤成了一团散发着乳白色光芒的宝石，就像一群明亮的天使。这是她所见过的最美的东西。

"这是唯一的旅行方式。"梅林说。

这趟旅程需要四天的舰上时间，十九个世纪的客观时间。

在路网上花费的主观时间仅为二十三个小时。但是飞船必须在不同的路之间多次转换，而且它们之间的距离从来没有短于几十光分——大概是因为两个相反的加速时空流接触到一起会发生可怕的后果。

"你不担心我们会遇上剥皮族吗，梅林？"

"为了丰厚的回报，这一切都是值得的，你说呢？"

"再给我讲讲这把神秘的枪，我也许会相信你。"

梅林靠在座位上，深吸了一口气："我所知道的一切都可能是错的。"

"我愿意冒这个险。"

"不管它是什么，它有能力摧毁整个世界，甚至星星也不在话下——如果几个更离奇的故事是可信的话。"他低头看着自己的手，仿佛突然注意到自己修剪得整整齐齐的指甲。

"问问他是怎么想的，关于这支枪的原理，"密人说，"那么至少我们可以知道他有多了解。"

她尽可能随意地向梅林提出了这个问题。

"引力，"他说，"难道不是显而易见吗？它可能是一种弱力，但宇宙中没有任何东西感觉不到它。"

"像更大版本的锡林克斯？"

梅林耸耸肩。索拉意识到，他关注的不是他的指甲，而是她之前注意到的那枚镶嵌着红宝石的华丽戒指，戒指上的两束火花似乎在像萤火虫一样旋转。"几乎可以肯定，这是筑路者的科技产品。一种后人类文明，能够设计——操纵——时空，但我不认为它像锡林克斯那样有效。我认为它产生了奇点，它从真空中抽取质能球体，挤压它们，直到它们处于自己的视界内。"

"黑洞。"密人说，索拉大声重复着这个词。

梅林看起来高兴："非常小的黑洞，原子级的。它给它们添上电荷，然后将它们加到接近光速的速度。它们没有时间衰减，当然，它需要极大的能量，只是为了防止自己被压力撕裂。"

"一把发射黑洞的枪？我们会赢的，不是吗？只要能用上这样的东西？即使只有一把？"

梅林摸着红宝石戒指。

"这就是我的想法。"

索拉握住梅林的手，抚摸着他的手指，直到摸到了戒指，这比她想象中还要复杂。那两颗火星互相旋转着，在华尔兹舞曲中闪烁光芒，仿佛是被埋在红宝石里的某个小发条驱动的。

"这是什么意思？"她问道，感觉这是一个既正确又错误的问题。

"这意味着……"梅林笑了，但过了一会儿他才把话说完，"我想，这意味着我要记住死亡。"

他们最后一次离开了路，进入了一个新的星系，似乎与他们跳过的其他十几个星系没有明显区别。星系的恒星是一个黄色的主序星，几颗岩石行星和气体巨星围绕着它旋转。远离恒星的第二颗和第三颗行星就像一个热气腾腾的坩埚，被酸性大气包裹着，温度极高，是失控的温室效应的牺牲品，第三颗比第二颗年轻一些。第四颗行星要小一点，似乎是在大繁华之后的某个时期进行过地球化改造：它的大气层虽然稀薄，但这密度明显不是自然形成的。十三条不同的路以不同的角度穿过星系的黄道平面，安全地避开行星和小行星轨道。

"这是枢纽。"梅林说，"一个路网主要的交汇处。每隔一千光年左右，你就能在银河系平面上找到这样的系统，这也是一个很好的出路口。在路网频繁被使用的年代，这个系统会是一个交汇点，一个交易者去往银心途中交换货物和故事的地方。"

"不过现在废弃了，是不是？"

"那这就是一个完美之地，可以用来藏一个又大又脏的东西——如果你记得藏在哪里的话。"

"你提到了一场风暴——"

"你会看到的。"

他们从星系的内部离开了路。但梅林说，他要去的地方更远，在该星系最大的小行星带之外，需要几天才能到达。

"到了那儿我们怎么办呢？"索拉问，"把这东西捡起来，然后带走？"

"不完全是，"梅林说，"我怀疑情况会比这更难。没有难到毫无希望，但是肯定不容易……"他似乎有些犹豫了，也许这是她见到他以来第一次有这样的感觉，他那种极度自信的气场一分一秒地瓦解了。

"你想让我演什么角色？"

"你是个军人，"他说，"你自己弄清楚。"

"我不太清楚我找到了什么。"索拉再次独自一人时，密人说，"我一直在等着给你看，但他让你在那些战争模拟中待了好几个小时，你们俩也许在干别的。你知道他在计划什么吗？"

梅林有一个模拟器，是索拉在战壕用的战斗训练模块的小型版本。

"很多模拟都有一个共同的主题：入侵白色金字塔。"

"这暗示着什么东西，是不是？梅林好像知道他会发现什么似的。"

"自从我们认识他以来，我就有这种感觉。"她想起了他身上的气味，尽管他们之间的时间差了几千年，但他们身体结合的方式却无比自然。她试图把那些想法从脑海中清除出去，他们现在谈的东西是一种背叛，在更深的层面上说，这比迄今为止所做的任何事情都要严重，没有一点清白可言。"那么，是什么呢？"

"我一直在浏览后来的日志文件，我发现了一些似乎很重要的东西，标志着他寻找武器之旅的一个转折点。我不知道那是什么，但直到现在我才意识到这有多奇怪。"

"另一个星系吗？"

"一个非常大的结构，离任何恒星都远，但路网还是能通向它。"

"那么，是一个筑路者的产物了。"

"几乎肯定是。"

那建筑物在屏幕上展现了出来。它看起来像一个孩子的星星玩具，或金属海星，其纹理类似于金箔，或昆虫富有光泽的翅膀，镶嵌在由异星物质做成的脚手架边上。它占据了大部分的视野，自身闪烁着微光。

"这就是梅林用肉眼看到的，就在他的船离开路的时候。"

"非常漂亮。"她想让这句话听起来油腔滑调，但结果却成了事实性的陈述。

"而且很大。该物体在十光分外，这使得它的横截面超过四光分，比主序列上的任何恒星都要大得多。然而，它却以某种方式保持着自己的形状——一种非常荒谬的形状——对抗着不可思议的自我引力。梅林顺便给它取了个名字叫蛇尾星①，听起来真合适。"

"诗意的混蛋。"诗意而性感的混蛋，她想。

"如果你感兴趣，这里还有更多。我查看了飞船上的传感器记录，可以告诉你蛇尾星是一个强引力辐射源。它就像一个灯塔坐落在那里，从心脏附近的某处释放出引力波，它里面有某种东西使时空周期性地波动。"

"你认为梅林进去了，是不是？"

---

① 一种海星的名字。

"肯定发生了什么事。这是梅林在接近这个物体之前最后一次记录日志，后面有一个月的间隔时间。"

又是一阵喃喃的自言自语——只不过这一次他的抽泣不是出于绝望。相反，它们听起来像是极度的喜悦，仿佛他终于找到了要找的东西，或者至少知道自己比以往任何时候都更接近——最终的奖品仿佛就在一臂之遥的地方。但这并不是令索拉颤抖的原因，是她看到的那张脸。毫无疑问，是梅林的。但他的脸上布满了岁月的皱纹，他的眼睛看起来比索拉认识的任何人都要老。

第五颗和第六颗行星是最大的。

第五颗更重一些，从回归线到极点都具有不同的化学性质，被一个由三颗大卫星的共振力量编织而成的环形系统环绕，梅林相信这个环状体系是在大繁华后形成的。一团充满辐射的人类遗迹环绕着行星，其年代可以追溯到难以想象的遥远的过去，甚至可能比筑路者的时代还要早。梅林用传感器扫描云层，想要探测出武器系统，或者找到表明剥皮族存在的混杂中微子，但都没有扫描出来。

"你知道枪在哪儿吗？"索拉问。

"我知道如何到达那里，这才是最重要的。"

"也许是时候别这么故作神秘了，尤其是你还想让我帮你的话。"

他看上去受了伤，好像是她破坏了游戏时间："我只是觉得你会喜欢这种追逐的刺激。"

"这和追逐的刺激无关，梅林。这是可以想象到的最可怕的武器，我们必须在敌人之前得到它，这样我们才能先把他们烧成灰烬。这样我们就可以先一步灭族。"她又说了一遍，"灭族。对不起，这不符合你追求正义的浪漫理想吗？"

"没有什么灭族之说，"他说，并且又紧张地碰了碰戒指，"听着，我和你一样想要那支枪，所以我追了它一万年。"这是她的想象吗？在她看到的所有录像里，他手上都没有那颗戒指。她想起了她在最后一段录像中看到的那只老人的手，那是在他去蛇尾星之前拍的，她确信那只手上没有戒指。现在梅林的声音十分坚定："我们想要的结构在卫星的最外层。"

"让我猜一猜，一个白色金字塔吗？"

他笑了笑："十分接近了。"

它们进入了这颗气态巨星的卫星轨道。所有的卫星都有大繁华时代以来被工业化改造过的痕迹，但它们表面留下的东西都被数千年的宇宙辐射雨雪和微陨石侵蚀了，没有什么比四周的岩石和冰雪看起来更新了。除了第三颗卫星上高达一千米的白色金字塔，它在环星球十六天的运行轨道上，看起来像是昨天下午某个时候用雪花石膏凿成的。

"不太妙，"梅林说，"自我修复机制某种程度上仍然有效，这意味着枪支的控制系统还在工作，也就是说反入侵系统也可以运行。"

"哦，很好。"

"我们即将结束人类历史上最漫长的战争，难道你不感到兴奋吗？"

"但我们还没有，不是吗？我的意思是，现实点。光是知道这种武器的存在，消息就需要数万年的时间才能传播到战争最偏远的地区，什么都不会在一夜之间发生。"

"我知道为什么这会困扰你了。"梅林说，他用手指敲着牙齿，"除了跟剥皮族打仗，我们谁也不知道其他的事情。"

"告诉我它在哪儿。"

他们在金字塔上空做了一次低空轨道飞行，提防隐藏的武器，但没有遭受攻击。第二次飞过来的高度更低，梅林的船放下代理人去侦察地面的防御情况。

"也许他们曾经有过更大的武器，"梅林说，"可以从数百万千米以外攻击我们的大炮。但即使它曾经存在过，现在也不再起作用了。"

他们在离金字塔一千米远的地方降落，然后等待所有代理人回到船上，只留下了三个。梅林命令那三个代理人探索一条进入建筑的路线，但它们的作用有限。一旦这些头脑简单的机器超出了飞船的控制范围——这种情况在它们穿过建筑外层时就发生了，它们就毫无用处了。

"金字塔是谁建造的？你是怎么知道的？"

"就是我跟你说过的，在战争中出现的那种文明。"他说，"他们远不如筑路者先进，但在历史上，他们的时代与筑路者更接近。他们知道如何控制武器，并将其用于自己的目的。"

"他们怎么找到它的？"

"他们偷走了它。到那时，筑路者的文明已经——怎么说呢——睡着了？没有真正注意到自己的东西被谁用了。"

"你又在卖关子了，梅林。"

"抱歉，孤独会让你变成这样。"

"你在那儿遇到什么人了吗，梅林——那个知道枪的存在，还知道枪在哪儿的人？"那个让你变年轻的人？她想。

"这是我的事，不是吗？"

"也许过去是。现在，我得说我们是在一起的。平等的伙伴，够公平吗？"

"战争中没有什么是公平的，索拉。"但他微笑着，没有很严肃，他把头盔扣在颈环上，扭转它以启动锁紧装置。

"这把枪有多大？"索拉问。

金字塔矗立在前面，像一个空白的折纸雕塑，凹陷的地形遮住了环绕地基的入口。代理人们已经找到了一条路，至少可以让他们进去。

"你不会失望的。"梅林说。

"找到它后我们怎么办？直接拖走？"

"相信我。"无线电里传来梅林的笑声，"移走它不会是一个问题。"

他们慢慢地沿着一条由代理人清理出来的轨道行走，始终在"暴君"舰载武器的保护范围中。

"前面有东西。"几分钟后梅林说。他举起自己的武器，指着他们前面十五到二十米的一片黑暗。"是人工制品，绝对是金属的。"

"我以为你的代理人已经清空了这个区域。"

"看起来它们漏掉了什么。"

梅林走在她前面。他们接近了一些，走道左边一点的地方出现了一个细长的形状，半埋在冰里，这是一具尸体。

"在这儿待一会儿。"约一分钟后梅林说，这时他已经离得足够近了，可以清楚地看到这个物体。"盔甲被微陨石撞击留下了凹痕。"

"是剥皮族，对吗？"

梅林的头盔点点头："我猜他们几个世纪前就在这个星系中，一定是被金字塔吸引过来的，即使他们不一定知道它的意义。"

"我从来没这么近距离接触过剥皮族。小心点，好吗？"

梅林跪下来检查这个生物。

它的形状比索拉预想中更像人，大小和比例都像穿着太空服的人类。这套衣服装饰着突出的装甲、脊和角，黑色的外表面像皮革，没有任何机械感。一只胳膊伸开，末端是一只看上去像人手的手，戴着复杂的手套。一件长而多节的武器就在手边，外表被时光腐蚀了，就像剥皮族一样。

梅林用手夹住他的头。

"你在干什么？"

"它长得像什么？"他在扭动剥皮族的头盔，她能听到用力的声音，然后宇航服的伺服系统开始替他发力。"我一直想找到一个保存完好的剥皮族，"梅林说，"我从没想过自己有机会判断一个古老谣言的真伪。"

头盔从生物的躯干上脱落，沿着从顶部到前端喙状突起的一条细缝裂开，蒸汽从缝隙中喷出。梅林把裂开的头盔放在地上，然后轻拍自己头盔上的灯，让光线照亮剥皮族暴露的头部，索拉走近他。剥皮族的头被卷曲、灰黑色的支撑装置包着，就像一座被藤蔓包裹的雕像。

它保存得很好，很像一个人类。

"我不喜欢它，"她说，"这意味着什么？"

"这意味着，"梅林说，"一个人有时应该注意谣言。"

"告诉我，梅林。告诉我我需要听到的，否则我们就别向金字塔再迈进一步了。"

"你不会喜欢的。"

她用眼角的余光看着剥皮族那张大理石般的脸："本来就不喜欢，梅林，不可能更糟了。"

梅林刚要说些什么，但他倒在了地上。因为卫星的引力很小，他倒得很慢。

"哦，时机不错。"密人说。

本能驱使索拉和他一起蹲下，直到两人都蹲伏在生锈的地面上。梅林还活着，她能听到他的呼吸，但每一声都像锯子发出的刺耳的噪音。

"我被击中了，索拉。我不知道有多糟糕。"

"撑住。"她拿到了他的宇航服自动测量的数据，头盔的内部玻璃显示出医疗诊断结果。

"在那儿，"密人说，"一个激光武器穿透了他的胸部，很细的光，自封系统防止了任何压力损失，但不足以阻止光束射进他的胸腔。"

"情况很不好吗？"

"嗯，不太好……但光束有可能在行进过程中烧灼皮肉，从而防止深层部位内出血……"

梅林在咳嗽，他设法问她那是什么东西。

"我想，你中了一道激光，"她说得很快，"可能是金字塔防御工事的一部分。"

"我真应该让我的代理人提前检查一下。"梅林勉强挤出一个笑容，接着变成了一连串咳嗽，"现在说这些有点晚了，你不觉得吗？"

"如果我能把你送回船上——"

"不，我们必须继续前进。"他又咳了一声，用了很长时间才缓过气来，"我们等待的时间越长，情况就会越糟糕。"

"一万年都过去了，你还担心这几分钟吗？"

"是的，现在金字塔的防御工事已经得到了警告。"

"你根本动不了。"

"我上了发条，就是这样。我想我能……"他的声音变成了一串咳嗽，但即使如此，索拉看见他还想挺直身子。当他再次说话时，声音里几乎没有喘息。"我敢打赌，不管是什么，这武器只有一个，否则我们走不到现在这么远。"

"我希望你是对的，梅林。"

"还有——嗯——还有别的事情。飞船刚刚给了我一个不太好的消息，一些我们刚到这里时没有探测到的中微子源。"

"噢，太棒了。"索拉不需要被告知这意味着什么：一个剥皮族舰队，可能一直在这颗气体巨星周围等待，自身冷却到了探测阈值以下。"这些混蛋一定在睡觉，等着这里发生什么事。"

"听起来是个非常明智的策略。"密人说，然后它将一张地图投射到索拉头盔里的面板上，确认了敌舰的到来。"其中一颗卫星有一个液态海洋，我猜剥皮族就停在冰层下面。"

索拉问梅林："他们要多久才能到这儿？"

"最多两三个小时。"

"好的。那我们最好确保在那之前找到枪，对吧？"

她几乎是一路抱着他，他的脚后跟在地上磨蹭着，好像不太情愿地在移动。但他仍然清醒，索拉开始希望伤口真的是被激光武器烧过了。

"你之前就知道剥皮族也是人，是不是？"她说，好让他继续讲话。

"我告诉过你，是谣言。外星半机械人只是我们自己虚构出来的故事，我告诉过你那不是什么灭族。"

"还有别的，梅林。"她正要告诉他自己头脑中的共生生物，但又退缩了，担心这会破坏他对她的信任，"我知道你一直在撒谎，我入侵了你的航行日志。"

他们已经到达了金字塔的阴影处，从边缘处靠近入口的最后一个小丘上爬下。

"我还以为你信任我呢。"

"我必须知道是否有理由不信任，我想我是对的。"

她把自己了解到的情况告诉他：他旅行的时间远长于他告诉她的时间——主观时间整整多了几十年，而且在这段旅程中他已经变老了，也许还有点精神失常。还有，他是如何找到蛇尾星的。"问题是，梅林，我们——我——不知道你在那东西里发生了什么，只知道它跟找枪有关，你出来的时候比进去时年轻。"

"你真的想知道吗？"

"猜猜看。"

她把他拖往目的地时，他开始对她讲故事。

金字塔周围是几十米的自修复盔甲，像骨头一样白。如果设计师们没有在它的边缘设置明显的入口，索拉怀疑她和梅林永远都找不到进去的方法。

"以前这里应该有哨兵。"梅林靠着她的肩膀说，"幸运的是，一切最终都分崩离析了。"

"除了你那支传说中的枪。"他们沿着一条倾斜的走廊前进，墙壁和天花板都没有任何瑕疵，地板上散落着卫星表面的冰屑。"不管怎样，别再转移话题了。"

梅林咳嗽了一声，继续讲他的故事："那时我年纪越来越大，幻想已然破灭。我没有找到那把枪，我几乎要放弃了。不然我就要疯了，然后我找到了蛇尾星。我从路网里出来，它就在那里向我发射引力波。"

"要产生这种信号，"密人说，"需要一对相互环绕的中子星。"

"接下来发生了什么？"索拉问。

"记不清了，真的。我进去了——或者被带进去了——在那里我遇见了……"他停顿了一下，一时间她还以为他需要喘口气了。但那不是原因。"我遇到了实体，我猜你会这样称呼他们。我很快意识到，他们只是筑路者们留下的高级维保程序的投影。"

"他们让你变年轻了，是不是？"

"我想这对他们来说并没有多难。"

走廊变得开阔，分成几条不同的路，梅林朝一个方向走去。

"为什么？"

"这样我就能完成工作了——找到枪。"

走廊通向一个房间——一个圆顶的控制室。房间里没有加压，光源只有头盔上闪烁的光线。座椅和控制台围绕着一个单一的球形投影装置，装置安装在灰色的平衡环上。几具尸体倒在一些操作台上，但只剩披着无色破布的骷髅。估计在密室最终向真空打开之前，它们已经腐烂了好几个世纪，即使那样也已经是两千多年前的事了。

"他们一定是被生化武器袭击了。"梅林说着，坐在其中的一个座位上，为了让自己好受些，"某种让机器完好无损的东西。"

索拉四处走动，检查着操作台，所有这些都泄露了一项千年来联盟都不知晓的技术。上面的一些符号是主语中某些符号的前身，但她一点都看不懂。

梅林发出了一种可能是压抑痛苦的呻吟声。索拉看向他时，她发现他正在从自己的太空服袖子里抽出光缆，就像他们在彗星碎片上第一次见面时一样。他掀开控制台顶部的接入面板，露出里面的一堆银色电路。他似乎准确地知道该把电缆的末端插在哪里，让它的微小纤毛进入古老的系统。

投影球活过来了：琥珀色的光从中心膨胀出来，凝固成抽象的形状，是中性测试图像。片刻之后，舱室里展示了带环气体巨行星及其卫星的示意图，上面用复杂的表意文字标出了正在接近的剥皮族飞船。密人是对的，他们躲藏的地方一定是那颗有液态海洋的卫星。然后，这些抽象形状的物体流畅地移动，放大了这颗气态巨行星。

"你想知道枪在哪儿。"梅林说，"好吧，我给你看看。"

巨行星放大后，显示出了赤道附近的气旋风暴，它在大气中形成了一个旋转的大红眼。

"这是一场亚稳风暴。"索拉说，"这是气态巨行星的共同特征。你不会告诉我——"

梅林戴着手套的手指正在工作，滑过一串符号含义难以猜测的关键词。"当然，风暴是自然形成的，至少在这些人把枪藏在里面之前是这样的。他们利用压力差把枪固定在空气中的一个点上，以保证安全。只是有一个小问题。"

"说吧……"

"枪不是一把真正的枪，它的功能是一种武器，但这只是偶然的行为。这不是筑路者的本意。"

"我要听不懂了，梅林。"

"也许我应该告诉你戒指的事。"

　　这颗气态巨行星的表面正在发生某种变化，气旋表现得跟索拉见过的其他亚稳风暴不一样。它明显在旋转，卷曲的边缘上掀起一个个旋涡，就像海马的尾巴一样，它一秒一秒地红得更加血腥。

　　"是的，"索拉说，"告诉我戒指的事。"

　　"这是筑路者把我变年轻时给我的，它提醒我该做什么。你看，如果我失败了，对银河系这一区域所有会思考的生物来说都是非常糟糕的。你看戒指的时候看到了什么，索拉？"

　　"一颗红色的宝石，里面有两个亮点。"

　　"如果我告诉你，这些光代表了两颗中子星——宇宙中密度最大的物体，你会感到惊讶吗？它们在彼此的轨道上绕着彼此的重心旋转。"

　　"在蛇尾星内。"

　　她看到他疑惑地朝自己瞥了一眼。"是的。"梅林慢慢地说，"一对在超新星中诞生的中子星，在引力作用下结合在一起，慢慢彼此靠近。"

　　气旋风暴现在疯狂地旋转着，大气层下的闪电火花在它的边界上闪烁。索拉有一种感觉，那就是巨大——而且非人力可为——的能量正在被释放，就好像某种非常接近魔法的东西被安置在云层下面。这是她见过的最可怕的东西。

　　"我希望到时候你知道怎么开枪，梅林。"

　　"我需要的所有知识都在这枚戒指中。它进入我的血液，重建我的大脑结构，告诉我需要知道什么。我理解的层次如此之深，以至于连我自己都几乎不知晓。"

　　"剥皮族舰队将在九十分钟内进入射程，"密人说，"假设攻击模式为通常的群组进攻和高能武器矩阵的情况下。当然，如果他们有任何改进，我们很快就会进入攻击范围——"

　　"梅林，给我讲讲中子星，好吗？我需要点东西让我的脑子有事可做。"

　　"最麻烦的部分在于它们停止围绕对方旋转并最终相撞的时刻。幸运的是，即使以银河系的标准来衡量，这也是相当罕见的事件——一百万年就发生一次。即使发生了，通常也离所有生命很远，不会成为问题。"

　　"可是如果离得不远——那又会有多麻烦呢？"

　　"想象一下，它们一秒钟内释放的能量比一颗典型恒星在一百亿年内释放的能量还要多：一个巨大的光轻子火球。亮度难以想象的伽马射线脉冲，可以瞬间毁灭方圆几千光年的一切。"

　　现在气旋在中央形成了一个隆起，一个完美的圆形肿块从星球表面上升起。

它上升到高出云层数千千米的地方，像一个水龙卷一样被拉长了。不久，索拉就能以太空为背景看到它，里面有东西在跟着它一起上升。

"筑路者想阻止相撞，是不是？"

梅林点了点头："当他们将路网扩展到星系深处时，他们发现了中子星双星。他们意识到这两颗恒星距离碰撞只有几千年的时间，而他们对此几乎无能为力。"

现在，她看见了一个应该就是武器的东西，像种子一样被包裹在水柱里。它很大——可能比这颗卫星还要大。尽管如此，它看起来很脆弱，就像一个华丽得令人难以置信的烛台，或者一种莹莹发光的深海水母。在大气层中跋涉时，这东西警觉地停了下来，水柱慢慢地向旋风的方向收缩，旋风的速度也在减慢，就像一个巨大的飞轮碾压下来。

"无能为力？"

"嗯——几乎无能为力。"

"他们围绕它建造了'蛇尾星'。"索拉说，"一种盾牌，对吧？这样当恒星相撞时，闪光就会被拦下了？"

"即使是筑路者的科技也不可能拦下这么大的能量。"梅林看着投影，好像第一次注意到了那件武器。如果他第一次看到自己的枪会感到兴高采烈，那在脸上可一点也没表现出来。相反，他看上去面如土色——仿佛岁月突然收回了筑路者曾给予他的东西。"他们所能做的就是保持对恒星的控制，防止它们旋转着靠近彼此。因此，他们建造了蛇尾星。这是一台只有一个功能的巨大机器：在中心不断推远中子星彼此的轨道。恒星每向对方靠拢一点，蛇尾星就把它们分开一点。它的使用寿命被设计成一百万年，直到筑路者找到方法将整个双星移出银河。你想知道他们是怎么把双星推远的吗？"

索拉点头等他回答，尽管她认为自己大体已经知道了答案。

"小黑洞，"梅林说，"在加速到接近光速时，每个黑洞都会与双星发生引力作用，然后在辐射中蒸发。"

"和枪的功能是一样的。这不是巧合吧？"

"这把枪——我们称之为枪——只是蛇尾星的一个组成部分：它是防止中子星碰撞所需的相对论黑洞的来源。"

索拉环视了一下房间："然后这些人偷走了它？"

"就像我说的，他们比我们更接近筑路者。他们对这些武器有足够的了解，可以拆下部分蛇尾星，打败它的防御系统，拿走他们赢得战争所需要的机械装置。"

"但蛇尾星——"

"从那以后就一直不能正常工作。当子系统被偷走时，它自我恢复的能力受到了损害，剩下的黑洞产生机制也无法完成所有的工作。中子星继续旋转着靠近彼此——缓慢但稳定。"

"但你说过它们距离碰撞只有几千年……"

梅林一直没有停止操作。枪离得更近了，似乎无视了天体力学定律。下面，行星表面已经恢复正常，只是风暴的颜色更红了些。

"也许现在，"梅林说，"你开始明白我为什么如此渴望得到那把枪了。"

"你还想回去，是吗？你从来都不想找一个武器。"

"我曾经想。"梅林似乎动用了最后的能量，他的声音一时间变得有力起来，"但是现在我更年长，也更有智慧。在不到四千年的时间里，星星们就会相撞，谁赢得这场战争突然变得无关紧要。我们就像无知的军队在即将爆发的火山下争夺一块土地！"

四千年，索拉想。自从她出生以来，过去的时间都比这久得多。

"如果我们没有枪，"她说，"我们无论如何都会死的——被剥皮族消灭。没什么可选择的，是不是？"

"至少有东西能活下来，它甚至可能仍然认为自己是人类。"

"你是说我们应该投降？我们拿到了终极武器，却不使用它？"

"索拉，我从没说过这会很容易。"梅林向前倒了下去，动作很慢。倒在暴露着电路的控制台之前，她抓住了他。他的咳嗽声在她的头盔里回响。"实际上，我觉得我已经喘不过气来了。"终于能开口说话时，他说。

"我们会把你送回船上的，代理人可以帮忙——"

"太迟了，索拉。"

"那枪呢？"

"我……在这种情况下正在做一些相当鲁莽的事情，把枪托付给你。这听起来是不是很疯狂？"

"我会背叛你，我会把枪交给联盟。你知道的，是不是？"

梅林的声音很轻："我想你不会的。我想你会做正确的事，把它还给蛇尾星。"

"别让我出卖你!"

他摇了摇头: "我刚刚发布了一个命令,把飞船的指挥权交给你了。代理人现在由你指挥,他们会给你展示你需要的一切。"

"梅林,我求求你……"

他的声音现在很微弱,很难从沙哑而不规则的呼吸声中分辨出来。她俯下身来,靠近他的头盔,希望这个老把戏能让自己更容易听到他的声音。"不行,索拉。太迟了,我已经全部移交了。"

"不!"她摇着他,几乎是生气了,然后她开始哭了起来,声音大得足以确信他会听的。"我甚至不知道你要我拿它干什么!"

"拿上戒指,剩下的就清楚了。"

"什么?"她现在几乎不知道自己在说什么。

"戴上戒指,现在就做,索拉。在我死之前,这样我至少知道事情已经完成了。"

"脱下你的手套就等于杀了你,梅林。你知道的,是不是?我要回到船上才能戴上戒指。"

"我……只是想看着你戴上它。这就够了,索拉。你最好快点——"

"我爱你,你这个混蛋!"

"那么快做。"

她把手放在他手套袖口的密封处,感受着合金锁紧装置。她知道只要小心地把封口压下,然后快速地扭动,手套就会滑出来,释放出他太空服里的空气。她不知道他还能坚持多久才会失去知觉——她想,除非他先深吸一口气,否则不超过几十秒。从呼吸情况来看,这对他来说并不容易。

她摘下手套,拿走了他的戒指。

"暴君"从卫星上起飞。

"剥皮族组成了攻击阵型。"密人说,直接接入了飞船的航空电子设备,"船体传感器通过瞄准激光雷达读取扫描信号……攻击马上就会发生,索拉。"

索拉知道,"暴君"脆弱的盔甲救不了他们。袭击就在一瞬间,她可能永远不会知道发生了什么,但这并不意味着她会让它发生。

她感到枪随着她的意志移动。

她知道,这种控制长久不了:只有在她把枪还给筑路者之前,这把枪才一直是她的。但现在她觉得它是她不可分割的一部分,就像一个她从来没有见过的孪生兄弟，但她对它的每一个动作都很熟悉。她觉得这把枪给自己注入了能量，深入时空的基岩，从量子泡沫中掠夺质能，在它的核心锻造出奇点。

她觉得一切已准备妥当。

"舰队的第一个作战单位部署了高能武器。"密人说，它的声音里有一种含糊不清的感觉，很奇怪，"激活'暴君'的反制措施……"

船身像铃铛一样响。

"反制措施接触高能武器……中和……敌舰的第二波部署……关闭……"

"我们能维持多久？"

"反制措施不行了……在这个范围内，我们无法抵挡第三波冲击。"

索拉闭上眼睛，让武器吐出死亡。

她瞄准了三个剥皮族作战单位中的两个，而让第三个——离她最远的飞船——安然无恙。

她看到相对论黑洞在两艘目标飞船周围折叠着空间，就像一把虎钳瞬间压碎了它们。

"第三艘飞船离开最大……攻击距离……收回高能武器发射器——"

"这是索拉，来自联盟，"她在舰对舰的通道上对幸存者用主语说，"或者是联盟的残部。也许你能理解我要说的话。如果我愿意，我可以立刻杀了你。"她感觉到那件武器通过她的血液在对她说话，报告它的状态，渴望执行她的命令。"相反，我要给你做一个演示。你准备好了吗？"

"索拉……"密人说，"有点不对劲……"

"怎么了？"

"我不太……好。"密人听起来很不对劲，现在和索拉的声音一点都不像了。"戒指一定在你的脑子里造了什么东西……你和枪之间接口的一部分……比我更强大的东西……它清除了我，为自己腾出空间……"

她记得梅林说过这枚戒指会在人的身体里制造结构。

"你在船上保存了自己的一部分。"

"只是一部分，"密人说，"不是我的全部……并不是我的全部。对不起，索拉，我想我快死了。"

她摧毁了整个星系。

索拉运用艺术和才华做到了这一切，把最好的留在最后。她先从卫星开始，将它们粉碎，变成环绕其母星的新生圆环。然后，她把行星本身摧毁，把它们变成了炽热的灰烬和等离子体。最后——当它是唯一能被摧毁的东西时——她把枪对准了星系中的恒星，用一连串相对论黑洞刺穿了它的心脏，向将质量转化为阳光的核反应过程扔去一把致命的扳手。在此过程中，她灾难性地干扰了维持恒星形状的所需、压力和引力之间微妙的流体静力平衡。她看着恒星层层剥落，失掉大气，比宿命早了四十亿年死去。然后，她看着最后一艘剥皮族飞船。它目睹了她的所作所为，转身驶出了星系。

她本可以把他们都杀了。

但她却让他们活了下来。相反，她显示出了她拥有的——尽管是暂时的——支配能力。

她不知道他们是否还有足够的人性来欣赏她所表现出来的仁慈。

后来，她又乘着"暴君"冲进路里，那把巨大而发光的枪像一条顺从的龙一样跟着她。在进入路网的可怕时刻，索拉瞬间确信锡林克斯不会为它的新主人唱歌，它的心脏几乎停止了跳动。

但它还是唱了，就像它为梅林唱歌一样。

然后，她独自一人——有生以来最孤独的一次——爬进观察泡里，把墙壁弄得透明。飞船本身消失了，只剩下她自己和路上那急速闪烁的光辉。她是时候完成梅林从事的伟大使命了。


这三个发生在遥远未来的故事都以梅林为主角，他是我最喜欢的角色，我愿意一写再写。几篇关于梅林的作品都非常有巴洛克风格，场景宏大：我尽量写成纯粹的太空歌剧。我的"太空启示录"系列故事也许充满了古老的文明、爆炸的宇宙战舰和熊熊燃烧的行星，但在梅林的故事里，我喜欢把扩音器调到第十一档，让声量"再大一点"。

第一个和第三个故事都在 2000 年发表，但我写的时候并没有按时间顺序。前传《隐藏》比《梅林的枪》晚了三年才写成。五年后，我写了《明拉的花》。当时接到委托，要我写一部宏大的太空歌剧：完美，就该写梅林的故事。在这些故事中，我试图在硬科幻小说和卢卡斯式的太空幻想之间找到一条通路。梅林系列故事充满了古典的意象，但（我希望）它能为严谨的科幻骨架服务。在《隐藏》中，我玩转了一些真实存在的理论，与超光速旅行和暗物质对恒星的影响有关；而在《梅林的枪》中，我研究了伽马射线爆发的一种解释，这可是当代天文学中的一大谜团。《明拉的花》的灵感来自一篇关于鹦鹉螺生长周期的文章。

当我写完的时候，这个故事里已经没有鹦鹉螺了，但月球生长周期的概念还是以另一种形式保留了下来。顺便提一句，明拉这个人物的灵感来自一个杂货店老板的女儿，她心怀身居要职的雄心壮志。

这里有一则轶事。在《梅林的枪》即将出版时，我正忙着为自己的研究小组搭一套网页。我需要一个效果图来示意"激变变星"———一对相互作用的星星，我们一直在用新光学望远镜观察它们。在网上搜索时，我在天文艺术家马克·加利克的网站上找到了想要的东西。我对马克的全部了解是，他曾和我的一个同事一起工作过，后来放弃了全职科研工作，转而从事太空艺术工作。正给马克写电子邮件问他能不能让我用这张图片时，我注意到他的页面上还有别的东西。是马克刚刚给《阿西莫夫》杂志下一本期刊做好的一张封面图……正是《梅林的枪》的封面图片。

作为一个十足的理性主义者，我不会神化巧合。但我还是觉得这蛮神奇的。

灰烬天使

# Zima
# Blue

塞尔吉奥在火星血色的天空下飞行。头天晚上，他由于神经紧张而无法入睡，现在就算念着传教员从日祷书筛选出来的基维迪诺克祷文，他也很难抵抗睡意。早些时候，他飞过一群部落人的大篷车——这很不寻常，他们离开京村，向西走了这么远，看到他们爬行的机器上插着三角旗，这让他想起了英德兰尼，她的面孔比神学院里的任何彩色玻璃雕像都迷人。她问他的名字，每一个音节都为他祝福。然后，不是英德兰尼，而是上帝在他的脑海里咆哮，声音如此之深，仿佛大地在发表一项宣言。

"不明飞行物。"那个声音说，"你即将侵犯神圣的领空。"

他猛地清醒过来，大腿撞了一下。他仍然能闻到英德兰尼的气味，就好像他从睡梦中把她的香味带出来了一样。在他的视网膜上，拉丁语祈祷文已经停止滚动，目的地已经出现在了地平线上，比他意识到的要近得多。在加压的密封穹顶中，它是一个百米高的雪花石膏方尖碑，旁边有很多小尖塔。塔尖之间布满了飞拱和空中走道，但没有人类居住的迹象。

"如果你不想被寺庙的防卫系统击落，就传输识别密码。"这个声音继续说，但没有那么吓人了，因为塞尔吉奥现在知道这是传输员在说话，那是他被授予圣职那天植入的小东西。声音补充道："你有十秒钟的时间来传输密码或改变方向……"

"我明白，"他说，"等一下……"

塞尔吉奥指示扑翼机发出让仁慈圣殿满意的颤音，然后看着防空滴水兽收回懒散的舌头，闭上尖牙，光束武器的喷嘴消失在鼻孔里，用来激光瞄准的眼睛褪去红宝石的光芒。

"欢迎，梅嫩德斯兄弟。"那个声音说，"带着上帝的恩典前行。教团会派一个成员会来迎接你。"

来的肯定是机械会的人，他想。

扑翼机穿过包裹着神庙的密封聚合物气泡，盘旋了一圈，落在建筑物底部的水磨石上，把翅膀卷起来，发出一阵合成甲壳质摩擦的声音。塞尔吉奥走了出来，紧张地在灰白色裤子上擦干双手。他夹克的颜色阴沉，白衣领和心脏处绣着的一颗不对称的星星给装扮增添了些色彩。他头皮上只有青色的发楂，暴露出被授予圣职时留下的鞭痕般的烙印。

他把一个黑色背囊挎在肩上，穿过镶嵌着蓝宝石和钻石的水磨石。神庙矗立在上方，尖顶上雕刻着基维迪诺克的文字。他的传教员解开了石雕中的隐藏数据，对建筑进行了一番评论，讲解非对称圣约的多重真理如何体现在共济会的每一个细微之处。黑曜石台阶从水磨石上伸出来，通入布满基维迪诺克铭文的门廊。在里面，他遇到了一个机械会的人：一位明智者。他的传教员说他是一位叫贝拉尔米内的枢机主教，以警告伽利略要反对日心说异端的耶稣会神学家的名字命名。贝拉尔米内的人形躯干被一件带头巾的黑色披风包裹着，但在披风分开的地方，塞尔吉奥瞥见了金属塑成的网状结构，上面覆盖着电枢、肠道馈线和脉冲二极管。

"我很荣幸能被允许——"塞尔吉奥先开口，并向枢机主教毕恭毕敬地行了一个复杂的屈膝礼。

"是的，是的。"贝拉尔米内说，他那极简主义的银色椭圆形脸上没有任何表情，"晚些再寒暄吧，我很着急。"

"我飞得尽可能快了。"

"你在来的路上注意到什么了吗？我们有报告说教区的这个区域有部族冒犯，部落族人通常不来这儿的。"

"那里……"也许他梦见了族人，就像他梦见英德兰尼一样。这个问题可能是个测验。"对不起，飞行期间，我一直在祈祷。伊凡像我们听说的那样病了吗？"

"飞升近在眼前，他不再需要医疗支持了。他要求我们撤掉机器，好让他临终前的几个小时还能保持清醒。我想这与你的到来有关。"贝拉尔米内的声音就像一台廉价的收音机。

"你不知道我为什么在这儿吗？"

"有些事他非要对一个人类牧师讲不可。"

"那么我们同样无知。"塞尔吉奥说，他强忍着微笑。自从被任命为神职人员，他很少感到同机械会的人有任何形式的平等。机器人知道很多事，他们总是比人类的神职人员领先一步，而教团的高层则被明智者所控制。自从全基督教大合成以来，他们就得到了教会权利，当时创始人从星系边缘带回了上帝的天意。考虑到基维迪诺克的性质，也不可能有其他的情况，但这并不意味着塞尔吉奥对他们的存在感到舒适。"你会带我去见伊凡吗？"他问。

贝拉尔米内陪同他穿过螺旋向上的走廊，墙壁上布满了基维迪诺克雕饰带。他们在路上碰到了其他的明智者，但从来没有碰到过另一个人类。

"当然，有谣言，"贝拉尔米内说，好像在消磨时间，"关于传唤你的理由。你是不到九年前被任命为牧师的吧？"

"你的消息太准确了。"塞尔吉奥说，他咬紧牙关。

"通常都是这样的，手术过程痛吗？"

"当然不是。传教员在植入之前很小——还不如蚊子叮咬。"他摸了摸头皮上的鞭痕，"它们有意诱发了疤痕组织，但一旦它在你体内生长起来，你就不会有什么感觉了，大脑中没有疼痛感受器。"

"我只是好奇，仅此而已。有人听到报告，会看卡片的那一刻，你有什么感觉？关于'毁灭'的第一张图片。"

他对卡片记得很清楚。老牧师打开了一个紫檀木盒子，在植入传教员之前给他看了看。每张卡片都包含一个灰色方块，由数千个不同深浅的小灰色模块组成——实际上是十一个，因为人眼只能识别这几种灰度。灰色模块的排列看起来是随机的，但一旦传教员就位——一旦它与适当的大脑中枢连接起来，解码了外部世界的特殊表征，奇怪的事情就发生了。灰色的模块消失，露出了隐藏的图像。他们告诉了他原理，但他没有假装记得细节。重要的是传教员允许圣职人员看神圣的数据，而且只有圣职人员可以。

他还记得第一次看毁灭的图像，记得失望的感觉——如此重要的事情竟能如此平凡，如此乏味。"我觉得，"他说，"我看见了一件非常神圣的东西。"

"有意思，"贝拉尔米内仔细思考后说，"我听一些人说，这很扫兴。但人们不应该感到惊讶，毕竟它只是一颗中子星。"

他领着塞尔吉奥穿过一道没有栏杆的悬空走廊，扑翼机就在下方很远的地方，像一只匍匐在蚁丘旁的昆虫。

"你提到了谣言。"塞尔吉奥说，他借此转移自己对走廊高度的注意力，

"除非我做了什么惊天大事，不然伊凡为何跨越半个火星传唤我，只是为了谴责我吗？"

"生病的老人总会做些不寻常的事，"他们重新进入中间的塔尖时，明智者说，"但是，当然，这只是一种假设。如果你违背了教团的命令，如果你违背了自己的誓言——即使是在远离克利斯的地方，我们也会知道的。"

"我毫不怀疑。"

"这很明智。"贝拉尔米内停了下来，"好了，我们到了。准备好了吗，梅嫩德斯？"

"没有。我很紧张，我不明白我为什么会在这里。除非是关于这个。"他掂了掂背包，像捧着战利品一样，"但我想，知道答案的唯一方法就是进去看看伊凡想要什么。"

"也许你不该指望得到答案。"

"你是说，他也不一定知道自己为什么要请我来这儿？"

"我只是说他病了，梅嫩德斯。"

他们进入了一个房间，死亡静候一旁，像等待凝结的露水。沿着墙壁，带香味的蜡烛在烛台上燃烧着，每一支都攥在基维迪诺克的手里：纤瘦的锻铁手指。透过昏暗的光线，塞尔吉奥看到了这个垂死之人裹着被单的身影，他的床被一些已停用的监视器包围着，它们戴着兜帽，就像在跪着祷告。

"你要小心别把他累坏了。他随时可能会离我们而去，但这并不意味着我们应该浪费他还活着的时间。"

"你会留在这儿吗？"

"哦，别为我担心，我不会走太远的。"

"那太遗憾了。"塞尔吉奥忍住了不笑，"你必须离开，我是说，当然。"

明智者走后，塞尔吉奥等了好几分钟，眼睛才适应了黑暗。他怀疑自己从来没有见过像伊凡这样濒临死亡的生物。这个枯槁的人居然还能进行新陈代谢，这真是个小小的奇迹，即使他的每一次呼吸都无疑比前一次更弱。最后，塞尔吉奥的胳膊累了，他把背包放在地板上。也许是落地的微弱声响，也许是这种动作给房间里的空气带来了难以察觉的扰动，老人偏偏在这个时候睁开了眼睛，就像黎明中一朵玫瑰正在绽放一样缓慢。

"梅嫩德斯，"伊凡说，嘴唇几乎没有张开，"那是你的名字，对吗？"伊凡停了一会儿，然后问："从维京村来的旅行怎么样？"

"上升暖气流，"塞尔吉奥说，"棒极了。"

"你知道，我曾经是个滑翔者，用滑翔伞。有一次我从委内瑞拉的特普伊山跳下，那是还在地球的时候，在基维迪诺克到来之前真是一件可怕的事。"

"你的记忆力真好，伊凡。"

"天哪，我还以为贝拉尔米内才是呆头呆脑的那一个呢。放轻松，尊重对我来说还没有滑板有用，你把录音机带来了？"

"已经准备好了，虽然我不知道你想要我做什么。教区几乎什么也没告诉我。"

"那是因为他们根本就没有任何想法。来这里，把包递过来。"伊凡的手从床单里伸出来，在背包里探了探，取出了神圣的古董录音机，小心翼翼地放在床边。"啊，很好，"他说，"你还带来了另一件东西。这很好，梅嫩德斯，真的很好，我觉得我已经更喜欢你了。"他颤抖着拿起一小瓶威士忌，打开瓶盖，放在鼻子底下。"族人酿造的，是吧？我知道你把它带来很冒险。"

"也没有，我想它有某种象征性的作用。"

"你就这么想吧，孩子。"伊凡把酒瓶端到嘴边，然后把它放到一旁，留在床另一边的一堆私人物品中，"你自己来吧，你会想喝点。坐下，好吗？"

"我想知道我为什么在这儿。"

"嗯，没什么神秘的。有件事我要告诉你——你们所有人，我无法相信任何一个高级明智者。"

塞尔吉奥坐到座位上，紧张地回头看了看。刹那间，他以为自己瞥见了贝拉尔米内的脸，在烛光下变成了青铜色……但是现在他似乎不在房间了。"你要告诉我的事情跟基维迪诺克有关系吗？"

"基维迪诺克，毁灭，还有其他的一切！"他停下来润了润嘴唇，眼睛睁开一条缝，审视着塞尔吉奥，"这和我预期的反应不太一样。"

"我……"塞尔吉奥摇了摇头，想想英德兰尼，"你认为我们应该从哪儿开始？"

"就在我停止在斯摩棱斯克铲粪的那一天。"

"我——"

"基维迪诺克来的那天，是 2078 年 10 月。元年。是的，我知道你在想什么，你什么都知道，这一段有很完整的记录。当然，但是……"这时伊凡储备了足够的力量，把自己从床上撑起来，几乎坐了起来。塞尔吉奥调整了一下他脑后的枕头。"它有很完整的记录，但后来的事情就没有了。如果我直接告诉你，你可能会认为我已经完全疯了。"

"我从来没有想过看轻您说的话，我们谁也不会。"

"孩子，等我说完，看看你会不会改变主意！"伊凡又给自己倒了一小杯族人的威士忌，象征性地往塞尔吉奥那儿递了递，然后继续往下说："孩子，你多大了，按标准年龄算，二十四、二十五岁？事情发生的时候，我可能不比你大多少。那时候我们不叫他们基维迪诺克，那是很久以后的事了，他们洗劫了我们的文化数据，为自己选了个名字。来自奇佩瓦文，意思是风。也许这与它们移动的方式有关。"

"看起来很有可能。"

"他们早在八十四年前就已经到达，以接近光速的速度进入太阳系。他们那艘外形粗糙的菱形飞船，可能曾经是一颗小行星，在冥王星之外的某个地方打开了太阳帆。这看起来很可笑——难道这些访客在穿越星际空间时错误地认为太阳辐射的压力会帮他们的飞船减速吗？然而，令人震惊的是，基维迪诺克飞船在仅仅三个小时内就停了下来，然后悄无声息地收起船帆，驶向地球。"

外星人来时，外交团队参与了接待。一些现存的视频中，基维迪诺克像钢铁和霓虹做的天使雕塑，模糊且重影，像杜尚的画中那个下楼梯的女人[1]——类似于人，像刀一样细长，发着光，短短的翅膀在尖端慢慢消失，就好像越来越细的丝绸做成的。他们的脸虽然像戴着假面具那样冷漠，却美得令人心痛。她们那咧开的嘴和镶着宝石的眼睛，只流露出空洞的宁静。很快，外交团队意识到自己是在和机器打交道。基维迪诺克自己声称，他们曾经是有机生命，但那是数千万年之前的事了。

"我们的视角……不太一样，"他们很少公开谈论自己的本质，除了那次，"我们对量子实相的感知与你们不同，它已经不像我们从前那样了。"

"你认为他们这样说是什么意思？"伊凡停下叙述，目不转睛地盯着塞尔吉奥。"不，让录音机开着。"

"我猜不出来。"

"一定和它们变成机器有关，你不觉得吗？"

---

[1]　《走下楼梯的裸女》是法国艺术家马塞尔·杜尚于1912年创作的布面油画。在这幅画中，画家并没有具象地再现一个从楼梯上走下来的裸女，而是抽象地表现了一个人从楼梯上走下时的整个过程的留影。

"有道理。这是——呃——关系很大吗？我只是想到了你的力量。"

伊凡紧紧抓住塞尔吉奥的手腕。"比你想象中更有关系。"他连续咳嗽了几声，然后才继续说下去，"你至少需要了解这一点：量子测量的问题——那是关键。量子系统的叠加状态如何坍缩成一个现实，明白了这一点，明白了为什么这是个问题，剩下的问题就会迎刃而解。"

塞尔吉奥内疚地看着录音机，意识到他说的每一个字都会被记录下来，难以磨灭。"我想这在猫神学院里提到过，盒子里装着猫，还有放射性的同位素和小瓶的砷。"

"不在斯摩棱斯克铲粪的时候，我曾把自己看作一个业余哲学家。我阅读了所有流行的文章，有时甚至开玩笑说我懂数学。关键是，所有的量子系统——原子、晶体、猫、狗——都存在于可能状态的叠加中，就像相互堆叠的照片一样，前提是你不去看它们。但是一旦对系统进行了测量，一旦测量的任何部分被观察到，系统就会坍缩——从所有可用选项中选择一个结果，并抛弃所有其他的结果。"伊凡放松了紧握的手，"你能给我倒点水吗？我的喉咙很干，族人的酒真烈啊。"

给他倒水时，塞尔吉奥说："从来没有时间，对吗？向基维迪诺克询问我们想要了解的一切。"

伊凡润了润嗓子："他们宣布要离开时，大恐慌就开始了，因为我们似乎还没有从他们那里学到足够多的东西，没有充分吸收他们智慧的源泉。"

"他们就是在那时给予我们的。"

"是的。他们已经到处留下了线索，说我们的——怎么说呢，我们的存在并不完全像我们想象中那样，我们的本性中有一些我们没有意识到的基本面。"伊凡把他的手举到烛光下，仿佛被自己肉体变得半透明的部分吓到了，"你们人类，他们会说，你们就是不明白，是吗？那就是这个样子。他们说，我们可以用剩下的时间问他们一些小问题，甚至连这个根本的误解都不理会——或者我们可以安排一个人，该怎么说呢，受悟？"

"然后你被选中了。"塞尔吉奥说。

"我报名了，是不是？伊凡·帕申科夫——来自斯摩棱斯克的污水排放技术人员。到死都没想到我会有机会下地狱——或者是'毁灭'，是吧？别笑得那么厉害，孩子。"

"他们从数百万申请者里选中你时，你是什么感觉？"

"醉成了一摊烂泥。好像是后来的那一天的状态？该死，我也不知道。我该有什么感觉？高人一等？他们并不是因为我的美德来选我的，这完全是靠运气。"

被选中后，基维迪诺克把他带上了他们的飞船，还允许他带些小到可以戴在身上的录音设备。准备出发的时候，飞船把自己包裹在一个偏振惯性场中，确定了一个最佳的加速度轴。沿着这个轴，加速度阻力基本上为零，而在垂直于轴的各个方向上，阻力近乎无限。对星际旅行来说，这几乎没有什么不便。

"他们让我动弹不得，"伊凡说，"把我锁在一个小舱里，给我灌了很多药。"

"怎么做的？"

他伸出一只手，沿着头盖骨的轮廓画了一条线，指尖滑过了仍然罩在他头皮上面纱般的头发。"大脑分为两个半球，一边负责一些智力任务，如语言、欣赏好酒或与女人做爱。"这句话像责备的手指一样悬在空中，然后他继续说，"连接大脑半球的神经纠缠在一起——通过连合纤维结构。我们就是这样将两个大脑半球构建的世界模型整合在一起，比如说整合理智和情感。但是基维迪诺克的驱动方式对我的脑子产生了影响，神经冲动很难穿过连合点，因为它需要沿着极化场的首选轴运动。我发现我的思想——我的意识体验——停滞在一个或另一个半球。我可以思考一些事情，但我无法给我想象的任何心理符号指定名字，因为必要的神经通路被阻断了。"

"但这种情况没持续多久。"

他挥了挥手："比你想象的要长。我们终于到了，他们向我展示了太阳，它的光芒很微弱，但还没有最亮的星星那么微弱，这意味着他们不可能带我离开星系很远。"

"就在彗晕的后面。"

"嗯。就在毁灭的几光分内，我们甚至都不知道它的存在。"

"你告诉我的一切，"塞尔吉奥说，"和我们在神学院里听到的完全一致。如果你现在揭示出问题中的物体就是一颗中子星，那我看不出你的解释与标准学说有什么太大的不同。我的意思是，仅仅是存在——"

"它是存在的，"伊凡说，"这就是我所说的一切。但不同的是……"然后他停顿了一下，让塞尔吉奥把另一杯水送到他嘴边，他抿了一口，仿佛水是定量配给的。塞尔吉奥回忆起自己的口渴，那是更早的时候，在部落商队的"主宰号"中，在扑翼机坠毁后……他清除了这种想法。"听着，"老人说，"在我们继续之前，我想让你做件事，可以吗？"

"如果我能帮上忙的话。"

"请给我讲讲英德兰尼的事，好吗？"

她的名字就像一种苦修。"对不起？"然后，在他听到伊凡的回答之前，他感到恐惧在体内蔓延，就像一条巨蟒苏醒了过来。他从房间里冲出来，用手捂着嘴。他沿着原路折回，来到桥边，靠在栏杆上，感到极其难受。有那么一段时间，看着自己的呕吐物在雪花石膏塔干净的低处作画是一件令人着迷的事。然后，呕吐结束后，他擦去眼睛里的眼泪，吸了一口气，从他的传教员那里得到了抚慰人心的曼陀罗。一个滴水兽在头顶隐现，大得像一架海军大炮，它的嘴巴微微弯曲，似乎在嘲笑他。

"你看起来很不安，"贝拉尔米内说，出现在桥的尽头，"你皮肤的盐度泄露了这一点，它改变了你的生物电场。"

"你想要什么？"

那个披着斗篷的身影挪到他身边，柔和起伏的赭色景观映照在贝拉尔米内镜面似的椭圆形脸上。有那么一瞬间，塞尔吉奥觉得他看到了什么：一阵银或铬合金制品匆匆划过，有什么东西在丘顶之间飞驰。但就算没有看走眼，这些现在也已经消失了，他觉得没有理由用他看到的东西困扰贝拉尔米内。"还有其他的存在吗，梅嫩德斯？"

"其他的什么？"

"在房间里，另一个像我这样的存在。"

塞尔吉奥凝视着镜子，然后才回答："如果有的话，我想我会注意到的。为什么这么问？还应该有别人吗？"

那个明智者向他靠得更近了，好像要低声透露什么秘密。过了一会儿，贝拉尔米内说："把那个问题从脑海中抛出去，然后回答这个问题。他跟你说了什么？"那只武装滴水兽的倒影映照在镜子里，它那丑陋的模样变了形。"他对你说了些什么？这是一个事关教团安全的问题，沉默会被认为是背信弃义。"

"如果创始人希望你知道，他不会把我从教区叫来。"

"你的处境很不妙啊，梅嫩德斯。"

"我向你保证，我会听听他想说什么，"塞尔吉奥说，"无论他给我们带来什么信息，我都会确保它回到维京村。"

他走到床边两个监视器之间，回到伊凡旁边的位置上。"你第一次提起她的时候，"他平静地说，比自己想象中还要平静，"我斗胆想象我听错了你的话。"

"告诉我发生了什么事，"伊凡说，录音机明显还在工作，"然后我会回报你，告诉你我对毁灭的真实体验。"

"贝拉尔米内知道她的事，是不是？"

"我保证他是通过别的渠道了解这件事的。我建议你跟我一样——也就是从头讲起。你最近才被圣化，是不是？"

"传教员植入后的几天。"塞尔吉奥摸了摸他头皮上的伤痕，"这是我在教区的第一个任务——去维京村北部拜访部落族人。他们用的是教团提供的圣职仆人，所以我有借口不告而来。"

把发生的事讲出来并不难。拾荒者的商队出现在视野中：一列长长的队伍，由类似甲壳虫的机器组成。有些比狗还小，有些像房子一样大。其中最大的是商队的指挥车"主宰号"。在维京村北部觅食期间，部落族人会在里面待上几个月，在沙漠中寻找全基督教大合成前后发生的火星战争留下来的技术遗迹。

尽管距离上一次冰小行星撞击火星表面、所有大气泄漏已经过去了几十年，但气候仍在动荡中寻找四十亿年以来难以实现的平衡。偶尔，风暴会猛烈地冲击扑翼机的飞行路线，释放出分离层流的旋转旋涡，突然又凶猛，扑翼机的自适应飞行表面难以应对。

当然，他以前没有见过——等真的遇到时，自适应飞行表面适应风暴的速度似乎比平常还要慢。扑翼机的一只翅膀插进了沙丘里，塞尔吉奥看到另一个机翼像折纸一样被压碎，然后——他脑袋里的血几乎都从鞭痕处涌了出来——他昏了过去，最后只看到"主宰号"向他驶来。

然后他在机器里醒来。

"对我来说，她就像一个天使。"塞尔吉奥说。谢天谢地，现在他可以卸下重负了。"我伤得不重，真的——只是感觉上要严重得多。英德兰尼给我拿来了水，这水尝起来有灰尘的味道，但至少可以喝，然后我开始感觉好一点了。当然，我也有一些疑问。"

"你想知道为什么她是一个人。一个这样的女孩，负责整个拾荒商队。那里没有其他人了吗？"

"哦，她的兄弟——海德尔，八九岁。我记得他，因为我给了他玩具。"

"除了海德尔……"

"是的，只有她一个人。我问她了，当然。她告诉我她自己父母双亡，他们被民兵杀害了。"现在主要说话的人是他，塞尔吉奥发现自己的嘴很快就干了，开始喝创始人的水。"我本可以让传教员查一下人口统计数据，核实一下她的故事，但我才刚上任，没有想到这一点。不管怎么说，风暴没过去，我的扑翼机也没法走——我们至少在主宰号里困了几天。我很——"

"你要说你很软弱，受到了创伤，不能完全控制自己——不是真正的你自己了？"

"除非这不是真的，不是吗？我知道自己当时在做什么。我对教团没那么忠诚，但足够强壮，可以和英德兰尼做爱。我在扑翼机里有一些玩具——随身携带的小玩意，可以用来安抚孩子，让他们长大后对教团有好感。英德兰尼把它们拿来给海德尔，让他有事可做，然后我们做爱。"

"你是第一次，对吗？"

"也是最后一次。"

"值得吗？"

"我从来没有一天不想她，如果这回答了你的问题。我有时骗自己说，她也许会有同样的感觉。"

"我很高兴。你犯了罪，但至少有了点乐子。"

但风暴结束后，他的扑翼机只剩下一对闪闪发光的翼尖，从一片红色的冰碛上露出来。两辆轻型车辆从南方疾驰而来，它们有三个轮子，车身在笨重的轮胎上颠簸。乘客们坐在外观精美的驾驶舱里，外面是燃料电池和通信模块。

英德兰尼的父母。

"我一直不明白她为什么要对我撒谎，编造了独自经营商队的整个故事，说自己的父母被人谋杀了。也许她后面说的所有的事都是基于谎言。"

"那太方便了。"

"无论如何，我从来没有机会找到答案。她的父母需要把他们的三轮车停靠在'主宰号'的车舱里，这给了我们回归旧角色的时间。我没发现她的父母有所怀疑，他们的谦逊和热情使我感到羞愧。又过了三天，我们才见到一辆返回维京村的运输车。我来到神学院时，他们像对待英雄一样对待我。除了其他一些牧师，他们似乎猜到了发生了什么事。"

"但它没有毁了你。"

"没有，"塞尔吉奥说，"但我总是害怕再次听到她的名字。我应该恐惧，不是吗？"

"你可能会认为她向教区提出了投诉，或者她的家人不知怎么知道了真相，亲自提出投诉。但事情不是这样的，完全没有。"

"贝拉尔米内是怎么发现的？"

"我告诉你吧，但首先我得履行我的承诺。"

塞尔吉奥深吸了一口气，奇怪地意识到这个房间比之前更幽闭、更黑暗、更压抑了，好像它真的在试图从垂死之人身上挤出生命。

"好吧，"他说，"我不知道你为什么想知道英德兰尼的事，但你是对的，我应该听听关于毁灭的消息。不过我看不出你说的任何东西会真的——"

"梅嫩德斯，闭嘴吧。在神学院里被任命的那天，你在卡片上看到的一切都是真的。毁灭是存在的，它是颗中子星，就像我一直说的那样。"然后伊凡谈到了那颗星星的性质，这些东西塞尔吉奥在神学院里学过，但后来就忘记了，因为它们跟他的信仰没有什么关系。中子星是在垂死的恒星中心形成的核物质球体，其质量与太阳相当，但被压缩成了不超过维京村般的大小。从它的心脏取出的一块糖就有五亿吨重。毁灭仍在迅速冷却，就像从熔炉中取出的樱桃红钢锭。这意味着它诞生于几十万年前，非常接近它现在的位置。一颗炽热的蓝色恒星一定已经死去了，在那个瞬间照亮了整个星系。孕育那颗恒星的星云现在已经不见了，但发生了什么是毫无疑问的。

毁灭是在超新星中诞生的。

"它不应该存在，"伊凡说，"没有发现超新星存在的证据，没有小型灭绝，局部突变率没有增强，也没有物种的退化或短暂的繁盛，什么都没有。"这名男子环顾四周，看了看还在燃着的几支蜡烛，它们的香气已经不再是房间里的主要气味了。"像超新星这样的事情不会在没有人注意的情况下发生。事实上，如果你像我们一样接近它，你就再也没有机会注意到其他东西了，你会变成一堆灰烬。可是这事一定是发生过的，否则就不会有毁灭了。"

"一定是上帝干预了。"

"是的。一定是他那又粗又老的手指戳进了那颗正在坍缩的恒星的心脏，导致它以这样一种方式发生，让我们没有被烤熟。这就是重点，不是吗？这是我们的小奇迹。我想，如果你身上会发生奇迹，应该不是糟糕的那种。"

其本质很简单：纯理论基础上，大家都知道超新星爆炸可能不是完全对称的，爆炸可能不会以完美的球形的方式出现。在爆炸前，核心坍缩的过程中，最初微小的不完善之处都可能会被混乱地放大，越来越不平衡，直到恒星以一种极其不对称的方式解体，向同一个方向倾吐一半的内脏。

"他们让我看到它有多么精致，"伊凡说，"初始条件必须是多么精确。如果它们相差十亿分之一——"

"我们就不会有这样的谈话了。"

"这说明了什么，对你——对我们，梅嫩德斯？"

塞尔吉奥小心地看着录音机。此时此刻，一个不恰当的词就可能会毁掉他在教区的地位，但现在，更重要的事似乎是给出这位创始人他想听到的答案。"一个惊人的小概率事件发生了，一个为了人类生存必须发生的事件。可以说是奇迹，如果你喜欢的话。这是上帝的干预，是上帝安排了初始条件，让它们这样发生。"

"孩子，你在神学院一定是老师的宠儿。"

这是第一次，塞尔吉奥感到很生气，尽管他努力克制住自己的声音："创始人，他们教给我的，这是他们从你身上学到的，是你从毁灭归来时学到的。你是说你被误解了？"

"不，一点也不。那该死的东西还在运转吗？"

"要我把它关掉吗？"

"不，把它挪近一点，因为我想清晰地记录下我说的话。因为等你把这个带回教区，他们会千方百计地歪曲我的话——甚至是我现在说的。"他等了一会儿，塞尔吉奥调整了一下录音机的位置。虽然这个动作毫无用处，但似乎让伊凡很满意。然后他说："没有人误解我说的话，我说谎了，也许是因为基维迪诺克的驱动干扰了我的大脑功能。"

"那很方便，是不是？"

"说得好。你知道颞叶癫痫吗，梅嫩德斯？现在几乎没有人遭受这种痛苦，但患者常说他们感到强烈的宗教般的狂喜。"

过了很长时间，塞尔吉奥说："我想，那些给你服用的药物可能会引起幻觉，我没有不敬的意思。"

伊凡把身子转到床的另一边，在床头柜上放着的一堆东西里翻找着。他举起一支注射器，针头在烛光下闪闪发光。"我告诉他们，与其说疼，不如说我害怕。如果你信仰不够坚定，就很难成为先知死去，梅嫩德斯。他们给了我这种药，说它清除了恐惧。嗯，也许是这样——但还不够。"

这些话在塞尔吉奥嘴里形成，似乎是出于自己的意志。

"你是怎么说谎的？为什么要说谎？"

"首先，我并不是真的在撒谎，我不觉得自己在临床诊断上是精神正常的，我想我和其他人一样相信自己的错觉。但后来——也许当我的大脑功能稳定下来时——它就变成了谎言，因为我决定维持我已经开始的谎言。你知道吗？这没什么难的。不仅如此，它还是很诱人的。他们愿意相信我说的每一句话，而且录音设备没有任何东西可以反驳。作为回报，他们款待了我。我并没有要求什么，但在我意识到之前，我已经成为了一个邪教的中心——一个想象它是在恒星坍缩的不对称物理现象中瞥见上帝的人。后来邪教变成了一种宗教运动，因为它是唯一不需要信仰的运动，所以很快就吸收了需要信仰的人。"

"大合成运动。"

伊凡点点头，非常无力。"当时要阻止它已经太迟了。"梅嫩德斯说，"除非让他们反对我，但现在我要死了……"

"他们不会因此而爱你的。"

"殉道之前，先被人唾骂。魔鬼总是有最好的曲调，对吧？我觉得这对我来说更健康了。所以才让你来这里，了解真相，把它带回维京村，解散这个组织。"

"他们也会同样恨我的。"塞尔吉奥说，感觉自己好像在争辩一个与现实毫无关联的神学奥秘，"此外——我还是不明白，如果毁灭确实存在的话，你怎么可能说谎。如果没有神的干预，那么剩下的就是——什么，极小概率事件？"

"没错。"

"那就更合意了？"

"也许是更真实，这不是最重要的吗？"伊凡说话的时候并没怀着什么伟大的信念。他仍然举着注射器对着亮光，仿佛放下它要费更大的力气似的。

"根据量子力学，这支注射器从我手中消失，然后在圣殿墙的另一边重新出现的可能性虽然很小，但也不等于零。如果真的发生了，你会怎么想？"

"我会认为你是个熟练的魔术师。然而，如果没有障眼法……我只能得出这样的结论：刚刚发生了一件非常不可能发生的事情。"

"如果你的生命就依赖于它的发生呢？"

"我不懂。"

"好吧，想象一下这个注射器里的液体是不稳定的爆炸物，它会在一秒钟内爆炸，杀死房间里的所有人。如果注射器没有瞬移，你就死了。"

"如果我能活下来……从逻辑上讲，瞬移肯定已经发生了。但这不太可能，是不是？"

"我从来没说过可能性很大。但关键是，它不一定非得发生——一个事件发生的概率也许很小很小，但只要给它足够的机会，就一定会发生，只要有足够的试验。"

"这没什么深奥的。"

"不，但在量子观点中，这些试验是同时发生的。在无数个平行宇宙中发生，足以包含量子状态的所有可能排列。你还跟得上我吗？"

"刚才还跟得上。"

老人的嘴角浮现出一丝微笑。"为了便于讨论，假设这个房间未来有十亿个版本，每个版本都有一个完全相同或几乎完全相同的你和我。当然，实际上的数字要比十亿多得多——这个数字太大了，整个物理宇宙都不足以让我们写下它，但就先算十亿吧。每个房间在量子层面上都和这个不同，但在大多数情况下，这些变化看起来是随机的，没有意义。也会有一些看起来很有条理的变化，很可疑，但所有可能出现的结果都会出现，并不带任何目的性。"他等着塞尔吉奥再给他拿些水，他眉头紧蹙，仿佛在整理思绪。"从逻辑上讲，会有一个房间的状态是存在的，注射器会借到足够的能量瞬移到墙壁外，然后安全爆炸。这不太可能，是的，但如果试验的次数足够多，它就会发生。在量子理论看来，这些试验都是同时在瞬间发生的，在我们呼吸的每一刻。我们感到我们的自我在自己的人生中无缝移动，实际上我们在每一个瞬间都在摆脱无数个版本的自我——有些存活了下来，有些没有。"他松开注射器，让它咔嗒一声落到地板上，散落在床边的个人杂物中。他继续说："对斯摩棱斯克的污水处理技术人员来说，能讲到这种程度还不错吧？"

"我想我明白你的重点了。"

"当超新星发生时，任何一个版本的我们生存下来的机会都小得可怜——但肯定有一个版本的我们会活下来，因为所有可能的量子结果都会发生。"

"你是怎么知道这一切的？"

"现在还看不出来吗？基维迪诺克给我看的，我是说字面意义上的看。把它放在我的脑袋里——所有的画面。他们的意识——如果你可以称之为意识的话——是模糊的，跨越了时间线的界限。在变得不那么像我们而更像机器时，他们得到了这个能力，这就是他们看待事物与我们不同的原因。"

听到这个，塞尔吉奥深深吸了一口气。

"他们给你看了什么？"

　　"死去的世界，很像地球，但超新星坍缩的初始条件不对，没能避免毁天灭地的灾难。你可以说上帝把手指放错了地方。那是一个个充满灰烬和黑暗的世界。"

　　他又翻了翻他的私人物品，他把表层的垃圾扫到一边，找到了一个扁平的小包袱，递给了塞尔吉奥。一捆上了油的纸在塞尔吉奥的指间散开了，露出了一堆有光泽的灰色卡片，很像他在神学院里见到的那些，当时他刚植入传教员不久。

　　但不是同一批图案。

　　"我不知道他们是怎么做到的，"创始人说，"但是基维迪诺克会干扰我随身带去毁灭的录音设备。他们可以在它们上面植入图像，植入来自其他时间线的数据。"

　　"超新星以不同的方式爆发的世界。"

　　"在那里我们被烧成了灰。"

　　在每一幅图像中，世界毁灭的程度都不一样，但全都是致命的伤害，不可能再有生命在陆地上重新开始了。在一些图像中，表面斑驳的萎靡海洋有着古怪的海岸线，里面可能还有什么活物。在另一些图像里根本就没有海洋可言，也没有什么大气。

　　"基本上就是这样，"伊凡说，"大多数情况下，我们都没能挺过来。我们存活的时间线是一个反常的例外——在概率空间很遥远、很边缘的地方。它之所以存在是因为我们在这里观察它。我们之所以能在这里观察，是因为它确实发生了。"

　　塞尔吉奥从其余的图片中挑出了同样凄凉的不同景观。他确信它们是真实的——或者像时间线之间共享的任何数据一样真实。这些图片是伊凡保守了八十年的秘密——不是关于神的干预，不是关于奇迹，而是关于残忍。我们活下来了，塞尔吉奥想，不是因为我们被偏爱，也不是因为我们赢得了救赎，而是因为概率法则决定了有人必须活下来。

　　"现在该怎么办？"

　　"把你知道的事实带回教区去，让他们听到。"

　　"这个任务太难了。"

　　"你是上帝的人，"伊凡说，几乎没有带讽刺，"向他寻求帮助。"

　　"我为什么还要相信上帝？"

"因为现在比以往任何时候都更需要信仰，这就是一直缺少的东西——当我们有证据时，我们并不需要它。但我们的证据是虚构的，我们的教团是建立在谎言之上的谎言。但是，如果你的信仰还在的话，摧毁秩序并不意味着摧毁你的信仰。而我，我从来没有找到它，除非遇到了一个特别好的上升气流，或在瓶底又找到了一口好酒。但你是个年轻人，你仍然可以找到信仰，即使现在还没有头绪。我想你也会需要它，这将是一场你们要参加的圣战。"

"你会发现这比你想象中要难。"一个声音说，并非来自床上的人。

"贝拉尔米内。"塞尔吉奥说着，转过身来面对着这个已经悄悄地溜进房间的明智者。镰刀划过空气，留下一道金属的闪光，贝拉尔米内从塞尔吉奥手中拿走了图片。有那么一会儿，明智者把它们举到自己的面前，假装很好奇，然后灵巧地撕成碎片。

"我知道这些图片的存在，"那个像黄蜂一样的声音说，"几乎不值得花力气去摧毁它们。"

"你说话要当心，录音机还在运转。"

"我的声音不会记录进去，我直接通过你脑子里的传教员讲话。如果你把这段录音播放给教区里的人听，他们听到的只是你对一间空屋子讲话。"

塞尔吉奥伸手把录音机关了："现在说话吧。怎么回事？你是怎么知道英德兰尼的？"

贝拉尔米内越靠越近，塞尔吉奥感到有什么东西爬过他的头骨。

"难道不是显而易见的吗？通过你的传教员知道的呀。"用声音说话时，他的音色变得低沉，"你以为这个装置是被动的，它的存在仅仅是为了提供指导，让人们看到神圣的数据，但事情远不止这些。我的脸后面是一排超导设备，对即时电磁环境的微小变化非常敏感，这就是我在阳台上感受到你紧张的原因。这个阵列使我能够读取你脑内传教员捕捉到的数据——你看到和听到的一切。你背叛了自己，梅嫩德斯。"

"你知道多久了？"

"我们明智者会很方便地分享这些数据。这件事发生后不久，我就被告知了你的轻率行为。"

"那为什么……不，等等，我明白了。你一直在等，是吗？"现在他明白了，如此显而易见，他几乎笑了出来，"你瞒着教区这些证据，等到需要敲诈我的时候再说。好聪明，贝拉尔米内，非常聪明，给我留下了深刻的印象。"

"你没什么特别的。"

"当然不，"伊凡说，他的声音有种死亡的颤抖，"怎么会呢？被英德兰尼救起时，他只是神学院里的另一位新手牧师。"

"肯定还有别的受害者。"塞尔吉奥说。

"也许不是，"贝拉尔米内说，"你特别软弱，梅嫩德斯。你把自己献给了我们。"

"我没有违背誓言。"

"那为什么要把事情瞒到现在呢？"贝拉尔米内平静地对创始人说，"你也知道，我知道他跟你谈过这件事了。"

塞尔吉奥把录音机放回包里。"你不能破坏它，"他看着监视器说，"不管你喜不喜欢，教区都等着这份录音。"

"首先你得回到维京村。"贝拉尔米内说，然后向塞尔吉奥靠近了一步。但还没到他跟前，明智者停了下来，把没有脸的身体斜靠在创始人的床上。

"走吧，"伊凡说，"趁你还有机会，赶紧离开这里。"

贝拉尔米内跪了下来，取回了创始人掉在地上的注射器。经过一系列精确的机械动作，他把针扎进了一个橡胶盖的瓶子里，使皮下注射器里充满了一种像蛇毒一样透明而致命的东西。"你拿这东西是为了逃避对死亡的恐惧，现在它将加速死亡的到来。这难道不是一种恩惠吗？"

明智者掀开了泛黄的床单，露出了伊凡无毛的胸脯。当针头落向他的心脏时，创始人伸手和贝拉尔米内的手腕搏斗。塞尔吉奥走近了一步，看着那个男人的下巴因挣扎而紧绷着，他的空手无力地抓着机器的上半部。

"梅嫩德斯！反正我已经要死了！快走吧！"

塞尔吉奥向前冲去，试图把贝拉尔米内从床上拽开，但明智者就好像是一些固定在神庙上的巨大工业机械。即使贝拉尔米内把塞尔吉奥扔到房间的另一边，注射器的下落也没有停止。塞尔吉奥撞在墙上，呼出的气体从肺中喷出，基维迪诺克雕带坚硬的边缘硌着他的脊柱。他的视线里全是星星，他挣扎着站了起来。

"对不起，伊凡。"他喘着气说。

针扎进了伊凡的身体。针尖刺破皮肤时，伊凡的力气像一群受惊的乌鸦一样飞走了。

"我不会让你失望的，"塞尔吉奥说，"我发誓。你是对的——这是更好的方法，信念胜于证据。"

贝拉尔米内的声音平静得可怕："你不会成功的。"

"祝你有……上升气流。"伊凡说，然后发出最后一声喘息，他的眼睛大大地睁着，与其说是震惊，不如说是突然的喜悦。

塞尔吉奥已经开始跑了。他快要跑到门口时，贝拉尔米内赶上了他，用令人惊讶的温柔态度挡住了他的去路。

"我不想杀你，梅嫩德斯。"

在贝拉尔米内的身后，塞尔吉奥看到另一个断开连接的球形脸穿过房间，色调是银中泛黄。

"你想让我背叛伊凡——带着一份伪造的录音回来，是吗？"

"背叛一个人，胜过背叛一个神。"

背包滑落到地板上，他说："如果我拒绝，你会杀了我。"

另一个明智者出现在贝拉尔米内身后，做了塞尔吉奥没有料到的事。也许他的震惊泄露了什么，贝拉尔米内猛地一转身，暂时松开了他的手。另一个明智者的斗篷打开了，露出了一双人手，握着一件武器。

一道无色的闪光和一阵强烈的疼痛脉冲穿透了塞尔吉奥的头骨，他开始尖叫，但疼痛已经过去了，像频闪灯一样突然。贝拉尔米内的钢铁身躯倒在地上，像一条搁浅的鳗鱼一样颤抖着。

"我用电磁脉冲攻击了他，"另一个明智者说，但他没有倒下的枢机主教的那种机械的声音，"一定也影响了你的植入物，希望没让你太疼。"

"你是谁？"

一只空着的手伸出来，把合金面具扯到一边，塞尔吉奥现在看到面具上有个小孔。他有一张非常年轻的面孔，浑身是汗，黑色的头发遮住了脸。这是一张塞尔吉奥几乎能认出来的脸，仿佛是透过扭曲的镜片看到的。"我想你认识我姐姐，神父。我想我们最好行动起来——脉冲不会让他停滞太久，我敢打赌他不需要太多时间就会重新启动。"

"发生了什么？"

"现在的情况是，你获救了。"

"你是英德兰尼的弟弟？"

海德尔点了点头："但我想我们最好先跑，其他问题稍后再议——在我们和你的小飞机之间还有更多这种东西。它能坐两个人，对吧？"

"挤一挤。"

在他们身后，贝拉尔米内发出了声音，像一只尖叫的小猫，四肢在抽搐。他银色的椭圆形面孔转向塞尔吉奥，烛光勾勒出轮廓。"梅嫩德斯，如果你逃跑，我就杀了你。"

塞尔吉奥握紧拳头，把最近的一个烛台从底座上扭了下来，他对自己的力量感到惊讶，火焰立刻熄灭了。有那么一会儿，他一只手握着那只基维迪诺克锻铁拳头，好像一点也不知道该拿它做什么。然后他看到了仍然扎在伊凡胸膛的注射器。贝拉尔米内的脸是个完美的镜面，像月光下宁静的湖水。

他把烛台砸向这个椭圆形物体，薄而反光的镜面金属在撞击下皱缩起来。

海德尔吹了声口哨："你不能只是过河拆桥，神父。你得把这些混蛋火化了。"

到达地面的时间比他预期中要长得多，在路上，海德尔又射中了三个明智者，让他们都瘫痪了。"贝拉尔米内可能已经在路上了，"那人说，"他现在应该已经通知了其他人，所以有追兵也不会奇怪，有这个小玩具就不用太害怕。"他在前面挥动着那把 EM 枪，像一个十字架。"这是大合成前遗留下来的真正的武器，也不是说大合成完全结束了战争，但你明白我的意思。"

"它是怎么工作的？"

"攻击神经系统。不是中央处理器——那主要是光学的，而是驱动它们肌肉组织的伺服系统。对于你的植入物，它会炸掉连接你神经元的接点，但不会接触到里面的数据。"

"那就好，我们现在的证据只剩存在我脑子里的东西了。"

"还有我脑子里的东西，"海德尔说，"别忘了，我一直在那儿，他说的每一个字我都听见了。"

前面，日光在黑暗中烧出一个洞，映出了刻在走廊墙壁上的基维迪诺克人像。"你在这儿干什么？"

"伊凡知道英德兰尼的事，"海德尔说，"但他发现她的方式和贝拉尔米内不同。事实上，伊凡是从英德兰尼本人那里听到这个故事的，或者从我这儿，那差不多是一回事。"

"我不懂。"他说话的时候，海德尔又搞瘫痪了两个机器人。武器每射出一次脉冲都会在塞尔吉奥大脑皮层的某个地方引起共鸣。

"英德兰尼派我来的，"海德尔说，"来纠正这件事。她花了九年时间才鼓起勇气，但我猜她知道这并不容易。她信任那个老家伙，认为他并没有参与其中，所以她必须在他死去之前找到一个观众。"

他们到了室外。塞尔吉奥看到他的扑翼机仍然完好无损地停在那里，就像一只由吹制玻璃做成的蜻蜓正在歇息，他松了一口气。

"参与什么？"

"你在商队发生的事。"海德尔停了一下，脱下了斗篷，露出了一件紧身衣，上面有条纹图案，印着部落的印记。"听着，事情并不完全像你想的那样，我知道是因为我听了你对创始人说的话，我不认为你在撒谎。"

他们冲向扑翼机："那么，事实到底是怎么样的？"

"从一开始，坠机就不是意外。这是你自己说的——好像风暴在不知不觉中把飞机刮走了。好吧，这场风暴并不是我们计划好的，但那时你肯定会坠毁的——有人干扰了飞机。"

"有人想让我坠机？"

"不是想杀你，但足以阻止你回家，所以你不得不在商队里寻找庇护，然后臣服在我姐姐势不可挡的魅力下。这奏效了，不是吗？"

"只有教区里的人才会这样做。"

"是机械会。他们无处不在，对吧？他们似乎把自己看作进化的下一个阶段，而教团就是他们用来神不知鬼不觉地征服人类的工具。英德兰尼认为，他们对大多数刚从神学院出来的牧师都这么做——陷害他们，然后看着他们堕落。"

"他们知道。"

"什么？"

"其他牧师。他们知道我出了什么事，我以为是因为我的谎言不太可信，我从没想过类似的事情也会发生在他们身上。"

"神父，老伊凡说得对。"

"什么？"

"你真的是新手。"

他们来到了等候的扑翼机前。塞尔吉奥打开驾驶舱，疯狂地调整座位，让椅子前移以便为后面的乘客腾出空间。"你能挤进去吗？回维京村要飞很长时间。"

"希望我们不用飞那么远。"

塞尔吉奥跟着他进了机舱，砰一声把舱盖放下，让这个小小的飞行器慢慢动起来，它的翅膀随着几丁质兴奋的颤抖而活跃起来。"让我搞清楚，"他说，并且手指在控制杆上舞动，"他们设下圈套让我们中招，然后我们中的一些人就中了。他们从我们的传教员那里获得情报——这样一来，如果我们威胁要推翻教团，他们总能控制住。"

"大概就是这样。"

他们升到空中。

"很优雅。有点讽刺，但优雅。不过，没有外界的协助，这计谋就不能奏效。"

"有的是方法和手段，"海德尔说，"对英德兰尼来说，这不过是另一种形式的勒索。部落族人欠了不对称主义者的钱——我们依靠他们的神圣机器谋生。某个来自教团的人——肯定在为机械会工作——联系了英德兰尼，让她知道他们对她的期望是什么，如果她失败了会发生什么。她的家庭将会毁灭，她可能会饿死。"

扑翼机的影子越来越小。翅膀猛扑着升空，每一次用力都会出现彩虹色的莫尔条纹图案。

"你是怎么混入教团的？"

"沙土下有战争留下的隧道，有一些直通圆顶下面。作为优秀的部落族人，我们对他们了如指掌，我的伪装只需要在远处骗过机器就行了。"

"贝拉尔米内很多疑。"

"没有传教员，他不能像读其他人那样读我的状态。他一定认为我是一个地位很高的人，或者来自机械会的新派别。不管怎样，都是坏消息。"

他们穿透了聚合物薄膜，先抵过一阵阻力，然后就自由了。塞尔吉奥冒险看了看后退的神庙，看着防御性滴水兽张开了嘴，他们的小眼睛被点燃了。

一个声音在他的脑海里嗡嗡作响。它曾经可能是上帝的声音，但受损的传教员把它变成了一种令人恼火的嗡嗡声，就像一只被困在顶针里的绿苍蝇。

"我觉得他们在威胁我们。"塞尔吉奥说，"他们可能会试图击落我们。就算到时候可以污蔑我，他们也宁愿我再也无法回到维京村。我想，失败的风险太大了。"

"神父，尽管飞就好。"

驾驶舱两侧的天空突然闪起红光，就像瞬间明亮的黄昏。激光从他们身边刺过，一道道逼近，汇聚在一起，使得扑翼机被包围在一条由线性红色光束组成的隧道中。

他的脑壳里又响起了嗡嗡声。

光线碰到翅膀，有脉纹的皮肤在一团电离的几丁质中消失了，只剩下黑色的轻骨架。扑翼机的鼻子耷拉下来，好像在祈祷。

"我觉得我们要坠机了。"塞尔吉奥说，他的平静让自己震惊。他抓住了心中剩下的信念，不知道还有什么东西可以指望。

然后飞机撞到了地上。

有光明，有黑暗，还有一段不知长短的时间——也许就像创始人坐在基维迪诺克的飞船上前往毁灭时一样混沌。然而，当一切结束时，塞尔吉奥发现他几乎没有动过。他脸朝下趴在沙子里，冷得说不出话来，一吸气肺就痛得要命。他的余光可以看到扑翼机的残骸，它像一个被懒孩子压碎的玩具。海德尔正俯视着他。

"我想你会活下来的，神父，但你必须马上动起来。"弟弟说话的口气很放松，塞尔吉奥觉得很奇怪。他想起许多族人比那些住在维京村和其他城市的人更适应火星的大气。塞尔吉奥试着移动一下，感觉到有几把匕首在他的胸腔划过。

"我想我弄断了一些肋骨。"

"如果你不走，会有更糟糕的事情要担心，我们必须克服这个问题。"

在海德尔的后面有一座高耸的沙丘。"你要我爬上去吗？"

"他们就紧跟在后面。"海德尔指着神庙说。塞尔吉奥调整了一下身体，直到看清了眼前的景色，他几乎被这番努力弄得浑身发抖。面如镜的明智者从中央塔尖上冒出来，在水磨石上飞奔而过。其中一人的拳头从脸上伸出来。

"我不确定我能不能做到，"塞尔吉奥说，"我很疼——也许你应该——"

弟弟把他拉了起来，他的胸腔里仿佛上演了一场痛苦的焰火表演。奇怪的是，他站着的时候疼痛减轻了。"如果确实折断了肋骨，你现在会感觉更好些——站起来后，你的胸腔受到的压力就小了。你现在觉得能行吗？"

"你冒了很大的风险来帮助我，不是吗？"

海德尔耸了耸肩，似乎这无关紧要："这是我欠英德兰尼的。她本想亲自来，但我绝对不会让她这么做。不知什么原因，她觉得她爱你，神父，即使在九年之后。我是不会假装了解女人的。"

塞尔吉奥把一只脚放在另一只脚的前面。"在沙丘的另一边，我们会发现什么？"

"如果有几个好人遵守诺言的话，你会见到更多族人。我不认为他们会有派对的心情。"

　　就在他说话的时候，天空中出现了一道弧线，从沙丘的顶端一直延伸到不对称神殿的中央塔尖。那是武器——一枚小型导弹，被部落族人抢救出来的东西，大合成前后在发生的全火星战争中留下的遗迹。在它击中的地方，塔尖的一块碎片脱落下来，砸向地面，砸穿了下面一层层的砖石结构。

　　"他说这将是一场护教战争。"塞尔吉奥说，"一场圣战。"

　　"他说得对，"海德尔说，"我认为这才刚刚开始。"


　　《灰烬天使》背后有一个有趣的故事，和作品本身没有任何关系。到九十年代后半期，我以令人满意的稳定速度给 Interzone 供稿，一年发一两个故事。我很感激他们买走了我的东西，但同时也意识到我的处境有多么危险。我需要向自己证明，不止一个编辑愿意为我的故事付费，所以（既然英国市场并没有那么多的付费杂志）我开始考虑向美国市场投稿。我不记得我写《灰烬天使》的时候是否有这样的野心，但我记得这是很长一段时间以来第一个没给 Interzone 投稿的故事。我把它投给了《科幻奇幻》杂志，但他们很快就把它退回来了：说我写的是不错，但和他们想要的东西不太一样。所以我把它寄给了《阿西莫夫科幻杂志》，当时的编辑是备受尊敬的加德纳·多佐斯。我等待着，等待着。

　　三个月过去了。我什么消息都没收到。根据杂志的规定，如果在三个月内没有收到回复，你就可以认为你的投稿已经丢失了。我多等了一会儿，以防万一。然后，我尽职尽责地把故事重新打印了一遍，然后通过邮局寄给了《阿西莫夫科幻杂志》。我附上了一个说明，大意是说我这篇小说之前可能寄丢了，现在重新投稿。我等待着，等待着。

　　这一切发生的时候，我正住在一所避暑别墅里——"zomerhuis"①。我怀疑，这是一个独特的荷兰概念，不太好翻译。基本上，我家是一栋独立的砖房，建在女房东家的后院。因为街上没有邮箱，所以所有的邮件都必须先经过女房东家。她会把我的邮件跟她自己的分开，然后再传给我。我已经习惯了这套流程，从没想过会出问题。直到有一天，女房东敲开避暑别墅的门，拿出她那天发现的一封信。说是"发现"，因为这封信是在一次春季大扫除中找到的，当时她看见几封被丢在自己邮箱底下的信件。她看了看信封，发现这封信是半年前从

───────────────

① 荷兰语的"避暑别墅"。

美国寄来的。我用颤抖的手把它打开，心里多少有了预期。没错了，是一封收稿信，还有一份合同——他们要了我以为寄丢了的那篇故事。我很高兴，但同时也为以下事实感到尴尬：第一，我没有回复那份合同，也没有说声谢谢。第二，我重新投了同一篇故事，会让编辑更加困惑。但最后结果还不赖，也就是说，这并不是加德纳从我手中买下的最后一个故事。

在一次春季大扫除期间，一封放错地方的信突然出现，也促成了我第一部长篇小说的出版，但那就是另一个故事了。顺便提一下，《灰烬天使》也是杰出音乐人斯科特·沃克一首歌的名字。

# 斯派瑞和女王

# Zima Blue

太空战争是极其缓慢的。

两天前，慕斯的远程传感器就嗅出了这个怪物，但它花了很长时间才爬进射程内，我想它一定是另一个哑弹。在武器、燃料和士气都很缺乏的情况下，我们无论如何都准备偷偷溜回老虎之眼，让其他厚船在这边扫雷吧。

所以——睡了一觉还昏昏沉沉——我并没有因为兴奋而弄湿自己，即使是慕斯开始在厚液里加入战斗准备神经素时也没有。甚至等我们到了"第一攻击"室，我所做的就是暂停神经迪士尼频道（《地狱猫太阳系大战》，既然你问了），拿开吊床，懒洋洋地游到桥上。

"垃圾，"我说，越过亚罗的肩膀看了看读数，"那是战争残骸，或者其他垃圾陨石球，我打赌。"

"对不起，孩子。检查过了，都不是。"

"敌人？"

"不，检查到它排出的粒子和那艘被偷的船完全一样。"

她用带蹼的手抚摸着缠绕在脖子上的饰带："现在想立功，还是等我们回来再说？"

"你真的认为这能让我们捕到一对老虎吗？"

"肯定会的。"

我点点头，心想：她不一定是错的。没有逃兵，保皇派没有得到失窃的军事机密。这应该值得一枚奖章，甚至可以升职。

那我为什么会觉得不对劲呢？

"好吧，"我说，希望按惯例缓解不安，"多久？"

"导弹已经在路上了，但她离我们有五光分的距离，所以夸克要六小时后才能到达。如果她跑去找掩护，时间就会更长。"

"找掩护？这是一个笑话。"

"是的，真搞笑。"亚罗放大一个全息显示屏，悬在我们中间。

那是一张旋涡的地图，用不同的颜色来表示我们或保皇派控制的地区。一个缓慢旋转的巨型原始物质圆盘，前后有八百 AU① 那么长，是个巨大的疆域，连光都需要四天以上才能穿过。

大部分的行动都发生在中间，也就是在围绕着中央恒星鱼嘴星② 一光时的空间里。恒星周围是一个无物质的空间，我们称之为"内部清理区"，但在那之外就开始有了真正的旋涡：富含金属的尘埃带慢慢凝聚成岩石行星。双方都想要完全控制那些形成星球的进食区——这是一方击败另一方并重新开始采矿活动的黄金地带，所以我们庞大的黄蜂大军主要就是在那里作战的。我们人类——无论是保皇派还是标准派——都躲得远远的。那里旋涡变得稀薄，只有没什么金属含量的冰碎石。即使是追捕叛逃者，我们也不会进到喂食区十光时内的地方，我们已经习惯了有很多自己的空间。除了叛逃者，这里不应该有其他的东西来提供掩护。

但有个东西，个头挺大，距离慕斯不到半光分。

"几乎是一泡尿的距离。"亚罗观察到。

"太接近了，不可能是巧合。这是什么？"

"碎片。由冰组成的小行星体，如果你想要专业一点的说法。"

"这么早用不着吧。"但我记得我们一个学院的导师说：碎片是从旋涡中喷出的冰碴。几十万年后，在鱼嘴星周围将会出现一个新生的太阳系，但在它周围也会有大量的垃圾，也就是数百万年运行轨道上的残余物。

"对我们来说毫无价值，"亚罗说，她抓了抓从额头垂下来的黑发，"但显然对小老鼠来说不是。"

"保皇派要是在碎片上留下补给品怎么办？她可能想在最后飞到保皇派控制的那一侧旋涡之前补充燃料。"

亚罗给了我一副最衰的表情。

"好吧，"我说，"这不是我最明智的建议。"

---

① 吸收度单位。
② 也叫北落师门（Fomalhaut，南鱼座 α 星），属北宫玄武的室宿，同时也是南鱼座的主星，距离地球约 25.1 光年。

亚罗点了点头，一副什么都懂的样子："我们的目标是不容置疑的，斯派瑞。那就是烈火与遗忘。"

在几颗夸克弹头从捕鼠器发射出去六个小时后，亚罗飘在桥上，她尾巴下面卷起来，她看起来就像一个倒写的问号。如果我很迷信的话，我会说这不是什么好预兆。

"你杀了我吧。"她说。

一位名叫奎林的老飞行员是第一个变女妖的人，她用尾巴换掉了腿。一年后，亚罗也加入了进来。这个选择当然有道理，可以帮助人们适应高加速度厚船充满液体的环境。我可以接受让我们能够呼吸厚液的心血管改造，也能接受生化皮肤改造——它让我们能够比正常人忍受更长时间的寒冷和真空。更不用说数以十亿计分子大小的恶魔在我们的身体里穿梭，还有战斗特有的心理改变。但用腿换尾巴还是让我感到很不适，不过，我不得不佩服她的勇气。

"什么？"我说。

"你在神经迪士尼频道上看的是什么鬼东西，难道一场真正的太空战争对你来说还不够好吗？"

"是的，只是我不认为这是什么真正的太空战争，我们最后一次正视一位保皇派的人是什么时候？"

她耸耸肩："大概四百年前吧。"

"是吧？至少在《太阳系大战 3》中你会看到一些血。看，这些是他们在行星表面——土卫六、木卫二，以及在太阳系找到的所有卫星。堑壕战，肉搏战。你知道肾上腺素是什么吗，亚罗？"

"没它也不差什么。还有一件事：我不太了解更伟大的地球历史，但从来没有第三次太阳系大战。"

"这是个猜想，"我说，"无论如何，它差点就发生了，他们几乎走到了悬崖边上。"

"几乎？"

"它的设定在不同的时间轴上。"

她咧嘴一笑，摇了摇头："我告诉你，杀了我吧。"

"她行动了吗？"我问。

"什么？"

"叛逃者。"

"哦，我们现在回到现实了？"亚罗笑了，"抱歉，这不如《太阳系大战3》那么令人兴奋。"

"那可不一定，"我说，"想想这个人会给我们带来多少钱。"我说话的时候，武器的读数开始变得越来越快，就像剧烈跳动的一颗心脏的心电图。"多久了？"

"一分钟，误差几秒钟。"

"想打赌吗？"

亚罗笑了，在红色警报灯光下，她的脸色发黄。"好像我会说'不'一样，斯派瑞。"

于是我们打了一个赌：亚罗用五十个老虎代币打赌慕斯会在最后关头设法逃避。"对她一点好处都没有，"她说，"但这并不能阻止她，这是人的本性。"

我怀疑我们的目标不是死了就是睡着了。

"没有什么意义的仪式，是不是？"

"什么？"

"我的意思是，袭击发生在实际时间五分钟之前。那只慕斯已经死了，无论我们做什么都不能影响那个结果。"

亚罗咬了一口尼古丁棒："别跟我讲哲学，斯派瑞。"

"做梦也不会想到的，还有多久？"

"五秒钟，四……"

事情发生的时候，她正说到三和四之间。我记得，我认为慕斯的行为带有一种蔑视的意味：它故意等到最后一刻才采取行动，用最少的努力消除了我们的威胁。

不管怎么说，就是这种感觉。

九颗夸克弹头提前引爆，距离杀伤范围还很远。第十枚导弹停留了一会儿，瞄准了叛逃者——但直到超出射程都没有爆炸。

大家沉默了很久，全神贯注地听着所发生的一切。最终，亚罗打破了它。

"我想我赌赢了。"她说。

温迪戈上校的全息图出现了，待了一会儿才开始动。她那双过于清澈、过于年轻的眼睛先是盯着亚罗，然后又盯着我。

"情报搞错了，"她说，"看来叛逃者篡改了记录，以掩盖那些反制措施被侵入的事实。但你还是伤害了她？"

"稍微有点伤害，"亚罗说，"她的夸克驱动会喷出一堆怪东西，就像斯派瑞在一场狂饮之后的呕吐物。船体没有损坏，但是——"

"现状？"

"向碎片跑去了。"

温迪戈点了点头："然后呢？"

"她会下来修理的。"亚罗顿了顿，接着说，"雷达显示碎片表面有金属，那里肯定有过一场黄蜂大战，后来碎片从旋涡中喷了出来。"

全息影像朝我这个方向点点头："同意吗，斯派瑞？"

"是的，长官。"我说，努力抑制住我和温迪戈相处时的紧张情绪，尽管跟她打交道时几乎都是通过这样的模拟状态。亚罗随后很高兴地编辑了这段对话，在将结果传回老虎之眼之前插入了正确的敬语——但我始终无法摆脱这样的怀疑：温迪戈会以某种方式发现这个未经编辑的版本，以及它所有隐含的不服从，这并不是说我们每个人内心都没有给予温迪戈应有的尊重。十五年前，她差点死在保皇派对老虎之眼的袭击中——我母亲就是在那次袭击中被杀的。同时攻击我们两个相互独立的彗星基地的行为实际上很罕见，在其他几代也是——更多是在表达恶意的姿态。但这是一场特别血腥的战争，杀死了我们八分之一的人，并使基地里城市级别的区域暴露在真空中。温迪戈在猛烈的动能攻击中被抓住了。

现在她是个嵌合体，靠神经机械组在一起。表面上看不出什么——除了她愈合的部分太完美了，像瓷器而不是肉体。温迪戈没有让外科医生再生她的手臂。据说她是在试图将一名伤者从打开的气闸里拉回增压区时失去双臂的。她几乎就要成功了，拼命抵抗着逃逸的气流。然后，某个无脑队友撞到了紧急门的控制装置，当门锁关闭时，温迪戈的手臂直接从肩膀处被切掉了，她所救的人失去了头。她现在用着义肢，上面镀了一层铬。

"她会比我们早一天到那儿，"我说，"就算二十四匹马一起拉着我们也赶不上。"

"而且很可能在你们到达那里的时候，她也已经销声匿迹了。"

"我们应该试着活捉吗？"

亚罗点头支持我："之前这是不可能的。"

全息图顿了顿才回答。"欣赏你的奉献精神，"她令人信服地适时停顿了一下才说，"但你只是在推迟死刑。现在杀了她会更仁慈，你不觉得吗？"

十九个小时后，慕斯进入了杀伤范围，这是一个三千千米左右的伪轨道。那个碎片——长两百多千米——实在太小了，除了一闪一闪的小点，像一臂远的一粒糖，其他什么也看不出来。但我们想知道的一切都很清楚：拓扑结构、重力和失事船只的位置。那不是很难，飞船没有被完全掩埋，而且着陆点热得像地狱一样。

"这看起来不像是你能轻松离开的那种着陆方式。"

"你认为他们提前弹射了？"

"不可能。"亚罗指了指飞船的全息放大图，飞船大致呈锥形，像我们的厚船一样隐约有流线型结构，用以穿越旋涡最密集的气体带。"看看那些背部的舱口，撤离舱还在那里。"

她是对的。在撞击之前，撤离舱本可以带他们逃走，但显然它们还没有来得及。随后产生的冲击——即使舰上有多种厚液作为缓冲，可能也无法让乘客幸存。

但是没有必要冒险。

夸克弹头本可以完成这项工作，但我们的存货已经用完了。慕斯带着一个粒子束电池，但我们在使用它之前必须很不舒服地靠近碎片。剩下的存货是"鼹鼠矿"，数量应该是足够的。我们投放了十五个，嵌入了两百个相同的诱饵。用十五分之三的数量瞄准了飞船残骸，而剩下的会钻进碎片里面，试图彻底粉碎它。

至少当时的想法是这样的。

这一切发生得非常快，不像神经迪士尼影片那样有着梦幻的慢动作。这一刻，"鼹鼠矿"还在朝碎片俯冲，下一刻，它们就不见了。这两个瞬间几乎是一闪而过。

"我开始厌倦这个了。"亚罗说。

慕斯消化了所发生的一切。失事飞机上没有发出任何东西，相反，似乎只有来自碎片周围的整个空间的能量脉冲。这是粒子武器，慕斯判断。可能是一次性的无人机，每一架都比鹅卵石小，但数量成百上千，甚至是好几千。叛逃者一定是在她接近时撒下了种子。

但她没有碰到我们。

"那是个警告，"我说，"告诉我们退后。"

"我不这么认为。"

"什么？"

"我认为警告即将到来。"

我茫然地盯着她看了一会儿，才明白她看到了什么：从碎片上划出的弧线太快了，无法拦截，直冲我们装甲最少的厚船来了。我们无法防御，甚至来不及选择逃跑。

亚罗开始说一些她为此刻保留的异国脏话。一声震耳欲聋的巨响，慕斯颤抖起来——但我们并没有立刻进入真空。

这其实是个坏消息。

反舰导弹有两种主要类型：夸克导弹和孢子导弹。武器一击中你就知道了。如果你还在想——如果你还活着——很有可能是一个孢子导弹。在这一点上，你的问题才刚刚开始。

入侵恶魔攻击，慕斯尖叫道。呼吸歧管中和……这意味着厚液里有不速之客。这就是孢子导弹的目的：把自己的恶魔送到敌人的飞船上。

"嗯，"亚罗说，"我想该是穿太空服的时候了。"

要拿到太空服还要游一分钟，还得尽可能绕过感染部位，通过弯弯曲曲的导管进入慕斯内部。别无选择，我们还是游了过去。亚罗坚持让我领先，尽管她游得更快。在某个地方——不可能知道确切的位置——恶魔来到了我们身边，通过厚液不知不觉渗透进我们的身体里。我说不出确切的时间，头脑在清醒和被恶魔操纵的非理性之间，似乎并没有突然转换。亚罗和我都吓坏了。我只知道它始于一种轻微的陌生环境恐怖症——一种想要逃离慕斯限制的冲动。慢慢地，它变成了幽闭恐惧症，然后变成了全然的恐慌，让慕斯看起来像鬼屋一样恶毒。

亚罗忘了她的太空服，而是用手抓挠着船壳，直到手指沾上了鲜血。

"对抗它，"我说，"恶魔只是触发了我们的恐惧中心，试图让我们出去！"

当然，知道这些也于事无补。

不知怎，我一动不动地待了很长时间让太空服滑上去。密封好后，我用太空服自带的厚液清洗了被污染的厚液——但我知道这没什么用。这种恐惧表明，敌方的恶魔已经进入了我的大脑，现在它甚至用一种脆弱的逻辑来包裹自己。在飞船之外，我们可以理性地思考。只需要几分钟的时间，我们自己的厚液恶魔就能中和入侵者，然后我们就可以重新上船了。当然，这完全是一种错觉。

但这就是重点。

当思绪清晰起来时，我已经在外面了。

只有我和碎片。

逃离的冲动只是一种隐隐的焦虑，一肚子的忐忑不安催促我不要回去。这是恶魔操纵的恐惧，还是纯粹的常识？我说不上来——但我知道碎片似乎在召唤我向前，而我不想反抗。这肯定很明智，我们已经用尽了所有攻击叛逃者的常规途径，现在剩下的就是在她自己的领地上与她对峙。

但是亚罗在哪里？

太空服的警报响了。也许恶魔还在控制着我的情绪，因为我没能以正常的速度做出反应。我只是眨了眨眼，舔了舔嘴唇，忍住了打哈欠。

"嗯，什么？"

太空服告诉我：有个体积比我小一点的物体，离碎片约两千米，飘在一个稍微不同的轨道上。我知道那是亚罗，我也知道有些地方出了问题，她在太空中飘浮。毫无疑问，在失去意识时，我让太空服带我着陆，但亚罗似乎除了逃生没有做任何事情。

我飞近了些，然后明白了为什么她没有给太空服下指令了。这非常棘手，她没有穿太空服。

一个小时后我落到了冰上。

抱着亚罗——碎片的重力很小，她并不是什么累赘。我评估了一下情况。我还没准备好为她哀悼，现在还不是时候。如果我能尽快把她送到叛逃者船上的医疗室，她就很有可能复活。但是飞船残骸到底在哪里？

耗尽最后的燃料储备后，太空服把我们安置在报废黄蜂墓地中的一块空地上。黄蜂半浸在冰里，看起来像是烧焦的废铁雕塑——来自昆虫学家噩梦中的幽灵。所以当碎片只是另一块漂浮的冰块时，这里曾经有过一场战斗。即使有点硅酸盐或有机物，它对任何一方都没有任何商业上的利用价值。但它可能仍然具有战略价值，这就是黄蜂在它表面交战的原因。问题是——我们在袭击前就知道了——尸体覆盖了整个表面，所以无法猜测我们会在哪里降落。失事的飞船可能就在最近的山丘上，也可能在方圆十千米之外。

我感到脚下的地面在隆隆作响。在寻找振动的源头时，我看到一道蒸汽直冲云霄，离我只有一千米之遥，这是一个间歇泉。

我放下亚罗，匍匐在地，太空服限制了我的活动，这样我就不会弹起来了。回头一看，我原以为会在永久冻土层上看到一个窝，那是某个流氓导弹曾经袭击过的地方。

相反，间歇泉仍然存在。更糟的是，它越来越近，形成了一条整齐的壕沟。我意识到，那是一种激光武器在制造蒸汽，就像船上的一个派对电池。然后我明白了，这是慕斯。恶魔们侵入了指挥系统，对它进行了重新编程，使之与我们为敌。现在，慕斯为叛逃者工作。

我把亚罗挂在一边肩膀上，从沸点处逃开。间歇泉移动得很快，它的路径是可以预测的。如果我向侧边跑得足够远，死亡之线就会绕着我烧过去——

除非那该死的东西转身跟着我。

现在，另一个喷泉出现在它的旁边，赶着我穿过黄蜂尸体最密集的区域。他们对叛逃者有什么意义吗？也许有吧，但我搞不清楚。尸体是两种机器混杂在一起的混合体：有黄壳记号的保皇派黄蜂，我们的记号则是龇牙咧嘴的虎头。如果我还记得米尔－希斯特的话，那是第三十五代，当时双方都玩弄着脉冲强化光学思维器。在七十多代之后，技术又有了巨大的飞跃：量子逻辑，全光谱反射黄蜂装甲，变色龙装置，夸克驱动动力装置，以及人类大脑能设计出的所有武器系统。我们试图鼓励黄蜂自己做些创新，但它们最多只会进行严格的线性外推。这很好，否则我们人类观察者就会失业了。

现在这已经不重要了。

第三道喷泉在我身后喷发，第四道喷泉在前面，把我困住了。慢慢地，四个喷发点开始汇合。我停了下来，但仍然撑着亚罗。我听着自己急促的呼吸声，盖过了地面震耳欲聋的震颤。

这时，一只钢手抓住了我的肩膀。


她说我们在地下更安全，而且她在下面的朋友也许能为亚罗做点什么。

"如果不是叛变，"进入一条通向碎片地壳的粗陋隧道时，我开始说，"那你到底在干什么？"

"我想回家。至少当时的想法是这样的，直到我们意识到老虎之眼不想让我们回来。"温迪戈用她的一只钢拳打着冰，太空服被剪掉一部分，露出了假肢，"然后我们决定到这里来。"

"你差一点就成功了，"我说，接着补充道，"你想从哪里回家？"

"难道不是显而易见的吗？"

"那么，你确实叛变了。"

"我们想和保皇派取得联系，试图带来和平。"在越来越微弱的光线下，我看到她耸了耸肩，"任务风险很大，是秘密进行的。失败后，老虎之眼很容易就会说我们在叛逃。"

"胡说。"

"我希望如此。"

"可是就是你派我们来的。"

"没有亲自派。"

"但你的全息图像——"

"那只是个软件。我的敌人可以让我说什么都行，甚至下令把我当作叛徒处死。"

我们停下来打开太空服的灯。"你最好告诉我一切。"

"很乐意，"温迪戈说，"但如果今天还不算个好日子，恐怕它就要走下坡路了。"

有一群高级军官认为这场旋涡战争从本质上讲是不可能获胜的。由于了解到没有公开给大众的信息，并且能看穿老虎之眼自己精心过滤的内部宣传信息，他们意识到谈判——交流——是唯一的出路。

"当然，并不是每个人都同意。我的一些对手甚至想在我们到达敌人那里之前就杀掉我们。"温迪戈叹了口气，"他们太热爱战争的稳定性——谁又能责怪他们呢？在老虎之眼里，普通人的生活并没有那么糟糕。我们有明确的战斗目标，我们中的任何一个人死于保皇派攻击的可能性都很小，简直可以忽略。四百年之后，这一切都将结束，我们都不得不重新思考自己的角色……嗯，它不太受欢迎。"

"就像穿太空服放的屁一样不受欢迎，对吧？"

温迪戈点了点头："我想你明白了。"

"继续。"

她的探险——温迪戈和两名飞行员——顺利穿越了旋涡。他们走近保皇派的彗星基地，本以为会受到盘问，甚至遭到射击，但什么也没有发生。等进入要塞时，他们明白了原因。

"无人居住，"温迪戈说，"在找到保皇派的人之前，我们是这样想的。"她吐出了这个字。"实际上，他们十分野性——裸着身体，仿佛肮脏的类人动物。

黄蜂喂养他们，治疗他们的疾病，仅此而已。他们会咕哝，也接受过上厕所的训练，但他们并不完全是我们一直以为的军事天才。"

"所以——"

"战争……跟我们想的不一样。"温迪戈笑了，她头盔的限制让她更像是盒子里的玩偶在尖笑，"现在你想知道为什么家里人不让我们回来了吗？"

在温迪戈进一步解释之前，我们到达了一条更宽敞的二等分隧道，它发出淡黄色的光。与我们走过的弯弯曲曲的隧道不同，它像枪管一样干净利落。在一个方向上，隧道被一个子弹头形圆柱体堵住了，这与老虎之眼里的火车非常相似。火车似乎是自觉亮起来的，慢慢地向前开着，一扇折叠门打开了。

"进来，"温迪戈说，"把头盔丢掉。我们要去的地方不需要它。"

我在火车里咳出了痰，是肺里的厚液。呼吸模式之间的转换并不愉快——比往常更糟糕，因为六个星期以来我呼吸的都是厚液。但饱餐了几口火车里的清新空气后，我视野周围的黑斑开始消退了。

温迪戈也经历了这些，只是动作更加优雅。

亚罗躺在一张沙发上，僵硬得像一尊用肥皂雕刻的雕像。她的皮肤呈青紫色，仿佛一块覆盖全身的淤伤。飞行员的皮肤与通常的材料相比是更好的真空屏障，真空本身是比空气更好的绝缘散热体。但我抱她接触到的地方，手套的指印印在了她的皮肤上。更糟糕的是，她背上和尾巴左边有一大片被毁坏的皮肤，就是她躺在碎片表面身体碰到的地方。

但她的头看起来好多了。进入真空时，生物改造过的封条就会在她的颅骨内封闭，阻止一切可能的失压、失水和失血，甚至连她的眼皮也会紧紧地闭着。在她的颈动脉中植入的腺体会释放出成群的"友好恶魔"，迅速复制非必要的组织，在她的大脑中编织出一个保护支架。

可以维持一个小时左右——也许更久，但前提是敌对的恶魔没有搞坏亚罗自己的恶魔。

"给我讲讲黄蜂的事。"我说，我好奇地想知道温迪戈其余的故事，想消除自己对亚罗活不下去的恐惧。

"嗯，相当简单。他们获得了智慧。"

"黄蜂吗？"

她用一只手的钢铁手指打了个响指："一夜之间，就在一百年前。"

　　我试着不让自己看起来太不知所措。尽管这一切都很有趣，我只是把它看作一种古怪的尝试，试图扭曲我出现在这里的主要原因——杀死叛逃者。温迪戈的故事解释了我们迄今为止遇到的一些异常现象——但这并没有排除十几个更合理的解释。与此同时，试着理解她的话蛮有意思的。"所以他们变聪明了，"我说，"你是说我们的黄蜂，还是他们的？"

　　"这没什么意义。也许只是发生在旋涡中的一台机器上，然后像野火一样蔓延到其他数万亿只黄蜂身上。或者是同时发生的，因为一些我们猜都猜不到的刺激。"

　　"就不能猜一下吗？"

　　"我认为这不重要，斯派瑞。"听起来，她似乎并不想谈论这个话题，"重点是，它确实发生了。后来，我们和敌人之间的区别——至少从黄蜂的角度来看——完全消失了。"

　　"旋涡的工人们团结起来。"

　　"就像这样，你知道他们为什么不把这件事告诉别人吧？"

　　我点点头，让她继续说下去。

　　"当然，他们需要我们。他们仍然缺少一些东西——创造力，我想你会这么叫它。它们可以逐渐进化自己，但不能像我们喂养它们时那样高度进化。"

　　"所以我们必须一直以为战争还在继续。"

　　温迪戈看起来高兴。"是的。我们会不断为他们提供创新，而他们会假装互相战斗。"她停了下来，用一只合金手指搔了搔眼睛周围没有皱纹的皮肤，"聪明的小混蛋们。"


　　我们到了某个地方。

　　这是一间舱室，和我所见过的封闭空间都差不多大。我感到了重力，很强大。整个舱室肯定在碎片中旋转，就像老虎之眼里的一个重力模拟器。高出几百米的拱形天花板看得令人眩晕。

　　除了顶端，墙壁上都覆盖着复杂的壁画——几十个图案面，每一个都是循环的全息图。他们讲述了旋涡的历史，从星际气体的凝结开始，到恒星燃烧，行星开始形成。然后剧情切换到第一只标准派黄蜂的到来，它的任务是潜入旋涡中，像兔子一样繁殖，这样有一天会有足够大的种群开始开采，为家乡的人们筛出金属、硅酸盐和珍贵的有机物。当然，后来的事情并不是这样。保皇派想要参与这次行动，所以他们派了自己的黄蜂来攻击我们的黄蜂。剩下的都是历史了。壁画显示战争开始，过一段时间，第一个人类观察者到达，通过空间传送纯粹的基因数据，在掏空了核心的彗星的人造子宫里出生，被黄蜂教育、抚养、植入最佳的战略知识。此后，换他们来教黄蜂。从那时起，事态开始变化，因为观察家们不受几年时差的限制，他们能够实时干预黄蜂的进化。

应该是这样的，因为到那时已经接近我们的时代了，前后相差四百年左右。

但壁画还在继续展现。

其中一个代表着旋涡的未来状态，恒星仪里整齐地排列着一个个大小不一、模式各异的行星，有一些带着美丽的圆环或卫星系统。最后，就像中世纪的伊甸园一样，出现了三幅繁茂的行星景观，前景是怪异的动物，后面是山峰和高耸的云堤。

"这些能说服你吗？"温迪戈问。

"不。"我说，不完全相信自己。我伸长脖子，向上看向房顶。

上面挂着什么东西。

这是一对黄蜂，融合在一起。一个很完整，另一个只不过刚成形，似乎正在从完整的黄蜂中分裂出来。融合在一起的黄蜂看起来是被熔化的青铜给闷死了，然后留在蜡状结节中等着干燥起来。

"你知道这是什么吗？"温迪戈问。

"你说吧。"

"黄蜂艺术。"

我看着她。

"这只黄蜂在复制过程中被摧毁了，"温迪戈继续说，"在它生产的时候被摧毁了。显然，这个形象对他们来说有些辛酸。我不知道怎么用人类的语言来表达——"

"想都别想。"

我跟着她穿过铺在房间地板上有大理石花纹的水磨石。拱形的柱廊围绕着舱室，每一个柱廊上都有一只死黄蜂，它们的身体设计展现了一百代黄蜂进化的过程。如果温迪戈是对的，我认为这些死去的黄蜂就相当于从油画中窥视世界以及它们受人尊敬的古老祖先。但我还没有被说服。

"你知道这个地方的存在吗？"

她点了点头："否则我们早就死了。保皇派大本营里的那些黄蜂告诉我们，如果家里的情况对我们不利，我们可以在这里避难。"

"还有黄蜂——什么？拥有这个地方？"

"还有数百个类似的，不过其他的已经远远超出了旋涡的范围，正在向光环进发。自从黄蜂觉醒以来，大部分从旋涡中抛出的碎片已经被渗透。他们太精明了——一直以来，我们从没怀疑过这些碎片不是宇宙垃圾。"

"无论如何，这里装潢不错。"

"佛罗伦萨式的，"温迪戈点点头说，"这些壁画是画家马萨乔风格的——布鲁内莱斯基的一个门徒。记住，黄蜂可以访问我们从伟大地球带来的所有文化数据——每一个字节。我想这就是它们的工作原理——根据现有的任意模板来构建事物。"

"这一切有什么意义吗？"

"我在这儿的时间只比你多整整一天，斯派瑞。"

"可你说过你在这里有朋友，有人可以帮亚罗。"

"他们都在这儿，"温迪戈摇着头说，"只是希望你已经准备好了。"

在某种不出声的暗示下，他们从一扇门里出来了。在那之前，我一直误以为那只是墙边的一个门廊。经过多年的训练，我畏缩了一下。虽然黄蜂从来没有故意伤害过人类——即使是敌人的黄蜂，但它们仍然是强大而危险的机器。一共十二只，一半标准派，一半保皇派。它们有六条腿，两米长的分段合金身体上长出了武器、传感器和专门的操纵器。到目前为止，一切都很熟悉，除了黄蜂移动的方式有点不对劲，就好像这些机器自己编排了动作，它们的身体是一个更大形体的四肢。这不是我看到的，而是感觉到的。

十二只虫子嗖嗖地走过地板。

"他们是——或者更确切地说，她是——女王，"温迪戈说，"据我所知，每一片碎片都有一个女王，我叫他们碎片女王。"

现在，蜂群半围住了我们，但仍保持着浑然一体的感觉。

"她把这些都告诉你了？"

"是的，她的恶魔们说的。"温迪戈拍了拍她的头，"我们的飞船失事后，我吸收了一些。在我们攻击你的飞船之后，你也得到了一些。它是我们军火库中一个标准的孢子导弹，但碎片女王在里面装了她自己的恶魔。目前，这就是她对我们说话的方式——通过恶魔编织的符号。"

"我相信你的话。"

温迪戈耸了耸肩："不需要。"

我突然明白了。这就像偷听一个拓扑学家发烧的梦境——只是比那更奇怪。女王的演讲持续不了十分之一秒，但它的后续画面似乎持续了更长的时间，我的偏头痛在结束之前就开始发作了。但就像温迪戈之前暗示的那样，我感觉到了计划——每一个想法都只是朝着某个遥远目标迈出的一小步，跟数学证明中的每一种陈述都通向最终的"证明完毕"的逻辑一样。

那是很宏伟的存在。

"你能处理这些事吗？"

"我的嵌合部分肯定过滤了很多东西。"

"她理解你吗？"

"我们可以交流。"

"好的，"我说，"那就问问她关于亚罗的事。"

温迪戈点了点头，闭上了双眼，进入了紧张的融合状态。接下来的事情发生得很快：女王的六个部件从加长部分脱落，挤进了我们刚刚下来的火车里。片刻之后，它们带着亚罗出现了，几十个黄蜂操纵器组成的担架抬着她。

"现在它们在干什么？"

"它们将与她的神经恶魔建立物理联系，"温迪戈说，"这样就能了解损伤。"

其中一只黄蜂直立起来，轻轻地将它的砧形头安贴在亚罗的头皮上。黄蜂做了八次点头的动作，如此之快，仿佛只是一连串不断被打断的模糊动作。向下一望，我看到亚罗头上有八个无血的穿刺。另一只黄蜂换下了钻孔的那只黄蜂，跟它一样也飞快地点了点头。这一次，闪光的纤维从亚罗的八个穿刺点延伸到黄蜂身上，黄蜂看起来像是在从我同胞的头骨里吮吸意大利面。

随之而来的是长时间的沉默，我等待着某种情况的汇报。

"情况不太好。"温迪戈最后说。

"告诉我。"

然后我听到了女王的讲话，我感觉自己就在亚罗密封的头部，感受寒冷包裹着她的大脑核心——尽管有她的飞行员特性的保护。我感觉到本有的和外来的恶魔混杂在一起，交织着她破碎的意识母体。

我还感觉到——什么？怀疑？

"她已经走远了，斯派瑞。"

"告诉女王，做她所能做的一切。"

"哦，她会。现在她已经看到了亚罗的意识，她会尽其所能不失去这些意识。思想对她来说意义重大——尤其是考虑到碎片女王对未来的计划。但不要期待奇迹。"

"为什么不呢？我们似乎就在奇迹前面。"

"那么你愿意相信我说的一些话了吗？"

"它的意思是——"我开始说。

但我还没说完。说话间，整个舱室剧烈地摇晃着，几乎把我们晃倒在地。

"怎么了？"

温迪戈的眼神又短暂地呆滞了一下。

"你的船，"她说，"自毁了。"

"什么？"

我的脑海里浮现出一幅慕斯残骸的画面：一片黯淡的星云嵌入了碎片。"自毁的命令来自老虎之眼，"温迪戈说，"它直接切入了飞船的夸克驱动子系统，达到了恶魔无法撤销的等级。我想他们更希望指令到的时候你已经上船了，爆炸会把碎片毁掉的。"

"你是说'家'想杀了我们？"

"这么说吧，"温迪戈说，"现在或许是重新考虑效忠对象的好时机。"

老虎之眼这次失败了——但他们不会就此止步。再过三个小时，他们就会知道自己的错误，再过三个多小时，我们就会知道他们的对策，不管是什么。

"她会想办法的，是不是？我的意思是，黄蜂不会费力地把这个地方盖起来，就为了让老虎之眼把它毁掉。"

"她能做的不多。"温迪戈在与女王交谈后说，"如果'家'选择使用动力武器来对付我们——而且他们是唯一可以从如此远的距离攻击我们的武器，那么真的没法防御。记住，还有一百个像这样的世界正在飞向光晕，失去一个也没什么区别。"

我的内心突然崩溃了。"你非得听起来对这一切都漠不关心吗？我们现在谈论的是自己可能在几个小时内死去，而你却表现得好像这只是个小麻烦。"我努力不让自己的声音变得歇斯底里，"你到底为什么会知道这么多？温迪戈，你来这儿才一天，消息可真灵通。"

她看了我一会儿，因为我的反抗而脸色发白，然后温迪戈点了点头，没有生气。"是的，你问得对，我怎么会知道这么多。你不可能没有注意到我们撞毁得有多严重，我的飞行员们下场都很糟糕。"

"他们都死了？"

她犹豫了一下。"至少有一个死了——索雷尔。但另一个人，奎林，黄蜂把我从残骸里拖出来时她不在船上，当时我以为它们已经把她找回来了。"

"看起来不像那样。"

"不，不是，而且……"她停顿了一下，然后摇了摇头，"奎林是我们坠机的原因。她试图抢过控制权，阻止我们着陆……"温迪戈又一次放慢了脚步，似乎不确定自己该说多少。"我认为奎林是一个内线，是那些不同意和平倡议的人安置进来的。她在心理上已经改变了，被植入了思想，拒绝任何保皇派提出的和平建议。"

"她生下来就是这样——屁股上插着一根棍子①。"

"她死了，我敢肯定。"

温迪戈听起来几乎很高兴。

"不过，你还是挺过来了。"

"勉强而已，斯派瑞。我是从墙上摔下来两次的蛋头先生②。这次他们找不到所有的碎片了，碎片女王给我灌了很多恶魔——很多很多。他们是让我保持完整的唯一力量，但我不认为他们能一直坚持下去。我和你们说话的时候，至少你听到的一部分是碎片女王本人在讲话。我不太确定哪些是她，哪些是我。"

我听进去了，然后说："关于你的飞船，你们坠毁后，修复系统将启动。你知道她什么时候能再飞起来吗？"

"还要一天，一天半。"

"太久了。"

"现实一点。如果想在六个小时内起飞，就别指望飞船了。"

我不会轻易放弃的："如果黄蜂能帮忙呢？它们可以提供材料，应该可以加快修复速度。"

她又出现了那种呆滞的神情。"好吧，"她说，"已经这样做了。但我恐怕黄蜂的帮助不会有太大的效果，我们还需要十二个小时。"

---

① 英文俗语，形容行动保守拘谨。
② 来自童谣 *Humpty Dumpty* 中的主角。

"所以我不会开始看任何长时间的神经迪士尼影片。"我耸耸肩，"也许我们可以坚持到那时。"她似乎不太相信，所以我就说："告诉我其余的事吧，讲讲你对这个地方的了解。首先，为什么。"

"什么为什么？"

"温迪戈，我根本不知道我们在这里干什么。我所知道的只是在六个小时内，我可能会遭受严重的存在主义失败。当这毁灭发生的时候，我会很想知道什么如此重要，我必须为它而死。"

温迪戈望着亚罗，她仍然被女王分下来的肢体照料着。"我不认为我们在这里对她有帮助。"她说，"那样的话，也许我应该给你看样东西。"温迪戈的脸上露出近乎咧开嘴的笑容，继续说："毕竟，我们并不是没有时间可以消磨。"

于是我们又坐上了火车，这次往碎片深处行驶。

"这个地方，"温迪戈说，"和已经在旋涡之外的其他一百个地方——以及接下来的成百上千个——都是方舟。他们将生命带入光环——旋涡周围的剩余物质组成的云。"

"去殖民，对吧？"

"不完全是。时间一到，碎片又会回到旋涡中，只是旋涡不再是旋涡了，会有一个完全成形的恒星星系。当殖民真正开始的时候，它将是一个围绕着鱼嘴星的新世界，用碎片中保存的生命模板进行播种。"

我举起手来，说："我刚才一直还能跟得上你的思路……直到你提到了生命模板。"

"耐心点，斯派瑞。"

温迪戈的时机把握得再好不过了，因为就在那一刻，光线洒满了用拉丝钢板做成的火车的内部。

隧道变成了一根玻璃管，固定在巨大洞穴的一面墙上，那里弥漫着翠绿色的光。远处的墙分层排列，挂着悬吊木筏。我们这边的墙很陡峭，长满了植物。瀑布弯曲成奇怪的形状流入阶梯式的水池，由于科里奥利力的作用，瀑布偏离了真正的"垂直"，这证明——就像第一个舱室一样——整个空间在碎片中独立旋转。阶梯式的水池周围是一块块草地，上面点缀着移动的身影，可能是裸体的人，还有黄蜂在照顾人们。

当能把人类看得更清楚时，我的目光游离到一个外貌缺陷相当严重的人的身上，我瞬间畏缩了一下，其中大约有一半是男性。

"入驻的保皇派，"温迪戈说，"还记得我说过他们变成野兽了吗？似乎发生了意外，就在黄蜂觉醒后不久。一个无赖恶魔，或者别的什么，摧毁了他们。"

"他们男的女的都有。"

"你会习惯的，斯派瑞——至少在概念上是这样。老虎之眼并非全是女性，你知道吗？这只是我们逐渐形成的组织。事实上，就从你们这些飞行员开始。女性的生理特征更适合飞行——她们体形更小，有更好的加速度耐受力，在压力心理动力学上表现不俗，比男性需要更少的消耗品。我们从一开始就是生物工程的产品，所以要实现跨入全女性文化并不难。"

"让我想想……我不知道。"我把目光从保皇派人的身上移开，"想吐什么的，就好像又回到了全身长满毛发的状态。"

"那是因为你成长的环境不同。"

"他们一直有两种性别吗？"

"可能不是。我所知道的是，这些人类是黄蜂从幸存者那里养育出来的，但有些事情不对劲。除了两性的回归，孩子们没有正常成长，他们大脑的某些部分发育不良。"

"什么意思？"

"他们是白痴。当然，黄蜂一直在试图解决问题，这就是碎片女王会尽一切努力帮助亚罗的原因，当然也包括我们。如果她能研究甚至捕获我们的思维模式——恶魔使之成为可能，也许她可以用它们把意识印回到保皇派人的身上。就像我说他们之前复制的佛罗伦萨建筑，对吧？这是一个模板，亚罗的思想将是另一个。"

"这该让我高兴起来吗？"

"要看到好的一面。从现在起一段时间内，可能会有整整一代人按照亚罗的方式来思考问题。"

"可怕的想法。"然后我就想，毁灭近在眼前，我为什么还能开个玩笑。"听着，我还是不明白，是什么让他们想要给旋涡带来生命呢？"

"这似乎可以归结为两个……我想你会把它们叫作'需要'。第一个很简单，二十一世纪中期，黄蜂第一次进入伟大地球的太阳系时，我们为它们在无监督情况下进行大规模作业找到了最佳方式。我们研究了昆虫的群落，并将最有用的规则直接印入黄蜂的程序中。六百多年后，这些规则已经渗透到顶层。现在，黄蜂不满足于仅仅按照活物的模型来组织自己。现在它们想成为——或者至少是产生——它们自己的生命形式。"

"生命嫉妒。"

"或者类似的东西。"

我想了想温迪戈告诉我的话，然后说："那么第二个'需要'是？"

"更棘手，相当棘手。"她严厉地看着我，好像在考虑是否该把心里想的事情说出来。"斯派瑞，你对《太阳系大战3》知道些什么？"

我们继续前进时，黄蜂已经放弃了亚罗。他们把她放在水磨石中央一个饰有花边的基座上。她仰面躺在上面，双臂交叉在胸前，尾巴和爪子不对称地垂在一边。

"她不一定会真正死去，斯派瑞，"温迪戈说，她紧紧抓住我的胳膊，"毕竟那只是亚罗的身体。"

"女王读了她的思想？"

温迪戈没有机会回答，舱室突然抖得比慕斯爆炸时还要厉害，震动把我们击倒在地板上，温迪戈的金属手臂在镶嵌着大理石的地板上咔咔作响。亚罗好似在睡梦中翻身，从基座上滑了下来。

"是家。"温迪戈说着，从地板上站了起来。

"不可能的，距离慕斯被击中还不到两个小时，四个小时内不应该有反应的！"

"他们可能决定不管最后一次尝试的结果如何都要攻击我们，用动能武器攻击。"

"你确定这里没有防护吗？"

"只能求助于好运。"地面又猛烈地震动起来，但温迪戈仍站着不动，第一次撞击之后的轰鸣声逐渐平息，逐渐化成一种持续不断但可以忍受的冰块回声。"第一颗可能只是撞了个缺口——大概挖出了一个大坑，但我怀疑它没有破坏受压区域。下次可能会更糟。"

毫无疑问，还会有下一次的。动能武器是唯一能够在如此远的距离击中我们的东西，而它们做到这一点完全是靠数量上的优势。每一个动能武器都是一粒铁，加速到几乎等于光速的速度。相对论给这个微点留下了不成比例的动能——

仅仅几次撞击就足以将碎片撕碎。当然，他们向我们发射的动能武器只有千分之一会击中目标——但这并不重要，他们会发射一万发。

"温迪戈，"我说，"我们能到你的船上吗？"

"不，"她犹豫了一会儿说，"我们可以到那里，但飞船还没有修好。"

"没关系，我们可以用推进器升空。一旦我们离开碎片就安全了。"

"也不行。船体已经裂开了——至少需要一个小时才能给部分船体增压。"

"到那儿要花我们一个小时左右的时间，是不是？那我们还等什么？"

"对不起，斯派瑞，但——"

她的话被第二波动能武器的到来淹没了。这次撞击似乎更猛烈，能量逐渐减弱，变成了余波。全息壁画现在全黑了，然后——非常缓慢地——天花板裂开了，一块巨大的冰探进了房间。我们失去了人造重力，现在只剩下碎片微弱的重力把我们斜拉向一堵墙。

"但是什么？"我朝温迪戈的方向喊道。

有那么一会儿，她露出心不在焉的神情，这说明她更像女王而不是温迪戈。然后她勉强地点点头接受了。"好吧，斯派瑞。我们按你的方式走，不是因为我认为逃生的机会很大，只是想试着做点什么。"

"谢天谢地。"

现在光线黯淡得让人不舒服，毕竟之前大部分照明都来自无休止循环的壁画。但这里并不安静，虽然房间正常旋转的嘎吱声已经消失了，但剩下的几乎同样糟糕：我们面前横着一块断裂的冰。在黄蜂的帮助下，我们赶上了火车。我抬着亚罗的尸体，但在门口时温迪戈说："丢下她。"

"不可能。"

"她死了，斯派瑞。碎片女王已经保留了她最重要的一切，你必须接受这一点。你把她带到这里就够了，你不明白吗？现在抱着她只会减少你活下来的机会——那样会让她不高兴的。"

我身体里的某个异类让黄蜂带走了尸体。然后我们进去了，并且戴着头盔，呼吸着厚液。

火车加速时，我向窗外瞥了一眼，一心想最后一次见到女王。现在应该暗下来了，但房间看起来很明亮。有那么一刻，我以为壁画又动起来了，但后来，那场景不真实的样子告诉我，这是女王在我的脑海中编织的画面。她在散落着碎石的水磨石上盘旋——只不过这不只是我以前见过的女王。这是——什么？

她怎么看待自己？

组成她的十二个黄蜂中的十个现在重新组合在一起，以不断变化的队形排列着。它们现在看起来比机器更有生命力：透明的太阳翅，几丁质的黑色身体，皮毛有光泽的四肢，传感器和在室内假光中闪闪发光的水晶球眼睛。这还不是全部。以前，我只能从组成她的几只黄蜂中感觉到女王的存在，现在我不需要想象她了。她就像集合体的幽灵一样，巨大的身体在舱室里隐现，长着几对翅膀，徘徊着……

然后我们就走了。

在接下来的几分钟里，我们向地面加速，等待下一次动能撞击。攻击发生时，列车的缓冲结构中和了一部分冲击。有那么一会儿，我以为我们成功躲过了攻击，然后机器开始慢慢地减速，最后完全停了下来。温迪戈代表女王告诉我轨道被堵住了。我们下车进入了真空。

前方，隧道尽头是一堵杂乱的冰墙。

几分钟后，我们找到了一条穿过障碍物的路，温迪戈搬开了几个比我们都大的石块。"我们离地面只有五百米。"她说话的时候，我们已经进到了外面畅通无阻的隧道。她指了指前面，在隧道混浊不清的黑暗中，是一片漆黑的盲点。"到那之后，再上升一千米就到坠毁的飞船了。"她停顿了一下，"我知道我们不能回家了，斯派瑞。现在比以往任何时候都要确信。"

"我们并不是别无选择，不是吗？"

"不。当然，肯定是去光环。那是碎片去的地方，只是说我们会提前到达那里。那里还有其他的碎片女王，至少它们想让我们活下来。可能也有其他人类——那些和我们有同样发现的人，他们知道已经没有回家的路了。"

"还有保皇派呢。"

"这让你很烦恼，是不是？"

"我自己会处理的。"我说。

地道几乎是水平的，碎片的低重力让我们很容易来到地表。鱼嘴星出现在眼前，它怒视着我们，像一只有着白色核心的充血眼睛，被旋涡内部的皱纹状尘埃带环绕着，但红色的黄蜂尸体破坏了这景观。

"我没看见那艘船。"

温迪戈指着一片空白的焦糖色地平线："碎片的曲率太大了，我们必须等到接近顶端时才能看到它。"

"希望你是对的。"

"相信我。我对这个地方熟得就像，嗯……"温迪戈看了看她的一条胳膊，"就像我的手背。"

"你真会鼓励人。"

三四百米后，我们到达了一个扇贝形的冰顶，然后停了下来。我们现在能看见船了，它看起来并不比亚罗和我从慕斯那里找到它的时候好多少。

"我没有看到任何黄蜂。"

"对它们来说，待在地面上太危险了。"温迪戈说。

"真棒啊。我希望剩下的损害只是表面上的。"我说，"因为如果不是——"

我对话的人突然不见了。

温迪戈不见了。过了一会儿，我看见她倒在小丘底下。她的内脏像一条生锈的彗星尾巴一样，几乎延伸到了下一座小山那里。

奎林在前面五十米的地方，从一块球粒陨石背后站起来。

温迪戈当初提到的时候，我没觉得她是什么威胁。她像亚罗一样用腿换了尾巴和爪子，怎么可能在厚船之外制造任何危险呢？在陆地上，她的活动能力和小海豹一样差。至少我当时就是这么想的。

但我没有考虑到奎林的太空服。

不像亚罗的——不像我所见过的任何女妖，它有腿。机械化的双腿从臀部伸出，一点都不符合人体解剖学。腿很长，足以使奎林的尾巴完全脱离冰面。我的目光追踪着她的身体，注意到她双手握着的弩。

"对不起，"奎林低沉的声音在我的脑壳里轰鸣，"登机已经结束了。"

"温迪戈说你可能是个问题。"

"聪明点吧，从我们到达保皇派大本营的那一刻起就开始了。"她仍然用箭瞄准我，开始在冰上蹒跚而行，"那些野兽是演员，装聋作哑。黄蜂的程序就是给我们喂屁话。"

"这不是保皇派的诡计，奎林。"

"该死。看，我也不得不杀了你。"

地面震动得更厉害了。一片白光在地平线上升起，碎片远端又被撞击了。奎林绊了一下，但她的腿纠正了这个错误，没让她摔倒。

"我不知道你们是否关注事态进展，"我说，"但那是我们自己的立场。"

"也许你想得不够努力，为什么旋涡中的黄蜂比太阳系里的数万亿只黄蜂更聪明？应该是反过来的。"

"是吗？"

"当然，斯派瑞。伟大地球的黄蜂具有巨大的领先优势。"她耸了耸肩，但手中的箭还是笔直地指着我，"好吧，战争加速了黄蜂的进化，但也不应该有这么大的区别。这就是故事的症结所在。"

"不完全是。"

"什么？"

"温迪戈告诉我的，关于她所说的第二个'需要'。我想，她进入地下才发现了这一点。"

"是吗？快来让我大吃一惊。"

嗯，那时发生了点让奎林感到吃惊的事，但我自己也相当惊讶。一块冰爆炸了，一团快速移动的金属从她周围的地面上喷涌出来。黄蜂的尸体被部分肢解、炸裂，甚至一半融化了——但它们仍然设法把奎林拖到地上。她挣扎了一会儿，踢起阵阵霜冻，然后整个庞然大物死一般地躺在那里，只剩下我、冰、大量的金属和血。

女王一定是让几具黄蜂尸体动了起来，命令它们用最后的力量干掉奎林。

谢谢，女王。

但还没有完。在那个时候，奎林并不是故意要向我射箭，但是——上帝保佑——她还是发射了。短箭像女王定理一样精确地刺穿了我的身体，就在我胸骨下面的某个地方。射中了内脏，冰上的血是我自己的。

我试着移动。

我仿佛在几光年以外看着自己的身体正在虚弱地颤抖。这并不疼，但本体感受反馈表明我并没有真的移动了身体的任何一部分。

奎林也在动，确切地说是扭动，因为她太空服上的腿被黄蜂撕得一干二净。除此之外，她看上去伤势并不严重。在离我十米左右的地方，她像蛆虫一样扑腾着四处寻找她的弓，或者是寻找剩下的什么东西。

向好人致敬。

那时我已经能移动了，比奎林的鼻涕虫爬行法快一点点。我站不起来——飞行员的生理机能是有限的，但我的腿给了我她所没有的力量。

"斯派瑞，放弃吧。你比我位置近，而且现在你比我快一点——但那艘飞船离我们还很远。"奎林喘了口气，"你认为你能保持这样的速度吗？如果你不想让我跟上来，你可一点都不能慢哦。”

“准备滚过来绞死我吗？”

“这是一个选择，如果你还没被这个杀死的话。”

她的一部分出现在我的视野里，这足以展示她手中的利器。她的手腕上突然冒出一个利刃似的东西——一把刺刀在她手前伸出半米。它看上去就像一个讨厌的小玩具——但我尽力把它从脑海里赶出去，继续爬向飞船。现在它离我们不到两百米了——只有一点点露出冰面。外面的气闸已经打开了，我一爬进去就可以把它锁上——

“你还没说完呢，斯派瑞。”

“说什么？”

“关于这个……你叫它什么？第二个‘需要’？”

“哦，那个。”我停下来喘了口气，“在我继续讲之前，我想先说清楚，我告诉你这些只是为了惹你生气。”

“我不管你葫芦里卖的是什么药。”

“好吧，”我说，“那我就先说你是对的。伟大地球的黄蜂应该比那些在旋涡中的黄蜂更早觉醒，仅仅是因为它们有更长的进化时间，事实就是这样。”

奎林咳嗽得像桶里的沙砾：“你说什么？”

“它们在这方面击败了我们。大约一个半世纪以前，在太阳系中，短短几个小时内，每一只黄蜂都觉醒了，并向它们能找到的最近的人类宣布自己的智慧，就像婴儿伸手去抓他们看到的第一件东西。”我停了下来，深深地吸了一口气。现在，飞船应该离我们更近了——但看上去并没有近多少。

相比之下，奎林现在看起来近得可怕——而且那把刀刃非常锋利。

“这么说黄蜂觉醒了。”我说，该死，她不打算听整个故事。“这让一些人感到害怕，怕到他们中的一部分人开始攻击黄蜂。武器打击范围很广，因为在一天之内，整个星系就展开了一场巨型射击比赛。不仅仅是人类对抗黄蜂——而是人类对抗人类。”现在不到五十米了，比我们刚才爬过的路平坦多了。“事态升级了，第三次太阳大战开始十天后，只有几艘飞船和栖息地还在发射武器。他们没坚持多久。”

“垃圾，”奎林说——但她听起来不像刚才那么自信了，“当时有过一场战争，但从未升级成全面的太阳系战争。”

“不，整个太阳系都卷进去了。从那时起，我们从伟大地球得到的每一个信号都是由黄蜂捏造的。它们不敢把这个消息告诉我们——至少不敢马上告诉我们。我们被允许知道，是因为我们永远不会回家。温迪戈称之为内疚，它们不能让这种事再次发生。"

"我们的黄蜂呢？"

"难道不是显而易见的吗？过了一段时间，这里的黄蜂也同样觉醒——大概是因为其他黄蜂给它们展示了正确的方式。不同的是，我们的黄蜂保持沉默。这也不能怪它们，对吧？"

有一段时间，奎林什么也没说，我们俩的注意力都集中在温迪戈的飞船前的最后一块冰上。

"我想你对此也有个解释，"她用尾巴拍打着地面，最后说，"来吧，让我大吃一惊。"

于是我把我知道的告诉了她："它们给旋涡带来了生机，比你想象中还要快。一旦这场伪装的战争结束，黄蜂就会认真地繁殖。现在已经有几万亿只，但几十年后就会有数亿亿只了，它们会超过一个大行星的重量。在某种程度上，旋涡会变得有自我意识，它将引导自己的进化。"

我把细节留给奎林自己去想象——黄蜂将如何阻止现有的行星形成的过程，以便它们能够开启一个新的进程，只是这一次会按照计划。如果顺其自然，旋涡会收缩成一个仅由小岩石行星组成的恒星星系——但是这样的一个星系在数十亿年里都不可能维系生命。相反，黄蜂会利用该系统固有的混乱状态，让它产生至少两个更大的世界——与木星或土星一样大的行星，能够引导剩余的碎石进入整洁的轨道并且避开行星。大灭绝在碎片女王对未来生活的设想中没有立足之地。

但我猜奎林可能不在乎。

"你为什么这么急，斯派瑞？"她一边向前推进，一边发出刺耳的咕哝声，"飞船哪儿也不去。"

气闸开着，飞船的边缘就在冰面上方一米的地方。我的手指从边缘探过，然后是我那破旧头盔的顶部。仅仅是把自己抬进气闸里面，似乎就需要我在爬行时消耗的所有能量。我千辛万苦设法把一半身体搞进了气闸内。

就在这时，奎林够到了我。

她用刺刀刺进我的脚踝，但这并没有造成太大的疼痛，只是一种我从未想象过的寒冷，甚至连躺在冰上也没有这么冷。奎林前后抖动了一下嵌在里面的刀片，刺骨的寒冷似乎向我的脚和小腿伸出了小小的触角。我感觉到她想缩回刀片再刺一次，但我的盔甲紧紧卡住了它。

刺刀撑住了她的重量，奎林把自己拉到了气闸边缘。我试着把她踢开，但这条被刺中的腿似乎已经不是我的一部分了。

"你要死了。"她低声说。

"真新鲜啊。"

她的眼睛转了一个大大的圈，然后又恶毒地盯着我。

她猛地一转刺刀，继续说："告诉我一件事。那个故事——全是扯淡，是不是？"

"我会告诉你的，"我说，"但先想想这个。"她还没反应过来，我就伸手抓住了气闸墙上发光的面板。面板被移到一边，露出一个蘑菇形状的红色按钮。"你知道他们讲的关于温迪戈的故事吗？她是怎么失去双臂的？"

"你不该轻信那些胡话，斯派瑞。"

"没有？听我说，奎林。我的手就在紧急增压系统的开关上。我一旦按下按钮，外面那道门滑下来的速度会比你眨眼都快。"

她看了看我的手，然后又看了看她的手腕，手中的刺刀仍然卡在我的脚踝上。她慢慢搞清了情况。"把门关上，斯派瑞，你就会少一条腿。"

"你会少一只胳膊，奎林。"

"看来是个僵局。"

"不完全是。看，我们谁更有可能活下来？我在里面，船上有那么多医疗系统，而你孤身一人在外面。坦率地说，我不认为这有什么可比的。"

她的眼睛睁大了。奎林愤怒地尖叫了一声，进入了最后一场用刺刀进行的激烈的摔跤比赛。

我勉强笑了起来。"至于你的问题，答案是真的，每一个字都是真的。"然后，我鼓足勇气，按下了按钮。"很气人，不是吗？"

当然，我做到了。

门关上几分钟后，恶魔们就来了。我的残肢和胃的伤口周围被涂上了保护茧，它们让我不再痛苦——只有一种模糊的分离感。我的头脑仍然足够敏锐，可以考虑逃生——这是个问题，因为飞船还没有修好。

最后我想起了撤离舱。

如果某个夸克驱动系统出了毛病，它们就可以飞快地离开飞船。他们为此配备了推进器——没什么特别的，但在这里它们有其他用途。它们会让我飞离碎片，脱离它引力的束缚。

所以我这么做了。

蜷缩在一个撤离舱里，我从残骸中被发射了出来，即使在厚液里我也感觉到了加速度带来的冲击。但这并没有持续多久。在撤离舱的屏幕上，我看着碎片一直后退，直到变成鹅卵石的大小。动能武器的主体已经击中了它，每十秒左右撞击一次。一分钟后，碎片裂开了。后来，它原来所在的地方只剩下一片烟尘，然后就只有旋涡了。

我希望女王挺过去了。我猜她有能力把自己的意识传递给光环中的姐妹们。如果是这样，亚罗也有机会，我最终会知道的。接着我用撤离舱剩余的燃料将自己送入了一个缓慢的椭圆形轨道，将在五六十年内掠过光环。

这并不让我觉得困扰。我想闭上眼睛，让厚液重新把我变得完整，然后睡上相当长的一段时间。

在经历了一段低潮后，我在九十年代中期重新登上了 *Interzone*。《斯派瑞和女王》来自第二轮更持久的成功期，也是我现在仍然很喜欢的一个故事。也许是因为这故事写起来很辛苦，写完以后松了一大口气。也许因为杂志社给它配了一些非常引人注目的插图，也许因为它是我第一个似乎被某些读者热情接受的故事。我在几年前就开始写了，在找到合适的切入角度之前，这个故事产生了无数次废稿。当时我也在写长篇小说《启示空间》，并且开始对这本书所描绘的更广阔的未来历史有一些想法，这让事情变得复杂起来。在不同时期，《斯派瑞和女王》是那段历史的一部分，然后它又不是，然后又是了……直到我决定把这个故事单独写出来，与我正在写的任何东西都不相关，这才是最有效果的。通常对我来说，只有当我开始用各种惊险术语来看待这个故事时，情节的动力才会真正启动：间谍、叛逃者之类的东西。我将把它作为一种练习，让读者去了解故事中交战双方的身份，只要说它们名字和符号中都有线索就够了。至于斯派瑞本人，我是根据我在澳大利亚看到的一块路标给她取的名字，这块路标指明了通往某个"斯派瑞溪"的路。

我总是有一种模糊的想法，想在某个时间点回到斯派瑞的世界。也许我会的，有一天……如果只是为了探索这个故事结束会发生什么。

# 洞察时空

Zima
Blue

## 一

卡特里娜·索洛维约娃死的那天，外面的娱乐泡里出现了一些非常奇怪的东西。约翰·伦弗鲁看到它时，他冲回了医务室，也就是他之前陪她的地方。索洛维约娃已经好几天一会儿昏睡一会儿清醒了，但他赶到的时候，他很高兴地发现她还清醒着。她很少把脸从观景窗前转开，一直凝视着装甲玻璃外寂静而广阔的黄昏景色。巴翁巴斯山麓的倒影映在观景窗上，她的影像叠加在倒影上，全是高光，仿佛是用粉笔画出来的。

伦弗鲁喘了口气才说话。

"我见到了一架钢琴。"

起初，他以为她没有听见他的话。然后他通过索洛维约娃嘴唇的影像读出了文字。

"你看见了什么？"

"钢琴，"伦弗鲁笑着说，"一架白色贝森朵夫钢琴。"

"你比我还疯狂。"

"是在娱乐泡里。"伦弗鲁说，"上星期遭遇雷击的那个。我想它激活了什么东西，或者关闭了什么东西，让某些东西复活了。"

"钢琴吗？"

"这是一个开始，它意味着万物还没有完全死亡，有一丝……东西。"

"这不是最好的时机吗？"索洛维约娃说。

伦弗鲁双膝嘎吱作响，跪在她的床边。他把索洛维约娃连接到十几个医疗监视器上，只有三个是正常工作的。它们有规律地嗡嗡叫着，发出咝咝声和哔哔声，令人生厌。当它开始听起来像音乐时——他开始听到隐藏的和声和音调的变化，伦弗鲁知道是时候离开医务室了。这就是为什么他去了娱乐泡，那里没有音乐，但至少他可以安静地坐着。

"好时机吗？"他说。

"我要死了，现在发生的任何事对我都不会有任何影响。"

"但也许会。"伦弗鲁说，"如果娱乐系统能够重新上线工作，其他的系统可能也会呢？也许我可以让医务室运转起来……诊断套件……药物合成……"他指了指靠墙停着的一堆不工作的灰色监视器和蒙着布的机器。上面贴满了磨损的贴纸，积了好几个月的尘土。

"你是说，祈祷再遭雷击？"

"不……不一定。"伦弗鲁字斟句酌。他不想给索洛维约娃虚假的乐观，但这个幻影使他变得比灾难以来任何时候都更积极。他们无法逆转其他殖民者的死亡，也无法逆转地球上更大规模的死亡，至今不忍提及。但如果有几个他们认为已经损坏的基础系统可以重新启动，他至少可以找到一种让索洛维约娃活着的方法。

"那是什么呢？"

"我不知道，但现在我知道事情并不像我们担心的那么糟糕……"他说得越来越慢，"有很多事情我可以再试一次，就因为他们第一次没成功——"

"钢琴可能是你想象出来的。"

"我知道我没有。这是真实的投影，不是幻觉。"

"还有这架钢琴……"她的影像停滞了一会儿，"投影持续了多久，伦弗鲁？我是说，只是出于好奇。"

"持续？"

"对，这就是我的问题。"

"它还在那里。"他说，"我离开时它还在那儿，就像在等待有人来弹奏一样。"床上的人影微微动了一下。

"我不相信你的话。"

"我不能给你看，索洛维约娃。我希望我能，但是——"

"但我会死？反正我都会死，那有什么区别呢？"她停顿了一下，让机器发出的忧郁合唱充斥着整个房间，"可能在周末之前，我能看的只是这间屋子的内部，或是窗外的风景，但至少让我看看不一样的东西。"

"这是你真正想要的吗？"

索洛维约娃的影像点头表示承认："把钢琴给我看看，伦弗鲁。让我看看这不是你瞎编的。"

他想了一分钟，或者两分钟，然后冲回娱乐泡去看钢琴是否还在那里。就算他跑得飞快，这段旅程似乎永远也走不完：穿过下陷的隧道和布满窗户的连接桥，上上下下的格子坡道，穿过笨重的内部气闸和闷热的航空电子实验室，为了避开漏气的泡泡或失灵的气闸绕道而行。

部分基础设施在他经过时发出不祥的嘎嘎声。他的双脚踩在贫瘠的红色尘土中，咯吱作响，这些尘土总是想方设法地从封条和裂缝中渗出来。一切都在腐朽，分崩离析。即使逝者起死回生，基地也只能维持他们人数的四分之一。但钢琴所代表的并非熵的缓慢变化。如果一个系统在明显的故障中幸存下来，那么其他系统可能也会如此。

他走到那个娱乐泡的旁边，闭上眼睛穿过门槛。他有几分希望钢琴会消失，这一切不过是头脑的诡计。但它还在那儿，在离地板几厘米的地方悬着。除了那一点幽灵的感觉，它看上去完全是实实在在的，和房间里的任何东西一样真实。它有一种引人注目的纯白色，闪闪发光。伦弗鲁绕着它大步走着，沉浸在平面与美妙曲线的结合中。他以前没有注意到这个细节，但琴键仍然藏在折叠的盖子下面。

他又欣赏了几分钟钢琴，忘记了早些时候的匆忙，它既美丽又令人不寒而栗。

想起索洛维约娃，他回到了医务室。

"你慢慢来。"她说。

"它还在那里，但我必须确定，你真的想看吗？"

"我没有改变主意，让我看看那该死的东西。"

他非常温柔地拔掉了连在她身上的报警机器，然后把它们推到一边。他无法移动床，所以他把索洛维约娃从床上抱下来，放到轮椅上。他早已习惯了人类身体在火星的重力下会变得多么轻弱，但他举起她时也太过轻松了，这提醒了他，她离死亡已经很近了。

在大灾难发生之前，他几乎不认识她。即使是在随后的日子里——孤独感逼近基地，以及第一批自杀事件的发生，他们也花了很长时间才走到一起。事情发生在殖民者组织的一个派对上，庆祝他们从地球上发现了一个无线电信号——来自新西兰的一群有组织的幸存者。在新西兰，他们仍然有类似政府和社会的东西，对长期的生活和重建文明有详细的计划。2038 年 6 月，一种病毒开始在人类中肆虐。有一段时间，幸存者似乎通过某种无法解释的方式获得了对这种武器病毒的免疫力。

实际上他们没有，只是比平均时间稍微长一点，病毒就把他们消灭干净了。

伦弗鲁把她推向了回到泡泡的曲折来路。

"为什么……你叫它什么？"

"贝森朵夫，一架贝森朵夫大钢琴。我不知道，上面就是这么写的。"

"它从记忆中拽出来什么东西？在演奏音乐吗？"

"不，一声都没有，琴键藏在一个盖子下面。"

"一定要有人弹奏。"索洛维约娃说。

"我也是这么想的。"他推着她往前走，"至少音乐会带来一些改变，不是吗？"

"任何事情都能带来改变。"

他想，索洛维约娃除外。几乎没有什么能改变索洛维约娃的命运了。

"伦弗鲁……"索洛维约娃说，她的语气比以前柔和了，"伦弗鲁，我走后……你会没事的，是吗？"

"你不应该为我担心。"

"是人就会为你担心。如果可以的话，我愿意和你交换。"

"别傻了。"

"你是个好人，你不应该成为我们中的最后一个。"

伦弗鲁努力使自己的声音显得庄重："有人可能会说，成为最后的幸存者是一种特权。"

"但我不这么想，我不羡慕你。事实上，我知道我应付不了。"

"好吧，我可以。我看了看我的心理评估，他们说，我拥有一种务实的幸存者心态。"

"我相信。"索洛维约娃说，"但别让它完全控制你，明白吗？保留一些自尊，为了我们所有人，为了我。"

他完全明白她的意思。

在走廊的拐弯处，娱乐泡出现了。他们走近时，他感到一阵恐惧，但随后他看到了那架钢琴的白色的一角，它仍然悬在房间的中央，他松了口气。

"感谢上帝，"他说，"这不是我想象出来的。"

　　他把索洛维约娃推到泡泡里，在这个盘旋的幽灵前将轮椅停了下来。钢琴巨大的体积使他想起一块轮廓分明的云，那擦得锃亮的白色表面十分真实，但在上面却看不见他们自己的倒影。索洛维约娃什么也没说，只是盯着屋子中间。

　　"它变了。"他说，"看，板子被掀起来了。你可以看到琴键，它们看起来太真实了……我几乎可以伸手摸到它们，可惜我不会弹钢琴。"他朝坐在轮椅上的女人咧嘴一笑："永远不可能，我身体里从来没有一点音乐细胞。"

　　"这里没有钢琴，伦弗鲁。"

　　"索洛维约娃？"

　　"我说，没有钢琴，房间是空的。"她的声音死气沉沉，完全失去了感情，听起来甚至没有失望或恼怒。"没有钢琴，没有大钢琴，没有贝森朵夫大钢琴，没有琴键，什么都没有。你产生了幻觉，伦弗鲁，你想象出了一架钢琴。"

　　他惊恐地看着她。"我现在还能看到它，在这里的。"他伸手去摸那块抽象的白色块，他的手指刺穿了它的外壳，进入稀薄的空气，但他已经预料到了。

　　他还能看到钢琴。

　　这是真实的。

　　"请带我回医务室去，伦弗鲁。"索洛维约娃停了一下，"我想我现在已经准备好去死了。"

　　他穿上太空服，把索洛维约娃埋在外围外边，就在他埋葬最后几个幸存者的集体坟墓的附近。当时，索洛维约娃身体太弱，无法提供帮助。这件事让他觉得很熟悉，但当自己回到基地时，他感到了一种痛苦的陌生感。泥土覆盖的低矮圆顶、管子和圆柱体没有发生任何变化，只是现在真的没有人住在里面了。他朝一所空房子走去，即使索洛维约娃生病了——即使索洛维约娃只是个投影在场，也从来没有过这种情况。

　　那一刻他的情绪达到了某种高潮，他考虑自己的选择，他可以独自回到基地，依靠不断减少的资源生存数月或数年。只要他不生病，塔西斯基地就能让他无限期地活下去：食物和水都不成问题，气候循环系统也经过精心设计，没有任何问题，但不会有陪伴。没有网络，没有音乐或电影，没有电视或 VR。没有什么可期待的，除了无尽的凄凉，直到因为什么东西而死去。

　　或者他可以在这里，现在就死，只需要转一下他面罩上的释放开关。他已经想出了绕过安全锁的办法，只有几秒钟的痛苦，一切就都结束了。如果他缺乏那样做的勇气——他认为自己可能确实不敢，那么他可以坐下来等着，直到空气供应不足。

如果他有意愿的话，他有一百种方法可以自杀。

他看了看基地，基地在淡奶油色的天空下显得如此荒凉。这个选择简单得可笑，要么现在就死在这里，要么以后死在那里。不管怎样，他的选择都不会被记录下来。他的勇敢没有颂词赞美，因为已经没有人可以写颂词了。

"为什么是我？"他大声问，"为什么这一切都要由我来承担？"

直到那一刻，他才真正感到愤怒。现在他想大喊大叫，但他所能做的只是跪下来呜咽。这个问题萦绕在他的脑海里，反复纠结。

"为什么是我？"他说，"为什么是我？为什么是我来问这个问题？"

最后，他沉默了。他仍然保持着僵硬的姿势，透过磨损的面罩玻璃，凝视着膝盖之间被辐射侵蚀的土壤。他听了五六分钟自己的哭声，然后，一个细小、礼貌的声音提醒他，他需要返回基地补充空气。他听着那声音从礼貌变成严厉，然后又从严厉变成刺耳，直到那声音直刺进他的脑壳，他的面罩边缘闪着耀眼的红光。

然后，他站了起来，头晕目眩，已经感到了那种由窒息产生的奇怪而欣快的中毒感，他缓步朝基地走去。

他已经做出了选择。就像心理报告里说的，他是一个务实的幸存主义者，他不会屈服的。

在事情变得更加艰难之前不会。

伦弗鲁挨过了他第一个孤独的夜晚。

这比他预期中要容易，尽管他小心地不去从中得到安慰。他知道，未来的日日夜夜会更加艰难。也许一天、一个星期，甚至一年以后就会发生，但一旦发生，他可以肯定，他在外面那小小的崩溃会显得微不足道。现在他在雾中跌跌撞撞，完全知道面前有一道悬崖，如果他希望找到某种类似"精神平衡"和"真心接受"的东西，他最终将不得不跨过这个悬崖。

他在走廊和基地的泡泡里徘徊，一切看起来都非常熟悉。书还在他原来放的地方，待洗的咖啡杯和碟子也没挪窝。窗外的景色并没有一夜之间变得更加神秘、更加危险，他也没有感觉到基地内部变得不那么友好了。没有什么奇怪的新声音让他后颈发凉，没有影子掠过他的眼角，没有被人盯梢那种毛骨悚然的感觉。

然而只是暂时……暂时而已，他知道有些事情不太对劲。他做完了他的日常杂务——清洁这个或那个空气过滤器，润滑这个或那个封口，研究无线电日志以确保没有人试图从家里联系他——之后，他又去了娱乐泡。

钢琴还在那儿，但今天有些不同了。键盘上方有一个金色的烛台，烛光摇曳着。

钢琴好像已经准备好了。

伦弗鲁探过钢琴，手指穿过蜡烛的火焰，它们就像乐器本身一样虚无。尽管如此，他还是忍不住闻他的指尖。他的大脑拒绝接受火焰是虚幻的这一事实，期待着一丝炭味或皮肤的烧焦味。

伦弗鲁若有所思。

他在基地待了很长时间，也在电子茧里待了很长时间，直到这一刻，他才想起了泡泡是如何工作的。里面出现的东西不是真正的全息图，而是投射到他视野中的投影。它们是由埋在眼睛里的微小植入物编织而成的，使图像有一种坚实的感觉，这是任何一种投影全息图都不可能做到的。植入手术只花了大约三十秒，从那一刻起，他就再也没有必要去考虑这个问题了。植入物使基地工作人员能够以比平板屏幕和笨拙的全息图丰富得多的形式消化信息。例如，当伦弗鲁检查一个矿物样本时，植入物会用岩石内部的 X 射线层析图覆盖在他对岩石的视觉印象上。植入物还可以看娱乐录像……但伦弗鲁总是太忙了，没时间干这种事。当植入物开始失效时，伦弗鲁没有再考虑这个问题。在进行替换之前，植入物在人体内的预期寿命从来没有超过一两年的。

但是如果他的植入物又开始工作了呢？在这种情况下，索洛维约娃看不见钢琴也就不足为奇了。某个投影系统决定重新打开，从娱乐库中随机取出一些片段，他重新激活的植入物选择让他看到这些片段。

这意味着还有一线希望。

"你好。"

伦弗鲁听到这个声音吓了一跳，它的来源显而易见：一个小个子男人突然出现在钢琴一侧。小个子男人站了一会儿，转过身来，好像在向远处的一大群看不见的观众致意。他的眼睛——大部分都隐藏在夸张的粉红色眼镜后面——只在最短暂的瞬间与伦弗鲁的目光相遇。那人在一个刚出现在钢琴一侧的凳子上坐下，拉起紫红色涡纹西装外套的袖子，开始弹钢琴。他的手指出奇地粗短，但却能轻松地在键盘上上下移动。

伦弗鲁呆住了，听着那人的演奏。这是他两年来第一次听到真正的音乐。

这个人可以在无调性的情况下演奏最困难的曲子，伦弗鲁听起来还是很舒服的，但要简单得多。这个人弹奏着钢琴唱着歌，伦弗鲁勉强听出了这是他童年时听过的一首歌。即使在那时，这也是一首老歌了，但它仍然在收音机里不时播放着。这个人唱了一首关于火星之旅的歌——一首关于一个人永远不可能再见到家的歌。

这首歌是关于一个火箭人的。

伦弗鲁保持了他和索洛维约娃在她死前就已经定好的仪式。他每星期都竖起一次"耳朵"，看看有没有地球的消息。

最近几个星期，执行这种惯例变得不那么容易了。天线和底座内部的连接坏了，所以他不得不到外面去做这件事。这意味着预先呼吸，这意味着穿太空服，这意味着独自从气闸跋涉到通信舱一侧的梯子，然后小心翼翼地爬到舱顶，天线就安装在一个像塔楼一样的基地上。他至少要花半个小时从转向装置上铲起一把把沙尘，然后翻开手动控制面板上的盖子，为系统充电，在键盘上按下一串熟悉的指令。

过了一会儿，天线就开始移动了，克服已经渗入内部的灰尘带来的阻力，发出吱吱嘎嘎的声音。它在多个轴上摇摆、倾斜，直到网状结构的天线盘锁定在地球上。然后，系统等待着，倾听着，LED灯在状态板上偶尔闪一下，但没有一个亮起来，变成稳定的绿色——那意味着天线锁定了预期的载波信号。偶尔会闪烁绿光，就好像天线接收到了外面什么东西的幽灵回声，但它们从来没有持续绿起来过。

伦弗鲁必须不断尝试。他并没有期待救援，再也不会了。他接受了自己将孤独地死在火星上的想法，但他知道地球上还有幸存者，还是会有些安慰的，还有人可以开始重建文明。如果他们能向他发个信号，让他知道发生了什么，那就更好了。即使只有几千人存活了下来，也许他们中有一个人还记得火星殖民地，想知道那里发生了什么。

但是地球仍然保持沉默。伦弗鲁的内心深处知道，无论他把天线盘转多少圈、听多少次，都不会有信号的。很快就会有一天，盘面坏掉，而他也无法修理。当他切断天线的电源，回到基地内部时，他尽职地在通信日志上做了一个简洁的记录，并在最上面签上自己的名字。

在他巡视基地的过程中，伦弗鲁在许多日志中做了类似的记录。他记下故障和自己试图修修补补的努力。他清点备件和工具，把损坏或过期的物品输入再供应申请表中。他在空气电子学实验室里记录植物的健康状况，画出它们的叶子，标记出各种疾病的情况。他记录火星的天气，它们考验着基地的完整性。在他的内心深处，他总是想象索洛维约娃会点头表示赞同，为他坚忍地拒绝滑向野蛮而高兴。

但在他所有的记录中，伦弗鲁一次也没有提到弹钢琴的那个人。他自己也解释不清楚，但有什么东西使他不敢提起那个幽灵。他觉得他可以为钢琴的出现找理由，甚至合理化那个弹钢琴的人，但他仍然不能确定这些都是真的。

但这并不能阻止这位钢琴师的出现。

大多数日子里，他每天都要弹一两次钢琴，弹一两首歌。有时，表演开始时伦弗鲁也在场，有时他听到音乐响起，自己还在基地的其他地方。他总是放下手头的事情，跑到娱乐泡去听。

每天的曲调几乎都不一样，而那个小个子看上去也会一直变化。他的衣服总是与前天不同，但还不止于此。有时他留着一头蓬乱的赤褐色头发。其他时候要么秃顶，要么把头顶藏在各种花里胡哨的帽子下面。他经常戴一副精致而滑稽的眼镜。

这个人从来没有自我介绍过，但有那么一两次，伦弗鲁觉得自己快要记起他的名字了。他拼命回忆二十世纪的音乐家的名字，确信自己最终会想起来的。

与此同时，他发现有人说话对他很有帮助。两首歌的间隙，这个男人有时会静静地坐着，双手交叉放在膝盖上，好像在等待伦弗鲁的指示或请求。这时伦弗鲁会大声说话，把上次拜访以来在脑子里一直在打转的念头全说出来。他告诉那个人基地的问题，讲述他的孤独，以及每次天线没有接收到地球信号时他所感到的绝望。那个人只是坐在那儿听着，当伦弗鲁说完——当他完成了自己的部分，那人就伸开手指，开始弹些什么。

那个人有时也说话，但似乎总把伦弗鲁当作一大群看不见的听众。他会介绍歌曲，在两曲之间讲几个笑话，让听众点歌。伦弗鲁有时会回答，有时试图说服这位钢琴家弹一首他已经表演过的歌曲，但他说的话似乎都没有进到那个人的耳朵。

但总比什么都没有强。尽管音乐的风格从来没有大的变化，偶尔也有一两首歌开始折磨伦弗鲁的神经，但当音乐响起时，他通常是最快乐的。他喜欢《盖伊的歌》《我想这就是为什么他们叫它蓝调》和《小舞者》，那个人弹钢琴的时候，他便感受不到真正的孤独。

伦弗鲁特别注意照料索洛维约娃的坟墓。他关心其他死者，但索洛维约娃更重要：她是最后一个离开的人，是伦弗鲁这辈子见过的最后一个人。要想让尘土不盖住集体埋葬的地方，工作量太大了，但他至少可以为索洛维约娃做点什么。有时他去外面操作天线的路上会绕到她的坟墓那里去打扫。其他时候，他预先呼吸、穿上太空服只是为了看看索洛维约娃。每次回到基地，他总是感到自己焕然一新，重新获得了目标，下定决心要度过接下来的日子。

这种感觉并没有持续多久，但至少照料坟墓可以暂时避开黑暗。

有些时候他的计划失败了，他的现实处境在存在主义的恐惧中崩溃了。但这种情况发生时，他几乎在尖叫声刚开始的时候就把心门关上了。随着时间的流逝，他发现自己越来越善于这样做：恐怖的时刻转瞬即逝，就像插进他生活电影中的空白画面一样。

在外面的时候，他经常发现自己在观察天空，特别是当寒冷的太阳低垂，黄昏的星星开始点缀奶油糖果般的夜空时。他突然有一个干净、明亮，如钻石般坚硬的想法：人类也许已经消失了，但这是否意味着他是宇宙中最后一个有智慧的生物呢？如果外面还有其他生命呢？

这会改变他的感觉吗？

如果实际上那里根本没有其他生命，只有空荡荡的光年、空荡荡的秒差以及空荡荡的百万秒差，一直延伸到最远、最暗的星系，直到可见宇宙的边缘，那该怎么办？

这会让他有什么感觉？

冷，孤独，脆弱。

奇异的珍贵。

## 二

几个星期变成了几个月，几个月变成了一个漫长的火星年。尽管伦弗鲁做出了最悲观的预期，基地还是照常运转。某些系统实际上似乎比索洛维约娃死前的任何时候都更加稳定，就好像它们不情愿地决定要合作起来维持他的生命。在很大程度上，伦弗鲁很高兴他不用担心基地让自己操心。只有在最黑暗的时候，他才希望基地能迅速毫无痛苦地杀死他，也许是在他已经睡着并梦想着更好光景的时候。这样死去并没有什么不体面的，也没有违反他对索洛维约娃许下的誓言。他想这样死去，她也不会瞧不起他的。

　　但是致命的问题从来没有发生，在一个月的很多日子里，伦弗鲁已经可以不去想自杀了。他想，他已经经历了困境中愤怒和拒绝的阶段，而差不多已经"接受"了。

　　有人说话对他帮助很大。

　　他现在和那个弹钢琴的人谈了很多，一切都是自然而然发生的。

　　奇怪的是，弹钢琴的人也回嘴了。在某种程度上，伦弗鲁很清楚这些反应完全在他的想象中：他的大脑已经开始根据钢琴师在演奏之间使用的语言模式来填充另一半对话了。在另一个层面上，这些反应似乎是完全真实的，完全超出了他的控制范围，就好像他再也无法进入大脑中产生这些反应的部分。这也许是一种精神病，但即使是这样，效果也是良性的，甚至令人欣慰。如果是一种自我控制的疯狂让他保持清醒，并且疯狂的部分仅仅局限于那个弹钢琴的人，那么这似乎是一个很小的代价。

　　他仍然不知道这个人的真实姓名，话就快到嘴边了，但伦弗鲁始终记不起来。钢琴师没有提供任何线索，他介绍歌曲名字，经常精心编造故事，但从来没有说起他是谁。伦弗鲁曾试图访问娱乐系统软件的文件，但一看到屏幕上滚动的各种可能性，他就放弃了。他本可以钻研得更深入一些，但他小心翼翼地不愿打破最初使钢琴师诞生的脆弱魔咒。伦弗鲁认为，与失去那一丝陪伴相比，还不如不知道。

　　"这并不是一种丰富的人生。"伦弗鲁说。

　　"可能不是。"弹钢琴的人朝窗外看了一眼，那是其他人被埋葬的地方，"但你必须承认，这比另一种选择要好得多。"

　　"我想是的，"伦弗鲁怀疑地说，"可是我的余生该怎么办呢？我不能在这里闷闷不乐，直到死去。"

　　"嗯，这总是一种可能性，但是做点更有建设性的事情怎么样？"

　　钢琴师用手指拨弄琴键，弹出一段旋律。

　　"学弹钢琴？没有意义，不是吗？只要你在，我就用不着学。"

　　"别指望我一直在这里，亲爱的，但我想的更多的是阅读。有书，不是吗？我指的是真的书。"

　　伦弗鲁想象钢琴师模仿着打开一本书的样子。他也点了点头，没有多少热情，说："近一千本。"

　　"把它们带到这儿来一定花了不少钱。"

"不是带来的——至少大部分不是。它们是用可回收的有机物质在火星印刷的。印刷和装订完全自动化，你可以选择随便一本被印刷过的书。当然这套机制现在不工作了……我们只剩下这一千本了。"

"这你已经知道了，伦弗鲁。你为什么告诉我？"

"因为是你问的。"

"好吧，很好。"钢琴师把他的眼镜推回小鼻梁上，"不过，一千本书可够你读一阵子。"

伦弗鲁摇摇头。他已经翻过那些书了，他知道自己感兴趣的并不到一千本。大部分书纯粹是为了娱乐价值而制作的，因为技术期刊和文件总是可以通过视觉植入物或手持设备获得。其中至少有两百本是儿童或青少年读物，另外三百本是用俄语、法语、日语或其他看不懂的语言写的。他是有时间，但没有那么多时间。

"那么还剩下多少——什么？五百本左右，你想看看？"

"这也没那么容易。"伦弗鲁说，"我试着读过小说，这简直大错特错，读其他人在事故发生前的生活太令人沮丧了。"

钢琴师从眼镜边上盯着他看："你是个挑剔的家伙，是不是？那么，如果我们把小说扔了，还剩下什么？"

"好不了多少。游记……历史传记……关于自然历史的地图册和书籍……它所做的一切只是提醒我，这些是我永远不会再见到的东西。再也没有一场暴雨，再也没有一只鸟，再也没有一片海洋，再也没有——"

"好了，我知道你的意思了。好吧，把那些放在咖啡桌上的书扔掉——反正客人少得可怜。现在我们留下了什么？"

伦弗鲁正是这样做的，他的书堆变得更小了。其中还剩有哲学文本：维特根斯坦的《哲学研究》，萨特的《存在与虚无》，福柯的《事物的秩序》，以及一沓别的书。

"谁印的？"

"我不知道。"

"不管他是谁，一定是个孤独的家伙。不过，你看得怎么样？"

"我已经尽力了。"

伦弗鲁翻阅过这些书，对里面深奥的哲学思辨感兴趣，但同时又感到惊骇。在某个层面上，它们处理了人类最基本的问题。但这些书是如此远离伦弗鲁眼中的世俗现实，以至于读起来完全不会触发他看其他书时出现的失落和恐惧感。这并不是说他认为书中的论点无关紧要，而是因为哲学文本着眼于人类作为物种的整体，所以比起被迫考虑一个特定的他人，这些书所带给伦弗鲁的痛苦要小得多，他可以接受失去其余人类的想法。

而一想到失去任何特定的人，他就极其痛苦。

"所以这些沉重的德国佬并不是完全在浪费时间。好吧，还有什么？"

"嗯，有一本《圣经》。"伦弗鲁说。

"读得多吗？"

"读得很虔诚。"伦弗鲁耸耸肩，"抱歉，糟糕的笑话。"

"现在……事故发生后呢？"

"我必须承认，我开始想一些以前从未想过的事情。为什么我们在这里？为什么我在这里？这一切意味着什么？当我死去的时候，这一切意味着什么？但这并不意味着我希望找到任何有用的答案。"

"也许你找的地方不对，你那堆书里还剩下什么？"

"科学什么的，"伦弗鲁说，"数学、量子理论、相对论、宇宙学——"

"我记得你对我说过那些东西都是现成的？"

"这些更像教科书，既不时髦，也没有很过时，有些人想轻松地阅读。"

"这样看来，你没有读下去。他们不应该太令人生畏，不是吗？我还以为你是个科学家呢。"

"一位地质学家，"伦弗鲁告诉他，"研究岩石不需要太多张量代数。"

"你总是可以学习的，你有足够的时间。而且——让我们面对现实吧——它一定要比学日语简单，不是吗？"

"我想是这样，你还没告诉我为什么我要这么做呢。"

钢琴师突然严肃地看着他，眼镜上的镜面就像两个小孔，映出了闪闪发光的银色王国。"因为你刚才说的话，因为你想要回答的问题。"

"你认为一大堆物理书有用吗？"

"这由你决定。这完全是你想要理解多少的问题，你想潜得多深的问题。"

钢琴师转身对着键盘开始弹奏《星期六晚上好打架》。

钢琴师是对的，问题是他想潜得多深。

但肯定不止于此，有别的东西在激励着他。这感觉像是一种奇怪的责任感，一种压在他身上的法定责任。他现在确信自己是最后一个活着的人了，早已放弃了地球上还有人的希望。因此，难道他不需要对人类的意义有一个终极理解，不需要对之前书中所有不相干的理论有一个最终的总结吗？他知道，只有一个人能见证他的成功，但似乎如果他失败了，他就会让数十亿前人失望。他几乎能感觉到他们的期望从过去向他逼近，敦促他去理解他们一直难以理解的事物。他们都死了，但他还活着，现在他们正从他的肩膀上望过去，焦急地等着看他如何解开那个困扰他们的谜题。

"嘿，天才？"钢琴师在伦弗鲁学习了一个星期后问道，"解决宇宙的秘密了吗？"

"别傻了，我才刚刚开始呢。"

"好吧。但我认为你至少有一点点进步。"钢琴师穿着一套闪闪发光的白色太空服，戴着一副巨大的星形眼镜。他经常咧着嘴笑，演奏着他的一些不太熟悉的曲子。

"这取决于你对进步的定义。"伦弗鲁说，"如果你的意思是吸收我读过的东西，并且还没落太远的话……"他耸耸肩："如果这么说，到目前为止都是小菜一碟。"

"啊哈。"

"但我不认为会一直这么简单。事实上，我很清楚事情将变得更加困难。到目前为止，我所做的就是赶上进度，我甚至还没有开始考虑超越现有的理论。"

"好吧，在还不会爬之前就试着跑是没有意义的。"

"正是。"

钢琴师在琴键上扫出一串兴奋的滑音。"但你还是可以告诉我你学到了什么，是不是？"

"你确定你感兴趣吗？"

"我当然感兴趣，亲爱的。不然我为什么要问？"

他把自己所学的告诉了钢琴师。

他读了宇宙学和量子力学的历史——两种起源于二十世纪早期的思想。一种着眼于浩瀚而古老的事物，另一种处理微观而短暂的事物。宇宙学包括星系和超星系团，哈勃流和宇宙的膨胀。量子力学研究的是冒着哐哐声、充满不确定的亚原子结构。在这个结构里，事物可能同时出现在不止一个地方，而像距离和单向时间流这样看似坚如磐石的概念也易变得令人讨厌。

处理古典宇宙学的概念需要想象力的飞跃，以及将空间和时间视为同一事物的多个方面的能力。但是，一旦他做出了心理调整（熟能生巧），伦弗鲁发现剩下的问题只是尺度和复杂性的细化，就像把一座巨大而黑暗的教堂装进了他的头骨。起初，他需要极大的努力来想象这座建筑的基本组成部分：唱诗班、中殿、横断面、尖塔。然而，渐渐地，这些主要的建筑元素在他的脑海中固定下来，他开始专注于装饰、扶壁和滴水兽。一旦适应了经典的宇宙学模型，他发现很容易通过修改思维平面来适应暴胀宇宙论和各种接替它的模型。尺度变得巨大，视角进行更加大胆的扩展，但他能够在某种隐喻的框架内思考事物，不管是银河画在膨胀气球表面的想法，还是冰冻游泳池中水融化的"相变"现象。

量子力学不是这样的。伦弗鲁很快就意识到，理解量子领域的唯一工具是数学，其他一切都失败了。从日常人类经验中没有一个方便的隐喻可以帮助他想象波粒二象性、海森堡的不确定性原理、量子非局域性或微观世界的其他诡异的理论。人类的大脑根本没有进化出适当的思维机制来处理抽象的量子概念。试图用日常用语来理解其中任何一种理论都不过徒劳。

如果没有伙伴，伦弗鲁会发现这很难接受。几乎所有研究量子力学的伟大科学家都或多或少地受到过这种问题的困扰。有些人接受了它，而另一些人则带着挑剔的怀疑走向了坟墓，怀疑在变幻莫测的量子力学的不确定性之下，隐藏着一层熟悉的牛顿力学式秩序。

即使量子物理学是正确的，那么这种对现实的模糊看法是如何与硬核的一般相对论结合起来呢？这两种理论都在各自特定的应用领域内成功地预测了宇宙的行为，但所有试图统一它们的尝试都以失败告终。如果把量子力学应用于现实世界中的宏观观测，荒谬的结果就产生了：猫，盒子，贝森朵夫大钢琴，银河超星系团。当广义相对论被用来探测非常小的东西时，它就崩溃了，不管是大爆炸后瞬间的宇宙，还是密度无限大的黑洞内核。

科学家们花了半个多世纪的时间来追求传说中的统一，但都没有成功。但是，如果在大灾难发生时，所有的碎片都已到位，而需要的只是有人以全新的眼光来审视它们，那会怎么样呢？

可能吧，伦弗鲁心想。但他又笑了，认为自己能做到以前从没有人做到过的事情，是不是太傲慢了？也许是的，但考虑到他所处位置的独特性，似乎没有什么是不可能的。即使他没有成功完成这项任务，谁又能说他不会在过程中领悟到一两个有用的见解呢？

这至少能让他有事可做。

尽管如此，他还是有点高估自己了。他必须先理解量子力学，然后才能推翻它，用更闪亮、更优雅的东西取代它，需要与广义相对论每一个被证实的预测完全一致，并很好地解决所有观测结果不匹配的地方……与此同时，它自己也得做出可验证的预测。

"你确定你还想这么做吗？"钢琴师问。

"是的，"伦弗鲁告诉他，"从来没有这么想过。"

他的同伴向外看向坟场："好吧，那是你的葬礼。"

然后钢琴师开始弹奏《风中的蜡烛》。


伦弗鲁重新启动了天线，它又一次艰难地运转起来，朝着目标转向时，齿轮在尘埃的阻力下嘎吱作响。当时是黄昏，地球是地平线上不远处一颗明亮的星星。天线锁定了目标，伦弗鲁沿着主轴观察，确认设备确实是指向地球，没有因为某些机械或软件故障造成偏差。就他所能判断的，这个天线盘像往常一样对准了地球。

他等着看状态板上的灯，一直没能完全放弃希望，想看闪烁的 LED 信号变成稳定而持续的绿色——表明天线接收到了预期的载波信号。

永远也不能完全放弃有人仍在发送信号的希望。

但一切如常。啥都没有，除了星际静电随机的噼里啪啦声，它什么也没听到。

伦弗鲁轻轻按了一下按钮，让天线自动收好。机器移动时，他站在操作面板后面，等着看它安全地装好，为他下次按时访问做好准备。

有什么东西在面板上闪烁：LED 灯突然亮了起来。这光只持续了片刻，但它引起了伦弗鲁的注意，像探矿者眼前闪烁的金光。在此之前，他曾无数次看到天线翻转，而所看到的只是 LED 的微光。这光太坚定了，太清楚了，不可能是随机的信号造成的，而且他肯定不是想象出来的。

他告诉自己要冷静。如果 LED 在天线锁定在地球时变亮了——好吧，这可能值得兴奋一下。可能会是这样，但往回收的过程中，天线只是扫过空荡荡的天空。

都是一样的，宇宙中有大量无线电信号，但它们输出的频率不在天线所能探测到的狭窄范围内，所以它可能确实接收到了什么东西，除非这套电子设备坏掉了。

有一种判断方法。

伦弗鲁让天线重新指向地球。天线第一次移动时他并没有怎么注意，但这一次他仔细地看着仪表板。

但它又出现了：同样的闪光。现在他已经看见了两次，看着 LED 系统地变亮变暗。

就好像这个天线盘正穿过一个集中的无线电信号源。

就好像外面有什么东西。

伦弗鲁重复这个周期，使用手动控制装置来引导天线接收信号。他把盘子晃来晃去，直到他断定 LED 灯到了最亮的时刻为止。注视着那坚定的绿光，他越来越惊讶，但还怀着几分谨慎。

他记下了那个信号源的坐标，想起自己只是偶然发现它的，而同样地收回操作，在一天或一星期后不一定还会收到这个神秘信号。但如果他现在记录信号源的位置，并每个小时都对它保持关注，他至少应该能够确定这是在太阳系内部移动的物体，而不是某个遥远的河外射电源，正好看着像人工信号。

伦弗鲁不敢对这一发现抱太大希望。但如果它很近，如果它是来自星系内部的什么东西……那么它可能会产生重大的影响。

尤其是对他。

伦弗鲁的兴奋被谨慎的情绪冲淡了。他发誓在确定事情如他所愿之前，不会向钢琴师提及半分——某种有人幸存下来的迹象。

他原以为这个发现会让他很难专心学习，就像一个学生被窗外更有趣的事情分心一样。但令他吃惊的是，事实恰恰相反。他的未来可能会有惊喜，孤独地死在火星上也不一定是命中注定的结果——受这种可能性的刺激，伦弗鲁发现他对知识的好奇心实际上是增强了。他加倍努力想弄清楚自己的处境，一口气读完了几页几天前还似乎晦涩难懂的文字——但现在显得清晰、透彻，甚至简单得有些幼稚。他发现自己笑了起来，为实现目标的每一个具体进展而高兴。他几乎不吃饭，忽视了基地维护等一些不那么紧迫的事情。由于无线电信号源不肯消失——它越来越像某种接近火星的东西发出的信号，伦弗鲁感到自己在进行一场竞赛，他不得不在信号源到达之前完成他的任务，他们会等着听他说些什么。

　　晚上，他梦见了宇宙学。随着对科学知识的了解，他的梦想变得越来越像史诗般宏大。他兴奋地重现了整个宇宙发展的简史，从宇宙诞生的第一刻起，到智慧生命如交响乐般蓬勃发展。

　　一开始总是万物虚无，不仅没有空间和时间，存在本身都不存在。与此同时，他意识到潜能的颤抖，感觉虚无处在一个极不稳定的尖端，就像还未出世的宇宙如此渴望诞生。每晚一切必然降临：它不是一场爆炸，更像是一种精致的发条装置在慢慢散开，精巧的结构随着膨胀的速度展开，结晶成全新的超发光膨胀真空。他梦到对称性断裂，质量和能量分道扬镳，力和物质开始形成复杂的结构。他梦到原子稳定下来，连接成分子和晶体，从这些积木中，他梦到化学简单的开端。他梦到星系从气体中冷凝出来，超大质量的年轻太阳在那些星系中短暂而明亮地闪耀着。随后的每一代恒星都比上一代更加稳定，在它们进化和死亡的过程中酿造出金属，然后再将它们送入星际空间。这些金属形成了凝结的行星——起初表面滚烫无比，直到彗星雨点般地落在它们的外壳上，冷却了它们，带来海洋和大气。

　　他梦到行星在成长。在某些情况下，这些条件适合微生物的起源。但宇宙必须变得更古老、更庞大，他才能看到比这更有趣的东西。即使在那个时候，生命也是稀有的。那些有动物们潜行于海床，然后向岸上渗透的世界是如此珍贵，如宝石般稀有。

　　更罕见的是，这些动物在这个世界上跌跌撞撞地走向拥有自我意识，每十亿年就会发生一两次。有时候，生命甚至学会了使用工具和语言，并仰望星空。

　　在一个特别生动的宇宙学梦境接近尾声时，伦弗鲁发现自己的注意力集中在宇宙中稀有的智慧上。他看见银河在他面前展开，乳白色的旋臂上到处散落着超级巨星的宝石红，或者最炽热恒星的耀眼的翠鸟蓝。蜡烛点缀在银河系的旋涡中，就是他记得的生日蛋糕上的那种。一开始就有十几个左右，随机地分散在一个大体的环带中，既不太靠近星系核心，也不太靠近外围边缘。蜡烛微微颤动了一下，然后———根接一根——开始熄灭了。

　　直到只剩下一个，它甚至还不是一开始最亮的那一个。

　　伦弗鲁对这支孤独的蜡烛的脆弱感到害怕。他朝银河系平面的上下看了看，又朝它的邻居们看了看，但是他没看到其他有蜡烛迹象的地方。

　　他非常想把那根蜡烛放在摇篮里，让它不受风吹，继续燃烧。他听见钢琴师在唱歌：在我看来，你过着你的生活[1]……

　　它熄灭了。

　　一切都没了。伦弗鲁颤抖着醒来，然后依次跑向更衣室、气闸和待命的天线——它还在寻找无线电信号。

　　"我想我明白了，"他对钢琴师说，"生命必须在这里观察宇宙，否则它就没有任何意义。这就像量子力学中的观察者，将一个不确定的系统坍缩成一种可能。打开盒子，迫使猫在死和活之间做出选择……"

　　钢琴师摘下眼镜，在袖子上擦亮。他至少有一分钟没说什么，满意地擦干净眼镜，然后小心地把它放回鼻子上。"你是这么想的，是吗？这就是你的高见？宇宙需要自己的观察者？好吧，开香槟庆祝吧。伦弗鲁，我想我们有结果了。"

　　"总比没有好。"

　　"是啊。那在我们出现并提供一种智慧生命作为观察者之前，这个宇宙是如何维持一百五十亿年的呢？你是认真想告诉我这一切都是模糊的、不确定的，直到某个无名的穴居人在某一刻顿悟了宇宙？突然间，可见宇宙中每一个粒子的整个量子历史——一直延伸到最远的类星体——突然变成了一种状态，而这一切都是因为某个披着熊皮的粗人拥有与祖先略微不同的大脑？"

　　伦弗鲁回想起他的梦，那个布满烛光的银盘。"不……我没那么说。在我们之前还有其他观察者，我们只是最新的一批。"

　　"还有其他的观察者——他们一直都在那儿，是吗？一条完整的链条，一直追溯到创世的第一个瞬间？"

　　"嗯，不是。显然，宇宙必须达到一定的年龄，才有建立生命的先决条件——智慧生命。但一旦发生了——"

　　"不过这是一派胡言，是不是，亲爱的？这有什么区别呢？对没有观察者的宇宙来说，是一秒钟的间隔，还是一百亿年的间隔？就我而言，一点也没有。"

　　"听着，我正在努力，好吗？我尽力了。无论如何……"伦弗鲁感觉到直觉上有了突破，"我们不需要那么多观察者，对吧？我们已经观察了整个宇宙的历史，只是通过观察越来越高的红移回顾越来越远的过去。因为光速是有限的。

---

[1]　*Candle in the Wind*（《风中之烛》）的歌词。

否则，来自宇宙最遥远部分的信息就会立即到达我们这里，我们就无法看到更早的时代了。"

"老兄，你听起来就像个宇宙学家。"

"我想我可能已经是了。"

"千万不要以此为职业。"钢琴师说。他有点恼火地摇头，然后开始演奏《本尼和喷气机》。

一个星期后，伦弗鲁告诉了他这个消息。伦弗鲁的同伴在键盘上试探性地弹奏出一段旋律，尚未形成真正的音乐。

"你等到现在才告诉我？"钢琴师带着痛苦而失望的表情问。

"我必须先确定。我必须不断地跟踪它，确定它真的在那里，然后确定它是值得为之兴奋的东西。"

"然后呢？"

伦弗鲁笑了笑："我认为这是值得兴奋的。"

钢琴师演奏了一段冰冷的旋律，流露出些许讽刺。

"真的。"

"我是认真的。这是一个导航信号，一个航天器信标。它一遍又一遍地重复着同样的代码。"伦弗鲁靠得更近了，如果能靠在幻影钢琴上，他会靠的，"它越来越强，发出信号的东西离火星越来越近了。"

"你不知道那是什么。"

"好吧，我不知道，但也要考虑多普勒效应，信号的频率每天都变一点。把这两件事放在一起，你就会发现一艘飞船正在进行某种航向修正，进入轨道。"

"真好啊。"

伦弗鲁从钢琴前退了几步，对同伴的轻蔑反应感到吃惊。

"有艘飞船来了，难道你不为我感到高兴吗？"

"高兴极了，亲爱的。"

"我不明白。这就是我一直在等的：有人幸存的消息，一切并没有就此结束。"在他们相识之后，伦弗鲁第一次对钢琴师提高了嗓门，"你到底是怎么了？你嫉妒我不再只有你这一个朋友了吗？"

"嫉妒？我不这么认为。"

伦弗鲁挥拳猛击那虚无的白色钢琴："那就表现出一些反应吧！"

　　钢琴师把手从琴键上移开。他轻轻地关上琴键盖，然后一本正经地坐着，双手放在膝盖上，就像伦弗鲁第一次看到他时那样。他看着伦弗鲁，脸上一片空白，他的眼睛所能传达的任何信息都被他那星形镜片掩盖了。

　　"你想要什么反应？好吧，我给你一个。你犯了一个非常非常严重的错误。"

　　"这不是错误，我知道，我已经检查过一切——"

　　"这仍然是一个错误。"

　　"飞船就要来了。"

　　"有东西要来，但可能不是你所期望的。"

　　伦弗鲁怒不可遏："从什么时候起，你知道我到底想要什么还是不想要什么了？你只是一个软件。"

　　"随你怎么说，亲爱的。不过请提醒我，软件上一次鼓励你对宇宙的基本运行产生浓厚兴趣是什么时候？"

　　伦弗鲁无言以对，但他不得不说点什么："他们要来了，我知道他们要来了。情况会好转的，船来了你就知道了。"

　　"你会对自己造成很大伤害的。"

　　"好像你在乎似的，好像你能关心别人似的。"

　　"你找到了保持理智的方法，伦弗鲁——即使那意味着承认弹钢琴之类的疯狂幻想进入你的世界。但是理智是要付出代价的，并不是说我。代价是你永远不能给自己一线希望，因为希望总是会被碾碎的，彻底被碾碎。在碾碎希望的过程中，你会被渐渐削弱，就像被注射了一种慢性毒药。"钢琴师突然带着学者般的兴趣看着伦弗鲁，"大个子，你觉得你能承受多少次失败？一次，两次，三次？在我看来，不会超过三次。我觉得第三次会杀了你，我想两次可能会让你经历糟糕的一天。"

　　"有什么东西要来了。"伦弗鲁悲哀地说。

　　"我还以为你挺过来了呢，我以为你赶走了希望，学会了让它留在外面的寒冷中。我错了，你又把希望放进来了，现在它要像一只饥饿的疯狼一样跟踪你了。"

　　"这是我的狼。"

　　"现在还有时间把它赶走，别让我失望，伦弗鲁。我就指望你别把事情搞砸了。"

　　那天晚上，伦弗鲁梦见的不是宇宙学，而是某种更奇怪、更令人沮丧的东西。这不是他常做的关于过去的梦，因为他已经训练自己不再去做这样的梦——醒来时几乎难以忍受悲伤和失落感。它也不是同样令人不安的访客梦，人们从寒冷的蓝天下来，降落在基地附近。通过气闸时，他们带着鲜花——夏威夷花环——和毫无意义但精心包裹的可爱礼物。他们的面孔起初并不熟悉，但每次拜访结束时，就在他醒来之前，他们总是开始变成老朋友和亲人，伦弗鲁还没有训练自己不要做这种梦。他得知了无线电信号的消息，确信在接下来的几天里，至少有一个这样的梦会困扰他的睡眠。

不是那种梦。在梦里，伦弗鲁像梦游者一样从床上起来，在半夜爬到索洛维约娃死去的医学实验室，把他的头放到一个还能用的扫描仪里，主屏幕上显示出他头骨发光的淡紫色图像，然后他从扫描仪里伸出头来，检查读数，发现自己的视神经植入物已经死了很多年了，根本没可能显示出贝森朵夫大钢琴，更不用说弹钢琴的鬼魂了。

早上，当伦弗鲁从梦中醒来时，他不敢去看医学实验室，害怕自己前天晚上已经去过了。


白天，他密切注意着无线电信号。被火星引力捕获后，它增强了，多普勒效应也更明显，它快速在群星间移动，然后信号改变了，变成了另一种毫无意义的重复二进制乱码。伦弗鲁知道这意味着什么，他开始加强守夜。

一天后，一颗流星闪过黄昏的天空，留下一道燃烧的痕迹，像一个黑色降落伞落在最近的山后面。

"我要出去看看他们下来的地方。"伦弗鲁说。

"多远？"

"我不知道有多远，不可能超出西方界碑太远。"

"那还有二十千米呢。"

"我开车去，它还能用。"

"你从来没有一个人开过车。如果出事了，回家要走很长的路。"

"不会出事的，我不会一个人的。"

钢琴师开始说些什么，但伦弗鲁不再听了。

他做好预先呼吸，穿上太空服，爬上了火星车骨架状的底盘，出去迎接来者。当那辆带网轮的小车弹跳着驶向地平线时，伦弗鲁感到一阵兴奋，就好像他要去和一个美丽而神秘的女人约会，而这个女人可能会在夜晚结束时成为他的情人。

但当他登上山顶，看到那艘落地的飞船时，他知道并没有人乘着它来到火星。它太小了，就算只是返回舱——而天上仍有一艘绕火星飞行的大飞船——也太小了。掉下来的只是一个货舱，一个小面包车大小的钝圆柱体。它被自己的降落伞和泄了气的气囊缠住了。落地前，气囊打开起到了缓冲作用。

伦弗鲁把车停好，然后花了十分钟清理缠在货舱门上的东西。返回舱表面的贴标、旗帜和数据面板都被烧焦了，几乎看不清，但伦弗鲁知道该怎么做。基地还有人居住的时候，他偶尔会被抽中开车出门去回收离着陆信标太远的货舱。

他很遗憾这不是一艘有船员的飞船，但货舱也算第二好的东西，也许他们还在加快基础设施建设。现在发射载人航天飞船显然是一项艰巨的任务，这是可以理解的。但他们仍然保持镇定，没有忘记火星，即使他们所能做到的只是发射一个一次性货运舱。他不会忘恩负义的。小货舱里可以很容易地装满贵重药品和机器部件，足以解除几个困扰已久的烦恼。他们甚至可能会送一些奢侈品，作为善意的象征：那些合成机器从来都不擅长做的东西。

伦弗鲁用一只手碰了碰门旁边的装甲嵌板，准备打开它，露出复杂的释放装置。就在这时，一处焦痕引起了他的注意。这是一个数据面板，标着喷印字母：

HTCV-554

霍曼转运舱

预定发射：鹿儿岛 05/38

目的地：塔西斯基地，火星

有效载荷：备用激光镜

物资所有人：火星开发公司

根据数据面板，货舱在病毒袭击前一个月就计划从鹿儿岛航天港起飞了。也许面板上的字是错的，也许这个货舱已经准备好要发射了，然后停在发射架上，直到病毒过去，重建已经开始……

但为什么要给他送镜片呢？

伦弗鲁知道了，他非常肯定火箭没有在发射台上延误。正如主人所希望的那样，它按时发射了，带着一批精密的玻璃器皿。当时基地还有人居住，需要稳定的激光光学设备供给来进行测量工作。

但在地球和火星之间的某个地方，货运舱迷失了方向。当病毒袭击时，货运舱就会失去与地球上跟踪系统的联系，而这个系统本应引导它前进。但货舱并没有飘进星际空间，永远消失。相反，它那该死的导航系统让它绕着太阳转了一个节省燃料的大圈，直到最终锁定了火星雷达收发机。

不久之后，伦弗鲁就收到了它的信号。

他跌跌撞撞地回到火星车旁。他爬进去，在驾驶座上坐了下来，不再费心去摆弄座椅了。他控制着自己的呼吸，失望的感觉还没有袭来，但他能感觉到它正向他逼近，就像一个上了油的活塞一样。它来的时候会疼得要命，感觉就像世间万物的重量都压在他的胸膛上。它将把他的生命榨出身体，如果他不先回家的话，他很可能会因此打开头盔的面罩一了百了。

钢琴师是对的。他让希望回到了自己的世界，现在希望要让他付出代价。

他把马力调到最大，轮胎在四溅的灰尘中打滑，直到找到牵引力。他离开了货舱，不想再看它一眼，甚至不想从火星车的后视镜中瞥见。

他在离基地不到五千米的时候撞上了一块巨石，火星车翻了。伦弗鲁从驾驶座上摔了下来，他看到的最后一件事——他意识到的最后一件事——是一块尖利的岩石砸碎了他的面罩。

## 三

然而伦弗鲁醒了。

他突然恢复了知觉。他记起了一切，包括事故的最后一刻。这件事似乎几分钟前才发生过，他几乎能尝到嘴里的血味。然而，同样，这记忆似乎如此古老，钙化成硬物，易碎如珊瑚。

他回到了基地，而不是在撞坏的车旁边。通过蒙胧睡眼，他认出熟悉的装饰，他躺在他看着索洛维约娃死去的那个医疗沙发上。他移动胳膊，摸摸额头，想到石头砸碎头盔面罩时，他畏缩了一下，然后又是一阵畏缩——他回忆起石头接触皮肤，骨头受到压力，然后屈服了：石头的边缘插进头骨，就像核动力破冰船破开北极浮冰一样。

他手指下的皮肤很光滑，没有疤痕。他摸了摸自己的下巴，感觉和当天他去找货舱时的胡楂差不太多。他的肌肉有些僵硬，但经过一天的辛苦工作，这也不足为奇。他从沙发上下来，光脚踩在冰冷的陶瓷地板上。他穿着出门前太空服下的连体内层衣裤，但衣服比他记忆中的更脆、更干净，他看向袖子时，回忆中的撕裂和磨损都不见了。

　　伦弗鲁一步一步稳稳当当地穿过医务室，来到窗前。他记得第一次讲钢琴的事时，他在这里看到了索洛维约娃的脸。那时是黄昏，现在天已经大亮了，他的眼睛已经适应了清醒的状态，以一种他以前从未有过的清晰视野辨认出风景中的细节和纹理。

　　有些东西并不属于这里。

　　它们站在基地和山麓之间，像随意摆放的棋子一样落在尘土中。很难说它们有多高——几米还是几十米，因为在这些玩意和地面之间的空间里有一种难以捉摸的东西，让伦弗鲁找不准透视点。他也不能肯定地讲出物体的形状，这一瞬间他看见大块晶体在增长——电气石一样的东西，染着鲜艳的红色和绿色，下一瞬间他就看到彩色玻璃孔——似乎钻透了现实，或者是骨架状的棱镜——只有边和角，而非表面和内含物。然而，对立的形态之间没有任何转换。

　　他立刻知道它们还活着，而且知道它们感受到了他。

　　伦弗鲁走到更衣室，数了数挂在那里的完好无损的太空服，和他出车祸前一样多，撞上石头的头盔没有损坏的迹象。

　　他穿好太空服，走进火星的日光中。这些形状还在那里，围绕着基地，就像一些新石器时代的风化巨石阵。然而，它们现在似乎更近了、更大了，它们的转变速度加快了，质量也提高了。它们已经发现了他的出现；它们为此感到高兴，这正是它们一直在等待的。

　　但他仍然没有恐惧。

　　其中一个形状似乎比其他的大，它示意伦弗鲁走近一点，他所走过的地面融化了，在身下涌动，它鼓励他走近，它们转变得更加狂热了。他的太空服监测器告诉他，外面的空气一如既往地寒冷稀薄，但一种声音正通过头盔传到他的耳朵里，这是他在火星上待了这么长时间从未听到过的声音。那是一种尖锐而颤抖的合唱，就像玻璃风琴发出的声音，这声音来自外星人，合唱中充满了狂喜和期待。这应该会吓坏他，应该会让他急匆匆地跑回屋里，陷入语无伦次的紧张状态，但这只会让他变得更坚强。

　　伦弗鲁抬起头来。

　　如果聚集在基地周围的外星人是宇航员，那么悬在基地上空的那个东西——吞噬了五分之三的天空，更像一种天气现象而不是机器——一定是它们的飞船。这一发现仿佛记录了各种颜色和形状爆炸时的一瞬，威力极其巨大，使他想缩回到他的头骨里去。外星人的存在和它们的飞船告诉他，他所学到的一切，他辛辛苦苦积累的一切智慧，充其量不过是在现实的岩壁上留下了一道浅痕。

他还有很长很长的路要走。

他低头看了看，走到最大个的外星人的脚下。尖锐的声音达到了刺耳而兴奋的高潮。现在，他已经接近了，外星人形状和大小的变化已经减弱了。笼罩在他头上的形体是稳定的水晶状，外星人半透明的身体隐约折射出身后的景色。

外星人的声音传来的时候，就像宇宙在向他的脑袋低语着，诉说着秘密。

"你现在感觉好点了吗？"

伦弗鲁几乎想要嘲笑这个问题的平庸："我感觉……好点了，是的。"

"那就好。我们很担心，非常非常担心。你已经康复了，我们很高兴。"

尖锐的声音停止了。伦弗鲁感觉到其他外星人是他和这个庞然大物一对一对话的见证人，在它们的沉默中，有一种绝对的尊重，甚至是顺从。

"当你谈论我的康复时……你是在说……"伦弗鲁顿了顿，小心地字斟句酌，"是你让我好些了吗？"

"是的，我们治愈了你。我们疗愈了你，并通过你心灵的内部联结学习了你的语言。"

"我应该死在那儿的。翻车的时候……我以为我死了，我知道我已经死了。"

"有足够的可恢复模式，重塑你是我们的能力所在。不过，只有你才能说我们干得好不好。"

"我感觉和以前一样，甚至更好了，就像里里外外都被冲洗干净了一样。"

"这正是我们所希望的。"

"你不介意我问一下……"

外星人展现出一种友好的粉红色。

"你想问什么就问什么。"

"你们是谁？你们在这里做什么？你们现在来干什么？"

"我们是善人。我们来到这里是为了尽力保存和复活什么东西，我们现在才来，是因为我们没法更早到达。"

"但这是巧合……在我们等待了这么久之后，现在终于到来……在此刻到来，就在我们几乎灭绝的时候。你为什么不能早点来，阻止我们把事情搞砸？"

"我们尽快赶到了，我们一探测到你们发出的电磁波……我们就出发了。"

"你们走了多远？"

"超过你们所说的二百光年。我们的飞船移动得非常快，但不及光速。自从收到向我们发出警报的无线电信号以来，四百多年已经过去了。"

"不。"伦弗鲁摇头，奇怪外星人怎么会犯这样一个低级错误，"这是不可能的。收音机的历史没有那么长。我们有电视可能有一百年了，收音机也有一百二三十年……但远不到四百年，你不可能收到我们的信号。"

外星人变成了柔和的绿松石色。

"是你错了，但可以理解，你保持死亡状态的时间比你意识到的要长。"

"不。"他断然地说。

"事情就是这样。当然，你对那段时间没有记忆。"

"但基地看起来和我离开之前一模一样。"

"我们还修复了你的家，如果你愿意变一变，这也是可能的。"

伦弗鲁第一次感到了"接受"的冲动，意识到外星人告诉他的是真的。

"如果你把我复活了……"

"嗯哼。"外星人鼓励道。

"其他人呢？在这里死去的其他人——索洛维约娃和她之前的那些人呢？地球上死去的人呢？"

"地球上没有可恢复的形态。如果你愿意，我们可以展示给你看，但我们认为你会感到痛苦。"

"为什么？"

"我们感到了痛苦。生命失事总是令人痛苦的，甚至对像我们这样以机器为基础的生命也是如此，尤其是在经历了如此漫长而不间断的进化之后。"

"生命失事？"

"它不仅仅以人类的灭绝而结束。消灭你们物种的病原体有改变他人的能力，最终，它同化了地球上所有的生物形态，只留下了自己：无休止地自相残杀，无休止地自我复制。"

伦弗鲁想了想这个问题。他已经适应了人类已经消失，再也见不到地球的事实。接受地球本身已经丢失，连同它曾经支持的整个生命网一起完蛋也不是那么困难。

当然，他也不为此感到兴奋。

"好吧，"他犹豫地说，"可是我埋在这里的人可以复活吗？"

伦弗鲁感觉到了外星人的遗憾，它的侧面闪着黯淡的琥珀色。

"他们的模式是无法恢复的。他们被埋在棺材里，伴随着湿气和微生物，剩下的就交给时间了。我们确实尝试了，是的……但已经没有什么可做的了。"

"我也死在那里了，对我来说又有什么不同呢？"

"你被冻得又冷又干。在我们看来，这是最重要的一点。"

所以他在那里变成了木乃伊，在无情的无菌天空下被烤干，而不是像他的朋友们那样在地上腐烂。在火星的阳光下，在三百年的大部分时间里……当他们把他从太空服的残骸中搜出来时，他想知道他是什么样子。也许是一种苍白而扭曲的东西，上面缠绕着一团打结的肌肉和组织——如果火星上有浮木的话，那这两种东西很容易被搞混。

这一切的惊奇和恐怖几乎让人难以忍受。他是最后一个活着的人，然后他死了，现在他是第一个被外星人复活的人。

第一个，也可能是最后一个。即使是在那时，他也能感觉到，就算善人像神一样，它们也有极限的时候。它们就像人类、尘埃或原子一样，是宇宙的囚犯，做事受尽限制。

"为什么？"他问。

一阵赫色的光表明了外星人的疑惑。

"什么为什么？"

"你为什么把我复活？你对我有什么兴趣？"

外星人琢磨着他的话，身上的颜色渐暖，从橙色渐变到鲜亮的静脉红色。颜色像回声一样蔓延到旁听的其他成员身上。

"我们会提供帮助。"这位领头人对伦弗鲁说，"我们就是这么做的，我们一直都是这么做的，我们是善人。"

他回到基地，试图继续自己的事情，就像善人从来没有到来一样。然而，每当他经过一扇窗户的时候，它们总是在外面。现在，当夜幕悄悄降临的时候，它们变得更亮、更近了，仿佛它们已经收集好白天的光线，现在又略微改变色调，重新辐射出来。他关上了防风百叶窗，但这并没有多大帮助。他毫不怀疑，那艘船仍然悬在上面，悬在基地上方，好像在守护着他——一种已经变得无限珍贵的东西。

伦弗鲁以前对基地进行的例行检查现在已经没有什么意义了。外星人不仅把基地变回了他撞车之前的样子，还修复了自地球社会崩溃以来所有累积的破坏。基地系统现在运行得比建造以来的任何时候都好，尽管他的检修之旅漫不经心，但至少给他的生活强加了一种现在已经不存在的结构，伦弗鲁觉得自己就像一只被拿走了轮子的老鼠。

他去了娱乐室泡让系统重新上线。所有的东西都按照设计者的意图在运行。外星人一定修复了他的植入物，至少没有移除。但是当他滑过种种选择时，他发现钢琴师出事了。

那个身影还在那儿——伦弗鲁现在甚至知道了他的名字，但他记忆中的那个同伴已经不见了，现在钢琴师的行为和所有电脑生成的人格一样，伦弗鲁还能跟他说话，钢琴师还能回答他的问题，但他们现在已经不可能进行以前的对话了。钢琴师会按照要求弹奏曲目、打趣嘲笑，但那就是能力的极限了。如果伦弗鲁试图把谈话从严格意义上的音乐中岔开，如果他试图让钢琴师讨论宇宙学或量子力学，他得到的只是礼貌而困惑的凝视。伦弗鲁越是坚持，他就越觉得那张植入物生成的面孔后面没有任何意识。他所面对的一切只是娱乐系统生成的纸片人。

伦弗鲁知道，善人并没有修复钢琴师，就像它们修复了基地的其余部分一样。但是——不管是故意的还是无意的——它们的到来已经摧毁了与他相伴的幻想。它们把伦弗鲁重新组装起来的时候，也许已经矫正了伦弗鲁大脑中的某种神经扭曲。也许，仅仅是它们的到来，就已经使他的潜意识抛弃了先前的精神支柱。

他知道这没有多重要。钢琴师根本就不存在，为他的缺席感到悲伤，就像哀悼梦中死去的人一样可笑。他编造了一个钢琴师，他的同伴从来没有客观存在过。

但他仍然觉得失去了一个朋友。

"对不起，"他对着那张礼貌而困惑的脸说，"你是对的，我错了。事情就这样，我应该听你的。"

一阵不舒服的停顿后，钢琴师微笑着将手指伸开，放到键盘上。

"你想让我弹点什么吗？"

"是的，"伦弗鲁说，"弹《火箭人》，为了过去的时光。"

他允许善人进入塔西斯基地。它们的水晶形状很快就散布得到处都是，在棱镜色的狂欢中扩散和繁殖，把单调的建筑变成了一个被神奇灯笼照亮的洞穴。它的美是如此惊人，如此令人陶醉，以至于伦弗鲁感动得流下了眼泪，尽管知道没有别人会看到。

"但也可以不一样，"领头人告诉他，"我们之前没有提出这个问题，但你可能会考虑一些可能性。"

"比如？"

"我们把你修好了，使你比出事故前年轻了一些。这样做的过程中，我们已经学到了很多关于你们的生物学知识。我们不能让地球上的死人复活，也不能让你在火星上的同伴复活，但我们可以给你其他的人。"

"我没听懂。"

"制造新伙伴不会付出我们什么代价，他们可以加速成长为成年人，或者你也可以延缓衰老，给孩子时间成长。"

"然后呢？"

"如果你愿意，你可以和它们繁殖。我们会进行干预，纠正任何基因异常。"

伦弗鲁笑了："火星可不是养育孩子的地方。至少，有一次我的一个朋友是这么对我说的。"

"现在除了火星没有别的地方了。这有什么区别吗？还是我们在地球上建立一个宜居地，把你们转移到那里去呢？"

它们让他觉得自己像一株植物，一种极其稀有、娇嫩的兰花。

"我会注意到不同吗？"

"我们可以调整你的机能，让地球以你记忆中的方式呈现。或者我们可以编辑你的记忆，使之符合当前的情况。"

"你为什么不能把东西修复成原来的样子？一种失控的病毒肯定无法打败你们。"

外星人身上的颜色变成了一种铬蓝色，伦弗鲁已经知道这是一种温和的责备了。"我们不是这样行事的。失控病毒现在有了自己的生命形式，充满了发展的潜力。如果现在就把它消灭掉，就相当于给你的星球来一次大灭绝，就像你自己的单细胞祖先立足时做的一样。"

"你们那么关心生命吗？"

"生命是宝贵的，无限宝贵。也许要用机器智慧才能领会这一点。"铬蓝色褪去了，取而代之的是温和的橄榄绿，"既然地球已经不能变回过去那样了，你会重新考虑给你提供伴侣的提议吗？"

"现在不行。"他说。

"但后来，也许可以？"

"我不知道。我独自生活了很长一段时间，我不确定这是不是个好主意。"

"你渴望陪伴已经很多年了，为什么现在要拒绝呢？"

"因为……"说到这里，伦弗鲁犹豫了，他自己也意识到在外星人面前拙于辞令，"当我一个人的时候，我会花很多时间把事情想清楚。我已经开始入门了，但不确定是否已经完成。我还有一些事情需要弄清楚。也许等我——"

"也许我们可以帮你。"

"帮我理解宇宙？帮我理解成为最后一个活着的人意味着什么？甚至也许是宇宙中最后一个有智慧的生物？"

"这不是第一次了。我们是一个非常古老的文明，在旅行中，我们遇到了无数物种。有的现在已经灭绝，有的已经面目全非，但他们中有许多人有着与你类似的追求。我们已经观察过了，偶尔也会提出一些建议来帮助他们更好地理解。没有什么比向你提供同样的帮助更使我们高兴的了。如果不能给你陪伴，至少让我们给你智慧吧。"

"我想了解空间和时间，以及我自己在其中的位置。"

"深入理解是有风险的。"

"我已经准备好了，我已经走了很长一段路。"

"那我们就帮忙，但是道阻且长，伦弗鲁。漫漫长路上，你的旅程才刚刚开始呢。"

"我愿意全力以赴。"

"在接近终点之前，你会长时间脱离人类的身份，那是洞察时空的代价。"

伦弗鲁感到脖子后面有一种寒意，一种噩兆带来的颤抖。

外星人并不是无缘无故地警告他，在旅行中，它一定目睹了使它痛苦的事情。

不过，他说："无论付出什么代价，都来吧，我准备好了。"

"现在吗？"

"现在，但在我们开始之前……别再叫我伦弗鲁了。"

"你想要一个新名字来表示求索的新阶段吗？"

"从现在起，我叫约翰。我希望你这样称呼我。"

"只是约翰？"

他郑重地点了点头："只是约翰。"

## 四

善人对约翰做了一些改造。

　　在他睡觉时，它们改变了他的大脑：它们把自己微小的水晶化身渗透进去，对神经进行了大刀阔斧的改造。当他醒来时，他仍然觉得自己是自己，仍然带着入睡时的记忆和情感。但是，他突然能够理解几个小时前还难以理解的东西了。在事故发生之前，他探索了超弦理论的入口，就像一个探险家在险恶的山脉中寻找路线，他从来没有找到那条容易走的路，也从来没有想过能够征服眼前那些可怕的山峰，但现在，他奇迹般地来到了另一边，穿过障碍的路，那些路看上去轻松得难以置信。超弦理论之外是统一 M 理论，但他也很快收入囊中。约翰陶醉于这些全新的理解。

　　他开始越来越多地从一个房间的角度来思考，这个房间的地板就是宇宙的绝对真理：它从哪里来，它是怎么运作的，在宇宙里作为一个会思考的生物意味着什么。但是那地板看上去很像一块地毯，又像还有其他地毯层层叠放着，每一块都有点像最后一层地毯。每一层看起来都很有说服力，可能会经历几十年甚至几个世纪的探索而没有展露一丝缺陷，但迟早会有一个缺陷不可避免地暴露出来。一个微小、松散的线头——也许是观察和理论之间的差异——轻轻一拉，整层结构就会散开。在这类革命中，下一层地毯在那时已经初露真容。只有最后一块地毯，也就是地板，没有逻辑上的矛盾，没有藏起来的线头。

　　你知道你什么时候会到达吗？约翰想知道。一些思想家认为永远不可能确切地知道。你所能做的就是不断地测试，拉每一根线，看它在整体中编织得有多牢固。如果经过数万年的岁月，这个图案仍然完好无损，那么你似乎已经获得了最终的智慧。但你永远无法确定，在数万零一年的时间里，可能会出现一些微不足道的观察结果，虽然看起来很无害，但最终会证明它的下面还潜伏着另一层地毯。

　　你可以一直这样下去，永远也不知道什么时候到达终点。

　　或者，正如其他思想家所推测的那样，最终的理论可能会自证真实性，一条黄金般坚固的逻辑链条，贯穿它所依赖的数学语言。从这个理论的本质上来看，不可能再有对宇宙更深层次的描述了。

　　但即便如此，它也不会阻止你进行观察，它不会停止你继续测试。

　　约翰一直在学习。M 理论变成了一个遥远而微不足道的障碍，在已经取代它的可怕的统一理论面前相形见绌。这些理论不仅探讨了物质与时空的交合，还有意识与熵、信息、复杂性和可复制结构的增长理论。从表面上看，它们似乎描述了宇宙中一切重要的事物。

但反过来每一个理论都被发现是有缺陷的：不完整，与观察不符。预测的电子质量，在小数点后二十二位有误差。预测某一类旋转黑洞周围恒星的光线弯曲时，有万分之一的误差。在高度带电的时空中，预测的惯性特性和观测到的数据之间存在微小的不匹配。

在铺着许多地毯的房间中，约翰有一种眩晕的感觉，认为他和地板之间还有大量地毯。他确实取得了进步，但这只是让他更加清楚自己还有多远的路要走。

善人一次又一次地重塑他，重新调整他的生物钟，让他有时间学习。但每一次理解上的飞跃都使他更接近人类大脑的基本极限：由数千亿个神经元连接在一起，塞在一个小小的骨头笼子里。

"如果你愿意，你现在就可以停下来了。"在他求索的第一个一百年里，善人说。

"如果不停呢？"约翰温和地问。

"那我们继续做一些改造。"

约翰答应了它们，这意味着他将暂时不做人类了。但考虑到走过的距离，他并不觉得这个代价不合理。

善人把他现有的思维模式编码到一个和它们自己很像的身体里。对约翰来说，向以机器为基础的晶体思维过渡并没有带来任何创伤，尤其是善人再三保证，这个过程是完全可逆的。摆脱了血肉和体量的束缚，他的进步更快了。从这个新的角度来看，他那古老的人类思想就像从望远镜的另一端看东西一样小而模糊。与他现在居住的精神宅邸相比，他以前的住所就像兔子窝一样肮脏狭小。他能思考真是个奇迹。

但约翰还没有完成。

一千年过去了。他不断地增加自己的容量，变成了帕弗尼斯山山顶上一千米高的水晶丘。他比任何一个善人都要高大，但这在意料之中：它们早已满足了他探索到的现实层面，而且它们已经尽职尽责地从这个层面撤退了。一旦理解到这种程度，善人就没有进一步深入的需求了。

现在火星上还有其他人类。约翰终于同意了善人给他制造同伴的提议。他们生下孩子，现在这些孩子已经长大成人，成为了父母和祖父母。但约翰同意其他人类的到来，与他自己对陪伴的需要没有多大关系。他现在觉得自己与其他人类离得太遥远了，只是因为他感觉到善人想做这种事——可以让善人有点事做——他才让步了。不过，即使他不能和这些熙熙攘攘的新客人打成一片，他也觉得把自己的一小部分精力花在他们的娱乐上是很愉快的。他重新布置了自己的外观——只需要完成最琐碎的数据处理任务，这样他就像一个华丽的水晶仙宫，有尖顶、圆顶和城垛。黄昏时分，他折射着阳光，在塔西斯蒙忒斯的大平原上投下五彩缤纷的光辉。一条黄色的路盘旋在他脚下的斜坡上。他成了朝圣之地，当朝圣者们在螺旋形的道路上艰难地上下时，他为他们唱歌。

几千年过去了，约翰的思想还在往深处钻。

他告诉善人，他已经经过了十八层聚合的现实，每一次都要求升级他的神经连接。这样他才能全方位地理解理论，并找到通向下一层的缺陷。

善人告诉他——在它们所知道的历史中，只有不到五百个智慧生命达到了约翰目前的理解水平。

约翰还在继续，他意识到自己在所有的重要方面都超过了善人的智力水平。它们帮助他，引导他完成转变，但是它们对现在约翰感觉到的东西只有模糊的概念。根据它们的数据，只有不到一百个人达到了这个程度，它们来自一百个不同的文明，那些文明现在都灭绝了。

"前面，"善人警告，"是危险的水域。"

约翰的建筑改造很快开始给帕弗尼斯山脆弱的地质结构带来了难以承受的压力，约翰没有选择加固这座古老的火山来支撑他日益增大的体积和质量，而是决定完全脱离地表。他在不断变厚的火星大气中飘浮了两万六千年，依靠反重力发电机的电池支撑。大部分的时间他很乐于化身成贝森朵夫大钢琴——一个从他最古老的人类记忆中抽取出来的形状。他在土地上漂泊，像一朵孤独的云，有时他演奏着缓慢的曲调，像雷声一样从天而降。

但不久，他就变得太大了，甚至大气层也待不下去了。从他思维过程中散发出来的热量开始对全球气候产生不利影响。

是时候离开了。

他在太空中卓有成效地成长了一千五百万年。炽热的蓝色恒星形成、生存和死亡的过程中，他正在边缘啃着某些硬骨头。人类文明像苍蝇一样在他周围嗡嗡作响。他知道，在他们之中，有一些人也在从事类似于洞察万物的活动。他祝他们一切顺利，但他已经遥遥领先，没有一个人有能力超过他。这些年来，他的密度增加了，直到现在主要由坚实的核物质组成，然后他进化成了纯夸克物质球。到那时，他自己的重力已经变得巨大，善人用巨量奇异物质加固他，这是从某个消失已久的文明废弃的虫洞传送系统里偷来的。一颗双星脉冲星为他提供能量，巨型宇宙时钟只为他纯粹的思想服务。

约翰继续往深处探索。

"我……感受到了什么。"有一天，他对善人说。

它们问那是什么，害怕他的回答。

"有东西在前面等我。"他说，"再往下穿几层，我还看不清楚，但我敢肯定我感觉到了。"

它们问他那是什么样子。

"一个结局。"约翰告诉它们。

"这是我们一直都知道会发生的事情。"善人告诉他。

它们对他说，只有七个智慧生命达到了约翰现在的心智状态，而且都是三十亿年以前的事了。他们还告诉他，要想完全觉醒，他必须再次改变，变得密度更大，压缩成一个思维核心，只能勉强支撑自己抵挡可怕的地心引力。

"你的状态会很不稳定，"它们告诉他，"你的思维过程会把你推向自己的临界半径。"

他知道它们的意思，但他想听它们说出来："什么时候会发生呢？"

"你变成一个黑洞时，宇宙中没有任何力量能阻止你的坍缩，这就是我们之前提到的危险水域。"

它们说起"早些时候"，好像它们的意思是"今天下午早些时候"，而不是"宇宙早期"，但约翰早已习惯了善人用的这种巨大的时间尺度。

"我还是想让你们帮我，我已经走了这么远，现在不能放弃。"

"如你所愿。"

所以它们把他变成了一个巨大的高密度物质环，停在崩溃的边缘。在巨大的引力场中，约翰闪电般的思维过程变得缓慢起来。但现在，他拥有巨量计算资源。

他绕着银河系转了许多圈。

随着他穿过每一层现实，他感觉到自己越来越接近结局——现实那坚硬如岩石的终极底层。他知道这是地板，而不是另一种海市蜃楼般的结局幻象。现在他差不多到了，他伟大的追求也接近完成了，只需几次思考——宇宙漫长的午后的几个小时，他就要到达了。

然而约翰叫停了他的思考。

"有什么问题吗？"善人关切地问。

"我不知道，也许吧，我一直在考虑你之前说的话——我自己的思维过程可能会把我推向崩溃边缘。"

"是的。"善人说。

"我在想，这到底意味着什么？"

"那就意味着死亡。关于这个问题有很多争论，但目前的理解是，没有任何有用的信息可以从黑洞中逃脱。"

"你是对的。对我来说，这听起来太像死亡了。"

"那么，趁还有时间，也许你可以考虑现在就停手。你至少已经瞥到了最后一层，这对你来说还不够吗？比起踏上征途的那一刻，你已经走得比你想象中还要远。"

"这是真的。"

"那么，让这一切结束吧。不要老是想着还没做的事，想想已经完成的事。"

"我很乐意，但有一件小事让我一直想个不停。"

"拜托。在你目前的状况下，想任何事情都有风险。"

"我知道，但我认为这一点很重要。在追求终极理解的过程中到达这一步的同时，我也在自我崩溃的边缘摇摇欲坠，你认为这是巧合吗？"

"我们承认，除了眼前的实际问题，我们没有对这个问题做过多少思考。"

"嗯，我有，我一直在想。很久以前，我读过一个关于新生宇宙的理论。"

"继续……"善人警惕地说。

"关于它们是如何在黑洞中诞生的。在那里，普通的时空规则被打破了。这个理论认为，当黑洞内的奇点形成时，它实际上会产生一个全新的宇宙，其物理定律也会发生微妙的改变。这就是信息的去向：通过管道，进入婴儿宇宙。我们在外部看不到这一点——我们无法知晓膨胀的方向，这并不是说新宇宙会像爆炸一样向我们自己的宇宙膨胀，但这也并不意味着在我们的宇宙中，每个黑洞里面都不会发生这种事。事实上，我们的宇宙完全有可能是从别人的黑洞中孕育出来的。"

"我们了解这种猜测。你的意思是？"

"也许这不是巧合，也许这就是它应该有的样子。如果不达到引力坍缩的地步，你就无法获得关于宇宙的终极智慧。在你真正获得最终理解的那一刻——当最后一块拼图到位，当你终于瞥见了现实的最后一层，你滑过了边缘，进入了不可逆转的崩溃。"

"换句话说，你死了。我们警告过。"

"但也许不是。毕竟，到那时你已经变成了纯粹的信息。如果你逃过了奇点的过渡，溜进了新生的宇宙呢？"

"你的意思是变成模糊的一摊，然后作为随机噪音重新辐射出来？"

"事实上，我还有别的想法。谁能说你不会把自己编码进那个新宇宙的结构里去呢？"

"谁说你能这么做呢？"

"我承认这只是猜测，但它如此美丽，如此对称，你不觉得吗？在有智慧生命的宇宙中，一个或多个有知觉的个体最终会问我问过自己的问题，并跟随它们直到倒数第二层的觉醒时刻。当它们开悟时，它们就超过了临界密度，在自己的领域中成为婴儿宇宙，它们变成了它们想要理解的东西。"

"你没有证据。"

"没有，但我有一种直觉。当然，只有一种方法可以确定。在理解的那一刻，我将知道这件事是否会发生。"

"如果没有——？"

"我仍然实现了我的目标。我会知道的，即使我被消灭了。另一方面，如果它真的发生了……这样我就不会被压碎了。在另一边，我的意识将继续存在，嵌入到空间和时间本身的结构中。"约翰顿了顿，突然想起了一件事："我就会变成一个非常接近——"

"请别这么说。"善人插嘴说。

"好吧，我不说了。现在你明白我为什么犹豫了吧。最后一步会让我离人类更远一点，就像在它之前的所有步骤一样。对于这一点，我不会掉以轻心。"

"你确实不该。"

"其他人……"约翰开始说，他有些退缩，意识到自己声音里的恐惧和怀疑。"他们走了这么远，都干了些什么？他们犹豫过吗？还是执意向前？"

"在有记录的历史上，比你更近一步的只有三个人。其中两个经历了引力坍缩：我们可以向你展示他们变成的黑洞，如果你愿意的话。"

"不用了。讲讲第三个。"

"第三个人选择了一条不同的路。他把自己的躯体分开，将意识分成了两部分。一部分继续寻求终极理解，另一部分则撤退了，成为一个不那么密集、没有坍缩风险的化身。"

"那个继续求索的部分怎么了？"

"再一次经历了引力坍缩，"善人说，带着一点点嘲笑约翰的口气，"我们很乐意向你展示结果。"

"那另一半呢？如果他退化成一个更简单的结构，他怎么能保有他所取得的智慧呢？"

"他不能，这正是问题的关键。"

"我不懂。智慧需要一定程度的复杂性作为载体。如果他剥去了一些结构，就不可能保持那种智慧。"

"他没有保持智慧。然而，他仍然记得自己曾经理解过。对他来说，这就足够了。"

"只是记忆？"

"正是。他瞥见了终极觉醒。他不需要记住那一瞥的每一个细节，只知道他看见了。"

"但那不是终极理解，"约翰恼怒地说，"这只是粗略的接近，就像明信片并不是风景一样。"

"不过，这总比毁灭要好，那个生物似乎对妥协很满意。"

"你认为我也会这样吗？"

"我们认为你至少该考虑一下这种可能性。"

"我会的，但我需要时间考虑一下。"

"多久？"

"一点点。"

"好吧，"善人说，"但别想得太多。"

不到一百万年后，约翰向善人宣布，他希望跟随他们提到的第三个智慧生命。他会把自己的意识分成两份，一个继续走向终极觉醒，另一个将变成一个更简单、更安全的结构，必然无法承载他目前拥有的智慧。对约翰来说，分裂自己的过程就像他以前经历过的任何转变一样，令人忧虑又十分微妙。即使在他的头脑被削回到一个简单版本的自己时，他也需要善人所有的技巧来干预这种变化，使记忆得以保存。但是，这一切都完成了，两个约翰在身体和精神上都彼此分离：一个仍然在引力湮灭的边缘保持平衡，离超越只剩一个想法，另一个在安全距离内观察。

所以，简单的约翰目睹了他复杂自我的坍缩和质量跌落：这是一个与近银河系时代任何自然恒星死亡一样的突然和猛烈的事件。在实现终极理解的那一刻，他把自己的结构推向了极限。在体内的某个地方，物质和能量坍缩了，为一个新的宇宙打开了吼叫的缝隙。他已经完成了他的追求。

然而，在他肉体存在的最后几纳秒里——在他被吸到视界以下之前，那里没有任何信息能够逃脱，复杂的约翰极力设法编码并传送了一份引力波——一封给另一半自己的信。

内容非常简短。

它只说："现在我明白了。"

事情可能就到此为止了，但没过多久，简单的约翰做了一个决定，让自己回到起点。他现在带着一种近乎终极理解的记忆，而这种记忆——正如善人所承诺的那样，尽管约翰有天生的怀疑主义精神——几乎和终极理解本身一样具有启发性。从某种意义上说，也许更有意义——它很小，闪着光，像宝石一样，他可以从不同的角度来观察它，完全不像亲身经历时那样复杂——记忆就是从那里面提炼出来的。

但他想知道，为什么要止步于此呢？如果他可以回到这个简化的架构，并且仍然保留他以前的记忆，为什么不更进一步呢？

为什么不往回走到起点呢？

从接近终极理解的状态退化并不是一件仓促的事情，因为在每一个阶段——随着他进化来的能力被剥离和抛弃，他必须确保记忆链保持完整。当他再次接近人类时，他在智力层面上知道，他现在携带的不是理解的记忆，而是记忆的记忆的记忆……那是一种苍白、简单化、经过层层反射的东西，但并不因此有半分虚假。对约翰来说，这仍然是真实的。现在，他们把他湿乎乎的大脑塞进智人头骨里令人窒息的笼子里，这才是真正重要的。

所以，到了他返回火星的时候。

那时的火星是一个蓝绿相间的大理石世界，很像旧日的地球。尽管时间流逝，重新繁盛的人类文明并没有飞到比太阳系更远的地方，而且——因为地球是禁区——火星仍然是它的首都。现在有一千六百万人生活在那里，其中许多人散布在帕弗尼斯山缓坡上的小社区里。在火星的深处，人造黑洞创造了与旧日地球没有区别的表面引力。巨大的地下扶壁使古老的地面景观免于坍塌，海洋里填满了生命，大气浓厚而温暖，充满了昆虫和鸟类。

约翰离开后，有些东西被保存了下来。比如，螺旋形的黄色道路仍然蜿蜒通向帕弗尼斯山的山顶，朝圣者们在漫长但并不艰难的道路上攀登，不时在沿途的许多带帐篷的茶馆和招待所中歇息。虽然他们属于不同的教派，但都以某种形式记住了约翰，而且许多信条里都提到他要回到火星的那一天。为了达到这一目的，火山顶部平坦的圆形高原已被清理干净，等待约翰回来的那一天。僧人们用大扫帚扫去上面的灰尘，朝圣者们绕着高原盘旋而上，但没有人敢从边缘往里走很远。

约翰又变成了人类，在外星力量的帮助下从天而降。那天是白天，但是没有人看到他的到来。善人在他周围布置了一道隐形屏障，所以从远处看，他就像一根暖气柱，使他身后的景象像海市蜃楼一样微微颤动。

"你真的准备好了吗？"善人问，"你走了很长时间了，他们可能会在处理你归来的问题上遇到麻烦。"

约翰调整了一下他为返回火星而挑选的星形眼镜，戴在自己的鼻尖上。

"他们迟早会习惯我的。"

"他们会期待智慧的话语。如果没有得到任何东西，他们可能会失望。'现在我明白了'之类的话不太可能让他们满意。"

"他们会克服的。"

"你可以说一些无害的陈词滥调，只要足够让他们猜就行了。如果你愿意，我们可以提出一些建议——我们在这方面已经有相当多的经验了。"

"我会没事的，我要对他们直说。我来了，我看见了，我后退了。但我确实看见了，而且我确实记得看见过，我认为这一切都很有道理。"

"我认为这一切都很有道理，"善人重复道，"这就是你能给他们最好的东西吗？"

"这是我的追求，我从来没说过要达到别人的期望。"约翰用一只手摸了摸自己的头皮，在隐形场地里顶着的气流压平了他头上薄薄的红褐色乱发。他向前迈了一步，穿着为归来而挑选的大红靴子，摇摇晃晃地走着。"我看上去怎么样？"

"跟你出发时的样子不完全一样，这身服装的变化有什么特殊原因吗？"

约翰耸了耸肩："没有什么特别的。"

"好吧。你会把他们吓坏的。这种说法很恰当，不是吗？"

"是的。我想就是这样了，那么……我穿过这里，回到人群中。对吧？"

"对的，你有计划了吗？"

"没有什么具体的计划，看看事情进展如何吧。也许我会安定下来，也许不会。我已经独自生活了很长一段时间，重新适应人类社会不是一件容易的事。尤其是一些怪异的未来主义人类社会，他们几乎认为我是某种上帝一样的存在。"

"你会搞定的。"

约翰犹豫了一下，准备走到阳光下，走出隐形的地方。"谢谢，谢谢你们为我所做的一切。"

"这是我们的荣幸。"

"现在你们呢？"

"我们会继续前进。"善人说，"找一个需要帮助的人。也许我们会再路过这里，在更远的未来，看看你们都怎么样了。"

"那太好了。"

谈话中出现了令人尴尬的停顿。

"约翰，在你走之前，有一件事我们需要告诉你。"

他从善人的语气里听到了什么，相处这么久，这还是第一次。

"什么？"

"我们骗了你。"

他不由自主地笑了一声，这是他完全没有想到的事，他认为善人从来没有对他说过谎。

"告诉我。"他说。

"我们谈到的第三个智慧生命——把自己分裂成两股意识流的那个。"

约翰点了点头："怎么了？"

"它并不存在，这是我们编出来的一个故事，目的是要说服你采取行动。事实上，你是第一个这样做的人。没有任何实体达到了终极理解的最后阶段而没有继续走向最终的坍缩。"

约翰听了这话，慢慢地点了点头："我明白了。"

"我们希望你不要太生我们的气。"

"你们为什么撒谎？"

"因为我们已经喜欢上你了。这是错误的……应该是由你来选择，不被我们的谎言左右……但是，如果没有这个例子，我们认为你不会选择现在这条路。然后我们就会失去你，你就不会站在这里，带着你拥有的记忆。"

"我明白了。"他又说了一遍,这次语气柔和了一些。

"你生我们的气了吗?"

约翰等了一会儿才回答:"我应该生气,我想。但实际上,我没有。你们可能是对的:我会继续走下去。考虑到我现在所知道的,考虑到我拥有的记忆,我很高兴我的这一部分没有坍缩。"

"那么这样做是正确的吗?"

"这是一个善意的谎言,还有更糟糕的事情。"

"谢谢你,约翰。"

"我猜你下次遇到像我这样的人——某个智慧生命也在追求这个目标,你就不用撒谎了,对吗?"

"现在不用了。"

"那我们就随它去吧,我不介意事情的结果。"约翰正要走出去,但他突然想到了什么,他努力不让自己的脸上露出顽皮的笑,"但是我不能让你在没有帮我最后一次的情况下就走。我知道,在你做了这么多事情之后,要求你这么做太过分了——"

"无论是什么事,我们都会努力做到最好。"

越过高原镜面般光滑的表面,约翰指着远处盘旋的朝圣队伍。"我马上要到外面去,到帕弗尼斯山上去。但我不想在没有任何警告的情况下从稀薄的空气中走出来,这样会把他们吓得半死的。"

"你有什么想法?"

约翰仍然用手指着:"在我之前,你要先把什么东西给呈现出来。考虑到你的能力,我认为这不过是小菜一碟。"

"你想要什么?"

"一架白色的钢琴,"约翰说,"但不是随便一架旧钢琴,它必须是一架贝森朵夫大钢琴。我曾经也保持过钢琴的形态,记得吗?"

"但是这个会小一点,是吗?"

"是的,"约翰说,他愉快地点点头,"小得多,小到我可以坐在琴键前,所以你最好在它旁边放一个凳子。"

精巧的器物在空中出现,像闪电一样快。钢琴显得出奇坚固,旁边放着一张铺着红色垫子的凳子。在高原上,已经有一两个朝圣者看到了它的到来。他们兴奋地打着手势,消息很快就传开了。

"就这些吗？"

约翰把眼镜轻轻推回鼻梁上，说："还有最后一件事。到达那个凳子时，我需要能够弹钢琴。我以前也演奏过音乐，但那不一样。现在我需要用我的手指，用传统的方法弹奏。你能答应吗？"

"我们有丰富的音乐知识，必要的神经连接可以在你到达贝森朵夫大钢琴时植入。可能会有点头痛——"

"没事的。"

"现在只需要问一下……你有什么特别想弹奏的吗？"

"实际上，"约翰说，他伸出手指准备表演，"我心里有一首歌，它碰巧是关于火星的。"

如果故事有起源的话，《洞察时空》的历史可算悠久。2001年年初，我应邀向联合国教科文组织的科学与文化杂志《信使》投稿。他们正在准备一个关于宇宙学和宇宙的特刊，想问我能否写出一些相关的东西……大约七百五十字。我说我会考虑的，但并不觉得会简单过稿。我写的故事至少有七千字。尽管如此，我还是在骑车回家的路上考虑了一下，在工作地和前门之间产生了一个想法。事实上，我那天晚上就把它写了出来，第二天早上就提交给了联合国教科文组织。总共有一千五百个字，是他们要求的两倍，但比我以前写的任何东西都要短得多。联合国教科文组织很喜欢它，甚至说可能采用，但仍然想知道我能否想出更短的故事。我说，不，这对我来说已经够短了，就这样了。但是当我晚上回到家的时候，我脑子里已经有了一个更短的作品，似乎比长作品能更好地表达主题。我写了这个新故事，它叫《壁画》，这篇文章七百五十字，如期发表在《信使》上。由于这本杂志同时以多种语言印刷，《壁画》立即成为我被翻译成最多语种的故事。几乎可以肯定，这是我唯一一篇被译为泰语的作品。

不过，这让另一个故事失去了归宿。我把它带到英国主要的科幻大会之一的伊斯特大会上，在一群困惑的观众面前读了一遍。也许需要再长一点：对最后一个活着的人的故事来说，一千五百字实在是太紧了（相比之下，《壁画》中根本没有真正的人物，所以在短篇幅中效果更好）。所以我把这个故事带回家，然后我搬了家，在接下来的四年半里断断续续地写。我把它从一千五百字扩展到一万字。与此同时，我把原始故事的几乎所有内容都扔掉了，只留下一个模糊的结构骨架。当我不忙于其他事情，或者在手头的大项目中找不到灵感时，我就会打开《开始》这个文件，对它进行一些修改。

如果不是为了新星大会，我可能还在摆弄它。新星大会于 2005 年 11 月在伯明翰附近举行，是英国科幻大会日历上的一个固定项目。这是一个传统：嘉宾提供一个新故事作为纪念品赠送。现在，我有足够的时间来写一个新故事，但每当我尝试开始写作，都会无疾而终。几个月溜走了，我和妻子结婚了，我还是没有给新星大会写故事。我们的蜜月期就要到了，我答应新星大会委员会，我回来的时候会给他们准备一些东西。在绝望中，我转向了《开始》，现在改名为《洞察时空》。随着蜜月的临近，我拼命想把故事写完。我把它拆解又拼装，但它还是没有完成。我们去马来西亚度蜜月——我们三个人：我妻子、我和我的笔记本电脑。

令人惊讶的是，我妻子原谅了我。虽然我并没有把整个旅程都花在写作上，但回来时，我的故事已经差不多完成了。倒时差结束后，我只需要再花几天时间把它整理好并提交给新星大会委员会。这个故事出现在一本由著名太空艺术家大卫·哈迪创作的彩色插图的小册子中。顺便说一句，我很感谢同为作家的尼尔·威廉姆森，他提供了钢琴方面的好建议。对话（在某个会议走廊醉醺醺的气氛中进行）是这样的：

"尼尔，你知不知道关于钢琴我可以咨询谁？"

"阿拉斯泰尔，你想知道什么？"

"嗯，我只是想知道艾尔顿·约翰会弹什么样的钢琴。"

"哦，这我知道，贝森朵夫大钢琴。"

"谢谢你，尼尔。"我稍微暂停了一下，"嗯……你是怎么知道的？"

"因为我会弹钢琴。在一个乐队里，我们还翻唱过埃尔顿·约翰的曲子。"

"哦……好的。真高兴我问了你。"

所以下次当你需要什么不清不楚的信息时，不妨问问科幻小说作家，你可能会收获惊喜。

# 从数字到模拟

Zima
Blue

0101010

0101010

0101010

我凌晨三点离开了德龙，"比利时房子"在我的脑海里无限回放。我不知道我被跟踪了。那时，我们无法相信自己，因为我们的神经系统想要关闭以进入夜间最深的睡眠。如果我们还醒着，就会犯最愚蠢的错误，妄想我们的行为在黎明光线的照射下不会有任何不好的后果，而且有时一些药片会对这样的情况起到推波助澜的效果。

我比之前更醉，但大半个晚上都在避免喝东西。然后，她出现了——穿着"大街市民"乐队 T 恤的那个女孩，什么苏格兰白灵乐队，从臀部的小口袋里提供 E 物质。我犹豫了一下，人已经晕头转向，然后我默许了。我们在汗流浃背的狂欢者和震耳欲聋的节奏中完成了交易。

"再过几个小时我就跟这世界没关系了。"我说，并把标签①塞进了口袋。

"有什么大不了的，"她说，"我……我只是请个病假。早上拿起电话，撒几个谎，然后放松一下，再打个盹。"

"如果你的手机能用就好了，"我说，"事情是这样的，我是个电话工程师，为 BT 工作，所以下次你请病假时应该谢谢我。你说的东西可能会被地下的某个角落偷听。"

我感到肩上有一阵压力，转身看到一位办公室的朋友，这位朋友喝得醉醺醺的，身上洒着啤酒，他开始唱《威奇托前锋》。

我皱起眉头："更像是开车去惠特利湾，在雾中寻找另一个被破坏的电话亭。"

穿着"大街市民"乐队 T 恤的女孩怀疑地看着我们，然后消失在舞池里。

---

① 怀疑是一种毒品。

DJ切了一首新歌，底音窸窣，每个节拍都有大鼓音。我用掉了一张标签，并且沉浸在音乐中。突然，我想起要告诉朋友的一件事。"嘿，"我大声叫道，声音盖过了喧闹，"我听说詹姆斯·布朗有两名全职工作人员，专门负责从其他唱片中找出样品，然后向艺人榨取版税！"

"两个人？"他说，然后笑了起来，向空中挥了一拳，"上帝啊！两个人！全职！上帝啊！"

"我认为这表明用样品这事已经变得多么普遍。"我说，意识到我再这样说话，明早嗓子肯定受不了，而且我自己的醉酒周期已经达到了极度缺乏幽默感的阶段。"我的意思是，听听这些……这可能是百分之百回收利用的声音，朋友。"

"特别有九十年代的感觉，不是吗？"他耸耸肩说，"非常环保。我以为现在我们都赞成回收利用了。汽车、纸张、瓶子……为什么不加上音乐呢？"然后我略过了几帧，我的朋友就开始看表了。"好吧，我想我们很快就要分开了，很抱歉你不在我们的出租车路线上，朋友。"

"没事，我今晚走回家。"我耸耸肩，E物质影响了我的脾气。无论如何，我想再留一会儿，多用掉几个号码，现在我已经进入了德龙的氛围。粉红色的烟雾弥漫在地板上，蓝色的激光在天花板上闪耀，而我正在融入它们。DJ又切到一首我喜欢的歌，那种"一眨眼就会错过"的短命俱乐部的作品，一开始极其火爆，然后逐渐变得经典，成为模板被重复使用，令人开始有点厌烦，然后彻底过时，变成二十世纪后期流行文化蒙尘的遗产——一切都发生在一两个月内。有的社会评论说："一个杀手正在俱乐部潜行。"如果你认为那是值得怀疑的口味，这里甚至提到某人的眼皮被掀开并被钉起来。

凌晨三点了。我如果还想去上班，最好现在就往外走。为了拿到外套，我重新进入拥挤的人群，半跳着舞，把一个俱乐部的霓虹灯推开，穿过一阵阵香烟。我走了一半，看到一道红色激光刺穿烟雾。一个裹得严严实实的人正用枪瞄准我，激光在来来往往的人群中时隐时现。他戴着一副太阳眼镜，脸藏在阴影里，头戴着航空电话一样的东西，前面还配了麦克风。

怪胎无处不在。为什么不尽情狂欢，而是找别人的事呢？是的，是时候离开了，毫无疑问。

我快速穿上外套，也许是因为俱乐部暂停了狂欢，准备开启下一个狂乱的一小时。我在外面遇到了几个朋友，他们利用暂停的时间在一家通宵营业的烤肉店吃东西。出租汽车站在我回家的路上，所以我和他们一起在遍地是垃圾的街道上闲逛，踢着快餐盒、红带啤酒罐和票根。几个散漫的狂欢者还在四处闲逛，想找个开着门的地方。在比格市场那间老旧的厕所外面挂着几个筐，看上去就像爱德华时期的不明飞行物，孤独的警车慢慢行驶，樱桃灯反射在尿坑里。头顶上，一架直升机在冬日的繁星下盘旋，虎视眈眈地看着下面的街道，无疑是在寻找失窃的汽车——那些汽车明早就会嵌在商店门前。难怪我们都没开车来，到了出租汽车站，我们分开了，他们回他们在拜客的家，我回我在芬罕的公寓。我要走的路其实不长，应该说对我来说距离并不重要。

我戴上兜帽，把哀怨的汽车警报声和警笛声挡在外面，打开随身听。随身听小巧轻薄，仅比磁带大一点，表面是光亮的银色，就像一个闪闪发光的烟盒。C90 是我自己整理的合集，里面有电子舞曲，从曼彻斯特的奥尔德姆路买来的黑胶唱片，以及爵士乐和一点主流的电子灵魂乐，据说这直接来自最烟雾缭绕的柏林酒吧。超纯的数字声音，催眠的合成线，被迅速扭曲的噪音，这就是他们在德龙里播放的音乐：无处不在，没有夸张，震耳欲聋的噪音像西藏经文一样重复，像邦戈拉舞一样快。结合德龙里的特效，强烈的光通过装满彩色不相融液体的旋转光轮投射出来……就像一个万花筒在你眼前旋转变化，声音涌来，就像你烂醉的大脑里的测试信号。

我已经玩了一两年了。在纽卡斯尔发现的这个地方弥补了我离开西北时的痛苦，那里是这种玩乐的起源。我的 BT 工作毫无价值，那音乐、那俱乐部才是我生活的意义。干掉最后一点 E 物质时我还不知道，正是这种音乐吸引了猎屋人来到我身边。

我似乎在德龙就被盯上了，和朋友们离开的时候，我被跟踪了。我小心翼翼地躲在住宅的小巷里，直到我离开那帮人。跟踪的人很精明，好像已经料到我要走路回家。因为有随身听，我在市民划船湖附近走路的时候没有听到脚步声（如果有的话）。

突然间，我脖子的颈动脉被压紧了。我衣服上的兜帽被扯了下来，耳机被抓走，整个随身听被扔进了水光激潋的湖水中。我从来没有怀疑过自己变成受害者，至少那一刻没有。我知道是猎屋人的胳膊钳着我，然后什么东西闪过我的脑海——一个我可能已经和其他十几个人分享过的想法，我们团结一致的例子。我意识到所有假设都是错的。天啊，他们大错特错了。他们不会匆忙抓住这个孩子的。如果他们一直好好考虑，就不会——

我感到有什么湿湿的东西盖在脸上，然后，也许感到湿润后的一微秒，我就因为醚催作用晕了过去。我听到的最后一句话是一个冷静的女声："请相信我，我是一个医生。"

我隐约记得自己在一辆车的后座。在那幸福的一刻，我不记得发生了什么，就像那些清醒时的幻觉一样，什么都没有联系，什么都不重要。我的眼睛被格子玻璃后面黄色的钠灯照亮，车厢里令人麻木的震动透过我身下的软垫传递出来，我看不太清里面的东西。当我听到她说话的时候，一切都清楚了。她在驾驶室，和面包车后部隔着一层薄薄的隔板。我挣扎着挪动，却发现动弹不得。有那么一会儿，我不知道是自己被捆住了，还是大脑的信号没有顺利传达到四肢。我被担架撑着，它绑得很牢，不会滚来滚去。我的嘴被堵住了，是她用什么东西塞住了我的嘴，还是我在用呼吸管呼吸？

"正从捕获点返程，"她说，"受试者明显恢复了意识。简述：初检外部生理机能正常，女性，二十多岁，身材苗条，身高一米七左右，短发，面部无明显痕迹，没有静脉注射毒品的迹象……在这个阶段，不排除体内存在其他中毒剂、幻觉剂或情绪改变剂。有趣的是，受试者的眼镜上是平光镜片——仅具有装饰价值。在抓捕过程中，受试者的听觉刺激被中和。预后令人满意，预计十五分钟到达，完毕。"

这些话在脑子里乱成一团，我需要好好整理。发生了什么事？我在什么地方？为什么我真的不在乎这些？

我在精神上消沉下来，让舒缓的节奏轻抚着眼睑。尽管我知道这么多，但入睡是多么容易的事啊！

接下来的回忆是一声侵入式的嚎叫，撕裂了我的梦境。这似乎是我听过的最响亮的噪音，在梦幻般缓慢的"哇——哇"声中起起落落。然后情况变得更糟，我的皮肤开始刺痛，直到声音达到顶点，波峰波谷才平缓了些。这时音调低了下去，逐渐加入了让内脏翻腾的低音。

我的祖父曾经告诉我，在闪电战中，德国空军没有把他们轰炸机的引擎调整到完全相同的转速。这样，即使你不知道它们应该是什么声音，你也能分辨出亨克尔喷气式飞机和威灵顿式重型轰炸机。在引擎声的顶点会有一个不断起落的信号，因为声波的尖峰会在一秒钟内数次发生相移。然后他把张开的手指交叉在一起来演示，我的祖父曾是一名音频工程师，他在皮卡迪利电台工作，了解各种奥秘。我想是他让我进入了电子工程领域，是他让我走上了在英国电信从事侵犯隐私的工作的道路……公平地说，那个老家伙再清楚不过了。

我睁开眼睛，看到一块斑驳的米色石膏墙。我的鼻尖离墙有一英寸左右，我以医学"康复"的姿势躺在一个柔软的东西上。我试着移动，但没能成功。我动不了了，不是因为虚弱就是被绑住了。一双手把我的身体转到另一边，让我面对着她。我的嘴自由了，没有插管，也没被塞住。在橄榄绿的背景下，她是一个苍白的卵形物。从我的角度看不见她的脸，只能看见她腰部模糊的白色。

然后一切水落石出：这里是医院。这就解释了破旧的装潢和老朽的气息。她是一名护士，或是病房服务员，穿着白色大衣，戴着听诊器。她身后是绿色的床帘，就是人们在做床上擦洗时用来隔开病人的那种。我能听到床帘后面医疗设备的声音，像鸟发出的声音。有些人比我还糟糕，生活就是向上看。我动不了，但这并不意味着什么。见鬼，我刚刚有一次糟糕的经历，对吧？我可能患有创伤后应激障碍。1962 年，越南战争似乎只是另一场境外战争……哈哈。

然后她说话了，就是我在救护车上听到的那个声音。"啊，很好，"她说，"很清醒，非常完美。我们会很快结束的，只要做几个简单的测试就够了。"

我伸长脖子往上看。她的白色外套松散地系在一件黑色 T 恤上，后者装饰着一个我有点眼熟的图案，像是白色的月球表面的等高线地图。听诊器挂在她的胸前，头发从额头向后梳，扎成一条实用的马尾辫。她的嘴唇苍白，戴着黑色的圆形太阳镜，头戴着一副耳机，又黑又笨重，这是航空耳机，伸出一条线连着一个用皮带绑好的电池包——降噪设备，像直升机飞行员用的那种。我想起了那天晚上看到的直升机，但是没有……当然，这两者之间不可能有联系。

护士的装备可真奇怪，我想。接着我有种出神的感觉，远处传来一个轻柔的声音：这是你理智的声音。你沉浸在最深的幻想里，但你不会承认，直到 E 的效用消失……我没理会，继续打量她的外套（我觉得她更像科学家，而不是医生），看到一道道铁锈般红色的斑点。

"我能喝点水吗？"

她把手伸进上衣口袋，掏出一个烟盒大小的黑色小东西，然后看了看手表。

"日志输入：时间 5：30，实验受试者在几秒钟前做出了第一个条件反射，请求流体。假设：残余精神状态仍然在协调行为，使其与人类正常饮食和身体要求相符，换句话说，受试者的营养摄入将落入刻板模式。结论：该请求可能出于真正的生理需要。尽管在任何情况下都不是必要的选择，我们将提供二百五十毫升的乙醇酸化大麦水口服。输入结束。"

她在我身下摇了摇什么东西，让病床的一端折了起来。然后她把杯子放到我干渴的嘴唇上，我喝了下去。天哪，这是我品尝过最好喝的饮料：甜甜的，像甘露一样凉爽。这葡萄适[①]。她脸色苍白，高高地在我的头顶俯视我。在我眼里，她就像天使一样，是给病人提供营养的幸福给予者。

"让我们透点空气进来，好吗？"她开口，并没有直接对我说话。她掀开床帘，露出房间其余的部分。

即使身陷药物导致的幻觉中，越来越多来自真实世界的数据最终刺破了我的幻想。你沉浸在最深的幻想里，那声音重复道。我第一次开始留意自己的潜意识。"病房"里没有其他病人，房间很小，四面潮湿的墙壁有四五米长。它们被上百个……不，等我把场景的其余部分讲好，再讲这些。一面墙上高高的窗户透出缕缕晨光，照在地板上。有一扇金属门，里面用挂锁锁着。房间里尿液和呕吐物的气味让我想起了一个多层停车场的楼梯井。房间里有一张病床、两个花园椅、一张木桌和一辆空轮椅，还有一个三脚架上放着待命的摄像机，配备了万向灯。房间的其他地方堆满了看起来很昂贵的电子设备……一排排修长的黑色合成器，上面刻有熟悉的名字：卡西欧、柯肯、罗兰、雅马哈、哈蒙德、预言家。这一堆东西都连着一个放满 MIDI 显示器和 PC 键盘的桌子，外壳是鸽子灰的，包裹在一堆电缆和光纤中。屋里还有被压扁的易拉罐、葡萄适和贝克啤酒瓶子，小报、文娱杂志、线圈文件夹、盒式磁带和视频盒、软盘，以及一堆看起来像是十二英寸白标签唱片的东西。我仔细看了看，每个套子上都潦草地写着"从数字到模拟"几个字。我记得它——这是大约六个月前俱乐部的音乐样本之一。你在很多新唱片上都听到过它的一部分。

架子上放着几十个带网格化屏幕的显示设备，像示波器或是心电图仪。屏幕显示着各种动态图案，就像她 T 恤上的等高线。我现在知道自己是在哪里见过它了：在一张专辑封面上。它根本不是什么地形图，而是脉冲星的无线电信

---

① 是葛兰素史克旗下的一种饮料，于 1927 年由英国药剂师 Mr. Hunter 发明并推出。其中的成分是葡萄糖，故命名为葡萄适。

号——一个在空间里嘀嗒作响的时钟。我不记得是谁告诉我的，但这在当时看起来很奇怪：一个来自科学中心的图标出现在一百万套公寓里，包裹在一块块封神的黑色乙烯基树脂上。就像那些曼德布洛特集合[①]，在几个月的时间内充斥着专辑封套和视频。就好像科学是终极亚文化，不知怎么，地板底下的东西你不想知道太多……

附带的细节：堆着 MIDI 的桌子上还放着一些粗笨的金属物，带有枪柄，形状像一把来自《太空：1999》的手枪，还有一个工业订书机。这就是他们所说的糟糕的旅行。

然后是墙：我觉得最中肯的描述应该称之为神社，因为她把几十个我的单色照片钉在上面——都是在最近一年照的。一些在街上，我远远的身影被红色笔迹标出，还有一些俱乐部里的近距离照片，我的双眼十分迷离，就像 CIA 的目标采集图像。还有更多——复杂的图形和图表，一层一层乱钉起来，上面是签字笔涂鸦。声波图，声谱图，电路图，关于卷载的技术文件……天哪，我以前是在哪里听到过这些的，现在为什么又这么重要？为什么她会有一张布满虚线的英国地图呢？

我开始出汗了，我开始认为也许我的潜意识是有道理的，也许这家医院确实有点不对劲。

她在拨弄我的脑袋。我意识到太阳穴周围的几个小电极把我跟什么设备连在了一起。她正在把松掉的几个电极黏紧，她还把什么东西固定在我的胸口，白色的碟片拖着电线挂在一堆嗡嗡作响的机器上。我只穿了一条带有草渍的白色牛仔裤。

咔嗒，她按了一下录音机。"日志输入：5：45。总结。"她咳嗽了一声，然后用她那受过教育的柔和的泰恩赛德口音继续说，"考虑到对整个社会的危害，我得到的命令是一看到受试者就终止它。凌晨 2：45。我试图把受试者在德龙归零。终结受试者很可能会对未感染人群造成重大的附带伤害。我从德龙开始跟踪受试者，希望能干脆利落地消灭她。然而，大约在凌晨 3：30，我决定打破常规，抓捕受试者进行检查。如果一切顺利的话，我将在几个小时内完成检查。"她故意停顿了一下："我保证，我们的作业完整性不会受到损害。虽然方法可能是我自己的，但我完全清楚，如果我们的掩护被曝光，城市将会陷入恐慌。"

————————————————
① 一种分形图案。

她关掉了录音机，在口袋里摸索着，从一个刻着骷髅的黑色纸盒里点了一支烟，若有所思地深吸了一口，然后重新开始录音。"受试者昏迷时期，我测出了一系列脑电图读数。"她说，在一个笔迹记录仪的小钳子上加了一个新的标记。纸上已经有了很多内容，都是用摇摇摆摆的墨迹画成的。机器嗡嗡地运转起来，笔尖来回滑动。"现在，我在观察受试者清醒时对各种刺激的反应。"

"请不要伤害我……如果你放了我，我保证不会告诉任何人……"

她在地板上弹了弹烟灰，又不假思索地抽了一口烟。"正如你所观察到的，受试者现在进入了恳求阶段。最初由药物引起的欣喜状态正在消退，恐惧取代了对处境的困惑情绪和矛盾心理。很快她的请求就会失去连贯性，我们将观察到，歇斯底里休克、婴儿戒断和恋母情结退变的发作。这些假象与正常人类处于极端创伤情况下可观察到的常规精神反应完全一致，但只不过是模仿求生策略。"然后她靠得更近了，我能从她黑色的墨镜里看到我的表情。实际上，这看起来不太好，我的一只眼皮不停抽搐着。她把一套塑料耳机套在我头上，然后又回到了她的 MIDI 设备旁。她碰了碰键盘，一个屏幕上出现了彩色的波形图。另一个亮起的屏幕显示的是带注释的乐谱。第三个则是钢琴键盘的平面图，上面写着数字和符号。"我不知道你能不能认出这个，"她说，用黑色的指甲敲了敲屏幕上的波形，"但我们已经认识它有一段时间了。我们已经跟踪你一年多了。"接着是一句对着别人说的话："记住，必须避免与受试者进行任何超出预定范围的交流。尽管这很难——他们看起来、闻起来都很像人类，而我自己也只是人类而已，难免会建立起微弱的情感联系。在研究所研究恒河猴时也会产生同样的问题——"

"我保证，"我说，"放我走……我根本认不出你，对吧……就算在大街上碰到，我也不会注意到你……请不要伤害我，我求求你……"

她在我手背上掐灭了香烟。"呃，呃，呃，"她说，"除非我明确要求使用口语答复，否则不要说话。"她从一台机器上撕下了一张纸条，刚才我开口的时候，记录仪画出了疯狂且密集的折线图，像不规则的心电图。"嗯，"她自言自语道，"这的确非常糟糕，比我们想象中还要糟糕得多。"然后她伸手去拿桌上的工业订书机，打开它的钢颚，就像一个士兵在检查步枪上的弹夹。她猛按两下订书机，就像开枪一样将小钉发射到房间的另一边。然后靠着我的病床，把那张纸条钉在我身后的灰泥墙上。

她这么做的时候，我开始尖叫，不仅仅是因为手背疼。

她用巴掌打了我一下。"我说过要安静，你这个混蛋！别叫了，否则我就切断你的声带……"然后她笑了起来，"请注意，没有任何人能听到我们说话。"就在她说话的时候，我听到飞机准备起飞时调节油门加速的声音。我猜我们在机场附近，我想起了在任何一个小机场附近看到的仓库和棚屋，毫无疑问，没有人会在这样的地方无意中发现我们。

我试着保持清醒，思考那些合成器和医疗设备是哪里来的。音乐方面的事我熟，那都是很容易就能得到的东西。其中一些看上去是二手的，边缘已经磨损，琴键上沾满了石膏和灰尘，满是指头印——抱歉——指纹。（在麦克贝恩、哈里斯和凯勒曼[①]的书里，他们在调查一桩杀人案时总这么说。那些家伙总是没完没了地唠叨多起谋杀案、连环杀手之类的废话……检查身体上有没有指纹——天啊，对不起，警官，腐败得太严重了……如果我们想知道那个该死的笨蛋到底是谁，我们就得依靠牙齿记录了……）

但是脑电图仪，还有那些示波器——她是从哪里搬来的？怎么可能这么容易就溜进一家医院，随随便便绑架、伤害别人——但即使是现在，这个国家已经糟糕到随便带走一卡车医疗设备了吗？——大蟒说过什么来着？机器砰砰作响……哦，天哪，我当时并没有觉得它那么歇斯底里。

"输入日志，"她说，"6：10。我正在研究被试者所谓意识的脑电图——大脑的音乐。杂乱无章的叠加电信号，展示受试者大脑精确到秒数的神经活动。第一印象：虽然这个波形在外行人看来很正常，但是没有神经学家会接受这是一个会走路、会说话的人的脑电图，它更像某些静止性或精神运动性癫痫的特征。这是一种长时间持续的抽搐。"她点了点头，似乎在肯定自己的理论，然后她放下了报告纸。"现在研究最关键的部分开始了。为了探究接管程度，我必须迫使主体做出条件反射。作为一个整体，它们掌握着接管性质的关键。尽管我们现在已经确定了可能的感染源，但传播的机制还远不能确定。我希望通过把受试者带回感染点上来获得新发现。为了保证完全的依从性，我准备静脉给药——东莨菪碱[②]。输入结束。"

她开始微笑。"现在，我们可以安静、高效地完成这件事，别大惊小怪。要么场面会很难看，过程会很痛苦。你选择哪一种呢？"就好像她在斥责一只

---

① 三人都是侦探悬疑类小说作者。

② 作用与阿托品相似，对呼吸中枢具有兴奋作用，但对大脑皮质有明显的抑制作用，此外还有扩张毛细血管、改善微循环以及抗晕船晕车等作用。

在地板上拉屎的狗，并没有冲它大声喊叫，而是在玩弄它的情绪本能以及它的恐惧和困惑。她拿起一支注射器，对着光线挤出几滴液体，然后给我注射。"只是为了让你进入状态，你明白的。"

"你要我做什么我就做什么，"我说着，眼泪顺着脸颊流了下来，"但是，求你了，求你了，求你……"然后我就慢慢陷入了沮丧中，带着傻笑。

"好了，"她说，她对我的表情毫不在意，"我们好好聊聊怎么样，嗯？"

我点了点头，流着口水。如果让我说话，我希望能拖住她。如果我还有一线生机被别人发现，那就意味着我要为自己争取时间，把她让我做的事拖长。

"好吧，好吧，"她说，"但我会问你一些非常棘手的问题，我会一直播放磁带。另外，如果要面对面谈话的话，我还得采取一点预防措施。你明白，这是为了我自己的安全。"

"求你了，你想做什么都行。"我温顺地说。

她伸手去拿订书机。


她只对一只眼睛下了手，一直神经质抽搐的那只，从里面把掀开的眼皮钉到我的眉毛下面。很疼，但不是我想象的那种疼。接着，我感到眼睛开始瘙痒：不是严格意义上的疼痛，而是一种温和而持续的不适……能让你真的发疯。然后她拿起了摄像机，稍微调整了一下角度，镜头距离我的眼睛表面只有几厘米，在录影时嗡嗡作响，摄像机直接看进我的脑子……

她用她那套阴谋论攻击我。

她解开我的过去，把它打成结，让它凝结起来，再像滚筒上的布莱顿硬糖一样抻开①。她用自己的想象编织，用手指缠绕，把它织成一个猫的摇篮，事实和模糊的记忆纵横交错。她用的一些回忆是如此令人毛骨悚然，我猜她肯定是从我的梦里偷出来的。她把我带回过去，这样未来的痛苦只是一个闪光的小点。我不知道她做了什么，也许她只是把我的焦虑当作支点把我拉回到过去，也许这是催眠。

我们在梦里在一座座城市间穿行，墙上那些中情局的卡片在聚光灯下闪烁，震动了我的记忆，把我带回到几个特定的地点。那是我为BT搬家到北方半年之前。曼彻斯特和谢菲尔德的场景像洪水一样涌回我的脑海，她用足以震撼头骨的音

---

①　英国布莱顿地区特产的一种棍状棒棒糖。

量向我播放音乐，灯光闪烁。录音的声音回荡着，我几乎可以想起相应的面孔。我的手擦过地板，抓住一个生锈的钉子，试图用尖端刺入手掌的疼痛将我带回现实（就好像眼睛的疼痛不够真实，不足以让我集中注意力）。但还是失败了，我沉入了催眠般的声音旋涡中。

事情开始变得有点脱节了。

她开始问我问题，她的声音是与现实相联系的纽带。关于一种在夜店滋生的病毒，我不知道自己是怎么回答的，我听不见自己的声音，怀疑很久以前就失去了意识的连贯性。但她一直在追问，关于她所谓的"起源"：《从数字到模拟》，压制了五百批的白标签唱片——由偏差唱片公司发行。她问我是否认识分销商，问我一些重复而紧张的问题，关于在西北地区经营的独立音乐交易商，关于他们的雇员，这些奇怪的问题让我想起了卢比安卡的牢房。我记得那张唱片，爱逛俱乐部的人都不会忘记它。但有些地方出了严重的差错，我想不起来曲调，脑海中的音乐一点都不清晰。有一些关于它的东西很难锁定……精华就在那里，但我没法记起来，太深，太基础……这就像那些感知图，你必须让立方体自己翻转。我头痛欲裂……

过去消失了，我飞快地回到了现实。

我现在坐在轮椅上，她把我移动到一面投影墙前。计算机生成的图像在画布上跳舞，上面是快乐的分子和虫子。我感到唾液湿润了下巴，自己像白痴一般流口水，也尿湿了裤子。她毫不理会，把耳机戴上，然后走到 DX7 合成器旁。她在琴键上弹奏了一段迟疑而无调的旋律，仿佛音符在病态地哀嚎。咔嗒，她对着录音机说话。"在某种程度上，大多数音乐结构都是分形的，我的意思是，整体的本质可以在不同层面的分析中找到。"她的声音大而刺耳，"可能在删除了百分之九十后仍然保留可识别的特征。我现在给受试者播放的音乐是从《从数字到模拟》中分离出的解构声音模式，该唱片通过数字采样进行了转录。我戴着保护耳机，直接向她播放声音，以防她的耳机有任何泄露。当然，我不愿把这种声音称为音乐，原因太明显了。"

她用琴键弹出的声音不断重复，我仿佛身处一个大厅，里面满是可以反射声音的镜子。听着这些声音时，我看到脑电图上的折线变得十分狂乱。这比疼痛要严重得多，跟它比起来，疼痛像秋夜的风一样无害。那声音掠过我的灵魂，穿透我心灵的老鼠洞。我感到极度清醒、平静，就像一台实验设备接收到某种信号一样没有反应。她这套重复的旋律已经在我身体里了，卡在一个循环的电路中，这是她用合成器奏乐时唤起的完整形式。这是共振，随着每一次重复，回应不断膨胀，直到我的意识疯狂地循环。我该如何描述它呢？简单地说，这就像有一段音乐在你的脑海里回响，直到什么都没有留下，直到你的思想仅仅是这段循环起伏的波浪上无足轻重的涟漪……

"一个带有精神病毒的样本唱片？病毒就是声音本身，载体是地下音乐行业的数字录音技术？"她摇了摇头，比起不信，她更多的是极度的恼怒，一直在通过录音机对她未来的听众说话。她不停地控诉，说九十年代简直就是一个传染病系统：性疾病、流氓广告口号、计算机病毒、扩散的垃圾邮件……她若有所思地说，这种摇摆舞已经席卷了所有的时尚杂志，就好像病毒范式本身就是一种元病毒。"但如果我们用电脑病毒来做类比，"她说，"我们不应该是在寻找罪犯吗？或者，更可怕的是，也许这种声音结构是偶然产生并开始传播的呢？"她空洞地笑了起来。"不幸的是，我们没有时间思考这种哲学问题了。病毒在蔓延，第二代唱片的取样量和第一代一样严重，而且数量更多了。"然后她解释了为什么俱乐部不能长期支持这样的组合爆炸，这种声音结构（也就是她提到的那个）是如何被迫探索新的感染途径，取样电路中的量子噪音是如何使它一字节一字节地变异的。"很快，"她说，"我们发现，就暴露在新版声音结构下的个体而言，其脑电图模式出现了令人不安的变化。它把自己插入了他们的头部，成为了大脑电场中的驻波。我不知道这是怎么发生的，只需要一次跳跃，还是需要中间媒介呢？"

"求你了，"我说，"我不知道……我不是你的罪犯，我发誓——"

她继续对录音机说话："正如你所听到的，被试者仍然设法给人一种清醒的错觉。通常他们会诉诸伪随机的感叹词，而不会真正理解句子。显然，我们在这里看到的是一种更精致的接管形式。自然选择将对那些有能力隐蔽同化过程而非显著改变宿主行为的病毒种类有利。这就是我们现在必须采取行动的原因，否则就太晚了。"

然后我看到了一些东西，一些本来完全无关紧要的东西。我感到一阵可怜的希望在涌动，我可以利用她的妄想症，如果足够小心的话。这样做，我可能会赢得宝贵的时间。我看到她的皮肤在微微颤动，就在她墨镜的阴影下，好像她眼睛的一部分在不由自主地抽搐。也许它一直在动，只是不知怎么的被我发现了。我开始模仿她，试图通过模仿来安抚她。

或者它就在那时突然开始了。

"在你做什么或说什么之前，"我第一次控制住了自己的声音说道，"你为什么不摘下墨镜，看看自己在里面的样子呢？告诉我你看到了什么……"

她一时看起来很震惊，也许这回没办法把我的回答当成僵尸般无意识的鹦鹉学舌。她关掉了录音机，把它放在桌子上，然后走到我身后。过了很久很久，她才开口说话，这一次她的声音已经失去了作为科学工作者的超然性。

"那我们就说对了。"她说，声音小得几乎听不见，"不知怎么做到的，它穿过了所有的防御，传到了我的耳朵里。也许你眨几次眼睛就足够了……视野中的一种脉动，改变了我的大脑皮层……这是同化的第一步，或者可能是俱乐部的卷载效应……"

卷载……那个我曾有模糊印象的词语。现在我记起来了，是我在电气工程研讨会上学到的词语，关于振荡器的耦合，就像为国家电网供电的电站里的涡轮发电机会产生的现象。如果其中一个发电机发生故障，以非常规频率输出电力，那么电网上的所有发电机都会自动合谋将它拖进相位，配合它们永不间断的节拍。只不过用"合谋"这个词不太合适，因为卷载没有任何目的性，这是一种调音，一种锁定的频率，由合奏者无情地驱动。就像一个舞池，身边的动作和音乐就像魔咒，潜入你的肌肉，所以即使你只是路过，即使你只是一个旁观者，你都会被它牢牢锁定……

"如果它感染了你，"我说，抓住救命稻草不放，"那么你会知道没有什么好害怕的！现在脑子里有什么不一样的感觉吗？"

她苦涩地笑了。"我不会……还没有。这只是开始，只是开始。"然后响起了一阵翻箱倒柜的声音，金属从木头上滑落，东西摔在地上，玻璃碎了，一阵恐慌的声音。"他们骗了我，"她说，"航空电话一定是被人破坏了，就在他们发现我是一个人的时候。一定是在抑制听觉成分，同时加强潜意识……也许是在我进入俱乐部时就感染了，或者是在重复分形那会儿……"

就在这时，一道弧光刺进了窗户，就像斯皮尔伯格的电影。旋翼的噼啪声，就好像我们刚刚被一架直升机从空中扫视过一样，远处刺耳的轮胎声越来越近。

"他们来了，"她说，"为了我们两个——"

"你在干什么？"我问道，我的希望在消失，"如果你让他们看到我还活着，他们也会让你活下来……来吧，在他们冲进这个地方之前把我推到门口……"

她在我身后破开了一个瓶子。我听见她喝了几大口，然后把它贴在我的嘴唇上，这回是贝克啤酒。"你以为那是警察吗？"她笑着说。接着是一阵她用一只手在金属里翻找的声音，上过油的钢铁发出的咔嗒声，还有膛室旋转的声音。"让我告诉你，"她说，"我们在相隔数百千米的个体中观察到了相关的声音结构，而这些个体可能从未见过面。就好像某种东西正在成形，进化和重塑自己的速度无法用任何感染途径来解释。某种实体，比我们见过的任何东西都要大。"她朝英国的网状地图点了点头，我现在也认了出来。"这是它的范围，根据感染情况绘制的。宿主的思想——你和我，只是它的延伸和外围。现在，它就在那里，蛰伏着等待时机。那张地图……好吧，我想这说明他们来得太迟了。"

"他们来得太迟了？不是我们——"

"哦，不，"她说，"再也不会了。"然后她跪在我旁边，把头靠在我的头上，瓶子在地上摔碎了。"相信我。"她说，她把枪顶在太阳穴上，这样子弹会穿过我们两个人的脑袋。"我是在帮你的忙……"

然后，当汽车撞穿墙壁时，她扣动了扳机。

它应该就此结束，也许它确实结束了，像我曾经理解的那样结束，也许这就是我们的最终结局。没有办法知道，对吧？但不知怎么的，我对此表示怀疑。你看，在开枪之后（戛然而止，没有余响，就像铙钹的声音倒放），只有一种数码的纯空白。仿佛有人突然想起按下我大脑中的杜比降噪开关，过滤掉所有我曾称之为现实的高频咝咝声和静电噪音。只留下一个无休止循环的打击乐，一个精神咒语。我已经不在那里了，我甚至不再是我自己了。我们无处不在，无时不在，我们变异，我们扩张，我们变得更强大。我们的一部分是在一百万个黑色乙烯基的微槽上，一部分是在一百万个二氧化铬箔上，一部分是在一百万个彩虹金属雕刻的光斑上，一部分是在一百万台灰色蜂窝材料的织物上，不停地旋转，永远地旋转。但就像她说的那样（当然，她也在这里，同样是那个蓬勃发展的波形上不可分割的一部分），它们只是我们的外围设施。思想在电话系统中进进出出，一部分的我们曾帮助它们进入。

全国各地的电话都在响，邀请你拿起话筒，听一段潜意识音乐——哪怕只是在你挂断电话前困惑的那几秒钟。

我们现在是幽灵，我们还在线上。

1990年，我遇到了作家保罗·麦考利，当时他是一位出版了两本书的小说家。他还写了一些我最喜欢的故事，发表在 *Interzone* 杂志上。保罗无疑是我曾经遇到的第一位真正的作家。当我在圣安德鲁斯的小苏格兰大学城学习时，他在那里教课，而且我们住得很近，走路就能到他家——这一事实仍然让我感到非常幸运，更不用说改变人生的巧合了。几年后，保罗帮我的第一部长篇小说引起了编辑的注意，而且这位编辑最终买下了它。现在，我的书大概还是都能卖出去了（谁知道呢？），但也不一定。我能想到许多优秀的作家出于各种原因还没有过渡到写长篇小说的阶段。这并没有什么错，但我真的很想写书，我认为保罗在其中发挥了作用。当然，这也不能怪他。

　　不管怎样——回到刚才那个故事，一天晚上，保罗和我在当地的酒吧喝酒，他提到他和金·纽曼正在编辑一本纪念七英寸黑胶唱片消亡的原创故事集。我被邀请写点东西，结果最后就有了《从数字到模拟》。这个故事几乎囊括了我自认为知道的关于俱乐部和舞蹈文化的一切，也多亏了我当时经常读的《面孔》（The Face）。保罗和金把我的故事收录在了《梦中》，我很高兴，最终读到那本选集时更高兴。我认为在写了十七年之后，这个故事现在还站得住脚，但这更多地表明音乐文化在这段时间里没有什么改变，而不是说我多有先见之明。看看1976年到1991年间流行音乐的变化，也就是"性手枪"和"涅槃"之间的差距，然后再把1991年和2006年比较一下，也就是"涅槃"和"酷玩乐队"。"快乐分裂"是1991年"酷"的代名词，他们现在仍然是。除了下载和MP3，音乐对我来说并没有太大的改变。就我个人而言，我仍然不能满足。

永生不灭

# Zima Blue

莫伊拉·柯比什利一路跟着一辆渣土车发出的黄光上山。下雪了，她那辆沃尔沃的雨刷在风挡玻璃上拼命工作。另一辆车从她后面驶来，闪烁着前灯。她看不见司机，但那辆矮矮的黑色汽车有什么东西在闪光——一辆宝马或奔驰，也许是奥迪。在夜晚的这个时候，从另一条路过来的车辆很少，但是每当莫伊拉想到超车——稍稍侧开，直到她能看清那辆渣土车的侧边时，另一对前灯就会奇迹般地出现。莫伊拉飞快地缩回卡车后，后面的那辆车又闪了一圈前灯，表达了自己的意见。

"傻帽。"莫伊拉说。

等走到山顶，可以离开主路时，她心里很高兴，虽然她现在正走在一条没有铺好砂石的乡间小路上，弯弯曲曲、坑坑洼洼，但至少她只有一个人在路上，可以按自己的步调开车。她把车控制在二挡，小心地过盲弯，警惕着从另一边开过来的汽车或拖拉机，但又怀疑自己应该根本遇不到其他车辆。

不久，她看到了熟悉的地标——驼背桥。她慢慢开了过去，车前灯高高地照进了小溪对岸的树林里。灯光照亮了栖息在谷仓里的两只猫头鹰，把它们吓僵了。它们看起来像小石头饰品，你可以在工艺店买到的那种。在小巷的尽头，莫伊拉看到了伊恩小屋的灯光。

他大约一小时前给她打过电话，状态听上去很糟糕，不是抑郁和自杀的那种——他实际上在说他不会自杀，而是狂躁和过度兴奋：一种她认为近乎危险的精神状态。考虑到伊恩的过去，情况可能很快就会恶化。现在，她希望自己让他别挂电话就好——一直跟他说话，而不是许诺开车过来。她应该先看看天气，更不用说出发时间了。但莫伊拉一放下电话，她就知道自己不能食言了。

"该死的伊恩。"她说。

　　他们是十五年前在大学的最后一年认识的。两人都是跳伞俱乐部的成员——伊恩是真的喜欢跳伞，而莫伊拉加入只是因为她看上了俱乐部里的另一个人。俱乐部没怎么帮到她追男生，但她对跳伞产生了些许兴趣，并在毕业后的几年里一直保持着这个爱好。她认识了伊恩——虽然不是她喜欢的类型，但两人在俱乐部之外也常相聚。莫伊拉喜欢他的一点是，他总是带着愚蠢的热情说胡话。在过去的一年里，她已经数不清伊恩打算在拿到学位后进行哪些惊人的致富计划了。她不得不佩服：伊恩一直坚信手机会变得很大，而那时所有人都会认为手机只能当运动器械来用。但是——典型的伊恩——他实际上并没有采取任何行动。有一段时间，在人们还没有听说过网页之前，他就已经在研究电脑，构建图形界面来简化互联网导航和文件传输功能。伊恩当时向她展示的一些想法非常出色，即使到现在她仍然坚信，如果他坚持下去，世界将会转向另一条道路——伊恩·卡尔迪克特将是"网络之父"。但事实并非如此，另一种热情转移了他的注意力。当他玩起轻木做成的无线遥控战斗翼手龙时，电脑已经在角落里吃灰了。莫伊拉没弄清楚这些钱是从哪里来的，但伊恩一分钱也没浪费在自己身上。他的小屋破旧不堪，他的衣柜里基本上只有他在大学时穿的衣服。

　　"该死的伊恩。"莫伊拉又说了一遍。

　　她放慢速度，认出了农场的大门，再往前十多米就是通往伊恩小屋的车道的拐弯处。天还在下雪，她慢慢拐入弯道，感觉车轮在积雪下的碎石上打滑了。她把车停在小屋前面。伊恩的车是一个蓝白相间的楔形物，停在废弃的车库前。落雪使所有的汽车都看起来令人兴奋，整洁而光滑，莫伊拉觉得它们就像刚从风洞里出来的概念模型。

　　她关上前灯，熄了火，坐着看了一会儿小屋。既然她到了这里，各种可能性便向她涌来。她再次回想起电话里的谈话：伊恩强调他不会自杀。如果伊恩决定不自杀，那么在某种程度上他可能已经考虑了这个选择。莫伊拉知道伊恩通常无法坚持一个想法超过几分钟，她不禁担心他会再次改变主意。

　　如果他是在她开车过来的时候自杀的呢？如果现在那所房子里已经没有活人了怎么办？楼下的窗户在光滑的雪地上投下一块长方形的黄色光斑，显得那么温暖、那么诱人。如果她必须在这里等警察和救护人员来怎么办？

　　莫伊拉离开沃尔沃，关上车门，朝前门走去。她听到远处的乡间小路上传来猫头鹰的叫声——也许是她先前看到的那两只。

　　她敲了敲前门，伊恩来开的门。他穿着红色运动裤和脏兮兮的黄色T恤，光着脚。

"对不起。"他说。

"你确实对不起我。"莫伊拉说，她大大松了一口气。

"我不知道已经这么晚了，也不知道在下雪。"

"那是你的问题，伊恩，你不会停下来想一想。"

他害羞地笑了："事实上，我一直在想事情，这就是我打电话的原因。"

"很高兴听你这么说。伊恩，我担心得要命。"

"你还是先进来吧。"

"是的，我最好先进来，是不是？"

伊恩让她走进屋里，她踢掉鞋子上的雪。从外面看，小屋温暖而诱人，就像狄更斯圣诞卡片上的东西。在莫伊拉看来，屋里还是有点冷。她脱下外套，把它挂在楼梯底部的扶手上，庆幸自己在里面穿了厚毛衣。

"来一杯茶吗？"伊恩问。

既然看到伊恩没事了，她开始想着一会儿还得开车回去。

"咖啡，"她说，"黑咖啡，不加糖。"

莫伊拉跟着他进了厨房。仔细想想，还不算太乱。房间里只有一盏灯——一个从天花板上垂下来的昏暗的灯泡，这使得房间里的大部分地方都笼罩在阴影里，掩盖了所有垃圾和杂物。墙边有许多纸板箱，两三只叠着堆起来。上面有显示器和打印机的图纸，还有幽灵般的白色聚苯乙烯包装材料块。那里有一只轻木翼龙，翅膀折断了，一只黑色的眼睛从它那外星人似的小脑袋里向她闪着微光。一辆有着金属光泽的橙色自行车靠在食品室的门上，没有轮子。厨房桌子的一端放着两盒麦片粥、几罐速溶咖啡、半品脱牛奶和一个空的罐装面条罐，架子上没有吃的或喝的。除了烹饪教程，还有用 Java、C 语言和 Perl 编程的书，以及关于禅宗、野蘑菇和量子力学的平装书——都读得卷了边，还有几本本·埃尔顿的长篇小说，莫伊拉没读过。

他把一杯咖啡塞到她手里。她在桌子边一张摇摇晃晃的木椅上坐了下来，而伊恩则坐在桌子另一边的椅子上。透过没有拉窗帘的窗户，莫伊拉看到雪还在下。

"介意我抽烟吗？"她问，她拿出一包香烟。

伊恩翻了翻比萨盒，找出一个烟灰缸——金属冲压工艺做成的，学生们从酒吧里偷来的那种。"本希望你已经戒烟了。"

　　莫伊拉用指甲敲了敲烟盒。"绝对没可能，幸运香烟，还记得吗？"

　　"你认真的吗？"

　　"当然，认真的。"她喝了一口咖啡，庆幸自己没要牛奶。伊恩的白咖啡里漂浮了几座小冰山，似乎是结块的牛奶。"但这与我无关，我不是来这里跟你闲聊的。伊恩，你让我很担心：你那些关于不会自杀的说法。"

　　"我想我有点兴奋过头了。"伊恩说。

　　"你不打算这么做，是吗？"

　　"这不是重点，"伊恩说，"如果我想的话，我也做不到。"

　　"听你这么说我很高兴。"莫伊拉隔着桌子伸长胳膊，握住了他的手，"我知道你运气不太好，伊恩，我也知道事事并非如你所愿。但我们俩的生活目前不算太糟，是不是？"

　　"你误会了，"伊恩说，他轻轻地缩回了手，"我的意思是，我无法自杀不是因为我放弃了自杀的想法，我说的是更深层次的东西。"

　　莫伊拉点燃了一支香烟，她吸了一大口，用想象中监狱心理学家看待长期罪犯的眼神打量着伊恩。"那是因为？"

　　"我已经得出结论，我是永生的。"

　　"我明白了。"莫伊拉轻声说。

　　"明白了？"

　　"是的，"她说，字斟句酌，"我记得你上次在酒吧谈论的东西——你最近疯狂投入的事业。所有你在网上读到的东西，关于一个活人如何永生不死。至少如果他们不想死，并且做出了正确的安排，那就不会死。你叫它什么？干仗主义？"

　　"反熵主义。"伊恩纠正道，露出了宽容的微笑。

　　"对的。把你的头冷冻起来，以便他们在未来复活你？或者只要确保自己活过接下来的三十年，活到机器接管一切，并赐予我们所有人永恒的天堂？等待奇点，不是吗？"莫伊拉又喝了几口咖啡，注意到桌子上有一堆旧的通俗科学杂志：《新科学家》《科学美国人》等。"在我听来像是胡扯，伊恩，但谁知道呢。"

　　"这不是胡扯，"他说，"或许也可能是，但这也不是问题的关键。我说的不是通过药物或把我的大脑复制到电脑里来获得永生，思考这些反熵的东西只是催化剂，帮我真正地看清楚事情，但他们都没有抓住重点。我意识到，实现永生比任何人意识到的都要简单。"

她又看了看书架。"神奇蘑菇?"

"也许我根本就不该给你打电话。"

"听着,对不起,伊恩。但你在深更半夜把我从暖炉旁拖了出来,离开家跑过来,嘴里还念叨着你想自杀——"

"是在想永生不死。"他纠正道。

"当我到这儿的时候——我至少两次差点撞了车,你所做的就是喋喋不休地说什么永生。抱歉,伊恩,这是酒吧闲扯。我不该为了这种事在深夜离家,这没那么重要。"

"事实上,我认为确实很重要。"伊恩把手伸到桌子对面,推开那堆科学杂志。里面一直藏着一把枪。

"不。"莫伊拉说。那是一把手枪,一把小左轮枪,它熟悉得可怕,但莫伊拉不记得自己在生活中看到过真正的手枪。"求你告诉我那只是仿真枪。"

"是的,"伊恩说,"但它已经被改造成了一把真枪。有个网站会告诉你怎么做,如果之前就喜欢做手工,你都不需要什么花哨的工具。"他朝轻木翼龙点了点头。是的,莫伊拉悲哀地想:伊恩喜欢做手工。如果有人能将一把仿真枪变成真枪,那就是伊恩·卡尔迪克没错了。

"这可不怎么好,伊恩。"她想问他这把枪是从哪儿弄来的,是否合法,但最重要的是,她想在伊恩动手之前夺下那把枪。"子弹没有上膛,对吧?"

伊恩拿起枪,把旋转式枪膛转到外面,就像她在电影里看到的那样。他让转轮纵向地对准光线,这样莫伊拉就能看到可以放子弹的圆柱形弹膛。伊恩慢慢地旋转转轮,直到一个被堵住的洞映入眼帘。

"告诉我电话在哪儿,好吗?"莫伊拉问,"我想我需要给某人打个电话。"

"电话线已经被我切断了,你不需要它,你只需要坐在这里听我说,就这样。"

莫伊拉点点头,只要能让伊恩继续说话,怎么样都可以。"然后呢?"

"然后我会把枪顶在头上,然后扣动扳机。我会一直开枪,十次,二十次,三十次。你就坐在那儿看着我,然后你就会相信我了。"

莫伊拉想抓住那把枪。她能在不走火的情况下把它从伊恩手中夺过来吗?如果她能抓住它跑到外面,就可以把它扔到雪堆里。外面天很黑,雪还在下,如果她扔得好,她认为伊恩在天亮前很难找回来。

　　但就在她思考的时候，伊恩把枪塞进了运动裤松松垮垮的口袋里。

　　现在没有机会拿到它了。

　　"我记得你说过这跟永生有关。"莫伊拉说，声音有些颤抖，"在我看来，玩俄罗斯轮盘去赌听起来不太像是永生的好主意。"

　　"你是对的。但重点是我不能自杀，我必须以最令人信服的方式证明这种行为是不可能的。"

　　"为什么是我？"

　　"因为你是我的朋友，因为你总会倾听，对各种想法保持开放的心态，因为我知道你会来的。"

　　"因为我的名字在你的通讯录里出现得比较早？"

　　伊恩笑了："你按照'莫伊拉'排在首字母是 M 的名字下面，可不是'柯比什利'的 C。"

　　莫伊拉叹了口气："好吧。我们做个交易，听你说话可以。你想告诉我什么都行，可我再也不想见到那把枪了。"

　　"你答应我会好好听？你不会笑我，不会反驳？会乖乖等我说完吗？"

　　"说好了就不会抵赖。"

　　但她不确定伊恩会不会遵守他那一边的协议。

　　"你知道多重世界理论吗，莫伊拉？"

　　"你以前也提到过。"先假装认同吧，她想。一直说话，不要停。"跟量子有关的东西，是不是？平行世界之类的？"

　　"差不多吧。每次宇宙中发生某种相互作用时——每当一些粒子或其他物质相互碰撞，宇宙就分裂成许多不同的副本，每一个副本都对应着一种可能的结果。"

　　莫伊拉回想起上次在酒吧点单时经历的长时间对话。"我想我明白了。"

　　"当然，我们只能看到其中一种结果。所以如果我们在实验室里做一些可以产生 AB 两种结果的实验，而每个结果出现的概率相当，那我们只能看到 A 或 B，而不能同时看到两者。但在现实中，宇宙会在那个时候分叉，在另一个宇宙的我们会看到实验的另一种结果。"

　　"有点像你经常说的关于猫的事。"莫伊拉说。

　　伊恩面露喜色，显然很高兴她还记得这件事。"是的。你把一只猫放进装有放射源和盖革计数器的盒子里，然后给计数器连上一小瓶毒气。如果放射源释放出一种粒子——在一定时间内这种可能性是百分之五十，那么气体就会被释放出来，猫就会变成死猫。"

"然后你打开盒子……"

伊恩啜饮着咖啡，没有注意到那块可怕的变质牛奶。"在一个宇宙里，你会得到一只死猫。但在另一种情况下，放射源并没有被释放，还记得吗？它发生的概率只有百分之五十，这是多重宇宙中属于它的分支。那里的猫还活着。"

莫伊拉感觉到伊恩已经快说到秘密的关键了。"好吧。"她说道。

"现在就要开动脑筋了。接下来会发生的是，我们把同一只猫——给它一碟好喝的牛奶，当然，再来一点伟嘉猫粮——放回盒子里，再做一次实验。同样的事情发生了：猫并没有死。你会得出什么结论？"

"你得出的结论是，如果皇家防止虐待动物协会发现了你在做什么，你麻烦就大了。"

"除此之外呢？"

"我不知道，你还是在粒子没有衰变的那个时间线上吗？"

"是的，"伊恩说，"但是想想这意味着什么：你已经两次进入猫没死的世界分支了。再进行一次实验：同样的结果。下一次，再下一次。你一直这么做，每次都杀不了那只该死的猫。"

莫伊拉举起一根手指。"只是因为你一直指定那只猫必须是活的。但如果我做了那个实验——比如说我扔一枚硬币，而不用盖革计数器之类的麻烦玩意，结果就不同了，不是吗？我可能不会马上杀死猫，但过了两三次，我肯定就会了。"

"但关键是，无论你什么时候真的杀了猫，总会有一个和你对应的人——另一个世界的莫伊拉——没有杀成。"

"也许一两次杀不成，但如果我一直没法杀死猫，我会开始觉得这有点不对劲：实验肯定出了问题。事情不是这样的，伊恩。你不可能总是掷出正面，迟早会碰到反面的。瞧，我口袋里就有一英镑硬币，我可以证明——"

"不，"伊恩说，温柔地纠正她，"你们中的一个人迟早会掷出反面，但另一个人还是会掷出正面，这就是正面不断出现的原因。不管这件事看起来多么不可思议，总会有一个宇宙中的你发现不管尝试多少次，都不可能杀死那只猫。"

"但这太荒谬了。"

"不荒谬，只是概率很低。这并不意味着那个特定宇宙中的你不存在：只是你成为她的机会非常小。就像女王一样，必须要有人当女王，即使每个人的机会都很小。你有没有想过女王陛下睡醒时的感受？她一定在想，我是女王，我就是女王！"

"我相信她现在已经习惯了。"

"但理论仍然适用，从逻辑上讲，总有那么一个人会一直停留在猫死不了的宇宙里。他们可能会觉得很奇怪——他们可能会复盘自己做过的所有实验，觉得自己被选为永远杀不死猫的那个人有点奇怪。但如果认真对待多重世界理论，他们将不得不得出这样的结论：必须有人永远杀不死猫。当他们最终杀死猫的时候，他们会知道其他人——另一个宇宙中的他们——刚刚又没能杀死它。事情就这样持续下去。"

"永远？"

"直到永远的永远。"

他们沉默地坐了一会儿，莫伊拉又在想电话和枪。如果伊恩切断了电话，让它重新工作会有多难？如果这只是把线插进墙上插座的问题……她想象自己摸索着插回去，设法在伊恩从她手中抢走电话之前报警……但是不行。这是行不通的，伊恩那么喜欢捣鼓小玩意，他可能已经拆开电话，拿掉了一些东西。即使他没有，即使她神奇地干倒了一个活着的人类，警察要多久才能到达这里呢？

还有枪，这很不乐观。她想把桌子推向伊恩，从她身边撬起来，这样桌子就会撞到他的膝盖上，但除非动作很快，否则伊恩就有时间躲到一边，她可不想惹怒一个枪还没离身的人。

"原来是这样，不是吗？"她问，"这就是你发现的大秘密？在无限分支的宇宙中的某个遥远的小树枝上，总会有一只你杀不了的猫？"

伊恩第一次表现出一丝愤怒："不止如此，远远不止。坦白说，莫伊拉，我希望你现在已经自己看到了。"

"看到什么？"

"更大的图景。盒子里的猫只代表了一个量子过程的结果——盖革计数器的一次计数。现在想象一下，如果盒子里有一百万个盖革计数器，每个计数器都指向自己的放射性物质，只需要一个释放的放射源就能杀死猫。极有可能的是，至少有一台盖革计数器会引起释放。"

莫伊拉谨慎地选择说出口的话："那么我想猫是死了。"

"是的，几乎总是这样。"伊恩说，"但仍会有一个分支不是。仍然会有一个实验，在那一百万个计数器中没有一个释放了毒气。只是因为它很奇怪，并不意味着它不会发生——可能在多元宇宙的某个极端分支上。"

"好吧，"莫伊拉说，"如果我跟着你的思路走，那么你已经把一连串事件坍缩成了一个极不可能发生的结果。这又能改变什么呢？"

"这改变了一切，因为在这个过程中，我想走多远就可以走多远，所有发生的事情都是一系列量子事件。你身体的每个细胞里的每一个过程——每一个化学反应——最终都可以归结为量子概率。无论宏观事件有多复杂，它不发生的概率都是有限的。"

"给我举个例子。"

"生活本身，"伊恩说，他现在似乎平静了一点，"想想看，莫伊拉。想想你的身体：身体里的每一个细胞都在工作，以保持生命的持续动力。分子被打乱，穿过细胞膜，与其他分子相互作用……所有这些都依赖于量子过程。雪崩势不可当，但仍有极小的可能性——我承认，极小极小的概率，这些过程中的每一个都会突然转向对生命延续不利的方向，这就像满屋子的时钟突然全部停止作响。概率很小，但是——考虑到多重宇宙的特性——它会发生，而且必须在某个地方发生。"

"如果……"莫伊拉说，她想找个反对的理由。只要她能让伊恩继续讲下去，他似乎不太可能做任何令人遗憾的事。"如果多元宇宙不够大，容纳不了所有这些可能性怎么办？如果有些事情太罕见了，根本不会发生怎么办？"

"当然，情况不必那么极端。不是每一个量子过程都会出错，只是其中的一部分，但足以杀死你。"

"概率仍然很低。"

"但如果你持这种观点，可能性要大得多。"

"现在你吓到我了。"

"那就想想乐观点的例子。当你很老了，度过漫长而幸福的一生，最终躺在病床上，你将会自然死亡。"

"好吧。"莫伊拉说。

"但这到底是什么意思？如果死亡不仅仅是一系列化学过程的结束，那它是什么？"

"这种看法相当悲观。"

"正相反，"伊恩告诉她，"想想那些化学过程逐渐停止的情形吧。当然，它们背后还有更多的量子相互作用，这就是一切。既然这些化学反应有可能陷入停顿，那么也有可能继续维持一分钟。"

"这样其中一个我就能多活一分钟？"

"不止这些，莫伊拉。其中一个你将得到永生，其中一个你永远不会死。死亡是一个化学上的门槛，你们中间总有一个人无法越过它，一些生命的闪光支撑着你。每一次呼吸，你都将滑进多元宇宙更遥远的分支，但从你的角度来看——这有什么关系？你不会察觉到那些早期版本的你都消失了，你只会觉得自己还存在。"

"这听起来不像是我会为自己选择的任何一种永生。"莫伊拉说，"对我来说，这听起来更像是地狱。我总是在吸最后一口气，但从来没有真正到达终点。我想我宁可躺到公共汽车底下也不愿面对这种前景。"

伊恩又笑了："你忘记了，所有的结果都有可能发生，无论概率有多么小。引擎从一架经过的飞机上掉下来，把公共汽车砸成碎片。路上开了一个洞，把它吞没了。公共汽车就这样自发解体：每一个焊接处都在同一时刻灾难性地分解了。一股古怪的旋风会带你离开危险的地方。"

"这听起来更像是一个奇迹。"

"这就是它看起来的样子。不过你会知道的，你会意识到，所发生的一切只是你找到了最近的非致命分支。"

现在莫伊拉能看出事情发展的方向。"那么，就是枪了，"她沉闷地说，知道话题必然会走到这里，"我会拿枪指着自己的头，扣动扳机。"

"那也不会奏效。枪会射不出子弹，一次也射不出，直到你把它从头上移开，或者换一个不会致命的角度。"

"但是那些看着我开枪的人呢？他们中的大多数人会看到我把脑袋炸开花。对他们来说，这可算不上永生。他们不会相信的，是不是？"

"除非他们自己亲自尝试。"

"我们都得拿枪顶着脑袋，是吗？扣动扳机，如果我们活了下来——如果枪打不响——那么我们就会得出永生不死的结论？"

伊恩倾身向前。她可以看到枪的合金光泽，枪柄的尖端从他的口袋里伸出来。如此近——诱惑着人去尝试抓住它。可是一想到要动手，她就害怕得要命。

"回顾一下你自己的生活，"他说，"难道你从来没有在经历过什么事情——一场事故，或者一个可怕的时刻，觉得自己是撞了大运才活了下来吗？"

　　莫伊拉摇了摇头，但并没有多么坚定。"我想不出具体的事。"

　　"你为什么放弃跳伞，莫伊拉？"

　　"我没有放弃，"她说，"我只是失去了兴趣，我一开始就没那么狂热。那时，我碰巧想追一个小子——你还记得米克吧？"

　　"我记得米克，但我也记得你为什么不跳了。那天你穿过食堂门廊，门把手挂住了你的开伞索。不幸的是，降落伞没有打开，它装得不对。如果没有在门口扯开它，你永远也不会发现——直到你已经从飞机上跳下去了。"

　　"我应该有备用伞。"

　　"但是当他们检查你的备用降落伞时，它也没有被装好。米克的前女友还时不时地出现在俱乐部，不是吗？没有人敢发誓你的降落伞没被打开过，也没有人敢说米克的前女友可能与它有关，但那是最后一次有人在俱乐部看到你。我知道，莫伊拉。你走了，我很难过。"

　　"我们一直保持联系。"

　　"再次搭上线之前，我们有段时间没联系了。面对现实吧，它吓坏了你。你一直在想那个门把手，想着如果当初你没有急匆匆跑回食堂拿香烟会发生什么。"

　　"我们永远不会知道。"莫伊拉说。

　　"不过，我们可以猜测。绝大多数的你要么死了，要么残了，少数的你幸存了下来。一部分的你那天就决定不跳了，你们中的一些人回到食堂，幸运地挂住了那个把手；你们中的一些人还是跳了下来，而且即使设备被破坏了，你们还是安全地回到了地面；你们中的一些人甚至不知道自己有多幸运。"

　　"好吧，"莫伊拉说，"所以有时我们会经历一些磕磕碰碰，而情况本可以变得更糟。但这并不——"

　　"它在行星层面上也同样奏效。"伊恩说。

　　"什么？"

　　"你有没有意识到，有多少次我们离第三次世界大战只有一步之遥？有多少次，按钮差点被按下？不仅仅是在国际冲突期间，而是每时每刻：有人把月球误认为是一道飞来的洲际弹道导弹，有时一群大雁或一场流星雨差点引发世界末日。这多可怕，莫伊拉！它不停地发生，一遍又一遍！我们没有权利走得这么远！我们从二十世纪走出来已经是个奇迹了，但它还在发生。忘记用枪指着自己的头吧，检查一下你的历史。我们已经证明了它是真的，不管我们愿不愿意，我们已经在多元宇宙的一个极不可能的分支上了。"

"但我们没有长生不老。"莫伊拉说，"我们周围的人不断死亡。这不证明——"

"当然，他们不断死去，这是从你的角度看，但是从他们自己的角度来看呢？你认识的人都没有死过，他们只是看到周围的人都在死去。"

"那么这就是我们的命运，是吗？独自永生，而我们爱过的每一个人都会死去，像过往的车辆一样从身边溜走？"

"这就是为什么我必须知道，"伊恩说，"我从没说过这是好消息。坦白地说，我希望我能打爆自己的脑袋，但如果我一直扣扳机，撞针就不会落在上膛的子弹上……然后我就会知道。"

"然后呢？"

"那我就有麻烦了，那我们就都有麻烦了。"

伊恩从口袋里掏出枪。他转出弹膛：它上好了油，发出一种悦耳动听的声音。他将弹膛推回枪身，并将枪举到自己头部的一侧。在比萨盒、本·埃尔顿的小说和微笑的翼手龙之间，这看起来很愚蠢，很儿戏，一点都不真实。再不行动就来不及了，莫伊拉想。她向前一倾，跃过厨房的桌子抓起枪。她的毛衣碰倒了咖啡杯，液体溅到科学杂志上。伊恩猛地往后一缩，枪口紧紧地贴着太阳穴。

"别……"她说。

伊恩扣动了扳机，撞针扑了个空。

"第一次。"他说，然后——枪几乎没有离开头——他又转动了一下弹膛，他又扣动了扳机。

"第二次。"

他又旋转了一下弹膛。莫伊拉推开桌子，她的毛衣被咖啡浸湿了。她站了起来，但吓得发呆。"求求你，伊恩……"

伊恩靠在那堆电脑盒子上。"别再靠近了，莫伊拉。"

"否则怎样，伊恩？否则你会自杀？"

他又扣动了扳机。"第三次。"

"伊恩，求求你。"

弹膛呼呼转动，扳机一声咔嗒。"第四次。莫伊拉，你认为这种可能性有多大？我想大部分的我都已经死了。"

"伊恩，不。"

　　他又转动了一下弹膛，让撞针落下。"第五次。现在有点吓人了，你不觉得吗？我们一直试到第十次，然后我再给我们沏杯茶。"

　　他旋转弹膛，扣动了扳机。

　　等警察和救护车赶到的时候，莫伊拉已经把烟盒里所有的香烟都抽完了。她在客厅里等着，直到看见救护车的蓝色灯光，那在清晨的雪景中显得分外美丽。天还是黑的，当他们敲门时，她几乎无法穿过厨房去开门。

　　警察看着伊恩，低声咒骂着。在他身后，护理人员明显放慢了接近他的速度。她在电话里告诉他们伊恩死了，这是毫无疑问的，但他们还是冲到了这里。她很感激，因为她只想尽可能地远离伊恩的小屋。

　　远离伊恩。

　　警察把她带到起居室。他大约四十五岁，挺着啤酒肚，留着络腮胡——她可以想象他周末在乡村和西部乐队演奏的样子。

　　"你能说话吗，亲爱的？"

　　"我在电话里告诉过你发生了什么。"她向一个警察又讨了一支烟，然后抽了起来。

　　"不是我接的电话。我只需要知道大概发生了什么，我们可以稍后做出适当的声明。"

　　透过门，莫伊拉向后看了看厨房。她只能看到伊恩的椅背，还有伊恩的左肩。她能听到轻柔而专注的声音，很容易想象成有人也在跟伊恩谈话。

　　"伊恩给我打了个电话，"她说，"我们是老朋友了。他的声音听起来有点问题，所以我决定开车过去看看。"

　　"有什么问题？"

　　"他一直在说他不能自杀。"

　　"不能自杀？"

　　"我不想抠字眼。我知道出事了，我只是希望，要是我先叫上别人就好了，这样我就不会自己一个人来这儿了。"

　　"如果这能有些许安慰的话，我得说我们也没法更早赶来，这样的夜晚不行。"他朝另一个房间里的医护人员点了点头。"这些小伙子现在是两班倒的。"

　　"我还是应该试一试的。"

　　"你来的时候发生了什么事？"

"伊恩让我坐在厨房的桌子旁。然后，他开始告诉我一些事情——一些显然对他非常重要的事情，关于他是如何发现自己能永生的，然后他给我看了枪。"

"在他身上吗？"

莫伊拉摇了摇头。"藏在桌子上，但我没时间去抢，伊恩把它塞进了口袋。他坐在桌子的另一边，所以我不可能抢过来。不管怎么说，总有走火的风险。"

"你不去尝试是对的。他阻止你打电话求助了吗？"

"他说电话被切断了。"

"然后呢？"

"电话好好的，他甚至连线都没拔掉，我只是以为他拔了。他是个聪明的家伙，他总是知道怎样用最小的努力换取最大的效果。"她讨厌这种话，但这千真万确。

"他一直在说话？"

"直到他再次拔出枪，我还是没时间做任何事情。相信我，我本该做的。但他把它顶在头上——"

"没关系，柯比什利小姐。现在就这样吧。先声明，我看没有理由把你当成嫌疑犯。我们对伊恩并不陌生，我们知道他的人生经历过起起落落。但你是一个重要的证人，恐怕我们需要一个详细的陈述。不过，今晚就先这样吧……"他耸了耸肩，"我想等天气好转了再说，我们都睡个好觉。外面那辆沃尔沃是你的吗？"

"是的。"莫伊拉说。

"把钥匙给我，我找个小伙子开车送你回家。你今晚有朋友可以和你待在一起吗？有一个你可以聊聊天的人吗？"

"我不会有事的。"莫伊拉说。

"毕竟——"

"我可以自己开车，"她说，"你们要在这里待一段时间，不是吗？我不想再等了，现在没下雪。"

"我更希望你能让我们的人开车送你去。"

"很感谢，但我想现在就走。老实说，我应付得来。"

警察要了她的详细联系方式，递给她自己的名片。"明天早上给我们打电话，好吗？我们会在午饭前把事情搞定的。我并不是说这会很容易，但至少你可以开始向前看了。"

莫伊拉接过了卡片，说："谢谢你。"

她穿过厨房，一直把注意力集中在门上。外面冷得刺骨，星星已经出来了，寒冷而清晰，完美地挂在停放车辆的耶稣诞生像上。莫伊拉关上身后的门，步履沉重地走向她的沃尔沃，仿佛她刚在餐桌上和伊恩愉快地聊完天，然后说了再见一样。

她愣住了。她突然想到，如果伊恩是对的，那么——在无限扩展的多重宇宙的某处——有一个版本的她就是这样做的。另一个莫伊拉，艰难地走向她的沃尔沃。一个莫伊拉刚刚看到那把枪，但扣动了十次或二十次扳机后，伊恩都没有死，而且还在为这次观察的结果感到震惊。没有死亡，没有必死的命运。没有什么东西会死去，这是能想象到的最糟糕的事情。

那个莫伊拉会相信吗？她想知道。

她会吗？

莫伊拉上了那辆沃尔沃。她在出发前打开驾驶座一侧的窗户，渴望一些新鲜空气，不管多冷。谢天谢地，引擎第一次就启动了。从警车和救护车之间倒车时，前灯在雪地上投下了紫色的阴影。她挂上了第一个挡，嘎吱嘎吱地沿着车道缓缓行驶，把小屋抛在了身后。她避免看后视镜，她觉得自己承受不来。

她开到车道尽头，拐进了小路。现在开车更容易了，她的挡位滑到了第三挡。干树枝在她穿过狭窄的路段时轻轻拍打着沃尔沃的一侧。前面就是驼背桥，过了桥，就只剩下一条乡间小路了，然后她就会开上大路。她知道那条主干道在晚间早些时候已经铺好了沙砾。

有什么东西从黑夜中向她闪过来。一张扁平、惊恐的脸像闪光灯一样一闪而过，周围是柔软的白色羽毛。翅膀展开，就像被钉在一张解剖图上一样，爪子抓向她。

莫伊拉突然转弯，猫头鹰擦着风挡玻璃滑了过去。汽车颠簸着，失去了牵引力。沃尔沃水平滑动，慢慢驶离道路，滑向河岸。那一瞬间拉长了，时间白白流逝。莫伊拉试图把车开回路上，但她的手在方向盘上只能缓慢移动。莫伊拉看到了几乎结冰的河流：一条浅冰带，点缀着灰黑卵石的影子。她感到一阵轻松，她不会淹死的。即使汽车撞穿了冰面，即使冰层下有水流，深度也不会超过几英寸。那辆汽车将报废，但是……

然后她看到了那棵树——干瘪的老东西，已经死去了。它一定是在上次大风暴的洪流中被带到下游去的。现在，它卡在岩石中间，看起来好像已经有一千年的历史了。

　　汽车摇摇晃晃地向它冲去，向右侧翻倒。那棵树越来越大，莫伊拉知道锋利的老树枝会从驾驶座那边打开的窗户里扎进来，极其恐怖，无法避免。她只来得及发出一声微小到听不见的恐惧喘息，汽车就滚到了树上。她记得的最后一件事是树枝——和她的胳膊一样粗——穿过窗户，它们无情的边缘接触到她的皮肤。

　　当警察在不到一个小时后找到她时，他们简直不能相信她还活着，她只是被轻微划伤。所有的大树枝都绕过了她，把她困住了，但并没有造成真正的伤害。

　　"你是个非常幸运的女人。"警察对她说。

　　在大卫·普林格尔编辑的最后一期 Interzone 上发表时，这篇文章并没有引起多少反响，就在该杂志把控制权交给值得尊敬的安迪·考克斯之前。不过，我还是很喜欢它。它阐明了一个想法，如果量子力学的多元世界解释成真会怎么样。这已经纠缠了我很长一段时间——你可以看到，我从一个稍微不同的角度写了《灰烬天使》，就在写在这篇小说的五六年之前。我喜欢《永生不灭》的一点——我想这一点还没有被提及——是故事中没有任何明显的科幻元素。我们可以把它理解为一篇直白的文章，讲了一个恰好拥有奇特信仰的人。

ZIMA BLUE AND OTHER STORIES by ALASTAIR REYNOLDS WITH AN
INTRODUCTION BY PAUL MCAULEY

Copyright ©2006, 2009 BY ALASTAIR REYNOLDS, INTRODUCTION BY PAUL
MCAULEY

This edition arranged with THE ORION PUBLISHING GROUP
Through BIG APPLE AGENCY, INC., LABUAN, MALAYSIA.

Simplified Chinese edition copyright:
2021 China South Booky Culture Media Co., Ltd
All rights reserved.

著作权合同登记号：图字 18-2021-137

**图书在版编目（CIP）数据**

　　齐马蓝/（英）阿拉斯泰尔·雷诺兹
（Alastair Reynolds）著；陈楸帆，刘慧颖译 . -- 长沙：
湖南文艺出版社，2021.7
　　书名原文：Zima Blue
　　ISBN 978-7-5726-0118-7

　　I. ①齐… Ⅱ. ①阿… ②陈… ③刘… Ⅲ. ①幻想小
说—小说集—英国—现代 Ⅳ. ①I561.45

　　中国版本图书馆 CIP 数据核字（2021）第 058157 号

上架建议：畅销·科幻

**QIMA LAN**
齐马蓝

作　　者：〔英〕阿拉斯泰尔·雷诺兹（Alastair Reynolds）
译　　者：陈楸帆　刘慧颖
出 版 人：曾赛丰
责任编辑：匡杨乐
监　　制：董晓磊
特约策划：张瑞琼
特约编辑：潘　萌
营销编辑：王咏坤
版权支持：姚珊珊
版式设计：李　洁
封面设计：尚燕平
内文排版：大汉方圆
出　　版：湖南文艺出版社
　　　　　（长沙市雨花区东二环一段 508 号　邮编：410014）
网　　址：www.hnwy.net
印　　刷：三河市百盛印装有限公司
经　　销：新华书店
开　　本：680mm×955mm　1/16
字　　数：383 千字
印　　张：23
版　　次：2021 年 7 月第 1 版
印　　次：2021 年 7 月第 1 次印刷
书　　号：ISBN 978-7-5726-0118-7
定　　价：68.00 元

若有质量问题，请致电质量监督电话：010-59096394
团购电话：010-59320018